Comment RUINER le mariage de sa sœur

Certifié PEFC

Ce produit est issu de forêts gérées durablement et de sources contrôlées

PEFC

PEFC/18-32-94 www.pefc-france.org

Ce livre s'inscrit dans une démarche écoresponsable. Il est composé de matériaux issus de forêts bien gérées, certifiées PEFC et d'autres sources contrôlées. Cette certification garantit une empreinte carbone réduite et une gestion raisonnée de la forêt, qui maintient la biodiversité et protège les écosystèmes. Il est imprimé avec des encres à base d'huile végétale.

Direction : Guillaume Pô
Direction éditoriale : Camille Chevalier
Responsable éditoriale : Euriell Séguillon
Édition : Stéphanie Chineaux assistée de Pénélope Meteyer
Direction de la fabrication : Thierry Dubus et Gwendoline da Rocha
Fabrication : Gwendoline da Rocha
Création graphique : Johanna Fritz
Mise en pages : Marie Rodriguez

57, rue Gaston-Tessier – 75019 Paris
Lemon est un label des Éditions 365.

ISBN 978-2-38382-648-4
Dépôt légal : janvier 2025

Imprimé en Italie par Rotolito SPA en novembre 2024.
N° d'édition : 25L0203

Lemon

MODE D'EMPLOI

Ceci est une romance interactive. Contrairement à une romance classique, en tant que lecteur ou lectrice, vous aurez des choix à faire et pourrez influencer le cours de l'histoire. Pour cela, rien de plus simple : suivez les indications en fin de chapitre et profitez de votre lecture !

Si vous n'êtes pas satisfait•e de l'issue de votre histoire et souhaitez réserver à Amanda un autre sort, recommencez votre lecture et faites des choix différents.

L'ÉCHELLE DU PIMENT CHEZ Lemon

Quelques passages ou scènes explicites, de quoi commencer à vous faire rougir de plaisir, mais sans aller au bout des choses…

Des scènes explicites plus régulières ou plus descriptives, on commence à devoir faire attention aux yeux indiscrets…

Pour les yeux avertis, des scènes explicites et qui ne laissent pas trop de place à l'imagination… Il fait chaud ici, non ?

Smut all the way, 100 % spicy, à consommer avec modération…

Pour découvrir tous les autres titres de notre catalogue, rendez-vous sur notre page Instagram :

PLAYLIST

Soltera - Shakira

Hot N Cold - Katy Perry

Partenaire Particulier - Partenaire Particulier

All by myself - Céline Dion

Amies ennemies - Nâdiya

Dollhouse - Melanie Martinez

Liar - Camila Cabello

Heart Attack - Demi Lovato

Perfect - Ed Sheeran

Love You Like A Love Song - Selena Gomez & The Scene

Infinity - Jaymes Young

Better Together - Alba August

Born To Be Yours - Kygo, Imagine Dragons

Perfect For Me - Bradley Marshall

Mon Amour - zzoilo, Aitana

IT'S UP TO YOU

Comment RUINER le mariage de sa soeur

CYRIELLE LENGE

CHAPITRE 1

D'un geste du pouce, je caresse le nom de ma sœur inscrit en lettres dorées sur le carton d'invitation.

Clémence Beaulieu et Thibault de Lauzier
ont la joie de vous faire part de leur mariage qui sera
célébré le samedi 24 mai 2025 à 11 heures dans le cadre
somptueux du manoir de la Falaise.
À l'issue de la cérémonie, les familles auront le plaisir de vous
accueillir pour une réception à cette même adresse.

Un frisson de dégoût me parcourt le corps quand je pense que mon prénom aurait pu remplacer celui de Clémence…

Cela fait des mois que Thibault et elle se sont mis en couple, mais je n'ai toujours pas réussi à m'y faire. Il faut dire qu'au départ, Thibault, c'était MON mec. Personne ne s'attendait à ce que Clémence annonce plusieurs semaines après notre rupture qu'elle avait repris contact avec lui et que le courant passait très bien entre eux. Les voir se mettre en couple a été pour moi une trahison. La colère me chuchotait à l'oreille qu'ils avaient dû commencer à fricoter dans mon dos avant même que je ne rompe avec lui.

Clémence m'a assuré que non, mais je ne sais toujours pas si je dois gober ça ou pas. On ne sort pas avec l'ex de sa sœur sans qu'il n'y ait eu un coup de foudre à un moment ou un autre. Et j'ai dû mal à croire qu'il puisse se produire après la première rencontre.

Bref. Ce n'est pas une question de jalousie. Je suis bien contente de m'être débarrassée de ce lourdaud. Que ma sœur ait des goûts contestables en matière de mecs ne me surprend pas. Les mauvaises langues diront sans doute que c'est un trait de famille. Ça ne m'empêche pas de penser que Clémence m'a joué un sale tour, et je lui en veux.

Pendant qu'elle file le parfait amour avec mon ex, moi, je me morfonds seule. J'ai bien essayé de trouver chaussure à mon pied en sortant dans des bars jusqu'aux petites heures du matin et en me rendant à des rencards Tinder. Sans résultat. J'ai bien conscience que mon comportement est une partie du problème. Dès que je commence à ressentir la moindre attraction, je me referme comme une huître. Il faut croire que cette histoire m'a atteinte plus que je n'ose me l'avouer. Je pense que je ne suis pas prête à me remettre dans une relation sérieuse. Ce n'est pas grave en soi, je suis sûre qu'avec un peu plus de temps, je pourrais digérer l'affaire. Mais le temps, je ne l'ai pas ! Et pas question de me rendre seule au mariage de ma sœur et mon ex. J'ai déjà été assez humiliée comme ça, merci. Je n'ai pas envie d'être la cible des ragots, des critiques ou pire, de faire pitié ! C'est moi qui ai plaqué Thibault parce que je n'en pouvais plus de nos disputes incessantes sur des sujets ridicules, et non l'inverse ! Qu'il se tape ma sœur ne concerne qu'eux. Je ne veux pas être considérée comme un dommage collatéral. Et pour ça, je ne vois qu'une seule solution : prouver que j'ai tourné la page et que je suis aussi heureuse que Clémence et Thibault. Il faut donc que je trouve quelqu'un qui m'accompagnera au mariage. Mais qui ?

Pas moyen que je recontacte un de mes *dates* Tinder. Aucun ne ferait l'affaire. Dégoter un nouveau rencard ? Je crains que ça ne me prenne trop de temps de tomber sur quelqu'un qui accepte vu les délais serrés. Si l'on élimine tous mes amis masculins avec lesquels je ne sortirais pour rien au monde (même si je les adore) et surtout que ma famille connaît déjà, ça réduit encore le champ des possibles.

La sonnerie de mon téléphone retentit. Je m'interromps dans ma réflexion pour l'attraper et un soupir exaspéré m'échappe quand j'aperçois le nom de l'expéditeur : Clémence. J'aurais dû m'en douter. Même pas besoin de parler du loup, il suffit de penser à lui…

De Clémence, la sista
03/05/25 à 20 h 27
Tu peux me rappeler ta taille ? 42 ? C'est pour la robe des demoiselles d'honneur. J'en ai besoin asap pour commander !

Je pianote avec rage sur mon clavier :

À Clémence, la sista
03/05/25 à 20 h 29
On fait la même taille, Clem… 40 ! Tu le sais très bien !

De Clémence, la sista
03/05/25 à 20 h 31
Tu aurais pu prendre du poids, qu'est-ce que j'en sais ? Ça fait des mois que je ne t'ai pas vue…

Elle exagère, comme d'habitude. Ça ne fait que quelques semaines. Et puis, pardonnez-moi de ne pas avoir plus envie que ça de passer du temps avec ma sœur quand je sais que mon ex est accroché à elle comme une moule à son rocher.

À Clémence, la sista
03/05/25 à 20 h 34
Tu sais bien que je suis occupée ! C'est quoi le modèle de la robe ? Je veux l'essayer avant que tu ne commandes quoi que ce soit !!!

De Clémence, la sista
03/05/25 à 20 h 37
T'inquiète, je gère !

Comment ça, *t'inquiète, je gère* ? Bien évidemment que je m'inquiète. Elle est capable de me faire ressembler à un épouvantail juste pour se marrer. Je n'ai pas oublié la fois où elle m'a coupé les cheveux pendant la nuit quand j'avais huit ans et elle, quatre, parce qu'elle pensait que ça serait plus joli.

À Clémence, la sista
03/05/25 à 20 h 38
Clémence, je ne plaisante pas !
Si je ne peux pas essayer la robe à l'avance, je ne la mettrais pas !

De Clémence, la sista
03/05/25 à 20 h 45
OK, OK. Tu viens accompagnée ? Que je sache si je commande aussi un mouchoir de poche assorti.

Je fronce les sourcils. Contrairement à ce qu'elle prétend, ça ne me semble pas du tout *OK*. Je parie que je ne serai pas consultée pour la robe. Et sa façon de me demander si je viendrai seule ou non n'est pas aussi subtile que ce qu'elle croit.

Ignorer le message → vers **CHAPITRE 2** (p. 10)
OU
Répondre à Clémence → vers **CHAPITRE 3** (p. 12)

CHAPITRE 2

Je me mords la lèvre inférieure. Dois-je répondre par l'affirmative alors que je n'ai pas encore trouvé quelqu'un pour m'accompagner ? Ça me semble être un jeu dangereux. Et si je ne déniche personne, je vais passer pour la pauvre vieille fille de service. Non, mieux vaut laisser la réponse en suspens. Tant pis si Clémence marine. Qu'elle s'imagine ce qu'elle veut.

Je pose mon téléphone sur la table basse et me prends le visage dans les mains. Comment vais-je me débrouiller ? Je n'ai pas envie de venir avec le premier plouc trouvé. Depuis mon dernier rencard, je suis un peu échaudée. Le type était exécrable et porté sur l'alcool, j'ai bien cru ne pas réussir à m'échapper de ses griffes parce qu'il a continué à me harceler par message longtemps pour me revoir. J'ai ralenti avec les applications de rencontre depuis cet épisode, il y a quelques semaines. J'aurais pourtant dû m'acharner à trouver la perle rare. Je ne serais pas aussi embêtée que je le suis actuellement si j'avais trouvé chaussure à mon pied. Il n'avait pas à être parfait, juste respectueux ! Mais apparemment, c'est une qualité rarissime sur les applis. Ou alors, c'est moi qui cherche mal.

La sonnerie de mon téléphone retentit à nouveau. Cette fois, c'est un appel. Je pousse un soupir. J'aurais dû me douter que ma sœur n'allait pas en rester là.

Après un bref moment d'hésitation, je décide de ne pas décrocher. Je ne lui dois pas une réponse dans les cinq minutes. Elle apprendra la patience.

Ou pas. Quand Clémence veut quelque chose… Rien ne l'arrête. Je ne devrais pas la juger, nous sommes assez similaires sur ce point.

Au troisième appel de suite, je commence quand même à m'énerver. Je pensais pourtant que ma non-réponse était claire.

Je saisis mon téléphone.

Lui envoyer un message pour lui demander d'arrêter d'appeler et lui dire de prévoir un + 1 → vers **CHAPITRE 3** (p. 12)

OU

Éteindre le son de son téléphone pour ne plus entendre les appels → vers **CHAPITRE 4** (p. 15)

CHAPITRE 3

Il faut que je réponde à Clémence. Si je ne lui dis rien, elle va en conclure que je suis une pauvre petite célibataire qui n'arrive pas à se remettre de sa rupture, et plutôt mourir que de la laisser penser ça !

À Clémence, la sista
03/05/25 à 20 h 48
Bien sûr que je viendrai accompagnée !
J'ai hâte de te le présenter. Tu ne vas pas en revenir…

Pas en revenir de quoi ? Personne ne le sait, même pas moi. Il faut que je trouve une idée, et fissa.

De Clémence, la sista
03/05/25 à 20 h 49
!!!! Cachottière ! Hâte !
[GIF d'une pom-pom girl qui agite ses pompons dorés avec enthousiasme]

Il n'y a bien qu'elle qui se réjouit. Je me demande si elle se sent soulagée que je me sois soi-disant recasée. Elle doit ressentir de la culpabilité pour le sale coup qu'elle m'a fait, non ? Même pas un tout petit peu ?

Je farfouille à la recherche d'un GIF qui me plaît pour lui répondre. Je finis par arrêter mon choix sur celui d'une femme qui lève son verre de vin rouge avec une mine satisfaite comme si elle célébrait une victoire. Clémence en déduira ce qu'elle voudra et si elle pouvait me laisser tranquille, que je puisse me concentrer et trouver une solution à mon problème, ce serait parfait. Je suis résignée en ce qui concerne la robe. Ça ne sert à rien de tenter d'argumenter à nouveau, elle n'en fera qu'à sa tête, comme d'habitude. Je n'ai plus qu'à croiser fort les doigts qu'elle tienne sa promesse sur l'essayage et qu'elle ne me refile pas la robe le matin du mariage pour que je ne puisse pas me plaindre et trouver un plan B.

Clémence a vu mon message, mais ne me répond pas. La part angoissée de moi se dit que c'est parce qu'elle est trop occupée à valider son panier d'achat du site sur lequel elle est en train de passer commande pour la pire robe de demoiselle d'honneur qu'on ait jamais inventée. Mais c'est certainement moi qui suis parano, n'est-ce pas ?

Je dépose mon portable sur la table et me dirige vers la cuisine pour me servir un grand verre d'eau. Un verre de vin serait sans doute plus efficace pour stimuler mon imagination, mais j'ai décidé de ne pas boire d'alcool en dehors des soirées et des moments désespérés. Je n'ai heureusement pas encore atteint ce dernier stade, mais ça peut vite changer si je ne trouve pas l'idée parfaite pour me sortir du guêpier dans lequel je me suis fourrée. Fichue fierté mal placée. La question tourne en rond dans ma tête : où vais-je me trouver un + 1 en quelques semaines ? Et pas n'importe lequel. Je veux un étalon racé pour faire baver ma sœur et lui faire regretter de se marier avec Thibault et sa face de pet. Je mérite bien une petite vengeance, même si elle est gentillette.

C'est bien beau de rêver, encore faut-il assurer derrière. Me dégoter un bel étalon ? Ce serait déjà bien que je me trouve quelqu'un tout court avant de penser à ennuyer ma sœur. Vu les options que j'ai, je ne vais pas faire la fine bouche. N'importe qui devrait me convenir, pas besoin d'un pompier sexy ni même d'un strip-teaseur aguerri.

Et c'est là que l'illumination divine me frappe. Pas un pompier ni un strip-teaseur, mais pourquoi pas un sportif ? Puisque ma sœur s'est casée avec mon ex, pourquoi est-ce que je ne l'imiterais pas ? Non, je vais faire mieux encore. Et si je sortais avec la personne qu'elle a toujours désirée et qu'elle n'a jamais pu avoir ? Un sourire narquois étire mes lèvres. Mais bien sûr ! Pourquoi n'y ai-je pas pensé avant ? Je connais l'homme parfait pour jouer le rôle de mon petit ami ! Et la cerise sur le gâteau, c'est que Clémence n'a jamais digéré le fait qu'il s'intéressait plus à moi qu'à elle. D'autant plus que j'ai osé rejeter ses avances. Je parle bien sûr du fameux Hugo Lepotier ! La coqueluche du lycée. Oh, comme il était malheureux que je choisisse de sortir avec Léo plutôt qu'avec lui. Ces deux-là étaient rivaux sur les pistes d'athlétisme. Si Hugo ne gagnait pas la compétition, c'était Léo qui terminait premier.

Ça n'a pas duré avec Léo, ce con m'a plaquée dès qu'on a eu les résultats du bac. Est-ce que ça se serait terminé de la même façon si j'avais choisi Hugo ? Personne ne le saura jamais et il est trop tard pour les regrets. La vraie question est de savoir s'il se souvient toujours de moi. Si oui, me tient-il encore rigueur d'avoir rejeté ses avances ? Accepterait-il de jouer le rôle de mon petit ami au mariage de ma sœur si je lui proposais ?

Ne pas perdre de temps et le contacter → vers **CHAPITRE 5** (p. 17)
OU
Réfléchir à un plan d'attaque → vers **CHAPITRE 6** (p. 23)

CHAPITRE 4

Je mets mon portable sur silencieux. Ouf. Cette sonnerie commençait à me casser les oreilles. Je vois toujours l'écran s'allumer et s'éteindre périodiquement, mais, au moins, je m'épargne le son. Je quitte le salon pour aller me brosser les dents. Clémence va bien finir par abandonner. Je la rappellerai dès que j'aurai eu une illumination. Avec un peu de chance, la nuit me portera conseil et quand je me réveillerai demain matin, j'aurai trouvé *THE* solution dans mes rêves. Bon, OK, ça semble hautement improbable, mais ça apaise un peu mon cœur d'y croire. Ce qui est réaliste, en revanche, c'est que j'aurai plus de neurones disponibles pour réfléchir à mon problème après une nuit de sommeil.

Après m'être brossé les dents, je me mets en pyjama et décide de regarder un épisode de ma série en cours pour me détendre avant d'aller dormir. En cherchant la télécommande, mes yeux sont évidemment attirés par le téléphone dont l'écran est encore allumé. C'est pas vrai, elle ne veut pas lâcher l'affaire ?!

Je devrais me concentrer sur ma série mais la curiosité est trop forte. Avant que je parvienne à me raviser, j'attrape l'engin pour regarder combien de messages et d'appels Clémence m'a laissé. Mon sang ne fait qu'un tour quand je remarque le nombre de notifications, mais surtout de qui elles émanent.

Parce qu'il n'y a pas que ma sœur qui me harcèle. Ma mère s'y est mise aussi.

Son numéro s'affiche en grand sur mon écran. Elle est en train de m'appeler une nouvelle fois. Argh ! Mince, je n'ai aucune envie de lui parler. Je parierais mon appartement que ma sœur a été se plaindre auprès d'elle de mon absence de réponse. Ça, c'est vraiment bas de sa part. Si Clémence est têtue comme un âne, elle tient ça de notre mère.

Je tergiverse quelques secondes avant de décider de lui envoyer un message pour qu'elle me laisse tranquille.

À Maman (ICE [1])
03/05/25 à 21 h 24
Je parle avec Clémence, je t'appelle demain.

C'est un mensonge, mais j'espère que ça va la rassurer. Tant que ma sœur ne continue pas à se plaindre auprès d'elle, ça devrait le faire.

J'ai à peine envoyé le message que ma mère essaie de me téléphoner à nouveau. Je soupire.

Laisser sonner le téléphone et tenter de trouver une idée → vers **CHAPITRE 3** (p. 12)
OU
Décrocher → vers **CHAPITRE 7** (p. 29)

[1] Acronyme de : *in case of emergency*. Proche à appeler en cas d'urgence.

CHAPITRE 5

Vite, pas de temps à perdre. Je sors de la cuisine et retourne dans le salon chercher mon portable. Est-ce que j'ai encore le contact d'Hugo quelque part ? Je n'ai pas changé de numéro de téléphone depuis que je suis sortie du lycée, avec un peu de chance, c'est aussi son cas. Je tape son prénom dans la barre de recherche et un numéro s'affiche. Qui ne tente rien n'a rien, non ?

Lui envoyer un message ou l'appeler ? Un message sera peut-être moins intrusif. Il va sûrement se demander pourquoi je le contacte. Ça fait des années que nous ne nous sommes pas parlé. Est-il au moins célibataire ? Peut-être que je devrais faire une petite recherche sur lui sur Internet. Et puis comment formuler ma demande ? Est-ce que je dois y aller cash ou plus subtilement ?

Les questions se bousculent dans ma tête et j'hésite sur la marche à suivre. Il va penser que je suis cinglée si je lui dis de but en blanc que j'ai besoin d'un faux petit ami pour le mariage de ma sœur. Dois-je tenter de le draguer d'abord et reprendre contact avec lui petit à petit avant de lui parler de m'accompagner à la cérémonie ? Malheureusement, je n'ai pas le temps pour ça : le mariage est dans moins d'un mois. Je n'arriverai jamais à le convaincre dans ce délai si je n'y vais pas franco.

Il faut que je me lance, sinon, je vais tergiverser dessus toute la nuit et ça va m'empêcher de dormir.

À Hugo Lepotier
03/05/25 à 21 h 32
Coucou, Hugo, désolée de te recontacter en random *comme ça, mais est-ce que par hasard tu serais libre le 25 mai ? Tu vas rire, mais j'ai le mariage de ma sœur et j'ai pensé que tu pourrais m'accompagner haha !*

À Hugo Lepotier
03/05/25 à 21 h 33
C'est Amanda, au fait. Amanda Beaulieu. Du lycée.

J'ai envie de me filer des claques. Pourquoi est-ce que j'ai oublié de signer ? Il y a de grandes chances qu'il ne sache pas à qui appartient mon numéro. Je suis vraiment stupide. Il va se dire que je suis tarée. Mon premier message est ridicule et le deuxième n'est pas mieux. C'était sans doute l'idée la plus débile que j'ai eue.

Alors que je suis plongée dans une spirale de regrets, mon portable sonne. Aussitôt, l'adrénaline remplace l'angoisse. Mes mains tremblent quand je clique sur la notification.

De Hugo Lepotier
03/05/25 à 21 h 45
??? C'est une blague ?

À Hugo Lepotier
03/05/25 à 21 h 45
Eh bien, je suis au regret de devoir te répondre par la négative, c'est une proposition sérieuse.

Je clique sur « envoyer » et me retiens de me ronger les ongles. Les yeux rivés sur l'écran, j'attends avec impatience sa réponse.

De Hugo Lepotier
03/05/25 à 21 h 52
Désolé du temps de réponse, j'ai dû vérifier que je n'avais pas été mystérieusement envoyé dans le passé en 2016. WTF, Amanda ?

Aïe. Ça paraît mal parti. Pas besoin de me rappeler combien de temps a passé depuis l'époque du lycée, j'en suis bien consciente.

À Hugo Lepotier
03/05/25 à 21 h 53
MDR. Ça veut dire non, si j'ai bien compris ?
Ou un petit retour dans le passé ne te déplairait pas ?

De Hugo Lepotier
03/05/25 à 21 h 55
Il est trop tard pour ce genre de conneries. Je devrais être au lit depuis un bail. Je ne suis même pas sûr que je ne suis pas en train de dormir et de faire le rêve le plus bizarre qui soit.

Bam, dans les dents ! OK, mon idée est stupide et ma proposition sans doute franchement déplacée, pas besoin de se foutre de ma gueule comme ça.

À Hugo Lepotier
03/05/25 à 21 h 56
Tu ne rêves pas.

À Hugo Lepotier
03/05/25 à 21 h 57
(J'espère, en revanche, que la Amanda de tes rêves t'envoie des messages moins bizarres…)

Je fixe mon écran pendant plusieurs minutes, dans l'espoir qu'Hugo réponde, mais je ne reçois pas le moindre signe de vie. Je serre les dents. Pas question d'abandonner. Il était peut-être trop fatigué pour vraiment réfléchir à tout ça. Je retenterai demain lorsqu'il aura tous les neurones connectés (et moi aussi).

Le lendemain, il est 11 h 45 quand j'ose contacter à nouveau Hugo. Grâce à trois tasses de café, je suis plus ou moins réveillée. J'ai passé une nuit atroce à tourner dans tous les sens. Je dois m'être assoupie vers 5 heures du matin. Pas étonnant que j'aie dormi jusqu'à 10 h 30. Heureusement que nous sommes dimanche. Autrement, j'aurais eu du mal à expliquer à mon patron mon retard. Je suis conseillère dans un magasin d'équipements sportifs et j'adore mon job mais il faut avouer que les horaires sont pénibles et que ce n'est pas le boulot le mieux payé qui soit.

Je secoue la tête. *Focus, Amanda.* Si je veux convaincre Hugo, il faut que je sois concentrée.

À Hugo Lepotier
04/05/25 à 11 h 48
Alors, la nuit t'a-t-elle porté conseil ?
As-tu réfléchi à ma proposition ?

Hugo ne me répond pas dans la seconde, ce qui me frustre de façon irrationnelle. Pour prendre mon mal en patience, je décide de déjeuner devant un film policier. Un bon petit meurtre, ça va me changer les idées… Ou m'en donner pour faire payer les gens qui osent ne pas répondre à mes messages.

Deux heures plus tard, Hugo n'a toujours pas donné signe de vie. Mon impatience commence à se transformer en énervement. Décidée à tenter le tout pour le tout, j'attrape mon portable, me cale dans mon canapé et lui téléphone.

La sonnerie retentit plusieurs fois. Je suis sur le point de perdre espoir et me résigner à lui laisser un message vocal lorsqu'il décroche.

– Amanda, me salue-t-il sèchement.

Entendre sa voix au bout du fil me fait comme un choc. Elle me replonge aussitôt dans une série de souvenirs à moitié oubliés. J'ai presque l'impression de sentir le poids démesuré d'un sac à dos rempli de manuels sur mes épaules.

– Hugo, croassé-je dans un souffle.

J'espère qu'il ne peut pas entendre mon émotion. Il ne manquerait plus qu'il me pense en tel manque de mecs dans ma vie que je me vois obligée de recontacter mes anciens soupirants. Je ne veux pas passer pour une fille en chaleur. Pour quelqu'un de désespéré, ça, en revanche, je ne peux pas vraiment y échapper.

Je ne dois pas parler assez vite à son goût parce qu'il reprend la parole d'un ton agacé.

– C'est encore pour cette histoire de mariage ? Je pensais que mon absence de réponse était claire.

– Une absence de réponse n'est pas une réponse, répliqué-je du tac au tac.

Je suis à deux doigts de me foutre des baffes. Je dois le convaincre, pas lui donner encore plus envie de partir en courant.

– C'est non. Voilà, c'est dit. C'est assez limpide pour toi ou tu veux que je te l'écrive aussi ?

J'ouvre la bouche sans avoir aucune idée de ce qui va en sortir. Ce n'est pas très grave, parce qu'il ne me laisse pas le temps de répliquer quoique ce soit : il me raccroche au nez. Je lâche un juron. Quel connard !

Réfléchir à un plan d'attaque et appeler à nouveau Hugo → vers **CHAPITRE 6** (p. 23)

OU

Trouver une autre idée → vers **CHAPITRE 8** (p. 33)

CHAPITRE 6

Il va falloir ruser. Bien sûr qu'Hugo ne va pas accepter de m'accompagner au mariage de Clémence sans une très bonne raison. Les années ont passé et je ne suis qu'une fourmi insignifiante pour cette superstar. Non, pire, je suis celle qui lui a mis un râteau au lycée et je suis certaine qu'il m'en veut toujours. Lui expliquer que ma sœur se marie avec mon ex ne sera pas suffisant pour le convaincre de m'accompagner. Au mieux, ça le fera bien rire.

Il va falloir que je frappe un grand coup. Je ne dois pas lui laisser le choix, car, franchement, qui aurait envie d'assister au mariage de la sœur d'une ancienne camarade ? Les mariages, ça craint déjà en temps normal, alors quand on ne connaît personne, pas même notre + 1, ça relève du cauchemar. Moi aussi, à sa place, je refuserais tout net. Que faire ? Et… Jusqu'où suis-je prête à aller ? Je ne vais quand même pas le kidnapper. Ne soyons pas ridicule. D'abord, j'aurais de gros ennuis avec la police. Ensuite, je ne vois pas comment je pourrais réussir à maîtriser son mètre quatre-vingt-cinq du haut de mon honorable mètre soixante-treize. Où peut-on acheter du chloroforme, déjà ? Enfin, même si j'arrivais à l'enlever et à transporter son corps endormi jusqu'en Normandie, il n'y a aucun doute qu'il paniquerait dès qu'il se réveillerait. Un invité qui hurle et qui essaie de s'enfuir, c'est le meilleur moyen pour mettre l'ambiance dans un mariage, il n'y a pas à dire. Je peux définitivement abandonner cette idée.

~~Enlèvement~~

J'esquisse un sourire. Réfléchir à des plans farfelus a au moins l'avantage de faire redescendre mon stress et de m'amuser un peu. Qu'y a-t-il d'autres dans la liste des mauvaises actions qui vous donne directement le rôle de méchant dans les films sans passer par la case prison ? Les menaces ? Je n'ai pas d'arme à lui mettre sur la tempe pour le forcer à m'accompagner. Dommage, ça aurait pu être un accessoire qui aurait fait sensation au mariage, j'en suis sûre.

~~Menaces~~

Nouvel élément rayé sur ma liste. Si je ne me trompe pas, voilà les plus crédibles qui tombent à l'eau. Que reste-t-il ? Une alerte à la bombe ? Soyons réaliste, ça ne le poussera pas à se rendre en Normandie. Tout au plus, il s'éloignera de quelques centaines de mètres pour éviter l'explosion.

Le sabotage ? Je ne vois pas en quoi manigancer pour lui faire perdre une de ses compétitions le motivera à m'accompagner. À moins que je parvienne à le convaincre, lui et son ego blessé, que la Normandie est le lieu idéal pour se planquer ?

Je cligne des yeux. Cette histoire de défaite m'a rappelé quelque chose. Une idée diabolique est en train de se former dans mon cerveau. Est-ce que j'oserais vraiment faire une chose pareille ? J'imaginais des absurdités, je n'aurais jamais pensé avoir envie de les mettre en application !

Perturbée, je file dans la cuisine me servir un verre d'eau. Je ferme les yeux en buvant quelques gorgées pour essayer de chasser de mon esprit le souvenir qui se rejoue en boucle dans ma tête.

Ledit souvenir date de l'époque du lycée. Évidemment. Quand aurait-il pu se passer autrement ? Je n'ai plus vu Hugo depuis des années sauf par écran interposé. J'ai plaisir à suivre son parcours sportif à la télévision, et alors ? Ce n'est pas pour ça que je regrette de lui avoir préféré Léo quand j'avais 17 ans.

Je vois encore la moue gênée de Léo quand je l'ai pris la main dans le sac. Je l'ai aperçu donner de l'argent à Hugo quelques heures avant une compétition d'athlétisme. Je n'avais pas besoin d'être un grand devin pour trouver ça suspicieux à l'époque, d'autant plus que ces deux-là avaient tendance à s'éviter en dehors de leur club. Quand je l'ai obligé à m'expliquer, il a tourné autour du pot, mais j'ai insisté et menacé de révéler ce que j'avais vu à leur coach. C'était l'attaque parfaite, il a cédé et m'a fait jurer de ne pas répéter ce qu'il allait me dire. J'ai promis et il m'a tout avoué : il payait régulièrement Hugo pour perdre des compétitions contre lui. C'était un arrangement qui convenait aux deux : Hugo avait ainsi assez d'argent pour s'acquitter de la cotisation du club tandis que Léo restait son principal rival en gagnant un nombre équivalent de compétitions. Parce que je l'aimais comme la petite idiote que j'étais, je l'ai rassuré sur ses compétences plutôt que d'ouvrir les yeux sur ses insécurités et de les lui faire remarquer.

J'ai toujours été persuadée que cet arrangement était ridicule, d'ailleurs, car Léo était tout à fait capable de battre Hugo. Je pense que ce dernier n'a jamais su que je connaissais leur combine. Léo avait bien trop honte d'avoir été démasqué pour le lui dire. Et moi, je n'ai jamais rien dit à personne ni même envisagé de le faire… Jusqu'à aujourd'hui.

Quel meilleur argument pour forcer Hugo à m'accompagner au mariage de Clémence que de le menacer de révéler ce petit arrangement à la presse ? Je suis presque sûre qu'il n'a pas recommencé ce genre de bêtises maintenant qu'il a des sponsors pour soutenir sa carrière sportive, mais il n'aurait certainement pas envie que l'information circule. Il suffit d'un soupçon pour briser une carrière. Qu'on s'entende, je ne souhaite pas ruiner sa vie, hein ! Jamais je ne révélerais cette histoire à la presse ! Mais ça, il n'a pas besoin de le savoir, n'est-ce pas ?

Je me frotte les yeux avec les mains. Suis-je vraiment prête à le faire chanter pour qu'il m'accompagne au mariage de ma sœur ? À passer pour la méchante et à le faire me détester jusqu'à la fin de sa vie et de la mienne ? Est-ce que je ne suis pas en train d'exagérer ? Ce n'est pas la mort que Clémence se marie à mon abruti d'ex. Juste très *très* énervant. Je ne devrais même pas être en train d'envisager la possibilité de faire chanter quelqu'un.

Et pourtant, je suis mortifiée de prendre conscience que je suis *vraiment* prête à aller jusque-là. Tant pis pour la morale, j'ai vraiment besoin de lui. De toute façon, je ne vais pas mettre ma menace à exécution s'il refuse de m'accompagner, alors, ça ne compte pas vraiment comme du chantage, si ? Après le mariage, je lui ferai mon mea-culpa, je signerai un accord de confidentialité sur le sujet et tout ira bien. Hugo m'en voudra à vie du mauvais tour que je lui ai joué, mais ce n'est pas grave. Après tout, ce n'est pas comme si on se côtoyait depuis le lycée. Sans cette histoire de mariage, nous n'aurions sans doute jamais repris contact. Alors, autant y aller à fond, non ?

Malgré ma certitude sur mon plan, je tergiverse quand même avant d'oser appeler Hugo. Comment est-ce qu'on fait chanter quelqu'un ? C'est plus simple à imaginer qu'à faire quand on est une personne intègre comme moi. Enfin, presque intègre, dirons-nous. Maintenant que je me retrouve à devoir agir, je me sens ridicule. Je suis sûre qu'il va se rendre compte de la supercherie. Impossible qu'il ne comprenne pas que je suis en train de bluffer. Je vais bégayer et perdre mes moyens. Il ne va pas trouver ça crédible et il va me rire au nez.

Pour essayer de me rassurer, je griffonne quelques notes sur un morceau de papier. Ça m'aidera à me souvenir de ce que je dois dire si je ne parviens pas à garder mon calme.

- ✓ *Argent contre défaite (Léo)*
- ✓ *Presse = carrière ruinée ?*
- ✓ *Mariage de ma sœur avec mon ex -> faux petit ami*
- ✓ *Accord de confidentialité -> pour lui comme pour moi*
- ✓ *Insister sur le fait que je suis SÉRIEUSE et PRÊTE À TOUT*

Je relis une dernière fois mon antisèche avant de prendre une grande inspiration. C'est maintenant ou jamais. Si je n'ose pas, je peux faire une croix sur Hugo comme + 1. Je peux le faire. C'est exactement comme quand je dois convaincre un client au magasin que les barres protéinées que nous vendons ne sont pas surcotées et trop chères pour leur qualité. Je suis une championne pour leur faire avaler ce genre d'inepties. Ça ne doit pas être plus compliqué, si ?

Avant que j'aie le temps de regretter mes décisions stupides, je presse le doigt sur le numéro d'Hugo. La sonnerie retentit dans mon oreille. Une fois, deux fois, dix fois… Si je tombe sur sa boîte vocale, c'est le signe que c'est une idée pourrie et j'abandonnerai, c'est pro…

– Amanda ? Qu'est-ce que tu veux ?

– Hugo. Écoute-moi bien : tu vas m'accompagner au mariage de ma sœur et tu sais pourquoi ? Si tu refuses, je révèle à la presse que tu as perdu des compétitions contre de l'argent. Eh oui, pas de bol, Léo m'a tout dit. Ça va ruiner ta carrière si ça s'apprend. Donc, pas le choix, tu dois être mon + 1. Ne pense pas que je blague, je suis très sérieuse. Tu ne voudrais quand même pas que tout le monde remette ton intégrité sportive en cause, n'est-ce pas ? Ce serait une catastrophe pour toi et…

Je débite tout mon discours sans prendre la moindre respiration. J'aurais pu encore continuer comme ça pendant dix minutes si Hugo n'avait pas fini par me couper.

– Mais qu'est-ce que tu racontes, enfin ? Ça va pas de contacter les gens pour les menacer ? Et puis, c'est quoi, ces accusations ridicules ? Je ne sais pas où tu es allée inventer ça, mais…

– Si c'était des conneries, tu m'aurais déjà raccroché au nez ! m'exclamé-je d'un ton triomphant. Là, t'essaies juste de savoir l'étendue de mes connaissances parce que c'est vrai !

Bref silence à l'autre bout du fil.

– Amanda, tu débloques complètement. Merci de ne plus m'appeler.

– 14 janvier 2016, 28 mars, 4 juin, commencé-je à réciter à toute vitesse avant qu'il n'ait le temps de raccrocher. Je me souviens de toutes les dates où tu as perdu contre Léo en échange d'argent de sa part. Tu peux nier, je connais la vérité. Et je suis sûre que les journalistes la trouveront très vite, eux aussi. Tu as recommencé depuis le lycée ? Ça ne serait pas bon du tout pour ta carrière…

– Tu racontes des conneries, se défend-il sur un ton prudent. Pourquoi est-ce que tu me fais ça ? Qu'est-ce que je t'ai fait ?

– Viens au café près du lycée lundi à 19 heures. Je te dirai tout.

→ vers **CHAPITRE 9** (p. 36)

CHAPITRE 7

J'attrape mon téléphone et me résigne à décrocher, même si je peste intérieurement. La voix réprobatrice de ma mère résonne aussitôt dans mon oreille. Je grimace. Elle me salue à peine avant de se lancer dans le cœur du sujet.

– Clémence m'a dit que tu l'ignores. Elle a besoin de savoir le nombre précis de personnes qui viendront au mariage. Elle doit le transmettre au traiteur demain matin.

Aïe. J'aurais dû me douter qu'il s'agissait de quelque chose du genre. Me voilà dos au mur. Il faut absolument que je prenne une décision.

– Oh, ce n'est pas ce qu'elle m'a dit. Je lui aurais tout de suite répondu si c'était le cas.

– Tu viendras seule ?

Je grince des dents. Je n'aime pas du tout qu'elle saute directement sur cette conclusion.

– Non, je serai accompagnée, mais c'est un peu compliqué, il n'est pas sûr de pouvoir…

Je suis assez fière de ma réponse. Au moins, j'aurai une porte de sortie si je ne trouve personne pour venir avec moi. Même si je vais tout faire pour que ce ne soit pas le cas, évidemment !

– Oh, tu ne nous as pas encore parlé de ce nouveau Jules…

– C'est très récent entre nous. On n'a pas envie de se précipiter.

– Je suis contente pour toi, commente-t-elle d'une voix soulagée. Je m'inquiétais. Tu avais l'air d'avoir tellement de mal à remonter la pente depuis que Clémence et Thibault se sont mis ensemble…

Je serre les dents à m'en péter la mâchoire. Merci, maman, de me faire passer pour une meuf au bout du rouleau. Après tout, je n'avais vraiment *aucune raison* d'être mal après que ma propre sœur m'ait trahie en se mettant avec mon dernier ex !

– Mais tout est bien qui finit bien, conclut-elle. D'ailleurs, Clémence t'a dit que vous êtes tous les deux invités toute la semaine au manoir ?

Bien sûr qu'elle ne m'en a pas touché le moindre mot. Comme quoi, elle est très forte pour partir à la pêche aux informations, en revanche, il reste encore du travail à faire pour ce qui est de les donner.

– Non, elle ne m'a rien dit. C'est de quand à quand ?

– Nous pouvons arriver à partir du lundi 19 mai au soir et il faut que nous soyons repartis le 25 à 11 heures.

Des vacances gratuites dans un manoir en Normandie ? Un peu que je ne vais pas rater ça. L'opportunité est trop belle pour la laisser filer, même si je vais devoir me farcir la compagnie de toute ma famille et de Thibault.

– Ça nous permettra de tout préparer pour le jour J ! continue ma mère. Nous avons du pain sur la planche. Clémence est déjà en train de nous concocter un programme minuté pour que nous ayons le temps de tout faire.

Je retiens un soupir. Je savais bien qu'il y avait anguille sous roche. Mes rêves de tourisme et de repos viennent de s'envoler.

– Quelle bonne idée, marmonné-je. J'en serai.

– Et ton petit ami aussi ?

– Je confirmerai dès que j'en saurai plus. (Je rajoute après coup, pour rendre les choses plus crédibles :) Mais j'espère que oui !

– Parfait. J'ai vraiment hâte de le rencontrer.

Après un silence, elle ajoute :

– Est-ce qu'il te rend heureuse ?

Ma gorge se serre. Je n'aime pas lui mentir aussi éhontément, mais je ne peux pas y couper.

– Comme je te disais, c'est encore récent, mais pour le moment, oui, nous sommes très heureux.

– Je suis contente pour toi. Peut-être que nous aurons un second mariage dans peu de temps.

Je manque de m'étouffer. Alors là, seulement dans ses rêves. Elle va vite en besogne. Oui, il s'agit d'un petit ami fictif, mais je viens quand même de lui dire que nous ne sommes pas en couple depuis longtemps !

– Maman… ronchonné-je. Un mariage par an, c'est bien suffisant.

Surtout si Clémence est décidée à nous faire travailler jusqu'aux larmes pour le sien. Évidemment, je garde cette pensée pour moi.

– À ton âge, j'étais déjà mariée à ton père, me glisse-t-elle comme si je ne m'en souvenais pas.

Ce n'est que la trois centième fois qu'elle me le dit, après tout.

– Je sais, je sais. S'il te plaît, au lieu de t'acharner sur moi, tu devrais plutôt mettre la pression à Clémence pour qu'elle te fasse des petits-enfants, maintenant qu'elle va se marier.

Loin de se vexer, ma remarque la fait rire.

– Je n'y manquerai pas.

Un court silence s'installe entre nous. Je saute sur l'occasion pour terminer la conversation.

– Bon, il se fait tard. Je vais te laisser. Je te fais de gros bisous.

– Moi aussi, ma chérie, passe une bonne nuit.

Je m'apprête à raccrocher quand je l'entends crier dans le combiné :

– Et n'oublie pas de prévenir ta sœur !

Je lève les yeux au ciel et lui réponds avec une pointe d'agacement :

– Oui, maman !

Elle me souhaite à nouveau une bonne nuit avant de raccrocher.

Je pousse un soupir de soulagement. J'ai survécu à cette conversation. Maintenant, il ne me reste plus qu'à affronter ma sœur. Je m'en réjouis déjà. Qu'est-ce que je vais bien lui raconter ? Je ne suis pas sûre qu'elle accepte aussi facilement que ma mère que je ne donne aucun détail. Elle va essayer de me tirer les vers du nez, ça ne fait aucun doute.

→ vers **CHAPITRE 3** (p. 12)

CHAPITRE 8

À la réflexion, recontacter Hugo était vraiment une idée stupide. Bien sûr que c'était cool d'imaginer la tête que tirerait Clémence si je venais à son mariage avec son *crush* de lycée, mais il faut que ça reste du domaine du fantasme. Je suis certaine que, dans la réalité, ça aurait été décevant. Vu comme ma sœur a mon ex dans la peau, elle n'en aurait certainement rien à cirer et j'aurais fait tout ça pour rien. Non, vraiment, plus j'y pense et plus je me dis que c'était une mauvaise idée. Si Hugo avait répondu par l'affirmative, j'aurais peut-être mené ce plan à bien, mais dans ces conditions, je fais bien d'abandonner.

Plutôt que continuer avec des propositions farfelues, on va revenir à des projets plus terre à terre. Demain, je réactiverai mes comptes sur les applis de rencontre et essaierai de trouver un mec poli et pas trop moche pour m'accompagner.

Plus facile à dire qu'à faire. Les jours suivants, je passe de rencard en rencard à la recherche de la perle rare, mais je ne tombe que sur des tocards. Entre le relou qui ne parle que de lui, le dégueulasse qui rote après avoir bu sa bière au premier rendez-vous et le fils à papa qui me rappelle bien trop Thibault pour que je me sente à l'aise, je suis servie. Je ressors de ces rendez-vous épuisée et désespérée par la gent masculine. C'est à se demander si tous les mecs bien sont en couple. Il ne peut pas rester que des idiots, si ?

Je persévère et m'inscris à plusieurs cours de sport collectif, moi qui ne jure que par le jogging qui se pratique en solitaire. Sans résultat. Je suis tellement désespérée que je songe même pendant cinq minutes à reprendre le saut en hauteur, avant de me raviser. C'est mon père qui aurait été content. Depuis que j'ai arrêté à mon entrée en fac malgré un bon niveau, il ne cesse de le déplorer. Mais je n'ai pas réussi à me motiver. À quoi bon ? Même à la salle de muscu, les mecs ne me prêtent pas la moindre attention. Et ça commence clairement à me miner le moral.

Je vois défiler les jours avec angoisse. Plus la date du mariage se rapproche et plus je baisse mes exigences et accepte des rendez-vous désastreux parce que je n'ai pas envie de perdre la face devant ma famille. Imaginer les têtes attristées de mes parents et le sourire satisfait et condescendant de Thibault sont les seules choses qui me poussent à persister dans mes efforts. Sinon, j'aurais abandonné bien plus tôt.

La veille de mon départ pour le manoir arrive bien trop vite à mon goût. Il devient plus que probable que je doive m'y rendre seule. Déterminée à ne pas être humiliée, je tente jusqu'à la dernière seconde de trouver quelqu'un. Je passe une vingtaine d'appels et envoie le double de messages à la recherche d'une personne disponible et disposée à m'accompagner. Même une amie ! J'en suis au point de me dire qu'un faux coming out serait moins humiliant que d'être cataloguée comme vieille fille. Malheureusement pour moi, les quelques rares connaissances qui auraient pu accepter ma demande ne sont pas libres. On me reproche même de ne pas m'y être prise plus tôt. J'en rirais si je n'avais pas autant envie de pleurer.

Dans ma spirale de désespoir profond, je tente même une nouvelle fois de convaincre Hugo.

À Hugo Lepotier
18/05/25 à 16 h 43
Tu es vraiment sûr que tu ne veux pas venir au mariage ?
Une semaine gratis dans un manoir en Normandie,
ça ne se refuse pas, non ?

Il ne me répond pas.

Et mes pires cauchemars finissent par se réaliser. Je me rends seule au manoir quelques jours avant le mariage pour donner un coup de main afin de préparer la cérémonie. Tout autour de moi est magnifique, mais je n'arrive pas à m'en réjouir. La seule chose que je vois, ce sont les airs de pitié que me lance ma famille quand ils pensent que je ne les regarde pas. Clémence nous surcharge de tâches plus ingrates les unes que les autres, et je me jette à corps perdu dans le travail pour oublier ma solitude. Ça m'attire au moins les faveurs de ma sœur et de ma mère.

Le jour du mariage, je suis affublée d'une horrible robe rose pâle dont la coupe et la couleur ne me vont pas du tout.

Lorsque Clémence lance son bouquet de roses dans la foule, je décide une fois pour toutes de faire une croix sur l'amour. Mieux vaut être seule que mal accompagnée.

Célibataire endurcie, je dois me taper la présence de mon ex et de ma sœur qui filent le parfait amour à tous les repas de famille. Le reste de ma vie est un enfer.

HAPPY NEVER AFTER.

CHAPITRE 9

Dire que je suis stressée lorsque je gare ma voiture près de mon ancien lycée serait un euphémisme. J'ai les mains moites et tremblantes. J'ai passé toute la nuit et une bonne partie de la journée à me ronger les sangs, et à me demander ce que j'ai foutu. Il est trop tard pour revenir en arrière, maintenant, mais ça n'empêche pas une part de moi de regretter de m'être embarquée dans cette histoire. Et si Hugo ne m'avait pas prise au sérieux et qu'il ne se pointait pas ce soir ? Et s'il m'avait prise au sérieux, mais débarquait avec la police pour me faire arrêter pour chantage ? Je n'ai pas osé regarder ce que je risque s'il prend contact avec les autorités, mais je suis sûre que je suis bonne pour une amende salée, au minimum. Peut-être même de la prison si le juge n'est pas sympa avec moi et prend en pitié le pauvre Hugo, qui sait ? Je suis tarée pour avoir pensé à ce plan et l'avoir mis à exécution. J'ai l'impression d'être dans un train qui fonce droit dans un mur et qui n'a plus de freins. L'impact est imminent et sera violent. Et je ne suis pas certaine d'y survivre.

Je sors de mon véhicule, les jambes flageolantes. Je ne suis pas garée loin et, pourtant, j'ai l'impression que le trajet jusqu'au café dure des heures. Mon anxiété me force à regarder en détail les alentours à la recherche du moindre danger. Et si Hugo cherchait à m'éliminer pour que je ne puisse rien révéler ? Ce serait un retournement de situation digne des meilleurs thrillers, pas vrai ? Je secoue la tête et chasse l'image d'Hugo avec un couteau de boucher à la main et un sourire maniaque aux lèvres qui me poursuit à travers les couloirs du lycée. Entre lui et moi, c'est apparemment moi la plus dérangée des deux ! J'observe les devantures pour me distraire. Le quartier a pas mal changé depuis la dernière fois que je suis venue. Ça me fait un peu du vague à l'âme de le constater. J'ai à peine 26 ans et je me sens déjà vieille. Qu'est-ce que ça va être à 40 ans ?

Je suis par exemple dévastée de m'apercevoir que ma sandwicherie préférée est devenue un café. Mais le pire, c'est le magasin de bonbons dans lequel je me rendais parfois après les cours qui n'existe carrément plus. Le bâtiment a été rasé. La librairie est toujours là, mais elle a changé d'emplacement. Elle était mieux située avant.

Je dois être en train d'hyperventiler car je suis à bout de souffle quand j'arrive sur notre lieu de rendez-vous. Je jette un coup d'œil rapide à ma montre : j'ai quinze minutes d'avance. Je prends le temps de réguler ma respiration avant de pousser la porte. Aussitôt, je suis assaillie par l'odeur familière mais presque oubliée de nachos au fromage qui flotte dans l'air. J'étais toujours tentée d'en commander, mais je me forçais à résister par peur de prendre du poids lorsque j'étais ado. Je suis beaucoup moins stricte maintenant avec mon régime alimentaire. Il faut dire que je n'ai plus de coach pour m'obliger à me peser régulièrement. C'est clair que quand on fait du saut en hauteur, quelques kilos en plus peuvent vous clouer au sol.

L'intérieur du café n'a pas changé. Ce sont toujours les mêmes tables et chaises en bois qui collent. L'unique différence, ce sont les gens présents. Je n'y reconnais personne…

sauf une tête brune qui me regarde avec un air renfrogné. Je ne suis pas la seule à être en avance : Hugo est déjà là.

D'un pas que j'espère conquérant (mais qui vacille un peu), je me dirige vers lui. J'essaie de faire taire la petite voix dans ma tête qui me souffle qu'il est toujours aussi mignon qu'à l'époque. Avec une fausse confiance, je m'installe en face de lui et le salue d'un ton jovial :

– Ça me fait plaisir de te voir ! Merci d'être venu.

Il me lance un regard peu amène avant de soulever son verre de bière pour prendre une longue gorgée. On dirait bien qu'il essaie de se donner du courage. Bien. Apparemment, il a mordu à l'hameçon et me croit capable de mettre mes menaces à exécution. Si ça ne m'arrangeait pas autant, je me sentirais presque vexée.

– Le plaisir n'est pas réciproque, finit-il par lâcher en reposant son verre dans un bruit sourd.

Je retiens une grimace. Il fallait s'y attendre, mais ouille, ça fait quand même mal. Mieux vaut éviter de tourner autour du pot.

– Bon, c'est simple : tu n'as pas envie d'entacher ta réputation et je ne souhaite pas débarquer seule au mariage de ma sœur avec mon débile d'ex. On peut trouver un terrain d'entente, non ?

– Rien n'est moins sûr, marmonne-t-il entre ses dents.

Je fais mine de ne pas l'avoir entendu et continue d'un ton guilleret :

– Voici donc ce que je te propose : tu t'engages à m'accompagner et tu signes un accord de confidentialité à propos de notre petit arrangement. En échange, je promets moi aussi de signer un accord de confidentialité sur cette histoire d'épreuves truquées après le mariage de ma sœur. Qu'est-ce que tu en dis ?

– Que t'es vraiment une horrible personne, siffle-t-il avec rage.

Ses yeux noirs me lancent des éclairs. Je ne me laisse pas démonter et essaie de ne pas penser que, s'il le souhaitait, il pourrait me casser en deux sans aucun problème.

– Tu détestes les mariages au point de vouloir risquer ta carrière ?

– C'est une question de principe ! Je te dis non, tu me fais chanter et je devrais accepter ? Putain, Amanda, le consentement, ça te parle ?

Je refoule la vague de culpabilité qui menace de m'étouffer. Il ne faut pas que je craque !

– Je ne suis pas un monstre. Juste quelqu'un de profondément désespéré. Vois cet arrangement comme une transaction commerciale, si tu préfères. Tout ce qui m'importe, c'est que tu joues le rôle de mon petit ami au mariage. Après ça, tu n'entendras plus jamais parler de moi de toute ta vie.

Hugo émet un son à mi-chemin entre la moquerie et l'incrédulité.

– Quelqu'un de désespéré ? De désespérément déséquilibré, oui ! Je ne peux pas croire que tu me fasses ça.

Allez, Amanda, on ne se débine pas ! Je décide d'être ferme.

– Crois-le ou non, c'est en train de se passer. Alors, qu'est-ce que ce sera ? Tu t'engages à venir au mariage de ma sœur et tu signes l'accord de confidentialité, ou j'appelle mon contact dans la presse ?

Hugo finit son verre cul sec. Je tente de garder une expression neutre sur le visage alors qu'à l'intérieur de moi, c'est la panique. J'ai l'impression de suer à grosses gouttes. C'est le moment fatidique. Soit il accepte, soit il s'en va et, demain, j'aurai la police chez moi. Je me force à rester silencieuse pendant qu'il me scrute. Ne pas craquer, ne pas montrer de faiblesse. Il faut que mon bluff fonctionne. J'ai été trop loin pour me permettre de perdre.

– Donne-moi ce foutu accord de confidentialité, qu'on en finisse.

J'essaie de ne pas me précipiter pour sortir le document que j'ai préparé de mon sac. J'ai copié un modèle trouvé sur Internet que j'ai adapté à notre situation. Je suis presque sûre que ça ne tient pas légalement (le chantage est interdit par la loi, après tout) et que n'importe quel avocat pourrait le faire annuler en un claquement de doigts. J'ai décidé que ça n'avait sans doute pas d'importance. Tant qu'il me croit et pense avoir trop à perdre pour demander l'avis d'un professionnel, je devrais n'avoir rien à craindre.

Je lui tends la paperasse et un stylo afin qu'il puisse signer. Les minutes qui suivent sont une torture pour mes nerfs : il lit calmement la totalité du contrat. J'ai tellement chaud que je dois me retenir de m'éventer avec ma serviette. Même l'arrivée du serveur pour prendre ma commande ne parvient pas à me distraire de ma panique. Je lui demande une carafe d'eau et un shot de vodka. Il me faudra bien ça pour m'aider à me remettre de mes émotions. Hugo est toujours en train de lire quand mes boissons arrivent. Je descends la vodka d'une gorgée avant de la noyer dans mon estomac avec un grand verre d'eau. Hugo ne relève pas les yeux de sa copie. Je me force à respirer calmement et me focalise sur les expressions de son visage pour me distraire. Une barre soucieuse plisse son front. Ses sourcils sont froncés et ses lèvres se pincent par intermittence, ce qui renforce les ombres de sa mâchoire angulaire.

Il a le teint hâlé des personnes qui passent beaucoup de temps à l'extérieur, sans être trop bronzé. Un grain de beauté discret sur l'arête de son nez me fascine pendant plusieurs secondes avant que je sois interrompue dans mes observations par un raclement de gorge.

– Arrête de me fixer, c'est gênant, me lance-t-il en me tendant les feuilles.

Je ne me suis même pas rendu compte qu'il avait fini de lire et de signer l'accord. Un soupir de soulagement manque de m'échapper. Enfin. C'est fait. J'ai mon faux petit ami pour aller au mariage de Clémence. J'imagine déjà sa tête quand elle va me voir débarquer avec Hugo. Elle ne va pas en revenir !

Tout à mon triomphe, je ne fais pas attention à Hugo qui se relève d'un bond de sa chaise.

– Maintenant que c'est fait, je me tire. Je suppose que tu me contacteras pour les dates. En attendant, tu peux m'oublier !

Je comprends qu'il souhaite partir, mais il ne va quand même pas me planter comme ça ? Il faut qu'on échange un minimum d'informations pour rendre la supercherie crédible, non ?

Essayer de convaincre Hugo de se rasseoir pour préparer le mariage → vers **CHAPITRE 10** (p. 42)

OU

Ne pas envenimer la situation et laisser partir Hugo → vers **CHAPITRE 11** (p. 45)

CHAPITRE 10

Avant qu'il ait pu s'enfuir, je l'interpelle :

– Hé, tu vas où comme ça ? Ramène tes fesses, il faut qu'on règle encore quelques trucs.

Je n'ose pas parler trop fort au risque d'attirer l'attention. Quelques personnes ont déjà tourné la tête vers nous quand Hugo s'est levé. Je lui fais signe de se rasseoir d'un geste empressé. Il me lance un regard vénéneux. Si les regards pouvaient tuer…

– Tu te fiches de moi ? siffle-t-il en s'exécutant. Qu'est-ce qu'il te faut de plus ?

– À quoi bon jouer mon faux petit ami si notre histoire ne tient pas la route une seule seconde ? Je n'ai aucune envie qu'on se fasse cramer parce qu'on n'a pas accordé nos violons.

– On a qu'à dire qu'on a repris contact par messages, sur les réseaux sociaux ou par téléphone, et que de fil en aiguille, on a fini par se caser ensemble. C'est bon, je peux me barrer maintenant ?

– Attends, attends. On aurait repris contact quand ? Qui a officialisé ? Est-ce qu'on prétend que tu en pinçais toujours pour moi ?

– Décide ce que tu veux, je m'en fiche. Tu n'as qu'à m'appeler pour me dire ce qu'il faut que je raconte. Ou mieux, écris-moi un message, comme ça, je n'aurai pas à entendre le son de ta voix avant ce fichu mariage de mes…

J'ignore sa grossièreté et le presse :

– Ce serait mieux d'en discuter ensemble. Ça sera plus crédible que si je dois tout inventer. Tu risques d'être moins à l'aise que moi et ça va se voir.

Il se pince l'arête du nez et soupire avant de répondre. Je suis clairement en train d'user de sa patience.

– Amanda, tu sais quoi ? Je n'en ai vraiment rien à carrer ! Maintenant, je te le dis calmement, je vais partir et on se reverra pour le mariage. D'ici là, fous-moi la paix.

Il se lève à nouveau et, cette fois, m'ignore quand je l'interpelle. Je ne peux rien faire d'autre que le regarder quitter le café en soupirant. Je sens bien que cette histoire est mal barrée. Si ce n'est pas Clémence qui nous crame dans les premières secondes de notre arrivée, ça va être ma mère. Elle a un sixième sens pour reconnaître les mensonges et elle a tendance à être fouineuse. J'espère qu'elle sera trop distraite par les préparatifs du mariage pour creuser. J'essaie de me rassurer en me disant que même s'ils découvraient la supercherie, ils me prendraient certes pour une fille pathétique, mais pas lamentable au point de faire chanter quelqu'un pour s'éviter une humiliation. C'est presque réconfortant, non ?

Je suis sortie de mes pensées par le serveur.

– Tout va bien ? me demande-t-il avec sollicitude.

Pour la première fois de la soirée, je lui accorde de l'attention. Grand blond élancé, ses yeux bleus sont aussi lumineux que ses cheveux. Il a un certain charme, mais il fait pâle figure à côté d'Hugo.

– Oui, oui, ne vous inquiétez pas.

– Votre rencard ne s'est pas bien passé ? Ne soyez pas triste, il n'en vaut clairement pas la peine s'il ignore une jolie femme comme vous, me lance-t-il avec un clin d'œil.

Je manque de grimacer. Le compliment me fait plaisir, mais je ne peux pas m'empêcher de penser qu'Hugo a toutes les raisons du monde de m'éviter.

– Ça n'a pas marché cette fois, mais je suis sûre que je vais finir par trouver chaussure à mon pied, lui réponds-je d'un ton insouciant pour camoufler ma gêne.

– Je peux peut-être vous offrir un verre ?

Son sourire laisse apparaître une dentition parfaite. Bon, plus aucun doute, il est en train de me draguer. À tout autre moment, j'aurais sauté sur l'occasion et accepté la proposition, mais après cette conversation pénible avec Hugo, je ne suis pas dans le *mood*.

– Je pense que je vais en rester là pour ce soir. Une prochaine fois, peut-être ?

– Bien sûr. Moi, c'est Michaël. Je travaille les lundis, mercredis et les week-ends. N'hésitez pas !

Je me sens soulagée qu'il n'insiste pas. Je lui adresse un sourire et lui demande l'addition. Le temps qu'il parte la préparer, je sors mon portable. Mes doigts me démangent d'envoyer un message à Hugo. Mais pour lui dire quoi ? Je ne peux qu'empirer la situation en le contactant alors qu'il m'a clairement fait savoir qu'il ne voulait pas entendre parler de moi.

Quand Mickaël m'apporte l'addition, je remarque qu'Hugo n'a pas payé sa consommation. Je paie sans broncher. C'est de bonne guerre. J'aurais fait pareil à sa place.

Partir sans se retourner → vers **CHAPITRE 11** (p. 45)
OU
Envoyer un message à Hugo → vers **CHAPITRE 12** (p. 49)

CHAPITRE 11

J'ai laissé passer quelques jours après ma rencontre avec Hugo avant de le recontacter. J'ai pensé qu'il valait mieux attendre pour le solliciter à nouveau, le temps qu'il digère le mauvais coup que je lui ai joué. Je lui ai envoyé en tout et pour tout deux messages :

À Hugo Lepotier
08/05/25 à 14 h 03
Salut, Hugo, voici ce je te propose : on a repris contact via les réseaux sociaux. Je vais aller liker tous tes derniers posts et tu devrais faire pareil avec les miens. OK pour toi ?

Hugo ne m'a pas répondu, mais le lendemain, mon téléphone vibre pendant de longues minutes sous l'afflux des notifications. Je prends ça pour un signe positif. Il semble un minimum impliqué pour rendre la supercherie crédible. S'il continue ses efforts, ça ne peut que bien se passer lorsque nous rencontrerons ma famille. (L'espoir fait vivre, pas vrai ?)

Deux jours plus tard, je lui envoie un second message :

À Hugo Lepotier
10/05/25 à 16 h 34
Hello Hugo, je peux passer te prendre en voiture lundi 19

à 15 heures. Ma famille nous attend pour 18 heures au manoir de la Falaise. Prépare-toi pour une semaine de folie (vraiment désolée d'avance). Où est-ce que tu veux qu'on se retrouve ?

Il m'a répondu en me donnant les coordonnées d'un McDonald's paumé au milieu de nulle part. Je ne peux pas lui en vouloir de ne pas m'avoir communiqué l'adresse de son domicile. À sa place, je ne l'aurais pas fait non plus !

J'ai essayé de ne pas trop me laisser gagner par l'anxiété alors que les jours filaient à vitesse grand V. Mais plus facile à dire qu'à faire. Si Hugo ne répondait pas à mes messages, ce n'était pas le cas de ma sœur, qui me harcelait au moins trois fois par jour ! Elle n'a pas arrêté d'essayer de savoir avec qui je viendrai. Je l'ai envoyée bouler. Vu le temps qu'elle a passé à me harceler, difficile de croire qu'elle est occupée à organiser le plus beau jour de sa vie.

Quand ce n'était pas Clémence, c'était ma mère qui n'arrêtait pas de me solliciter. Elle m'a renvoyé quatre fois l'adresse du manoir, comme si je ne savais pas lire les coordonnées inscrites sur l'invitation. Ou alors elle a cru que j'avais jeté le carton. J'avoue que cette idée m'a traversé l'esprit à maintes reprises, mais j'ai toujours réussi à résister à l'envie. On ne sait jamais. Peut-être que Thibault et elle divorceront et que je pourrai me faire un plaisir de la ressortir aux repas de famille juste pour la faire grincer des dents.

Comme je n'ai vraiment aucune motivation à me rendre à ce mariage, j'ai attendu la dernière minute pour faire ma valise. Et me voilà donc à tenter de la fermer tant bien que mal après y avoir jeté tout ce qui me passait sous la main. J'ai même mis un maillot au cas où il me prenait l'envie de m'enfuir en Angleterre à la nage pour échapper à la cérémonie.

Bon, OK, j'exagère peut-être un peu. Il serait surtout utile en cas de journée spa pour me détendre et relâcher toutes ces mauvaises énergies.

Il est 14 h 19 quand je fais démarrer la voiture. Le GPS m'indique que je parviendrai au fast-food d'ici trente-huit minutes. J'espère que je n'aurai pas de tracas sur la route pour m'y rendre. Il ne manquerait plus que j'arrive en retard et qu'Hugo en profite pour changer d'avis et se faire la malle.

Heureusement, à part un micro-ralentissement pour lequel je regrette de m'être autant stressée, le trajet se passe sans encombre. J'arrive pile à l'heure au lieu de rendez-vous. Je me gare et sors de mon véhicule. Je scrute les alentours, aucun Hugo à l'horizon. Un pic de nervosité m'assèche la gorge. Je refuse de céder à la panique et dégaine mon téléphone.

À Hugo Lepotier
19/05/25 à 15 h 03

Je suis garée pas loin du drive. Ma voiture est bleue, tu ne peux pas la rater, c'est la seule sur le parking.

Je reste debout, à côté de ma voiture en me sentant bien bête. Les secondes défilent avec lenteur. Je regarde l'heure sur mon portable, il est 15 h 06 et ça me semble très bizarre. Il y a au moins dix minutes que je poireaute, non ?

J'entends le son caractéristique des roulettes de valise sur le bitume dans mon dos. Le soulagement m'envahit avant même que je ne me retourne. Ça ne peut être que lui ! Je pivote sur mes talons, le sourire aux lèvres.

– Tu es venu ! m'écrié-je avec ravissement.

– Ce n'est pas comme si j'avais vraiment le choix.

Le ton est agacé et la mine, pincée. Il s'avance vers moi en survêt de sport. Je le dévisage des pieds à la tête avec circonspection, mais me retiens de faire le moindre commentaire. Si nous étions en couple, je ne l'aurais jamais laissé débarquer comme ça pour rencontrer mes parents. Mais mieux vaut éviter de faire la fine bouche dans ce cas-ci. J'espère juste qu'il a mis un costard pour le mariage dans la valise qu'il traîne, sinon, Clémence va péter un câble.

– Merci quand même, lui lâché-je. Je sais que j'ai été odieuse sur ce coup-là, mais vraiment, je n'avais pas le choix.

– Je ne te croirai que si tu signes l'accord de confidentialité et me libères sur-le-champ.

Mon sourire s'efface.

– Je suis vraiment désolée, mais je ne peux pas faire ça.

– Alors, tes mots ne valent rien. Épargne-moi tes excuses bidon.

Je ne peux rien faire d'autre que hocher la tête. Pour dissiper l'atmosphère gênante, je me racle la gorge et me précipite vers mon coffre pour l'ouvrir.

– Il reste une petite place pour ta valise, me forcé-je à dire d'un ton jovial comme si tout allait bien dans le meilleur des mondes.

Sans dire un mot, Hugo soulève le bagage et le pose à l'intérieur. J'essaie de ne pas regarder les muscles de ses biceps qui se contractent sous sa veste. Je me racle à nouveau la gorge.

– On ne devrait pas traîner, on a quelques heures de route devant nous.

Toujours silencieux, Hugo s'installe à côté de moi dans la voiture. Je démarre le moteur et, cette fois, c'est parti. La pire semaine de ma vie est sur le point de commencer. Je suppose que mon passager songe à la même chose que moi. Je devrais m'en sentir honteuse, mais cette pensée me réconforte un peu.

→ vers **CHAPITRE 13** (p. 51)

CHAPITRE 12

À Hugo Lepotier
05/05/25 à 21 h 36

Merci d'être venu. Je sais que tu m'en veux, mais sache que je suis désolée. Je ne souhaitais pas en arriver là.

À Hugo Lepotier
08/05/25 à 14 h 03

Salut, Hugo, voici ce je te propose : on a repris contact via les réseaux sociaux. Je vais aller liker tous tes derniers posts et tu devrais faire pareil avec les miens. OK pour toi ?

À Hugo Lepotier
14/05/25 à 14 h 03

N'oublie pas Facebook et Instagram !
Il faut que ça soit un minimum crédible !

Appels en absence vers Hugo Lepotier : 2

À Hugo Lepotier
16/05/25 à 14 h 03

Je passerai te prendre chez toi en voiture, mais j'ai besoin de ton adresse ! Rendez-vous le 19 à 15 heures.

Appels en absence vers Hugo Lepotier : 7

À Hugo Lepotier
17/05/25 à 10 h 48
Il me faut ton adresse !

À Hugo Lepotier
18/05/25 à 9 h 37
Je peux venir te prendre autre part que chez toi si tu préfères, mais j'ai quand même besoin d'une adresse !!!

De Hugo Lepotier
19/05/25 à 11 h 42
Parking du McDo de Bussy-Saint-Georges.

À Hugo Lepotier
19/05/25 à 12 h 27
Je me mets en route, à tout à l'heure.

→ vers **CHAPITRE 13** (p. 51)

CHAPITRE 13

J'essaie de faire la conversation pendant le trajet, mais Hugo reste silencieux. Tout au plus, il me répond par des grognements quand je lui explique les activités que nous avons supposément faites depuis que nous nous sommes mis ensemble, il y a trois mois. Je lui parle de mes parents, de ma sœur, de mon ex et de sa famille que je ne connais pas du tout. J'aime à penser qu'il m'écoute attentivement à défaut de réagir, mais je me voile peut-être la face.

Après deux heures de route, je meurs de soif parce que j'ai trop parlé, et je dois aller au petit coin. Je m'arrête donc sur une aire d'autoroute. Hugo ne perd pas de temps pour sortir du véhicule. Je dois presque courir pour le rattraper.

– Tu veux un café et quelque chose à manger ? C'est moi qui offre. Je te dois bien ça.

Pour toute réponse, il rentre dans la supérette et va faire ses emplettes. Je le suis et il me tend les items les uns après les autres. Je me retrouve avec une grande bouteille d'eau, une boisson énergétique, une barre de céréales et une boîte de chewing-gums. J'y ajoute un cookie au chocolat et un café.

Il s'installe près de moi plutôt que de profiter de l'instant pour me fausser compagnie comme je l'aurais pensé. Tout n'est peut-être pas perdu. D'ici le mariage, nous arriverons peut-être à avoir une relation cordiale ? Rien n'est moins sûr, mais je me surprends à l'espérer.

Je suis en train de siroter mon café brûlant quand Hugo sort de son mutisme.

– Ton ex, là. Thibault. T'es restée longtemps avec lui ?

Heureuse qu'il m'adresse enfin la parole et malgré le sujet qui a tendance à me crisper, je lui réponds :

– Cinq mois. C'est moi qui l'ai plaqué, si tu te posais la question.

– Parce qu'il tournait déjà autour de ta sœur ?

– Parce que c'était un abruti. Nos caractères étaient incompatibles. On se disputait tout le temps.

– Décidément, t'as un don pour choisir des imbéciles.

Je cligne des yeux, dubitative. Je rêve où Hugo vient de plaisanter avec moi ? Commencerait-il à se décoincer ? Prudemment, je décide de continuer sur le même ton.

– Ça, tu l'as dit. Je ne brille pas pour mes choix en matière de mecs.

– Comment est-ce que ta sœur en est venue à sortir avec ton ex ?

– L'histoire officielle, c'est qu'ils se sont recroisés à une soirée quelques semaines plus tard et ont passé tout leur temps à se parler. Ils se sont revus en tête-à-tête après ça et c'était parti.

– Et c'est quoi la version officieuse ? Il devait déjà y avoir quelque chose entre eux avant, non ?

– Je l'ai toujours pensé, oui. Disons que je ne l'ai pas hyper bien pris. J'étais verte quand Clémence me l'a annoncé. Je me suis sentie trahie.

Hugo reste silencieux un moment, il me dévisage et j'ai du mal à garder une mine stoïque face à son regard scrutateur.

– Suffisamment en colère et blessée pour me faire chanter, apparemment.

C'est à mon tour de me taire. Que répondre à ça ? Il a raison. Pour cacher mon visage qui doit révéler mon désarroi, je bois une longue gorgée de café et finis mon gobelet. Je le broie dans ma main avant de me diriger vers la poubelle où je le laisse tomber. Par-dessus mon épaule, je lance :

– Je passe aux toilettes et j'arrive. On se retrouve à la voiture !

Il hoche la tête.

Quelques minutes plus tard, je le retrouve sur le parking. Il est en train de manger sa barre de céréales. Nous reprenons place dans ma voiture en silence. C'est à croire que j'ai rêvé l'échange de tout à l'heure.

Maintenant que j'ai goûté à une conversation normale avec lui, le silence m'est plus pesant que précédemment. Pour me distraire, j'allume la radio. La musique pop et les commentaires des animateurs viennent combler cette distance entre nous.

Après un trajet en voiture glacial, je suis presque heureuse d'arriver à destination. *Presque*. Car l'heure est maintenant venue d'affronter ma famille et je ne me sens pas du tout prête. J'ai mis tant d'énergie à convaincre Hugo que j'en ai presque oublié de me préparer psychologiquement à ce qui m'attend.

Je baisse le clignotant quelques secondes avant de tourner à droite pour pénétrer dans la rue où est situé le manoir de la Falaise. Pas besoin du numéro pour trouver notre destination. Une immense allée bordée de platanes me donne toutes les indications nécessaires. C'est encore plus m'as-tu-vu que ce que j'imaginais.

Alors que je remonte le chemin à basse allure, j'en prends plein les yeux. La propriété est absolument charmante. Le jardin à la française, parfaitement symétrique, met en valeur la fontaine qui trône au milieu de la cour. Derrière elle se dresse le manoir, dans une splendeur immaculée de blanc. Avec le rayon de soleil dont nous sommes gratifiés, il semble briller de mille feux. C'est un endroit de rêve pour un mariage. Je suis certaine que Clémence va se sentir comme une princesse dans sa robe de mariée. Hugo laisse échapper un sifflement admiratif alors que je gare ma voiture à côté de celle de mes parents.

– Ça en jette, hein ? lui lancé-je en croisant les doigts pour qu'il me réponde.

– Je ne veux même pas savoir le prix de la location, daigne-t-il lâcher.

– Oh, rien du tout. Je ne te l'ai pas dit ? C'est la famille de Thibault qui nous héberge. C'est sa tante qui est la propriétaire, si j'ai bien compris ce que ma mère m'a expliqué.

– Ah.

J'ai du mal à interpréter le ton sur lequel Hugo lâche cette exclamation. Un mélange de dédain et d'envie peut-être ? Je sais qu'il ne vient pas d'un milieu aisé.

Je coupe le moteur, pousse un soupir et me tourne vers lui.

– Prêt à affronter tout le monde ?

– Pas trop le choix, il me semble.

Sur ces paroles pleines de vérité, nous sortons du véhicule. Je précède Hugo jusqu'à la lourde porte de bois. Un heurtoir doré fait office de sonnette.

Nous n'avons pas à patienter pour que la porte s'ouvre devant nous. Je pénètre à l'intérieur et tombe nez à nez avec le comité d'accueil. Il est au grand complet ; tout le monde est déjà présent. Je ne suis pas surprise que nous soyons les derniers à arriver. Je suis sûre que ma mère a convaincu mon père de partir de la maison à 9 heures du matin. Elle est si excitée par le mariage : sa cadette se marie et c'est la première de la famille.

Saluer les parents d'Amanda et Clémence
→ vers **CHAPITRE 14** (p. 55)

OU

Éviter Clémence et Thibault en parlant avec des personnes inconnues → vers **CHAPITRE 16** (p. 63)

CHAPITRE 14

J'ignore les autres personnes présentes et me dirige d'emblée vers mes parents. Les yeux bleus perçants de ma mère sont rivés sur Hugo. C'est à peine si elle me regarde quand je l'embrasse. Mon père, en revanche, me serre dans ses bras.

– Maman, papa, je vous présente Hugo. Vous vous souvenez sans doute de lui ? On était dans la même classe au lycée.

– Hugo, mais bien sûr ! lance mon père en me glissant un regard amusé. J'aurais dû te reconnaître tout de suite. Nous avons toujours beaucoup regardé les compétitions d'athlétisme à la maison…

Je me sens rougir. C'est bien pour notre supercherie, mais je suis quand même un peu gênée vis-à-vis d'Hugo : a-t-il compris que c'est moi qui insistais pour allumer la télévision pour suivre son parcours ? Il serre la main de mon père et fait la bise à ma mère.

– Enchanté. Je suis ravi de vous rencontrer. Amanda m'a aussi beaucoup parlé de vous.

Les paroles sont sarcastiques, mais le ton est si sérieux et charmant que je suis la seule à le savoir. Ça ne commence pas trop mal.

– En bien, j'espère, lâche ma mère qui continue de le scruter.

Sa bouche fait une moue. Aïe. Elle ne semble pas convaincue par Hugo. Je mettrais ma main à couper que c'est le survêtement de sport qui la chagrine.

– Bien sûr ! répond-il avec un sourire charmeur. Et maintenant que je vous rencontre, je vois d'où Amanda tient sa beauté.

– Oh, notre petite Amanda s'est trouvé un flatteur, plaisante mon père en glissant sa main dans le dos de ma mère dont le visage se fige dans une expression stoïque. Il a bon goût et une sacrée paire d'yeux.

– Hugo n'est pas seulement un flatteur, m'empressé-je d'intervenir, il est surtout un champion aux multiples médailles.

– Tu vois, Amanda, m'apostrophe mon père en se tournant vers moi, si tu avais continué le saut en hauteur, toi aussi, tu aurais pu ramener des médailles à la maison. Ça aurait été autre chose que de vendre de l'équipement aux sportifs du dimanche !

– Je ne suis pas vendeuse, je suis conseillère, grommelé-je. Tu le sais très bien.

Je déteste quand il remet le sujet sur le tapis. Ça va, j'ai compris sa déception, pas besoin d'en parler chaque fois qu'on se voit ! Je n'étais pas mauvaise en saut en hauteur, mais je ne pense pas que la vie de sportive de haut niveau aurait été pour moi. Beaucoup trop de sacrifices pour peu de reconnaissance et aucune garantie de victoire. Je préférais que ça reste un hobby plutôt qu'un métier. J'ai arrêté quand j'étais à la fac et que je préparais mon diplôme de kinésithérapeute. Mon père ne me l'a jamais vraiment pardonné, surtout quand j'ai raté mon année et que j'ai décidé de rentrer dans la vie active plutôt que de poursuivre mes études.

– Être sportif professionnel, ce n'est pas aussi glamour qu'on le pense. Il m'arrive souvent de regretter mon choix, surtout quand je sais que tout sera fini dans quelques années et qu'il ne me restera plus qu'à trouver un boulot de coach. Ça ne vend pas du rêve.

Je tente de ne pas laisser la surprise transparaître sur mon visage. Est-ce qu'Hugo vient de me défendre ? C'est délicat de sa part et je ne m'y attendais pas.

– Une défense passionnée ! Ma chérie, je pense que cette fois-ci, tu t'es trouvé le prince charmant parfait, s'exclame jovialement mon père, pas vexé pour un sou d'avoir été rabroué.

Mon cœur se serre dans ma poitrine. Que dirait-il s'il soupçonnait que tout cela n'était qu'un mensonge ?

– Je sais. Je suis consciente d'avoir beaucoup de chance.

J'envoie un sourire sincère en direction d'Hugo qui me le retourne.

– Non, c'est moi qui ai beaucoup de chance d'être avec votre fille. C'est une vraie passionnée. Elle est terriblement convaincante quand elle veut obtenir quelque chose. Rien ne l'arrête.

Je ne manque pas du tout le caractère sarcastique de la réplique, mais je la prends avec grâce. C'est de bonne guerre.

– Ça, c'est bien notre Amanda, ajoute ma mère qui sort de son mutisme. Une vraie tête de mule quand elle a décidé quelque chose.

– Eh bien, c'est ma fête, aujourd'hui, ironisé-je.

– Tu mérites amplement ces compliments, ma chérie, me réplique Hugo en se rapprochant de moi. Mais ne soyons pas mal polis, nous n'avons pas encore salué tout le monde. Tu me présentes ?

Affronter Clémence et Thibault → vers **CHAPITRE 15** (p. 58)

OU

Éviter Clémence et Thibault en parlant avec des personnes inconnues → vers **CHAPITRE 16** (p. 63)

CHAPITRE 15

Le plus discrètement possible, je prends une profonde inspiration. Il est temps d'affronter ma casse-pieds de sœur et mon nigaud d'ex. Je plaque un grand sourire sur mes lèvres, bien décidée à ne pas laisser entrevoir mon amertume.

Quand je me dirige vers eux, Clémence est en train de piaffer d'impatience. Elle porte un chemisier lavande et a relevé ses boucles brunes en un chignon raffiné. Je ne la reconnais presque pas. Je suppose que l'ambiance du manoir lui donne envie d'être sophistiquée, bien loin de ses salopettes et queues-de-cheval habituelles.

– Hugo, voici ma sœur, Clémence. Tu ne te souviens peut-être pas d'elle, elle était dans les bébés du collège quand on était au lycée.

Et toc ! Clémence me lance un regard vénéneux. Visiblement, elle n'aime pas qu'on lui rappelle que son *crush* de l'époque n'avait même pas conscience de son existence.

– Ravi de faire ta connaissance ! Et félicitations.

J'ai envie de serrer Hugo dans mes bras de soulagement. Il est parfait jusqu'ici.

– Et voici Thibault, son fiancé…

… *et mon ex*. Je suis certaine que tout le monde est en train de finir ainsi cette phrase dans sa tête. Thibault nous adresse un sourire crispé. Il est engoncé dans un polo rose qui lui donne un air de fils à papa. Ce qu'il est, d'ailleurs. Je sens tout de suite que le courant ne passe pas du tout entre lui et Hugo. Ils se serrent la main, mais je les soupçonne de tenter de se broyer les os mutuellement. Thibault balaie des yeux la tenue d'Hugo avec un dédain mal camouflé. Ça me donne immédiatement envie de lui donner des baffes. Pourtant, je devine que c'était l'effet recherché par Hugo quand il a choisi ses habits.

– Le fameux marié ! Tu dois être content de rentrer dans la famille Beaulieu. Tu étais plus que motivé, si j'ai bien compris.

Sous le coup de la surprise, un petit rire étranglé m'échappe. Hugo mérite une médaille. Je m'attendais vraiment à ce qu'il fasse un effort minimal, mais il excelle dans son rôle de faux petit ami.

– Je suis ravi de me marier à Clémence, effectivement. Elle est formidable.

– Comme sa sœur, lui rétorque Hugo avec un sourire faux cul.

J'ai envie de l'applaudir. Où est le pop-corn ? J'en mangerais bien un bol.

– Bien sûr que les sœurs Beaulieu sont les meilleures. Pas vrai, sœurette ? s'immisce Clémence dans la conversation en prétendant ne pas comprendre le sous-entendu.

– On mériterait d'être les vedettes d'un film ! Ou mieux, d'une série !

Vu les quantités de *dramas* de cette famille, je suis certaine que ça ferait un tabac.

– On en est à l'épisode mariage, apparemment, commente Hugo. Rappelez-moi de quelle saison ?

– Qui compte ? répond Clémence du tac au tac. Ça n'a pas d'importance.

Pour toute réponse, Hugo ricane.

– Tu es fan de séries, si je comprends bien, lui demande Thibault qui tente sans doute de changer de sujet. J'ai particulièrement apprécié *La Casa de papel*. Je n'ose pas imaginer ce qui se passerait si ça devait arriver dans notre banque. Pas que nous ayons de si grandes quantités de liquides, évidemment…

– Tu as l'air d'être calé sur les dernières tendances, ironise Hugo.

Thibault bombe le torse. Il me fait penser à un oiseau qui gonfle son plumage pour attirer l'attention et paraître plus gros qu'il ne l'est. Dommage pour lui, à côté de mon faux petit ami, il ne fait pas le poids.

– Pas vraiment, je préfère regarder les infos. C'est plus instructif.

– Je n'en doute pas.

Les deux hommes se regardent en chien de faïence. Ça m'amuse trop pour que je songe à arrêter leur petite guerre d'ego. Clémence, en revanche, semble en avoir assez.

– Thibault, mon amour, présente un peu ta famille à Hugo et Amanda.

Je me tourne vers le couple juste à côté de nous que j'avais presque oublié. La femme paraît ravie que nous lui accordions enfin notre attention, tandis que l'homme n'en a rien à cirer, trop occupé à pianoter sur son téléphone, une moue contrariée aux lèvres. Avec son costard trois pièces bleu marine associé à une cravate noire, il ressemble à un cliché ambulant d'homme d'affaires trop accaparé par le boulot pour s'occuper de sa famille. Même s'il n'était pas le portrait craché de Thibault avec quelques années de plus et des cheveux grisonnants plutôt que blonds, j'aurais deviné qui il était en raison de son attitude. Bien que nous ne soyons pas restés longtemps en couple tous les deux, j'ai eu tout le temps de comprendre la relation conflictuelle que Thibault entretenait avec son père. Après la mort de sa mère quand il avait à peine 11 ans, l'absence de son père lui a été particulièrement douloureuse.

La femme qui se tient à ses côtés ne peut être que sa tante. Elle a le même nez aristocratique que Thibault et son père, et le même cou allongé sur lequel elle attire l'attention avec un magnifique collier de perles. Ça ne m'étonnerait pas qu'il coûte le prix de mon loyer. Les Lauzier ont de l'argent et ça ne les gêne pas de le montrer. Contrairement aux deux hommes, les traits du visage de la femme sont doux et son sourire, bienveillant. Je me sens tout de suite à l'aise en sa présence, elle me paraît sympathique.

– Allons, je peux me présenter toute seule, Clémence, pas besoin de l'aide de mon neveu. (Elle se retourne vers nous.) Ravie de vous rencontrer, moi, c'est Marie-Isabelle, mais si vous ne m'appelez pas Isa, je serai très mécontente. Bienvenue dans mon humble demeure.

Elle colle deux baisers sur les joues d'Hugo avant de faire de même avec moi. Elle s'approche ensuite pour me serrer dans ses bras. Surprise je me tiens droite et dois me forcer à me détendre. Je suis soulagée lorsqu'elle me relâche : je n'aime pas les attaques surprises de ce genre de la part de gens que je ne connais pas.

– Marc-Emmanuel, sois aimable ! Lâche au moins ce téléphone trente secondes pour saluer ces jeunes gens. Que dirait Père s'il te voyait ? Le pauvre bougre doit être en train de se retourner dans sa tombe. Il ne nous a pas éduqués comme ça. Mère serait également mortifiée par ton comportement.

Ma sympathie pour Isa monte en flèche. Cette femme a de la poigne, j'aime ça.

Ledit Marc-Emmanuel souffle avec agacement, mais consent à nous accorder un minimum d'attention.

– Bienvenue, lâche-t-il en nous serrant la main.

Il me dévisage des pieds à la tête sans dire un mot de plus avant de se retourner vers Clémence. J'ai la désagréable impression qu'il est en train de nous comparer. Je parie qu'il établit même un classement entre nous. Je me retiens de frissonner de dégoût.

Je suis presque soulagée lorsque son téléphone se met à sonner et qu'il reporte ses yeux sur l'appareil.

– Il faut vraiment que je décroche, lance-t-il à la cantonade avant de s'éloigner dans le couloir à grands pas.

Charmant. Thibault a clairement hérité de lui.

Les lèvres pincées, Isa secoue la tête avec consternation. Lorsqu'elle aperçoit mon regard, elle s'arrête net et m'adresse un sourire.

– Maintenant que les présentations sont faites, marmonne Thibault qui semble nerveux, ce serait peut-être bien que je vous montre où vous logez pour que vous puissiez déposer vos affaires.

Il se tourne vers ma sœur comme pour lui demander son autorisation. Je ne peux m'empêcher de le trouver pathétique d'avoir besoin de son avis pour ce genre de proposition. Clémence lui répond par un hochement de tête. Il semble reprendre de sa superbe.

– Vous venez ? nous interpelle-t-il d'un ton confiant.

Suivre Thibault et découvrir le manoir → vers **CHAPITRE 17** (p. 69)

OU

Décliner la *charmante* invitation de Thibault et aller manger → vers **CHAPITRE 18** (p. 73)

CHAPITRE 16

Je ne me sens vraiment pas d'humeur à affronter tout de suite Clémence et Thibault. Je me rabats donc sur les deux personnes que je n'ai pas encore eu l'occasion de rencontrer.

Je n'ai pas de mal à reconnaître le père de Thibault. Son fils est son portrait craché avec quelques années de moins et les cheveux blonds plutôt que grisonnants. Il ne semble même pas remarquer que je le dévisage tant il est concentré sur son portable sur lequel il ne cesse de pianoter, une moue contrariée aux lèvres. Avec son costard trois pièces bleu marine associé à une cravate noire, il est le parfait cliché de l'homme d'affaires trop occupé pour se soucier de sa famille. Pas étonnant que Thibault et lui aient une relation conflictuelle. Le décès de la mère de Thibault quand celui-ci n'avait que 11 ans n'a pas dû arranger la situation. Bien que nous ne soyons pas restés longtemps en couple tous les deux, j'ai eu tout le temps de comprendre les problèmes familiaux des Lauzier. Je souhaite bien du courage à Clémence.

La femme qui se tient aux côtés du père de Thibault ne peut être que sa sœur. Elle a le même nez aristocratique et le même cou allongé. Elle met d'ailleurs ce dernier en évidence grâce à un magnifique collier de perles. Ça ne m'étonnerait pas qu'il coûte le prix de mon loyer. Les Lauzier sont des gens friqués et ça ne les gêne pas de le montrer. Contrairement aux deux hommes, les traits de son visage sont doux et son sourire, bienveillant. Je me sens tout de suite à l'aise en sa présence, elle me paraît sympathique.

– Vous devez être la famille de Thibault, me lancé-je en guise d'introduction. Je suis Amanda, la sœur de Clémence, enchantée. Voici Hugo, mon petit ami.

Le père de Thibault ne semble même pas m'entendre. Sa tante, elle, s'avance vers nous le sourire aux lèvres. Elle colle deux baisers sur les joues d'Hugo avant de faire de même avec moi. Elle s'approche ensuite pour me serrer dans ses bras. Surprise, je me tiens droite et dois me forcer à me détendre. Je suis soulagée lorsqu'elle me relâche : je n'aime pas les attaques surprises de ce genre de la part de gens que je ne connais pas.

– Soyez les bienvenus dans mon humble demeure, je m'appelle Marie-Isabelle. Je suis la maîtresse de maison. Mais surtout, appelez-moi Isa, je déteste qu'on m'appelle autrement. C'est un crime d'appeler son enfant comme ça. Je ne sais pas ce qui est passé par la tête de mes parents.

Je cligne des yeux, désarçonnée par son discours. Sacrée bonne femme. Alors que j'intègre ce qu'elle vient de raconter, ladite Isa interpelle son frère.

– Marc-Emmanuel, sois aimable ! Lâche ton téléphone trente secondes pour saluer ces jeunes gens. Que dirait Père s'il te voyait ? Le pauvre bougre doit être en train de se retourner dans sa tombe. Il ne nous a pas éduqués comme ça. Mère serait également mortifiée par ton comportement.

Ledit Marc-Emmanuel souffle avec agacement, mais consent à nous accorder enfin son attention.

– Bienvenue, articule-t-il en nous serrant la main.

Il me dévisage des pieds à la tête. Je me retiens de gigoter, mal à l'aise face à cet examen. Il finit par détourner les yeux pour s'adresser à Clémence :

– Ta sœur et toi, vous vous ressemblez fortement.

– On se ressemble physiquement, mais on n'a pas du tout le même caractère, réplique-t-elle d'un ton froid.

Elle me fusille du regard, agacée que je l'ignore.

Je grince des dents avant de plaquer un sourire sur mes lèvres et de la saluer d'une voix que j'espère joviale. Elle porte un chemisier lavande et a relevé ses boucles brunes en un chignon raffiné. Je ne la reconnaîtrais presque pas. Je suppose que l'ambiance du manoir lui donne envie d'être sophistiquée, bien loin de ses salopettes et queues-de-cheval habituelles.

À côté d'elle, Thibault semble crispé. Il est engoncé dans un polo rose qui lui donne l'air d'être un fils à papa. Ce qu'il est, d'ailleurs. Je sens tout de suite que le courant ne passe pas du tout entre Hugo et lui. Ils se serrent la main, mais je les soupçonne de tenter de se broyer les os mutuellement. Thibault balaie des yeux la tenue d'Hugo avec un dédain mal camouflé. Ça me donne immédiatement envie de lui donner des claques. Pourtant, je devine que c'était l'effet recherché par Hugo quand il a choisi ses habits.

– Hugo, je te présente ma sœur, Clémence. Tu ne te souviens peut-être pas d'elle, elle était dans les bébés du collège quand on était au lycée.

Et hop, petite pique. Clémence me lance un regard vénéneux. Visiblement, elle n'aime pas qu'on lui rappelle que son *crush* de l'époque n'avait même pas conscience de son existence.

– Et voici son fiancé, Thibault.

– Ravi de faire votre connaissance. Et félicitations !

– Merci, lui répond Thibault. Nous sommes enchantés de pouvoir nous marier dans ce cadre merveilleux.

Merci, tantine, ironisé-je intérieurement.

– Ça, je veux bien le croire, le lieu est *charmant*, réplique-t-il d'un ton où transparaît un soupçon de moquerie. Et les sœurs

Beaulieu, aussi, d'ailleurs... Je suis impressionné par ta détermination à faire partie de leur famille.

Sous le coup de la surprise, je manque de laisser échapper un rire narquois. Hugo mérite une médaille. Je m'attendais à ce qu'il fournisse un effort minimal, mais il excelle dans son rôle de faux petit ami.

Je ne suis pas la seule à goûter à la plaisanterie : Isa ne se retient pas de glousser alors que les deux hommes se jaugent avec dédain. Je lui jette un coup d'œil surpris. Ne devrait-elle pas soutenir son neveu plutôt que rire à la pique d'Hugo ?

Marc-Emmanuel est, quant à lui, à nouveau absorbé par son portable, je crois qu'il n'a rien entendu. Ma sœur, elle, ne laisse rien paraître mais je remarque bien ses mâchoires serrées.

– Je suis le plus heureux des hommes de pouvoir épouser Clémence, réplique Thibault d'un ton pincé. Elle est formidable.

– Comme sa sœur, lui rétorque Hugo avec un sourire faux cul.

J'ai envie de l'applaudir. Où est le pop-corn ? J'en mangerais bien un bol.

– Bien sûr que les sœurs Beaulieu sont les meilleures. Pas vrai, sœurette ? intervient Clémence, prétendant ne pas comprendre le sous-entendu.

– On mériterait d'être les vedettes d'un film ! répliqué-je d'un ton moqueur. Ou mieux, d'une série !

Vu les quantités de *dramas* de cette famille, je suis certaine que nous ferions un tabac.

– On en est à l'épisode mariage, apparemment, commente Hugo. Rappelez-moi de quelle saison ?

– Qui compte ? réplique Clémence du tac au tac. Ça n'a pas d'importance.

Pour toute réponse, Hugo ricane.

– Tu es fan de séries, si je comprends bien, lui demande Thibault qui tente sans doute de changer de sujet. J'ai particulièrement apprécié *La Casa de papel*. Je n'ose pas imaginer ce qui se passerait si ça devait arriver dans notre banque. Pas que nous ayons de si grandes quantités de liquides, évidemment…

– Tu as l'air d'être calé sur les dernières tendances, ironise Hugo.

Thibault bombe le torse. Il me fait penser à un oiseau qui gonfle son plumage pour attirer l'attention et paraître plus gros qu'il ne l'est. Dommage pour lui, à côté de mon faux petit ami, il ne fait pas le poids.

– Pas vraiment, je préfère regarder les infos. C'est plus instructif.

– Je n'en doute pas.

Les deux hommes se regardent en chien de faïence. Ça m'amuse trop pour que je songe à arrêter leur petite guerre d'ego.

– Tu devrais apprendre à plus te détendre, Thibou, ronronne Isa. Profiter de la vie. Tu travailles trop, je te l'ai déjà dit. Tu vas finir par te transformer en ton paternel.

Je retiens un gloussement. Décidément, cette Isa me plaît de plus en plus. Je croise son regard pétillant. Apparemment, je ne suis pas la seule à trouver cette conversation délicieuse.

– Je ne suis pas très télé, mais ce n'est pas pour ça que je ne sais pas m'amuser.

– C'est vrai, le défend Clémence, on aime beaucoup les jeux de société. C'est un fin stratège, je n'ai jamais réussi à le battre au Monopoly.

À côté de moi, Hugo commence à tousser pour camoufler un fou rire.

– Un banquier qui joue au Monopoly le week-end, non, y'a pas à dire, tu sais t'amuser !

Thibault lui envoie un regard assassin et ouvre la bouche pour répliquer, mais sa tante ne lui en laisse pas le temps.

– Ça me fait penser à une blague. Vous savez quel est le comble pour un Égyptien ? Non ? D'avoir un papi russe !

Et la voilà qui part dans un fou rire communicatif. Je n'ai qu'à observer le visage déconfit de Thibault pour la rejoindre. Je croise le regard d'Hugo : il rit lui aussi à gorge déployée. Clémence, elle, affiche une moue pincée.

– J'ai raté quelque chose ? s'enquiert Marc-Emmanuel qui consent enfin à lâcher son téléphone.

– Si tu écoutais la conversation plutôt que d'embêter tes employés, tu le saurais, lui rétorque sa sœur.

Pour toute réponse, il lève les yeux au ciel et tourne les talons. Il s'est à peine éloigné de trois pas qu'il est déjà en train de passer un appel.

– Vraiment désolée pour mon frère. Parfois, je me demande si nous avons bien reçu la même éducation, soupire Isa.

Elle se racle la gorge avant de reprendre :

– Bon, maintenant que les présentations sont faites, je vous propose de vous montrer votre logement pour les prochains jours. À moins que vous ne préfériez manger ? Le trajet a dû vous ouvrir l'appétit.

Suivre Isa et découvrir le manoir → vers **CHAPITRE 19** (p. 82)

OU

Déposer les affaires dans le hall d'accueil et aller manger → vers **CHAPITRE 18** (p. 73)

CHAPITRE 17

Même si je n'ai aucune envie de passer plus de temps qu'il n'en faut avec lui, je n'ai pas plus envie de me trimballer mes affaires, alors j'accepte la proposition à contrecœur.

Clémence reste avec nos parents pendant que nous suivons Thibault à travers le dédale de couloirs du manoir. Il ne s'attarde pas à nous faire faire le tour du propriétaire.

– Vous aurez le temps de regarder plus tard, assure-t-il. Vous pouvez toujours demander à ma tante de vous montrer si vous avez peur de vous perdre. Elle sera ravie de vous présenter les lieux.

Je n'en doute pas une seule seconde. Elle doit être fière d'habiter dans un endroit pareil. Je n'ai pas vu grand-chose encore, mais je trouve déjà le manoir somptueux.

Nous arrivons devant une porte en chêne.

– Voilà, commente Thibault. C'est ici que vous logez. Clémence et moi sommes au bout du couloir et il n'y a personne d'autre à cet étage.

Je manque de m'étrangler. Pas parce que je dors à quelques chambres de ma sœur et de son fiancé, mais parce qu'une info s'inscrit au fer rouge dans mon cerveau : « C'est ici que VOUS logez. »

Oh, mon Dieu ! Tout occupée à trouver comment convaincre Hugo de m'accompagner, je n'avais pas du tout pensé à l'après. Comment ai-je pu oublier ce détail ? Une boule se forme dans mon ventre. Je vais devoir passer les prochains jours collée-serrée à Hugo jusque dans mon sommeil pour maintenir la supercherie crédible. Ce serait bien trop suspect si nous demandions à faire chambre à part ! Est-ce qu'Hugo y avait songé ? Plus important : y a-t-il un canapé dans cette chambre sur lequel je peux m'installer ? Si nous sommes obligés de nous coltiner la présence de l'autre jusque dans le sommeil, je sens qu'Hugo va très vite avoir des envies de meurtre. Je suis sûre qu'il planifie déjà de m'étouffer dans la nuit.

Thibault ouvre la porte et je me précipite aussitôt à l'intérieur. Pitié, qu'il y ait un canapé ! Je dépose ma valise et observe les lieux. Mon regard est aussitôt attiré par la traînée de pétales de roses au sol qui mène jusqu'à l'imposant lit à baldaquin aux rideaux bleu nuit. Je déglutis. Aucun canapé en vue, je suis dans la merde.

– Tiens ! s'exclame Thibault d'un ton moqueur lorsqu'il pénètre dans la pièce. Je vois que vous aussi vous avez eu droit aux pétales de roses.

Hugo passe à côté de moi et se dirige tout droit vers la table de chevet. Il brandit le récipient qui s'y trouve et adresse un sourire goguenard à Thibault.

– Et au tube de lubrifiant et aux préservatifs aussi, apparemment, ricane-t-il.

Oh. Mon. Dieu. Mon visage doit être cramoisi.

– Je vous laisse vous installer, répond Thibault en prétendant qu'il n'a rien entendu. À plus tard.

Il sort à reculons de la chambre. Je suppose que ça veut dire oui, songé-je avec un brin d'horreur. Misère, je n'ai pas du tout envie d'imaginer ce que mon ex fait avec ma sœur et, pourtant, mon cerveau semble prendre un malin plaisir à m'envoyer des images suggestives. Je secoue la tête et observe la chambre pour focaliser mon attention sur autre chose.

Franchement, il n'y a rien à dire, nous sommes accueillis comme des rois. La pièce est magnifique et spacieuse. Une grande fenêtre donne sur le parc. Elle est encadrée de rideaux lourds brodés de la même couleur bleu nuit que ceux du lit à baldaquin. Deux fauteuils dirigés vers l'extérieur sont installés de part et d'autre. Sur le côté gauche, une armoire gravée en chêne occupe la majorité du mur. En face, un coin bureau est aménagé avec un secrétaire et une chaise type Louis XIV. Le seul élément moderne de la pièce est la télévision face au lit. Hugo semble être aussi impressionné que moi. Il laisse échapper un sifflement admiratif en reposant le lubrifiant que j'évite soigneusement de regarder.

– Elle a l'air d'avoir du fric la famille de ton ex.

Je grince des dents et hoche la tête.

– Si notre chambre est comme ça, continue-t-il, je ne demande qu'à voir le reste.

– On explore un peu avant de rejoindre les autres ? proposé-je.

C'est à son tour d'opiner.

Nous sortons et partons découvrir l'étage. En face de notre chambre, nous tombons sur une magnifique bibliothèque qui aurait pu servir d'inspiration aux illustrateurs de *La Belle et la Bête*. Les bibliothèques de bois massif s'élèvent du sol au plafond et pas un seul centimètre n'est laissé vide. Ça déborde de livres de partout ! Je n'ai soudain qu'une seule envie : choisir un ouvrage au hasard et m'installer dans un des fauteuils confortables près de la fenêtre.

– Il faudrait toute une vie pour tout lire, commente Hugo qui, malgré ses paroles, tente de ne pas avoir l'air impressionné.

Ou plusieurs vies, songé-je. Même en lisant 24 h/24, je ne suis pas certaine que ce soit possible d'arriver au bout. Hugo a déjà tourné les talons pour découvrir la suite, alors je le suis à regret. J'aurais sans doute l'occasion de lire plus tard durant le séjour. Enfin, si Clémence nous laisse cinq minutes de libres. Je me réjouis déjà…

À côté de la bibliothèque, nous découvrons un petit salon privé. Je tombe tout de suite sous le charme de la pièce. Boiseries, dorures, tableaux anciens et un gigantesque lustre en cristal. La décoration est riche et, pourtant, l'ensemble semble modeste par rapport à la hauteur de plafond. Les poutres apparentes et la pierre grise des briques donnent un rendu rustique qui contrebalance l'aspect noble. Les murs sont peints d'un vert sapin que je trouve tout de suite apaisant. Après la bibliothèque, je me vois bien m'installer ici pour lire.

En face du salon, nous tombons sur une autre chambre. Elle est similaire à la nôtre, mais les tentures sont rouge sang plutôt que bleues. Elle ne semble pas occupée.

J'interdis à Hugo d'ouvrir les deux dernières portes.

– Thibault a dit qu'ils étaient au bout du couloir. Je n'ai pas envie de voir leur chambre !

Hugo lève les mains en l'air en signe de résignation. Nous arrivons à l'escalier pour nous rendre au deuxième étage. Un panneau nous avertit que l'entrée est interdite.

– Ça doit être l'espace d'Isa, commenté-je.

Nous faisons demi-tour et redescendons l'escalier vers le rez-de-chaussée. Isa devait nous attendre parce que dès que nous mettons un pied sur les marches, elle sort la tête d'une pièce sur notre gauche.

– Ah, vous voilà. Venez, tout le monde est dans la salle à manger.

→ vers **CHAPITRE 18** (p. 73)

CHAPITRE 18

Nous prenons le repas dans une magnifique salle à manger au ton vert anisé. Une longue table de bois est dressée au milieu de la pièce. Elle peut accueillir douze convives. Nous ne serons que huit, mais ce sera déjà bien assez à mon goût. En bonne hôtesse (ou parce qu'elle adore être au centre de l'attention, qui sait), Isa préside à table. Directement à ses côtés, elle a installé les deux futurs mariés, puis les parents, chacun à côté de sa progéniture. Comme il n'y a qu'une personne du côté de Thibault, Hugo se retrouve face à mon père plutôt qu'à moi, qui finis avec une chaise vide pour vis-à-vis. Je ne suis pas mécontente d'être placée loin de Clémence.

Isa demande notre attention en tapant délicatement son couteau sur son verre à vin. Je perçois du coin de l'œil le sourire goguenard d'Hugo. Tant mieux qu'il s'amuse de la situation. C'est mieux que s'il tirait la gueule.

– Thérésa nous a préparé un repas typique de la région pour fêter votre arrivée au manoir. Nous commencerons par des coquilles Saint-Jacques. Elles sont fraîches, achetées au marché ce matin. En plat principal, nous aurons de l'agneau de pré-salé, élevé dans la baie du Mont-Saint-Michel. Et en dessert, nous dégusterons de la teurgoule, accompagnée de calvados pour les amateurs. Il ne me reste plus qu'à vous souhaiter un bon appétit.

Ladite Thérésa, une sexagénaire dont l'air revêche formé par ses rides contraste avec la douceur de son tablier à fleurs, nous apporte à chacun les entrées, en commençant par les futurs mariés. Je ne suis pas une grande amatrice de coquilles Saint-Jacques, mais là, il faut avouer qu'elles sont délicieuses. Je ne suis pas la seule à être de cet avis : tout le monde est trop occupé à déguster son assiette pour entamer la conversation. Je n'en suis pas mécontente.

Hélas, le calme ne pouvait pas durer. C'est ma mère qui finit par briser le silence alors que Thérésa commence à débarrasser les plats.

– Isa, c'était absolument divin ! Quelle chance d'habiter une région avec d'aussi bons produits !

– Je suis tombée amoureuse de la Normandie la première fois que j'y ai mis les pieds, répond notre hôtesse. J'avais 17 ans. Notre famille est originaire des Pays-de-la-Loire. Père a tiré une sacrée tête quand je lui ai annoncé que je souhaitais déménager dans ce département après mes études. J'ai très vite su que je voulais ouvrir une maison d'hôtes dans une de ces magnifiques bâtisses de la région. Les parents n'étaient pas convaincus par mon plan, ils auraient voulu que je suive leurs pas dans la finance, mais j'ai réussi à les persuader de me prêter des fonds pour l'achat et les travaux. Malgré leurs doutes, je les ai remboursés en à peine deux ans. Ils ont fini par admettre que c'était un bon investissement et ils ont passé de nombreuses vacances ici avant leur décès. Ça fait maintenant plus de trente ans que je me suis installée au manoir.

– Très impressionnant, commente mon père avant de prendre une gorgée de vin. C'est un lieu qui a beaucoup de charme.

Je jette un coup d'œil en direction d'Hugo. Juste avant qu'il ne cache son expression derrière sa serviette dans un geste innocent, j'ai le temps de voir son visage fermé. Je crois deviner pourquoi. Sa famille a toujours eu des problèmes financiers. Pour le dire crûment, ils étaient pauvres et tout le monde au lycée le savait. Hugo sautait même des repas à la cantine. C'est bien la raison pour laquelle il a accepté la combine que lui a proposée Léo. Ses parents n'avaient pas de quoi lui payer la cotisation au club sportif et son équipement. Est-il toujours gêné par tout ça, maintenant qu'il est connu et l'égérie de marques de sport ?

Moi aussi, j'aurais bien aimé que mes parents soient assez riches pour me prêter de quoi me payer un superbe manoir en Normandie. Dans mon cas, même la banque n'accepterait pas de me donner une telle somme.

– Je suis assez fière du résultat, acquiesce sans modestie Isa. Et je suis si heureuse que mon neveu ait décidé de se marier ici ! J'espère qu'une nouvelle tradition familiale va voir le jour ! Ce serait merveilleux que vous ne soyez pas les derniers. Et puis, je n'avais jamais eu l'idée de proposer le manoir à la location pour des mariages, mais ça me paraît avoir du potentiel. Les prochains jours vont être un galop d'essai intéressant.

– On a l'esprit business dans la famille, commente non sans fierté Marc-Emmanuel.

Hugo ne se retient pas de lever les yeux au ciel. Il doit s'être senti observé parce qu'il me retourne mon regard. Il fait un léger mouvement du visage, poussant son menton en avant comme pour me défier de commenter.

– Et ça paie bien d'être sportif professionnel ? l'interpelle avec malveillance Thibault qui semble avoir remarqué comme moi son désintérêt pour la conversation.

Loin de se laisser démonter, Hugo s'installe plus confortablement dans son siège et, un sourire confiant aux lèvres, répond :

– Ça dépend du nombre de médailles et des sponsors. Mais, oui, ça peut rapporter gros… Très gros.

Thibault a l'air presque déçu de sa réponse et de l'assurance avec laquelle mon faux petit ami lui répond.

– Et on parle de combien par médaille ? intervient Marc-Emmanuel en se tournant vers lui.

Hugo s'apprête à lui répondre quand Isa le coupe.

– Assez parlé d'argent. Ce n'est pas un sujet de discussion pour un repas en bonne compagnie.

C'est l'hôpital qui se fout de la charité, songé-je. C'est la suite logique de ses propos sur le prêt accordé par papa, maman. Oups, pardon, père et mère.

– Vous vous connaissiez du sport, si j'ai bien compris, nous demande-t-elle à Hugo et à moi.

Et voilà la partie de l'interrogatoire que je craignais. Haut les cœurs !

– Du lycée, pour être précis, réponds-je avant qu'il n'ait le temps d'ouvrir la bouche. Mais on peut dire du sport aussi. Hugo faisait de l'athlétisme et moi du saut en hauteur. On était dans le même club après les cours.

– Oh, vous étiez bons amis, alors ?

– On peut dire ç…

– J'en pinçais pour elle, m'interrompt Hugo, mais elle a préféré sortir avec un abruti. Elle a cette vilaine tendance, voyez-vous.

Il conclut sa tirade avec un sourire éclatant. Thibault avale de travers et se met à tousser. Isa lui jette un coup d'œil avant de lancer un regard amusé à Hugo. L'occasion est trop belle, je ne peux pas la manquer. Tant pis si j'ajoute de l'huile sur le feu, je vais le regretter si je ne le sors pas.

– Il faut dire que comme Clémence avait un gros *crush* sur Hugo, j'ai préféré ne pas répondre à ses avances. Je ne lui aurais jamais fait ce mauvais coup ! Mais maintenant qu'elle est en couple, je me suis dit que plus rien ne me retenait quand Hugo a repris contact avec moi.

Et vlan, dans ses dents ! C'est une petite distorsion de la vérité. Je préférais surtout Léo à Hugo, mais il n'y a que Clémence et moi qui pouvons le savoir. Va-t-elle oser me contredire ?

– Une grande loyauté familiale, approuve Isa avec délectation.

Elle sirote son verre et observe les réactions de tout le monde avec satisfaction. Je n'ai plus aucun doute : Isa vit pour le *drama*.

– Heureusement, tout est bien qui finit bien, s'empresse d'intervenir ma mère pour sauver la face. Chacun est en couple et avec la bonne personne.

De là où je suis assise, je ne peux pas apercevoir la tête que tire ma sœur sans me tordre le cou, mais j'ai une vue parfaite sur celle de Thibault. Il serre les dents, la mine pincée.

– Ce n'était qu'un *crush* d'ado de toute façon, marmonne ma sœur. Ça n'a aucune importance, j'ai grandi. Toi, en revanche, Amanda, tu régresses.

Je retiens un sourire et jette ma chevelure en arrière. Si c'est le mieux qu'elle peut faire, on peut dire que j'ai gagné la manche. Reste à gagner la guerre, mais ça, ça peut encore attendre quelques jours.

– Comment ça se fait que vous ayez repris contact après tout ce temps ? demande mon père, dans une tentative de remettre un peu de légèreté dans la conversation.

– Je suis tombé sur son profil sur Instagram, répond Hugo avant que j'aie pu ouvrir la bouche. J'ai liké sa photo d'arrivée au quinze kilomètres auquel elle a participé il y a quelques mois, et nous avons engagé la conversation par messages.

– Tu as dû être déçu d'apprendre qu'elle ne faisait plus de saut en hauteur, ajoute mon père.

Je serre les dents. Non, mais il va arrêter avec ça ?

– Ce n'est pas venu dans la conversation, répond Hugo en haussant les épaules.

– Ça fait combien de temps que vous êtes ensemble ?

– Pas si longtemps que ça, interviens-je avant que la situation n'échappe complètement à mon contrôle. Ça fait à peu près six mois qu'on se parle et ça a progressé naturellement.

– Mais vous ne vivez pas sous le même toit, en tout cas, fait remarquer ma mère, désapprobatrice.

– Ça ne fait que quelques mois, réplique mon faux petit ami, on veut y aller doucement, prendre notre temps. On a tous les deux eu de dernières histoires compliquées, on a envie de faire les choses bien.

C'est une improvisation de la part d'Hugo, mais elle est brillante. S'il a vu juste pour moi, je me demande si ça vaut aussi pour sa situation. Pas sûr que je le sache vraiment un jour : s'il y a un fond de vérité, il ne va certainement pas s'épancher sur le sujet avec moi.

– Une sage décision, approuve Isa en nous levant son verre. Les jeunes d'aujourd'hui ont tendance à se mettre très vite en couple pour se séparer tout aussi vite. C'est dommage.

– Ça doit être pour ça que tu restes seule, persifle son frère.

Isa lui retourne un sourire satisfait.

– Seule peut-être, mais qui a dit que j'étais célibataire ? Il y a tant de plaisir dans la vie, que ce serait dommage de s'enchaîner à une seule personne.

Mon père se racle la gorge, visiblement gêné et je ne vois pas la tête que tire ma mère, mais je suis sûre qu'elle n'en mène pas plus large. Ah, moi qui ai toujours cru que c'était les aristos et les bourgeois les plus coincés, me voici détrompée. Isa est une sacrée femme. Tout un poème.

– Pas que je sois contre le couple ou le mariage, assure-t-elle en jetant un regard à Thibault et Clémence, je trouve ça très courageux de s'engager ainsi. C'est admirable de penser que tout se passera bien et que l'amour durera toujours.

– Quand on est fidèle et loyal, il n'y a pas de raison, réplique ma sœur.

– Bien dit, approuve mon père. Regarde ta mère et moi. 35 ans de mariage l'an prochain ! Quelles belles années, pas vrai, ma chérie ?

– Tout à fait. Je n'ai pas vu le temps passer.

Je me retiens de lever les yeux au ciel en repensant aux disputes qui ont régulièrement animé mon adolescence.

– Un toast, s'exclame Isa en soulevant son verre. Pour tous les couples et les futurs mariés !

Tout le monde s'exécute avec plus ou moins de bonne volonté.

– Que votre amour dure toujours ! conclut-elle avant de vider la fin de son verre de vin cul sec.

Je l'imite, mais avec mon verre d'eau. Hugo ne boit pas non plus d'alcool. Je suppose que ça ne se marie pas très bien avec son régime de sportif. Maintenant que j'y pense, ça ne doit pas aller non plus avec le sucré. Mangera-t-il du dessert ? La teur... machin, dont nous a parlé Isa. Rien n'est moins sûr. Et je ne suis pas certaine d'y arriver non plus, songé-je en voyant débarquer la gigantesque pièce d'agneau qu'Isa a prévu comme plat principal.

La viande est accompagnée de purée et de légumes glacés. Je déguste avec délice les carottes. Elles fondent sous la langue tout comme l'agneau. Le cliquetis des couverts est le seul bruit que nous entendons pendant quelques minutes. Puis, la conversation reprend son cours. Cette fois, à mon grand soulagement, pas d'interrogatoires ni de sujets qui fâchent. On parle des lieux touristiques et des attractions à voir absolument dans la région. Je reste silencieuse, mais écoute attentivement les conseils d'Isa.

– Nous allons être bien occupés dans les prochains jours, nous n'allons guère avoir le temps de faire du tourisme. C'est dommage. Il va falloir que vous reveniez passer quelques jours ici. Je vous invite, évidemment.

Mes parents la remercient pour sa proposition. Je ne suis pas sûre d'y être incluse jusqu'à ce que la maîtresse de maison nous dise clairement qu'Hugo et moi sommes également les bienvenus. Mon faux petit ami assure que nous profiterons de sa proposition. Ce qui est faux, bien évidemment. Il n'aura jamais l'occasion de revenir, car dès que ce mariage sera terminé, il ne voudra plus jamais me revoir. Cette pensée entame ma relative bonne humeur. Je ne dois pas oublier que tout ceci n'est qu'une farce et qu'Hugo ne me doit rien. Et il aurait raison après le chantage que je lui fais subir. Je me replonge dans mon assiette pour chasser ma culpabilité. Les prochains jours vont être suffisamment compliqués pour ne pas avoir à en rajouter. Une chose après l'autre.

L'agneau est suivi de la teurgoule. Aucune idée de ce que c'est et le nom ne me dit rien qui vaille, mais c'est finalement plutôt bon. C'est une sorte de riz au lait sous forme de pudding avec de la cannelle. C'est très bourratif et après tout ce que j'ai mangé, je ne parviens à avaler que quelques bouchées. Comme je l'avais pensé, Hugo décline d'abord le dessert, mais finit par accepter sous l'insistance de notre hôtesse. Il refuse également le calvados comme digestif et je l'imite. Cette fois, Isa ne s'acharne pas.

Les verres commencent à être vides et certaines personnes à se resservir (comme mon père, Marc-Emmanuel et Isa) quand Hugo annonce :

– Vous m'excuserez, mais je vais aller me coucher. Mon coach a bien insisté pour que je continue de suivre mon horaire habituel autant que possible pour ne pas dérégler mon cycle de sommeil. Je vous souhaite une bonne nuit.

Et sans plus de cérémonie, il se lève de table, m'adresse un sourire faussement complice, puis tourne les talons. Je suis prise d'un dilemme. Que faire ?

Suivre Hugo et aller dormir → vers **CHAPITRE 20** (p. 87)

OU

Rester pour retarder le plus possible le moment du coucher dans le même lit qu'Hugo → vers **CHAPITRE 21** (p. 91)

CHAPITRE 19

– J'ai bien envie de découvrir le manoir, m'exclamé-je avec excitation. Qu'est-ce que t'en penses, Hugo ? À moins que tu ne meures de faim et que tu préfères manger quelque chose ?

– Je suis curieux d'explorer les lieux également.

Isa a l'air ravie de notre réponse.

– Suivez-moi, alors. Je vais vous faire une visite guidée. Et j'ai une surprise pour vous !

J'arque un sourcil. Une surprise ? J'espère qu'elle sera bonne.

Nous la suivons le long du couloir. Trop préoccupée par les présentations, je n'ai pas eu le loisir d'observer tout ce qui m'entoure. Boiseries, dorures, tableaux anciens, l'ambiance du manoir me plaît beaucoup. On est loin de l'atmosphère lugubre que j'imaginais à cause des films d'horreur. Les poutres apparentes et la pierre donnent un rendu rustique au bâtiment qui contrebalance l'aspect noble des décorations. Les murs sont peints en blanc, en gris ou vert sapin, ce que je trouve apaisant. Je suis surprise de constater que la plupart des pièces présentent des fenêtres imposantes qui donnent sur l'extérieur. Malgré celles-ci, il fait assez sombre. Je comprends mieux pourquoi il y a des lustres en cristal partout. C'est beau, mais c'est surtout bien utile ! Je ne veux pas penser aux pauvres personnes qui doivent les nettoyer, en revanche. Ça doit prendre un temps fou.

Au rez-de-chaussée, Isa nous amène d'abord dans un salon privé au sol en parquet de bois massif recouvert d'un tapis du même vert que le velours des fauteuils. Une cheminée en marbre occupe une bonne partie de la pièce. Dommage que nous ne soyons pas en hiver, je me serais installée avec plaisir au coin du feu pour lire.

Isa nous laisse ensuite passer une tête dans son bureau. Elle nous explique que c'est une pièce destinée au public. Elle y reçoit ses visiteurs. Son bureau privé est situé au deuxième étage, dans la partie où elle habite.

– Il est bien moins rangé, nous assure-t-elle dans un éclat de rire.

Effectivement, rien ne dépasse dans la pièce où nous sommes. Tout est parfaitement à sa place. Ç'en est presque dérangeant.

– On ne va pas aller dans la salle à manger, vous aurez l'occasion de la voir plus tard, nous dit-elle en nous invitant à la suivre dans l'escalier en bois massif qui monte à l'étage.

Je n'ai aucun mal à m'imaginer le parcourir avec une robe de bal. Quand je pense que dans le passé, il y a sans doute des gens pour qui c'était une réalité… Je me sens bien insignifiante d'un coup, comme écrasée par le poids des âges. Cette bâtisse en a vu bien d'autres avant nous et elle en verra après. J'ai le sentiment soudain de faire partie de l'histoire avec un grand H, même si c'est ridicule.

– Et voici le clou du spectacle, nous assure Isa.

Nous nous arrêtons devant une porte en bois de chêne. Je m'attends à une salle de bal majestueuse. Ou alors à une gigantesque bibliothèque, avec une échelle, comme dans *La Belle et la Bête*. Je trépigne d'impatience de voir ce que le manoir nous réserve encore comme découvertes.

Isa ouvre la porte d'un geste grandiloquent.

– Et voici votre chambre ! nous lance-t-elle d'un ton guilleret.

Je manque de m'étrangler. Pas pour la pièce en elle-même à laquelle je jette à peine un coup d'œil, mais pour ce que je viens de réaliser. Notre chambre. Oh, mon Dieu ! Comment ai-je pu oublier ce minuscule détail ? Je vais devoir passer les prochains jours collée-serrée à Hugo jusque dans mon sommeil pour maintenir la supercherie crédible. Ce serait bien trop suspect si nous demandions à faire chambre à part ! Est-ce qu'Hugo y avait songé ? Plus important, y a-t-il un canapé dans cette chambre sur lequel je peux m'installer ? Si nous sommes obligés de nous coltiner la présence de l'autre jusque dans le sommeil, je sens qu'Hugo va très vite avoir des envies de meurtre. Je suis sûre qu'il planifie déjà de m'étouffer dans la nuit.

– Alors, vous aimez ma surprise ? J'ai veillé à ce que vous ne manquiez de rien, comme les futurs mariés. Et c'est moi qui ai décoré la pièce !

– C'est… très gentil de votre part, articule Hugo sur un ton que je ne parviens pas à identifier.

Cette histoire de surprise me sort de mes pensées. Intriguée, je parcours la pièce des yeux et manque de m'étrangler. La chambre est magnifique et spacieuse. Une grande fenêtre encadrée de rideaux lourds brodés bleu nuit donne sur le parc. Deux fauteuils dirigés vers l'extérieur sont installés de part et d'autre. Sur le côté gauche, une armoire gravée en chêne occupe la majorité du mur. En face, un coin bureau est aménagé avec un secrétaire et une chaise type Louis XIV. Mais ce qui attire surtout l'attention, c'est l'énorme lit à baldaquin du même tissu que les rideaux qui trône au milieu de la pièce. Une traînée de pétales de roses au sol va de la porte jusqu'à lui. Je déglutis. Aucun canapé en vue, je suis dans la merde.

Alors que je suis en train de paniquer, Hugo passe à côté de moi et se dirige tout droit vers la table de chevet. Et c'est à cet instant, quelques secondes avant qu'il ne les brandisse avec un sourire goguenard, que je me rends compte de ce qui est posé dessus.

– Délicate attention, merci, se marre-t-il en agitant une boîte de préservatifs XXL et un tube de lubrifiant.

Je crois me liquéfier de honte. Mon visage doit être cramoisi. Dans toute autre situation, j'aurais sans doute bien rigolé et été amusée par cette tante aux tendances indiscrètes, mais là, je suis mortifiée. Hugo n'est pas mon petit ami ni mon *date*. Heureusement, lui ne semble pas le prendre mal.

– Avec plaisir ! On ne sait jamais quand on aura besoin de lubrifiant. À mon âge, vous comprendrez. Ou si vous êtes du genre à préférer d'autres activités…

Et, à mon ultime horreur, elle commence à chantonner *Pourvu qu'elles soient douces* de Mylène Farmer. Achevez-moi, ce n'est pas possible. J'enfouis ma tête dans mes mains.

– Je pense que j'ai embarrassé Amanda, fait semblant de chuchoter Isa à Hugo, pas gênée pour un sou.

– Elle fait la prude, mais il ne faut pas s'y tromper, c'est une tigresse au lit.

Bombastic side eyes. Ma bouche s'ouvre en grand sous l'effet du choc et j'envoie un regard décontenancé à Hugo. Je vais le tuer.

– Ça ne m'étonne pas du tout, s'amuse Isa sur le même ton de confidence. Et puis, comme le dit la sagesse populaire, ce sont les gens qui en parlent le plus qui en font le moins…

Elle m'adresse en clin d'œil avant de reprendre :

– Si vous avez besoin de quoi que ce soit d'autre, n'hésitez pas à me le dire. Je dois avoir des menottes qui traînent encore quelque part.

Hugo m'envoie un sourire diabolique qui ne me dit rien qui vaille.

– Oh, si vous pouviez les retrouver, ce serait génial. Amanda a oublié les siennes et elle était dévastée quand elle s'en est rendu compte.

Je. Vais. Le. Tuer. Mariage ou pas mariage, je vais l'étouffer dans son sommeil. Quelle réputation est-il en train de me faire ? Si c'est une manière de me faire regretter mon chantage, c'est bien joué. Je serais presque admirative si je n'étais pas si mortifiée. Ce n'est pas lui qui va devoir assumer pendant des années maintenant qu'Isa va faire partie de la famille. Je vais en entendre parler jusqu'à la fin de mes jours !

– Hugo, sifflé-je. Arrête de raconter n'importe quoi !

Je les observe échanger un regard de connivence et j'ai envie de les étrangler tous les deux.

– Je vais vous laisser vous installer, finit par lancer Isa. Si je dis à ma cuisinière de réchauffer le repas pour dans une demi-heure, ça vous convient ? Vous aurez le temps de ranger vos affaires et de vous rafraîchir.

– C'est parfait, m'empressé-je de lui assurer en espérant qu'elle fiche le camp.

Elle m'adresse un sourire complice, pas dupe de la manœuvre, mais elle s'exécute sans dire un mot de plus à mon grand soulagement.

Elle referme la porte derrière elle. Aussitôt, le rire sur les lèvres d'Hugo s'efface. Il repose les préservatifs et le lubrifiant. Il passe à côté de moi en me lançant : « Je vais chercher les valises », puis me laisse là en plan.

Épuisée mentalement, je m'assois sur le lit et regarde l'écran de télévision éteint face à moi en me massant le crâne. J'ai survécu jusqu'ici. Plus que quelques jours et ce sera fini. Je peux le faire.

→ vers **CHAPITRE 18** (p. 73)

CHAPITRE 20

Je ne perds pas trop de temps à réfléchir. Je me lève d'un bond.

– Je vais y aller aussi, bonne nuit ! À demain !

Et telle une anguille, je me faufile jusqu'à la porte, en ignorant ma mère qui essaie de me retenir. Ça attendra bien demain.

Je presse le pas pour rattraper Hugo qui est en train de gravir l'escalier quand je le rejoins.

– Tu as été parfait pendant le repas, le complimenté-je à voix basse.

Il hausse les épaules.

– Je ne l'ai pas fait pour toi. Thibault est vraiment un connard. Je ne pensais pas que tu pouvais faire pire que Léo, mais apparemment, je me suis trompé.

– Au moins, j'ai été assez intelligente pour le plaquer. C'est pas de ma faute si ma sœur a trouvé bon de se mettre en couple avec lui. J'aurais été prête à parier qu'une météorite allait s'écraser sur la Terre dans les six prochains mois, plutôt que de prédire ça : ça m'aurait paru moins improbable.

Il ne me répond pas et accélère le pas. OK, message reçu, je n'essaie pas de relancer la conversation. Après avoir monté les marches quatre à quatre, nous arrivons devant la porte de notre chambre. Toujours sans dire un mot, il pénètre dans la pièce, attrape son pyjama dans sa valise et pars tout de suite s'enfermer dans la salle de bains. Je pousse un soupir. Revoilà le retour de monsieur « Je suis muet comme une carpe pour bien te faire sentir ma contrariété ». Je préférais son attitude lors du dîner, mais je ne peux pas vraiment lui en vouloir.

Pour me distraire en attendant qu'il ait terminé, je pense un instant à allumer la télévision avant de préférer faire défiler des vidéos sur mon portable. Je peste quand je me rends compte que l'algorithme ne me montre que des images de mariage. Décidément, pas moyen d'y échapper. Nos téléphones nous écoutent, ce n'est pas possible autrement. Je suis saisie par l'envie brutale de balancer l'engin à l'autre bout du monde pour ne plus me faire espionner. Au lieu de céder à mes pulsions, je le mets en mode avion avant de le brancher à la prise la plus éloignée du lit. En passant près de la table de chevet, je rougis en voyant la boîte de préservatifs et le tube de lubrifiant qui y sont posés. Je ne perds pas une seconde avant de les planquer dans le tiroir. Cette tâche accomplie, je commence à préparer mes affaires pour aller dormir. Je sors ma nuisette en regrettant amèrement de ne pas avoir pris un short et un tee-shirt. J'espère qu'Hugo ne va pas penser que j'essaie de le séduire… Ce serait franchement la honte.

Une fois ma trousse de toilette extirpée du fond de ma valise, je suis fin prête. Je n'ai plus qu'à attendre installée dans le fauteuil que la salle de bains se libère. J'entends la porte se déverrouiller avant qu'elle soit ouverte. Hugo émerge de la salle de bains, les cheveux humides et vêtu d'un jogging et d'un tee-shirt qui le couvrent des pieds à la tête. Je dois être la seule cruche à ne pas avoir pensé à cette histoire de chambre et lit partagés. Je n'ai pas préparé de pyjama en conséquence et je me sens vraiment idiote pour le coup.

Toujours sans dire un mot, Hugo dépose ses affaires dans l'armoire et s'en va s'installer sur le côté droit du lit. Message reçu. J'occuperai donc le gauche.

Je ne perds pas de temps dans la salle de bains et prends une douche à la vitesse de l'éclair. Une fois lavée, j'enfile ma nuisette et essaie de ne pas regarder dans le miroir le décolleté plongeant quand je me brosse les dents. Ça vaut mieux pour ma tranquillité d'esprit.

Avant de sortir de la pièce et rejoindre mon faux petit ami, je prends une minute pour souffler et m'encourager mentalement. Ce n'est pas grave de devoir partager le lit avec Hugo. Il n'a pas fait de commentaire dessus, je suis ridicule de m'inquiéter ainsi. Il faut que je me détende et que j'arrête d'en faire tout un plat. Quel est le pire qui puisse arriver ? *Que tu te retournes pendant la nuit et que tu te retrouves collée à lui. Il ne va certainement pas apprécier*, susurre une voix moqueuse dans mon esprit. Argh ! C'est pas vrai. Allons, je ne pense pas avoir tendance à remuer dans tous les sens pendant mon sommeil, donc ça ne devrait pas arriver. Et si ça devait se produire, alors Hugo n'aura qu'à me pousser hors du lit. Méthode 100 % efficace pour me réveiller et me passer l'envie de recommencer. *Et si c'est lui qui se colle à toi, tu vas le faire tomber ?* Je secoue la tête pour éviter de m'imaginer cette possibilité. Si ça arrive… j'aviserai. Ça ne sert à rien de s'angoisser à l'avance pour quelque chose qui ne se produira peut-être pas.

Je prends une dernière grande inspiration avant d'ouvrir la porte. La chambre est plongée dans le noir. J'aurais dû me douter qu'Hugo allait faire sa vie comme si je n'étais pas là. Je devrais l'imiter.

Après quelques secondes, mes yeux s'habituent à la pénombre. À pas de loup pour ne pas le déranger, je rejoins mon côté du lit. Je soulève la couverture et me glisse en dessous. Hyper consciente de la présence d'Hugo à côté de moi, je dois forcer mes muscles à se détendre parce que je suis tendue comme un arc. Je retiens un soupir. Maintenant, il va falloir réussir à trouver le sommeil et ce n'est pas gagné. Je paierais cher le marchand de sable pour qu'il vienne me rendre visite à cet instant. Une nuit blanche est la dernière chose dont j'ai besoin. Si je veux maintenir un semblant de crédibilité, je vais avoir besoin de toutes mes capacités mentales.

Je n'ai pas l'habitude d'aller dormir si tôt mais, malgré ma nervosité, je me sens très vite somnoler. Ça doit être la fatigue du trajet qui me rattrape. Ça, ou la respiration régulière et profonde d'Hugo qui me berce…

→ vers **CHAPITRE 22** (p. 95)

CHAPITRE 21

Le temps que je réfléchisse à ce que je veux faire, trop de temps s'est écoulé pour que j'aie l'air de partir en même temps qu'Hugo. Ce n'est pas grave, je ne suis pas encore tout à fait prête psychologiquement à l'idée de partager un lit avec lui. Quelle idiote j'ai été de ne pas y penser ! Et pour couronner le tout, l'imbécile que je suis a décidé de prendre une nuisette décolletée dans sa valise plutôt qu'une combinaison intégrale pour en montrer le moins possible ! J'espère qu'il ne va pas penser que je le drague. Ce serait absolument mortifiant !

– C'est une vie de sacrifices, le sport de haut niveau ! commente Isa. Pas d'alcool, pas de dessert, se coucher tôt, es-tu certaine que tu fais le bon choix en te casant avec lui ?

Elle se mêle décidément de tout. Je lui réponds avec un sourire crispé.

– J'admire son sens de l'abnégation. Tout le monde n'est pas capable de faire ça, c'est inspirant. Et puis, en dehors de cette particularité, c'est un joyeux luron, je ris beaucoup avec lui.

– Il a l'air d'avoir un sacré sens de l'humour, effectivement, acquiesce Marc-Emmanuel.

– Bon, si ton amoureux te plaît, commente Isa, c'est le principal. Mais si jamais tu te fatigues de lui, n'hésite pas à me le dire. J'ai un tas de copines qui seraient ravies de te rencontrer…

Je manque de m'étouffer. Est-ce que j'ai bien compris ?

– Pardon ? demande d'une voix aiguë ma mère. Amanda, tu ne nous as jamais dit que tu t'intéressais également aux femmes !

– Parce que ce n'est pas le cas, maman ! Je t'en aurais parlé.

– Il ne faut pas dire ça avant d'avoir essayé, rétorque Isa. J'aurais eu la même réaction il y a encore quelques années, mais une fois qu'on y a goûté, impossible de revenir en arrière. Les femmes savent bien mieux que les hommes ce dont une femme a besoin !

Je me retiens d'enfouir ma tête dans mes mains. J'aurais dû me sauver avec Hugo quand j'en avais encore l'occasion.

– C'est une… manière de voir les choses, répond ma mère, diplomate. Je ne suis pas sûre de la partager, mais chacun ses goûts. Il faut de tout pour faire un monde.

Je ne manque pas le regard évaluateur qu'Isa lance à ma mère et je pense que mon père non plus. Il s'agite nerveusement sur sa chaise et paraît avoir envie de parler mais ne sait pas quoi dire.

– Marie-Isabelle a toujours eu une vision particulière de la vie, assène Marc-Emmanuel en se servant une généreuse rasade de calvados. Veuillez l'excuser si elle vous a mis mal à l'aise.

– Ah, tiens, tu t'intéresses enfin à ce qui se passe à cette table, comme c'est aimable de ta part.

Marc-Emmanuel lui adresse un regard foudroyant mais ne répond pas. À la place, il avale une gorgée de calvados. J'ai l'impression qu'il se retient de se disputer avec sa sœur en notre présence, parce que ce ne serait pas convenable, mais qu'il l'aurait certainement rabrouée s'ils avaient été seuls. Thibault essaie de sauver les meubles :

– Il y a des avantages à toutes les situations de vie. N'est-ce pas, ma clémentine ?

Je réprime une grimace de dégoût en entendant le surnom qu'il a donné à ma sœur.

– Bien sûr, répond mollement Clémence.

Je me retiens de lever les yeux au ciel. Pourquoi est-ce que je suis restée pour subir ça ?

Je me lève de ma chaise.

– C'est à mon tour de vous laisser. Hugo a le sommeil léger, je ne voudrais pas le réveiller. Bonne nuit à tous, on se voit demain.

Ma mère me foudroie du regard. Je ne doute pas qu'elle me trouve terriblement impolie et que j'aurai le droit à des reproches plus tard pour mon manque de manières.

Dès que je referme la porte de la salle à manger derrière moi, j'ai l'impression de perdre dix kilos, juste en me débarrassant de la tension qui habitait mon corps. Pff, je n'en pouvais plus. Merci, Hugo, car sinon, ce repas aurait pu encore durer des heures.

Je ne traîne pas pour monter les escaliers. J'ai trop peur que quelqu'un essaie de me rattraper.

Arrivée devant la porte, je prends le temps d'inspirer profondément avant d'entrer. J'ai besoin de quelques instants pour me préparer mentalement à l'idée de partager un lit avec Hugo. Quel est le pire qui puisse se produire ? *Que tu te retournes pendant la nuit et que tu te retrouves collée à lui. Il ne va certainement pas apprécier,* susurre une voix moqueuse dans mon esprit. Argh ! Ce n'est pas vrai. Allons, je ne pense pas avoir tendance à remuer dans tous les sens dans mon sommeil, donc ça ne devrait pas arriver. Et si ça devait se produire, alors Hugo n'a qu'à me pousser hors du lit. Méthode 100 % efficace pour me réveiller et me passer l'envie de recommencer. *Et si c'est lui qui se colle à toi, tu vas le faire tomber ?* Je secoue la tête pour m'éviter d'imaginer cette possibilité. Si ça arrive… J'aviserai. Ça ne sert à rien de s'angoisser à l'avance pour quelque chose qui ne se produira peut-être pas.

Je prends une dernière grande inspiration avant d'ouvrir la porte. La chambre est plongée dans le noir. J'aurais dû me douter qu'Hugo allait faire sa vie comme si je n'étais pas là. Je devrais l'imiter.

Après quelques secondes, mes yeux s'habituent à la pénombre. J'entends la respiration profonde d'Hugo. Dort-il déjà ? Impossible d'en être sûre. Pour ne pas risquer de le réveiller, je me dirige à pas de loup jusqu'à l'armoire où j'attrape mes affaires et rejoins la salle de bains. Je prends une douche rapide, puis enfile ma nuisette avant de me brosser les dents énergiquement. Une fois prête, ni une ni deux, je sors de la salle de bains et me dirige à tâtons jusqu'au lit. Il a choisi le côté droit. Bien, je me mettrai donc à gauche. Je cherche une prise pour brancher mon portable avant de le déposer sur la table de chevet. Je rougis en apercevant la boîte de préservatifs et le tube de lubrifiant qui sont posés dessus. Je les planque dans le tiroir pour m'empêcher d'y penser plus. Je ne vais jamais réussir à m'installer à côté d'Hugo sinon !

Je soulève la couverture et me glisse en dessous. Il ne remue pas quand je m'allonge ; je suppose donc qu'il dort. Ou alors, il m'ignore. Je ne saurai dire.

Hyper consciente de sa présence à côté de moi, je dois forcer mes muscles à se détendre parce que je suis tendue comme un arc. Je retiens un soupir. Maintenant, il va falloir réussir à trouver le sommeil et ce n'est pas gagné. Je paierais cher le marchand de sable pour qu'il vienne me rendre visite à cet instant. Une nuit blanche est la dernière chose dont j'ai besoin. Si je veux maintenir un semblant de crédibilité, je vais avoir besoin de toutes mes capacités mentales.

Je n'ai pas l'habitude d'aller dormir si tôt, mais malgré ma nervosité, je me sens très vite somnoler. Ça doit être la fatigue du trajet qui me rattrape. Ça, ou la respiration régulière et profonde d'Hugo qui me berce…

→ vers **CHAPITRE 22** (p. 95)

CHAPITRE 22

Une alarme me vrille les tympans et m'arrache un grognement de protestation. À côté de moi, quelqu'un s'agite. Je fronce les sourcils. Qui cela peut-il bien être ? Je ne me souviens pas d'avoir ramené un *date* hier à la maison. Ai-je tellement bu que je ne m'en souviens pas ? Ce serait étonnant. Et pourtant, j'ai l'impression d'avoir la gueule de bois.

Soudain, tout me revient. Le lit. Hugo. Le mariage. Je ne suis pas du tout chez moi ! J'ouvre les yeux d'un seul coup. Il fait encore sombre. Je suis aussi fatiguée que si je n'avais pas dormi. Confuse, j'attrape mon portable pour regarder l'heure. Je cligne des paupières trois fois, pas certaine que je déchiffre correctement ce qui s'affiche.

– 4 h 30, mais t'es complètement malade ! m'écrié-je, estomaquée.

Tu m'étonnes que j'aie l'impression d'avoir la gueule de bois, ce n'est pas l'alcool mais la fatigue !

– Bienvenue dans ma vie d'athlète, ironise Hugo qui semble beaucoup trop en forme pour une heure pareille.

Je me frotte les yeux. Il est en caleçon et est en train d'enfiler une tenue de sport. Je détourne le regard, gênée, mais j'ai quand même le temps d'apercevoir un bout d'abdos. Merde, j'aurais bien envie d'en voir plus, et c'est une très mauvaise idée.

Il s'agite pendant encore quelques minutes, mais je n'ose pas regarder dans sa direction. Au lieu de quoi, je repose la tête sur l'oreiller et ferme les paupières. Sympa le réveil en fanfare ! Je m'en serais bien passée.

– Je pars courir, m'annonce-t-il. Je serai là pour le petit déjeuner.

Pour toute réponse, je laisse échapper un nouveau grognement.

La porte claque derrière lui et le silence revient dans la chambre. Je gémis presque de délice. On n'a pas idée de se lever à cette heure pour aller courir. J'ai bien fait d'abandonner le saut en hauteur, si c'est ce qui m'attendait !

OU
Tenter de se rendormir → vers **CHAPITRE 23** (p. 97)
Quitte à être debout, autant se lever → vers **CHAPITRE 24** (p. 99)

CHAPITRE 23

Non, vraiment, 4 h 30, c'est beaucoup trop tôt. Dormir encore au moins trois heures me fera du bien.

Avec délice, je me pelotonne dans la couette et profite de l'absence d'Hugo pour m'étaler de tout mon long dans le lit. Les draps ont pris son odeur et si je n'étais pas aussi K.-O., j'en aurais rougi. J'ai du mal à l'admettre, mais ces effluves musqués mêlés à un reste de parfum épicé ne me laissent pas indifférente.

Les secondes s'écoulent et j'attends que le sommeil me fauche. Mais il ne vient pas. Je commence m'impatienter. Je suis suffisamment crevée pour que l'effort d'ouvrir les paupières soit hors de ma portée, mais apparemment, pas assez pour sombrer dans l'oubli. Tu parles d'un cadeau. Je suis entre le sommeil et l'éveil, et mon corps est de plus en plus lourd. Pourtant, je n'arrête pas de penser. Mon cerveau est en état de marche et il n'a pas l'air prêt à me laisser rêver.

Pour passer le temps, je commence à compter les moutons, mais ils se transforment très vite en Hugo qui court et saute par-dessus les haies sur une piste d'athlétisme. Je me demande si c'est ce qu'il est en train de faire. Ou alors est-il parti courir dans la nature ?

Je change de position. Arrêtons de penser à Hugo et revenons à nos moutons…

Je me tourne et me retourne. Le sommeil continue de m'échapper. Impossible de me rendormir. Le marchand de sable a terminé sa tournée pour cette nuit. Ou alors j'ai déjà eu mon quota et il refuse de m'en donner plus. Je pousse un soupir. Il va falloir que je me résigne à ouvrir les yeux et à affronter cette journée. Ça ne sert à rien de s'acharner. Je suis bel et bien réveillée.

J'attrape mon téléphone et retiens un grognement. 6 h 27. C'est un peu mieux, mais toujours trop tôt à mon goût. Que faire ?

Se lever et aller prendre le petit déjeuner
→ vers **CHAPITRE 24** (p. 99)
OU
Attendre le retour d'Hugo pour descendre avec lui prendre le petit déjeuner → vers **CHAPITRE 25** (p. 106)

CHAPITRE 24

Je n'ai aucune idée de l'heure à laquelle Hugo va rentrer. Il est parti depuis un bail. « Je serai là pour le petit déjeuner » a-t-il dit. Très bien, mais quand ? J'aimerais bien le savoir. Malgré l'heure matinale, je commence déjà à avoir faim. Je n'ai pas l'habitude d'attendre si longtemps avant de manger. Bon, ma décision est prise, je vais petit-déjeuner maintenant. Si Hugo ne se pointe pas d'ici à ce que j'aie terminé, je pourrai toujours l'accompagner une fois qu'il sera rentré. Je sens que je vais avoir besoin d'une perfusion de caféine pour tenir aujourd'hui.

Je sors de sous la couette et me lève avant de faire le lit. Je me brosse ensuite les dents, et m'habille. J'hésite quelques instants, puis opte pour un chemisier bleu et un jean slim. Il paraît que ce n'est plus à la mode, mais plutôt mourir que de les abandonner. Je trouve que les pantalons larges me donnent l'air d'un hippopotame.

Je referme avec délicatesse la porte de ma chambre derrière moi. Je n'ai pas envie de réveiller tout le monde. Je veux profiter de mon petit déjeuner au calme avant la cohue de cette journée. Il faut bien qu'il y ait des avantages au fait de se lever tôt.

Malheureusement pour moi, je ne suis pas la seule debout dans le manoir. Quand j'arrive dans la salle à manger, ma mère est déjà attablée en train de déguster un croissant. Elle est tirée à quatre épingles et maquillée. C'est bien la première fois que je la vois dans une pareille tenue pour le petit déjeuner. Elle est plutôt du genre à se balader en peignoir.

– Bonjour, maman. Bien dormi ?

J'aurais préféré boire mon café seule, mais ça aurait pu être pire. Tant que Thibault et Clémence ne sont pas là, je suis contente. Sans Hugo à mes côtés, j'aurais eu plus de mal à les affronter.

– Très bien. Le matelas est particulièrement confortable. Je vais essayer de convaincre ton père d'en acheter un pour la maison. Fais-moi penser à demander à Isa où elle l'a trouvé. Et toi, ta nuit s'est bien passée ?

– J'ai dormi comme un bébé, mens-je sans vergogne.

– Hugo dort toujours ?

– Oh non, plus depuis longtemps. Il est parti courir ! Il ne faut pas qu'il perde ses bonnes habitudes, tu comprends.

– Mmmh, ça l'excuse un peu d'avoir déguerpi comme ça, hier soir. Toi, en revanche…

Aïe, j'espérais qu'elle avait oublié ce détail. Je suis bien trop naïve. Bien sûr qu'elle allait revenir sur mon départ précipité.

– J'essaierai d'être plus sociable la prochaine fois, promets-je en espérant que ça soit suffisant et qu'elle me fiche la paix.

Elle finit son croissant. J'en profite pour remplir ma tasse de café et mon assiette de viennoiseries. Je ne vais pas laisser ma mère me couper l'appétit. Je mords avec satisfaction dans un pain au chocolat. Il est délicieux. On pourrait presque croire que je n'ai rien mangé hier soir tellement je suis affamée. Ça doit être le stress qui me creuse l'estomac.

– Il ne fait pas très attention à toi, ce Hugo. Il ne t'a même pas attendue pour aller se coucher.

Je manque d'avaler de travers. Ne me dites pas qu'elle l'a déjà pris en grippe. Lui reproche-t-elle de privilégier sa carrière par rapport à moi ? Ou n'a-t-elle pas aimé ses piques envers Thibault et Clémence ? Ne devrait-elle pas être contente qu'il me défende même si elle n'apprécie pas la méthode ?

– T'exagères, maman. On ne va pas dormir tous les soirs à la même heure, ce n'est pas un drame.

– Il te traite bien, alors ? Tu es heureuse avec lui ?

Ma gorge se serre. Je n'aime pas du tout la tournure que prend la conversation. Je me doutais qu'elle allait me cuisiner sur ma relation avec Hugo, mais je ne m'attendais pas à ce que ça me mette si mal à l'aise. Pourtant, je savais bien que j'allais devoir mentir. Je pensais y être préparée, mais c'est plus difficile que ce que j'imaginais de la regarder droit dans les yeux en racontant des sornettes.

– Il est adorable et, oui, je suis très heureuse.

– Alors comme ça il en pinçait toujours pour toi, hein ? Je peux comprendre que tu te sois sentie flatté mais ce n'est peut-être pas une base très solide pour un couple, tu ne penses pas ?

Non mais je rêve ? Elle est décidée à me démolir ou quoi ? Si Hugo et moi étions vraiment ensemble, je me serais énervée.

– Non, mais tu t'entends ? Tu viens de le rencontrer et tu te permets déjà de nous juger. Et après tu t'étonnes que je ne t'en aie pas parlé plus tôt !

OK, c'est un peu un coup bas quand on sait la réalité des choses, mais je n'y peux rien, ça m'agace. Ma mère lève les mains en signe d'apaisement.

– Je m'inquiète juste pour toi, je ne voulais pas te vexer. Je serais très contente pour toi si ton couple dure et que tu es heureuse.

Je croise les bras et lui jette un regard qui, je l'espère, lui montre toute mon incrédulité.

– Allons, je n'ai pas envie qu'on se dispute, reprend ma mère. Ne gâchons pas le mariage de ta sœur. C'est suffisamment compliqué comme ça pour qu'on en rajoute.

On ? Je ne vois pas bien ce que j'ai pu ajouter.

– À qui la faute, marmonné-je dans ma barbe.

Elle prétend ne pas m'avoir entendue.

– En tout cas, il est plutôt canon. Un peu trop de muscles pour moi, mais chacun ses goûts.

Je me détends sur ma chaise. L'orage semble passé.

– Moi, ça me plaît ! Tout le monde n'aime pas forcément les nounours.

– Ça a son charme aussi, se défend ma mère qui pense sûrement à mon père.

– De toute façon, c'est surtout sa personnalité que j'aime : il me fait rire.

– Tant mieux, tant mieux. Je suis contente pour toi.

Nous mangeons quelques bouchées en silence, chacune réfléchissant sans doute à son choix de partenaire. Dommage que, dans mon cas, tout ceci ne soit qu'un mensonge et que M. Muscles ne m'appartienne pas. C'est vrai, qu'objectivement, Hugo est loin d'être vilain…

La porte de la salle à manger s'ouvre d'un coup et vient me tirer de mes réflexions. C'est Isa, vêtue d'un magnifique déshabillé de soie noire… qui en révèle un peu trop à mon goût. Vu comme ma mère s'évertue à ne pas quitter des yeux du visage de notre hôtesse, elle doit le penser aussi.

– Oh, vous êtes déjà levées ! Comment s'est passée votre première nuit au manoir ? Vous avez fait de beaux rêves, j'espère ?

Ma mère et elle échangent les salutations d'usage et embrayent ensuite sur une conversation que je suis à peine. Efficace comme toujours, ma mère réussit à lui arracher la marque de la literie en moins de cinq minutes et Isa semble plus que ravie des compliments qui lui sont adressés. J'en profite pour me resservir un café.

– Et toi, Amanda ? J'espère que tu as profité de ma petite surprise avec ton Jules ? me demande-t-elle avec un clin d'œil appuyé.

Vu le personnage, j'aurais dû m'y attendre, et pourtant, je suis prise au dépourvu par sa question. Je manque de m'étrangler avec mon café.

Ma mère m'envoie un regard interrogateur. Hors de question de parler de ça devant elle. Mais je sens qu'Isa ne va pas me lâcher si j'essaie de botter en touche. Il va falloir que je la joue très *smart.*

– Hugo était crevé par la route et il devait se lever tôt ce matin pour aller courir. Mais merci pour cette, euh, *gentille* attention.

– Il n'y a pas que la course qui est bonne pour le cardio, reprend-elle avec un nouveau clin d'œil. Tu devrais le lui rappeler. Après, je te l'ai dit, si tu veux, j'ai toujours des amies à te…

– Présenter, finis-je pour elle d'un ton d'où transparaît mon agacement.

Il est beaucoup trop tôt pour tout ça. Moi qui voulais un petit moment de tranquillité, entre elle et ma mère, c'est raté. Et, si en plus, tout le monde s'évertue à me dire qu'Hugo et moi sommes mal assortis, ça va commencer à franchement me vexer.

– Tu sais où il est allé courir ? Il a trouvé une piste d'athlétisme près d'ici ? s'enquiert ma mère.

Je ne sais pas si elle a compris les sous-entendus de notre hôtesse et que ça la met franchement mal à l'aise ou si elle a perçu l'agacement dans ma voix et qu'elle sent qu'il est temps de changer de sujet, mais je suis bien heureuse de son intervention.

– Vu les paysages qu'offre le coin, réponds-je, je suis certaine qu'il en a profité pendant sa course. Et puis, c'est toujours plus agréable de courir dans la nature.

– Même si elle ne fait plus de compétition, Amanda reste une grande sportive, explique ma mère à Isa. Tu veux faire un marathon, c'est bien ça ?

– Oui, mais je n'y suis pas encore, je suis plutôt sur des courses de vingt kilomètres pour l'instant.

– Impressionnant, commente Isa.

Tout dans son attitude indique pourtant le contraire : elle semble bien plus intéressée par ce qui se trouve dans son assiette que par mes explications. OK, message reçu : quand il s'agit de parler de ma vie sexuelle devant ma mère, il y a du monde, mais pas quand je parle de ce que j'aime faire dans la vie. Je n'ai pas le temps de me sentir vexée, qu'un nouvel arrivant décide de nous rejoindre. C'est mon père, affublé de son tee-shirt « *I love* la comptabilité ». À les voir l'un à côté de l'autre, mes parents ne pourraient pas faire plus dépareillés.

On recommence le rituel matinal des salutations et ma mère beurre avec amour les tartines de mon père avant de les mettre dans son assiette. Je me demande quelle serait la réaction d'Hugo si j'agissais de même. D'ailleurs, où est-il passé ? Il ne peut pas être toujours en train de courir, si ?

Je jette un coup d'œil discret à l'heure sur mon portable : 8 h 25. Ça commence à faire long, quand même. Mais peut-être qu'il est rentré et qu'il prend sa douche ? S'il ne se ramène pas très vite, c'est moi qui irai le chercher par la peau des fesses. Alors que je finis mon petit déjeuner, c'est au tour de ma sœur et de sa moitié de débarquer. L'atmosphère se tend d'un seul coup. Clémence semble à deux doigts de s'évanouir de nervosité. Elle prend à peine le temps de nous saluer avant de se lancer dans une tirade passionnée :

– Oh là là ! Il est si tard. Et il y a tant de choses à faire. Nous n'avons pas entendu notre réveil sonner ! À cette heure-ci, nous aurions déjà dû avoir terminé le pliage des serviettes et la commande des fleurs pour respecter le planning. C'est une véritable catastrophe !

– Clémence, ma chérie, prends une grande inspiration et viens t'asseoir pour manger, lui conseille ma mère. Tu vas voir que l'estomac rempli, les choses vont déjà te paraître moins dramatiques.

Dans un mouvement théâtral, elle se laisse tomber sur la chaise à côté de mon père. Je me retiens de lever les yeux au ciel. Il est grand temps que je déguerpisse avant de me faire réquisitionner.

Tenter de s'enfuir discrètement → vers **CHAPITRE 26** (p. 114)

OU

Rester sagement et se résoudre à aider → vers **CHAPITRE 27** (p. 124)

CHAPITRE 25

Je n'ai pas encore très faim, alors je préfère attendre Hugo. Pour passer le temps, j'hésite à aller piocher un livre au hasard dans la bibliothèque, mais j'ai le cerveau trop embrumé pour me concentrer. À la place, j'allume la télévision. À cette heure-ci, il n'y a pas grand-chose d'intéressant. J'ai le choix entre le télé-achat et des dessins animés. Clairement, la décision n'est pas compliquée à prendre.

Je dois bien rester des heures scotchée à l'écran et pourtant, je ne vois pas le temps passer. Quand Hugo revient, j'ai l'impression que ça ne fait que dix minutes qu'il est parti. J'attrape la télécommande et baisse le son de la télévision.

– Tu es toujours là ? me demande-t-il d'un ton surpris.

– Je t'attendais pour petit-déjeuner.

– Tu vas devoir encore patienter un peu, alors, parce qu'il faut vraiment que j'aille me doucher.

Un œil toujours rivé sur l'écran, je lui fais un signe de la main pour lui signifier que je ne m'en fais pas. Je l'entends pouffer. Je suppose que je dois être un sacré spectacle, fascinée comme je suis par les dessins animés.

Quelques minutes plus tard, nous descendons tous les deux jusqu'à la salle à manger.

– Ah, vous voilà enfin ! s'exclame mon père en nous voyant entrer. On attendait plus que vous.

– Oui, ronchonne Clémence. Dépêchez-vous de manger, nous sommes déjà en retard sur le planning.

Je me retiens de lever les yeux au ciel. Quel accueil !

– Clémence, et tes bonnes manières ? la rabroue ma mère. Finis déjà ta tartine avant de vouloir donner des ordres à tout le monde.

Je cache un sourire. Bien envoyé. Hugo et moi nous installons à table et j'attrape un pain au chocolat tandis qu'il prend un morceau de pain.

– Isa, est-ce que vous pensez que je pourrais me faire un œuf sur le plat ? demande-t-il à la maîtresse de maison. Il faut que je mange des protéines, les viennoiseries, ce n'est vraiment pas top pour mon régime.

– Oh, mais bien sûr, s'écrie Isa. Tu aurais dû m'en parler hier, j'en aurais informé Thérésa. Viens, je vais te montrer la cuisine.

Et les voilà partis, me laissant seule pour affronter ma famille. Je sens que Clémence me lance des regards mauvais : sans doute aimerait-elle que je mange plus vite. Pour l'ennuyer, je me sers une tasse de café et prends bien le temps de souffler dessus pour le refroidir.

– Tu as passé une bonne nuit ? me demande mon père.

– Parfaite. Le réveil était un peu matinal, en revanche.

– On n'aurait pas dit, pourtant, marmonne Thibault entre ses dents.

Je décide de l'ignorer.

– Hugo a beau être en vacances, il doit continuer à s'entraîner. Il est parti courir vers 4 h 30.

– Je comprends mieux pourquoi il a déguerpi comme ça, hier soir, commente ma mère. Toi, en revanche…

Aïe, j'espérais qu'elle avait oublié ce détail. Je suis bien trop naïve. Bien sûr qu'elle allait revenir sur mon départ précipité.

– J'essaierai d'être plus sociable la prochaine fois, promets-je en espérant que ça soit suffisant et qu'elle me fiche la paix.

Elle incline la tête et n'insiste pas. Ouf. L'esprit tranquille, je termine mon pain au chocolat, puis me ressers une tasse de café. J'ai à peine bu une gorgée qu'Isa et Hugo refont leur apparition.

Mon faux petit ami ne perd pas une seconde pour commencer à manger dès qu'il a posé ses fesses sur la chaise. Il doit vraiment mourir de faim.

À peine ai-je terminé ma tasse de café que ma mère m'interpelle.

– Tu as fini ? Tu peux peut-être déjà commencer le pliage des serviettes pendant que je m'occupe d'aller voir la fleuriste avec Isa ?

Alors là, j'ai vraiment envie de tout sauf de me taper le pliage de centaines de serviettes. Je réfléchis à comment m'extirper de cette situation quand mon regard tombe sur Hugo. Bingo.

– Ça ne peut pas attendre qu'il ait terminé de petit-déjeuner ? la rabroué-je, heureuse d'avoir trouvé cette bonne excuse. Ce n'est pas hyper cool de le laisser comme ça.

– Je suis sûre qu'il va survivre tout seul, me réplique-t-elle d'un ton qui ne souffre aucune contestation. Et il te donnera un coup de main après, n'est-ce pas, Hugo ?

Je me tends. Comment va-t-il réagir ? Je n'ai pas envie que ça tourne au pugilat. Déjà qu'il ne souhaite pas être là, si en plus ma mère lui donne des ordres, ça ne va pas le faire. Je crains l'incendie. Hugo prend le temps d'avaler sa bouchée avant de répondre. J'admire son flegme. Moi, si ma mère me regardait comme ça et que je ne la connaissais pas, je craindrais pour ma vie. À la réflexion, il est peut-être habitué à résister aux ordres de ses coachs. Ces gens-là peuvent être encore plus effrayants que ma mère. Ils crient plus fort, en général.

– Bien sûr. Amanda, commence sans moi. Tu me montreras la technique comme ça.

Il termine avec un clin d'œil dans ma direction : pourquoi ai-je le désagréable pressentiment qu'il va prendre tout son temps avant de me rejoindre ? Peut-être parce que j'aurais fait pareil à sa place. Je suis presque jalouse.

– Regarde bien la vidéo plusieurs fois pour que le pliage soit parfait, m'interpelle Clémence, qui semble à deux doigts de nous accompagner pour vérifier si le travail est suffisamment bien fait à son goût.

Je me retiens de lever les yeux au ciel et hoche la tête sèchement en guise de réponse. Elle me prend pour un de ses CP ou quoi ? J'ai dépassé le stade de l'apprentissage de la motricité fine, merci bien.

Avec mauvaise volonté, j'accompagne Isa et ma mère jusqu'au salon. Des centaines de serviettes en tissu rose pâle nous attendent sur la table ovale qui trône au milieu de la pièce. Je prends place et grimace : les chaises en velours vert sont magnifiques, mais qu'est-ce qu'elles sont inconfortables !

Je n'attends pas qu'elles soient sorties de la pièce pour lancer la vidéo sur mon portable. J'en suis à peine à trente secondes de visionnage que je suis déjà en train de jurer. Elle se fout de la gueule de qui, Clémence ? Ce n'est pas du simple pliage de serviettes, c'est de l'origami. Une vraie œuvre d'art qu'elle souhaite ! Et en deux cents exemplaires, s'il vous plaît ! Madame a des goûts de luxe et veut absolument que ses serviettes soient pliées en forme de rose. J'avoue que c'est joli, mais elle croit sérieusement qu'on va parvenir à ce résultat ? Elle aurait dû faire appel à un professionnel. Je ne vois pas du tout comment je vais y arriver ! « Regarde plusieurs fois la vidéo. » Elle en a de bonnes ! Je ne suis déjà pas certaine de comprendre toutes les étapes, alors les réaliser ? Elle rêve.

Avec désespoir, j'observe les tas de serviettes autour de moi. Même avec l'aide d'Hugo, je sens que j'en ai pour la journée. Je pousse un profond soupir et relance la vidéo. Peut-être que si je fais des pauses toutes les dix secondes, je vais mieux comprendre ? Ou pas. Je suis à deux doigts de m'arracher les cheveux et je n'ai même pas encore essayé de réaliser le moindre pliage. Peut-être que je devrais juste me lancer ? On dit que c'est en forgeant qu'on devient forgeron après tout, non ? J'ai des doutes, mais qui ne tente rien n'a rien.

J'attrape la première des deux cents serviettes et remets la vidéo au début. OK. Plier le coin à droite, puis retourner le tissu, jusque-là, je sais faire. C'est après que ça se complique. Les mains sur la vidéo roulent le tissu dans un sens, puis dans l'autre, mais laissent un triangle ? Quelle longueur ? Les serviettes que Clémence a choisies n'ont pas la même taille que celles de la vidéo. Je sens que ça ne va pas du tout donner ce qu'elle veut.

Après avoir roulé la serviette, les mains coincent le bout en le fourrant dans un pli. Mouais. Ça ne tient pas. J'insiste un peu et parviens au résultat escompté. Jusqu'ici, ce n'est pas brillant, mais on va dire que ce n'est pas la catastrophe, non plus. Le problème, c'est qu'après, la vidéo saute quelques secondes avant de montrer le rendu final : une jolie rose avec deux feuilles sur le côté. Mais je ne comprends pas comment obtenir ces feuilles, moi !

Je tente une entourloupe – sur un malentendu, ça peut passer – et me recule pour observer ma… création. Ça ne ressemble pas du tout à une rose. Ou alors avec beaucoup d'imagination. Peut-être qu'elle s'est pris une averse de grêle sur la tête, cette pauvre fleur. Je ne suis pas certaine que Clémence apprécie cette histoire. Bon, il ne reste plus qu'à trouver à partir de quel moment ça foire.

Vingt minutes plus tard, mes essais commencent à ressembler à quelque chose. On est plus proche de la tour de Pise que de la tour Eiffel, mais on reconnaît au moins la forme d'une rose, contrairement au début. Je suis assez fière de moi.

J'en suis à mon quatrième pliage potable quand j'entends la porte s'ouvrir derrière moi. Je ne me laisse pas déconcentrer et garde les yeux rivés sur mon travail. Le nouveau venu s'approche et reste planté dans mon dos un moment. J'essaie de ne pas me laisser distraire au risque de rater le pli suivant.

– C'est… conceptuel.

La voix d'Hugo est clairement moqueuse. S'il avait été face à moi, je lui aurais tiré la langue. Au lieu de quoi, je lui réponds sur un ton où perce une pointe d'agacement :

– On va vite voir si tu fais mieux que moi.

Il contourne la table et s'assoit. Il m'observe sans faire de commentaire. Sous la pression de son regard, je m'applique d'autant plus. Je finis mon œuvre et lui tends mon téléphone.

– Tiens, voilà la vidéo. Si tu comprends mieux que moi, n'hésite pas à m'expliquer. Ça fait déjà quarante-cinq minutes que j'y suis et tu as vu mes meilleurs résultats.

Parce que je me rends compte que je suis sèche avec lui alors qu'il vient m'aider, je rajoute :

– Et merci de donner un coup de main. Je sais que ce n'était pas vraiment prévu dans le *deal*…

– J'aurais trop peur de me faire tuer par ta mère si je refusais.

Je ricane.

– Tu l'as bien cernée. Elle peut être un vrai dragon quand elle s'y met.

– Un peu comme sa fille… Elle n'a pas l'air de beaucoup m'aimer. Je vais éviter d'aggraver mon cas, je voudrais être en vie à la fin de cette semaine de l'enfer.

Le pauvre. Je ne peux m'empêcher de me sentir coupable : entre ma mère qui est passive agressive et moi qui le menace, je comprends sa méfiance.

– Ne t'inquiète pas trop quand même. Elle n'est pas capable de faire de mal à une mouche. Verbalement, en revanche, elle peut être assez acide.

Hugo ne répond rien. Les yeux rivés sur l'écran de mon portable, il semble concentré. Je le laisse visionner encore et encore la vidéo sans dire un mot. Au bout de plusieurs minutes, il pose le téléphone sur la table et affirme :

– C'est bon, je crois que j'ai le truc !

Curieuse, je l'observe. À ma grande surprise, il commence à plier la serviette sans même regarder la vidéo, de mémoire. Je suis impressionnée par ses capacités de mémorisation et carrément jalouse quand il me montre d'un geste triomphant une rose plus réussie que tous mes essais réunis.

– Je m'avoue vaincue, admets-je avec une pointe de déception. Tu veux bien m'expliquer comment tu fais ?

– C'est peut-être plus simple si tu me montres comment tu t'y prends et que je te corrige quand tu te trompes.

J'acquiesce. Ça semble être un meilleur plan, effectivement. Je me remets au travail et grâce à ses indications, je parviens à produire une version plus que passable du pliage.

– C'est beaucoup mieux, m'encourage-t-il. Tu commences à prendre le coup de main.

Il est plus que temps après plus d'une heure, ronchonné-je en mon for intérieur.

Nous continuons de plier avec plus ou moins d'efficacité et je me surprends à me sentir satisfaite.

À vue de nez, nous avons dépassé la moitié du tas de serviettes quand les deux affr... amoureux débarquent.

– Tout va bien ? nous demande Thibault d'un ton mielleux qui me donne envie de l'étrangler avec une serviette que je viens de plier.

– Je pense qu'on ne s'en sort pas trop mal, réplique Hugo sur le même ton.

Clémence, qui s'est approchée comme un contremaître réprobateur pour inspecter notre travail, pousse un cri.

– Mais ça ne va pas du tout ! s'exclame-t-elle en désignant mes premières tentatives.

Je serre les dents et prends une profonde inspiration pour me calmer et éviter de me lever pour lui casser la figure.

– Regarde la différence avec celles d'Hugo ! continue-t-elle d'une voix suraiguë. Amanda, tu le fais exprès, ce n'est pas possible !

J'ouvre la bouche pour lui dire le fond de ma pensée, mais mon faux petit ami me coupe l'herbe sous le pied.

– Il a fallu qu'on fasse plusieurs essais avant de trouver la technique. Ce n'est pas aussi facile à faire que la vidéo le laisse supposer, vous savez.

Clémence s'adoucit un peu face à cet argument, mais me lance quand même un regard ferme et me houspille :

– Elles ne peuvent pas rester comme ça. Il va falloir les refaire, mais il faut d'abord que tu les repasses, sinon elles ne vont ressembler à rien ! Thibault, mon chéri, est-ce que tu sais où sont rangés le fer et la planche à repasser ?

– Oui, bien sûr, je vais lui montrer où ils se trouvent. En attendant, tu devrais aller retrouver ta mère, elle doit commencer à s'impatienter. Je vous rejoins après.

– Tu te lèves ou quoi, Amanda ? s'agace ma sœur. Il n'y a pas une seconde à perdre !

OU
S'énerver sur Clémence → vers **CHAPITRE 28** (p. 131)
Ne rien dire et aller chercher ces foutus fer et planche à repasser → vers **CHAPITRE 29** (p. 136)

CHAPITRE 26

Alors que Thibault est en train de rassurer ma sœur en lui disant que ce soir, ils mettront chacun une alarme sur leur téléphone pour qu'il n'y ait plus de souci, je tente une échappée digne des plus grands coureurs cyclistes.

J'ai la main sur la poignée et suis déjà en train de célébrer ma victoire quand la voix cinglante de ma mère retentit dans mon dos :

– Amanda, où est-ce que tu vas comme ça ?

Ouille, cramée. Ça va barder, je le sens. Vite, une excuse.

Et là, comme si les dieux m'avaient entendue, la poignée descend sous ma main. J'ai à peine le temps de la retirer que la porte s'ouvre et Hugo apparaît sur le seuil.

Je me retourne tout sourire vers ma mère.

– J'allais chercher Hugo, mais apparemment, il a trouvé le chemin tout seul. Ça s'est bien passé ton entraînement, *mon chou* ?

– Parfaitement, *mon chou*, comme toujours, me répond-il sans broncher. Maintenant, je meurs de faim !

Je l'accompagne jusqu'à la table et reprends ma place. Il s'assoit à côté de moi et attrape un morceau de pain.

– Isa, est-ce que vous pensez que je pourrais me faire un œuf sur le plat ? demande-t-il à la maîtresse de maison. Il faut que je mange des protéines, les viennoiseries, ce n'est vraiment pas top pour mon régime.

– Oh, mais bien sûr, s'écrie Isa. Tu aurais dû m'en parler hier, j'en aurais informé Thérésa. Viens, je vais te montrer la cuisine.

Ça, c'est une occasion en or pour échapper à Clémence. Je ne dois surtout pas la laisser filer.

– Je vais m'en occuper ! me proposé-je. Ça ne me dérange pas. Un ou deux œufs ?

Hugo me lance un regard interrogateur, visiblement incertain de l'innocence de ma proposition.

– Deux, s'il te plaît. Merci. Avec du poivre, comme d'habitude, tu sais bien.

Malin. Je hoche la tête, puis je suis Isa à travers une porte dérobée que je n'avais pas encore remarquée.

– C'est un raccourci vers les cuisines, m'explique-t-elle avec amusement lorsqu'elle voit mon regard surpris. C'est un des seuls passages secrets du manoir. Crois-moi, quand je suis devenue propriétaire, j'ai cherché dans les moindres coins un passage vers une salle aux trésors. Malheureusement, je n'ai rien trouvé. Décevant, n'est-ce pas ?

– C'est mieux ça que de tomber sur un donjon, plaisanté-je.

C'est quand je vois ses yeux pétiller que je me dis qu'à la réflexion, j'aurais peut-être dû m'abstenir.

– Qui te dit qu'il n'y en a pas un ?

Je reste prudemment silencieuse et ne lui demande pas de détails. Qui sait ce que je pourrais apprendre si je la lançais sur le sujet ? Je n'ose pas l'imaginer, même si j'ai ma petite idée.

Le temps de traverser un couloir bien moins décoré que les autres et d'ouvrir une nouvelle porte, et nous sommes dans la cuisine. La modernité des installations tranche avec le reste du manoir qui semble figé dans le temps. Je suppose que pour recevoir des invités en tant que maison d'hôtes, il vaut mieux avoir du matériel de professionnel.

Isa ouvre sans hésitation un tiroir et en sort une poêle. Je me sens gênée d'être surprise qu'elle connaisse si bien l'arrangement de la cuisine. C'était cliché de ma part de penser que Thérésa lui concoctait tous ses repas et qu'elle était incapable de se débrouiller.

– Les œufs sont dans l'armoire à côté du frigo, m'indique-t-elle alors qu'elle verse un fond d'huile dans la poêle qu'elle met à chauffer sur la gazinière.

Je les trouve et reviens sur mes pas.

– Avec du sel et beaucoup de poivre, c'est bien ça ? me demande-t-elle en me prenant les œufs des mains.

– Oui, lui réponds-je gênée, mais je peux m'en occuper, tu sais.

– Tu as peur que j'y mette moins d'amour que toi ?

Je cligne des yeux, désarçonnée par sa question. En voilà au moins une qui est convaincue par la supercherie. Avant que j'aie le temps de penser à une réponse, elle continue :

– Je te charrie ! Tiens, assaisonne-les, comme ça, tu pourras t'attribuer tout le mérite.

Je souris et accepte le poivrier. Maintenant, il faut que j'aie l'air de savoir ce que je fais. Je n'ai aucune idée des quantités, mais trois tours, ça devrait être assez, non ?

Isa dépose les œufs sur une assiette avec une spatule et me la tend.

– Tiens, va la porter à ton chéri. Je relance la machine à café et je reviens. Je sens qu'on va en avoir besoin aujourd'hui.

Je hoche la tête vigoureusement en pensant à Clémence avant de m'éclipser. Il ne faudrait pas que le plat refroidisse trop. C'est dégoûtant les œufs froids.

Hugo m'adresse un sourire ravi quand je dépose l'assiette devant lui.

– Parfait, merci, me dit-il en plongeant un morceau de pain dans le jaune.

J'ai bien envie de reprendre un café, mais j'en ai déjà bu deux, il va falloir que je lève un peu le pied. À la place, je me sers un grand verre de jus d'orange que je sirote en écoutant d'une oreille distraite Clémence déballer le programme des prochains jours. J'ai le tournis rien qu'à l'entendre.

Pendant qu'Isa et moi étions en cuisine, Marc-Emmanuel a rejoint l'assemblée. Il lit le journal en mangeant et ne prête pas la moindre attention à ce qu'il se passe autour de lui. De là où je suis, je peux à peine déchiffrer les gros titres, mais ça a l'air de parler de bourses et d'actions. Je ne suis pas surprise.

Je suis interrompue dans mes observations par ma mère :

– Amanda, tu as fini ? Tu peux peut-être déjà commencer le pliage des serviettes pendant que je m'occupe d'aller voir la fleuriste avec Isa ?

Alors là, j'ai vraiment envie de tout sauf de me taper le pliage de centaines de serviettes. Je réfléchis à comment m'extirper de cette situation quand mon regard tombe sur Hugo. Bingo.

– Ça ne peut pas attendre qu'il ait terminé de petit-déjeuner ? la rabroué-je, heureuse d'avoir trouvé cette bonne excuse.

– Je suis sûre qu'il va survivre tout seul, me réplique-t-elle d'un ton qui ne souffre aucune contestation. Et il te donnera un coup de main après, n'est-ce pas, Hugo ?

Je me tends. Comment va-t-il réagir ? Je n'ai pas envie que ça tourne au pugilat. Déjà qu'il ne souhaite pas être là, si en plus ma mère lui donne des ordres, ça ne va pas le faire. Je crains l'incendie.

Hugo prend le temps d'avaler sa bouchée avant de répondre. J'admire son flegme. Moi, si ma mère me regardait comme ça et que je ne la connaissais pas, je craindrais pour ma vie. À la réflexion, il est peut-être habitué à résister aux instructions de ses coachs. Ces gens-là peuvent être encore plus effrayants que ma mère. Ils crient plus fort, en général.

– Bien sûr. Amanda, commence sans moi. Tu me montreras la technique comme ça.

Il termine avec un clin d'œil dans ma direction : pourquoi ai-je le désagréable pressentiment qu'il va prendre son temps pour finir son petit déjeuner ? Peut-être parce que j'aurais fait pareil à sa place. Je suis presque jalouse.

– Regarde bien la vidéo plusieurs fois pour que le pliage soit parfait, m'interpelle Clémence, qui semble à deux doigts de nous accompagner pour vérifier si le travail est suffisamment bien fait à son goût

Je me retiens de lever les yeux au ciel et hoche la tête sèchement en guise de réponse. Elle me prend pour une de ses CP ou quoi ? J'ai dépassé le stade de l'apprentissage de la motricité fine, merci bien.

Avec mauvaise volonté, j'accompagne Isa et ma mère jusqu'au salon. Des centaines de serviettes en tissu rose pâle nous attendent sur la table ovale qui trône au milieu de la pièce. Je prends place et grimace : les chaises en velours vert sont magnifiques, mais qu'est-ce qu'elles sont inconfortables !

Je n'attends pas qu'elles soient sorties de la pièce pour lancer la vidéo sur mon portable. J'en suis à peine à trente secondes de visionnage que je suis déjà en train de jurer. Elle se fout de la gueule de qui, Clémence ? Ce n'est pas du pliage de serviettes, c'est de l'origami. Une vraie œuvre d'art qu'elle souhaite ! Et en deux cents exemplaires, s'il vous plaît ! Madame a des goûts de luxe et veut absolument que ses serviettes soient pliées en forme de rose. J'avoue que c'est joli, mais elle croit sérieusement qu'on va parvenir à ce résultat ? Elle aurait dû faire appel à un professionnel. Je ne vois pas du tout comment je vais y arriver ! « Regarde plusieurs fois la vidéo. » Elle en a de bonnes ! Je ne suis pas déjà pas certaine de comprendre toutes les étapes, alors les réaliser ? Elle rêve.

Avec désespoir, j'observe les tas de serviettes autour de moi. Même avec l'aide d'Hugo, je sens que j'en ai pour la journée. Je pousse un profond soupir et relance la vidéo. Peut-être que si je fais des pauses toutes les dix secondes, je vais mieux comprendre ? Ou pas. Je suis à deux doigts de m'arracher les cheveux et je n'ai même pas encore essayé de réaliser le moindre pliage. Peut-être que je devrais juste me lancer ? On dit que c'est en forgeant qu'on devient forgeron après tout, non ? J'ai des doutes, mais qui ne tente rien n'a rien.

J'attrape la première des deux cents serviettes et remets la vidéo au début. OK. Plier le coin à droite, puis retourner le tissu, jusque-là, je sais faire. C'est après que ça se complique. Les mains sur la vidéo roulent le tissu dans un sens, puis dans l'autre, mais laissent un triangle ? Quelle longueur ? Les serviettes que Clémence a choisies n'ont pas la même taille que celles de la vidéo. Je sens que ça ne va pas du tout donner ce qu'elle veut.

Après avoir roulé la serviette, les mains coincent le bout en le fourrant dans un pli. Mouais. Ça ne tient pas. J'insiste un peu et parviens au résultat escompté. Jusqu'ici, ce n'est pas brillant, mais on va dire que ce n'est pas la catastrophe, non plus. Le problème, c'est qu'après, la vidéo saute quelques secondes avant de montrer le rendu final : une jolie rose avec deux feuilles sur le côté. Mais je ne comprends pas comment obtenir ces feuilles, moi !

Je tente une entourloupe – sur un malentendu, ça peut passer – et me recule pour observer ma… création. Ça ne ressemble pas du tout à une rose. Ou alors avec beaucoup d'imagination. Peut-être qu'elle s'est pris une averse de grêle sur la tête, cette pauvre fleur. Je ne suis pas certaine que Clémence appréciera cette histoire. Bon, il ne reste plus qu'à trouver à partir de quel moment ça foire.

Vingt minutes plus tard, mes essais commencent à ressembler à quelque chose. On est plus proche de la tour de Pise que de la tour Eiffel, mais on reconnaît au moins la forme d'une rose, contrairement au début. Je suis assez fière de moi.

J'en suis à mon quatrième pliage potable quand j'entends la porte s'ouvrir derrière moi. Je ne me laisse pas déconcentrer et garde les yeux rivés sur mon travail. Le nouveau venu s'approche dans mon dos et regarde par-dessus mon épaule un moment. J'essaie de ne pas me crisper au risque de rater le pli suivant.

– C'est… conceptuel, se moque la voix d'Hugo.

S'il avait été face à moi, je lui aurais tiré la langue. Au lieu de quoi, je lui réponds sur un ton où perce une pointe d'agacement :

– On va vite voir si tu fais mieux que moi.

Il contourne la table et s'assoit. Il m'observe sans faire de commentaire. Sous la pression de son regard, je m'applique d'autant plus. Je finis mon œuvre et lui tends mon téléphone.

– Tiens, voilà la vidéo. Si tu comprends mieux que moi, n'hésite pas à m'expliquer. Ça fait déjà quarante-cinq minutes que j'y suis et tu as vu mes meilleurs résultats.

Parce que je me rends compte que je suis sèche avec lui alors qu'il vient m'aider, je rajoute :

– Et merci de donner un coup de main. Je sais que ce n'était pas vraiment prévu dans le *deal*…

– J'aurais trop peur de me faire tuer par ta mère si je refusais.

Je ricane.

– Tu l'as bien cernée. Elle peut être un vrai dragon quand elle s'y met.

– Un peu comme sa fille… Elle n'a pas l'air de beaucoup m'aimer. Je vais éviter d'aggraver mon cas, je voudrais être en vie à la fin de cette semaine de l'enfer.

Le pauvre. Je ne peux pas m'empêcher de me sentir coupable : entre ma mère qui est passive agressive et moi qui le menace, je comprends sa méfiance.

– Ne t'inquiète pas trop quand même. Elle n'est pas capable de faire de mal à une mouche. Verbalement, en revanche, elle peut être assez acide.

Hugo ne répond rien. Les yeux rivés sur l'écran de mon portable, il semble concentré. Je le laisse visionner encore et encore la vidéo sans dire un mot. Au bout de plusieurs minutes, il pose le téléphone sur la table et affirme :

– C'est bon, je crois que j'ai le truc !

Curieuse, je l'observe. À ma grande surprise, il commence à plier la serviette sans même regarder la vidéo, de mémoire. Je suis impressionnée par ses capacités de mémorisation et carrément jalouse quand il me montre d'un geste triomphant une rose plus réussie que tous mes essais réunis.

– Je m'avoue vaincue, admets-je avec une pointe de déception. Tu veux bien m'expliquer comment tu fais ?

– C'est peut-être plus simple que tu me montres comment tu t'y prends et que je te corrige quand tu te trompes.

J'acquiesce. Ça semble être un meilleur plan, effectivement. Je me remets au travail. Grâce à ses indications, je parviens à produire une version plus que passable du pliage.

– C'est beaucoup mieux, m'encourage-t-il. Tu commences à prendre le coup de main.

Il est plus que temps après plus d'une heure, ronchonné-je en mon for intérieur.

Nous continuons de plier avec plus ou moins d'efficacité et je me surprends à me sentir satisfaite.

À vue de nez, nous avons dépassé la moitié du tas de serviettes quand les deux affr… amoureux débarquent.

– Tout va bien ? nous demande Thibault d'un ton mielleux qui me donne envie de l'étrangler avec une serviette que je viens de plier.

– Je pense qu'on ne s'en sort pas trop mal, réplique Hugo sur le même ton.

Clémence, qui s'est approchée comme un contremaître réprobateur pour inspecter notre travail, pousse un cri.

– Mais ça ne va pas du tout ! s'exclame-t-elle en désignant mes premières tentatives.

Je serre les dents et prends une profonde inspiration pour me calmer et éviter de me lever pour lui casser la figure. Si elle voulait un rendu de professionnel, elle n'avait qu'à en engager un !

– Regarde la différence avec celles d'Hugo ! continue-t-elle d'une voix suraiguë. Amanda, tu le fais exprès, ce n'est pas possible !

J'ouvre la bouche pour lui dire le fond de ma pensée, mais mon faux petit ami me coupe l'herbe sous le pied.

– Il a fallu qu'on fasse plusieurs essais avant de trouver la technique. Ce n'est pas aussi facile à faire que la vidéo le laisse supposer, vous savez.

Clémence s'adoucit un peu face à cet argument, mais me lance quand même un regard ferme et me houspille :

– Elles ne peuvent pas rester comme ça. Il va falloir les refaire, mais il faut d'abord que tu les repasses, sinon elles ne vont ressembler à rien ! Thibault, mon chéri, est-ce que tu sais où sont rangés le fer et la planche à repasser ?

– Oui, bien sûr, je vais lui montrer où ils se trouvent. En attendant, tu devrais aller retrouver ta mère, elle doit commencer à s'impatienter. Je vous rejoins après.

– Tu te lèves ou quoi, Amanda ? s'agace ma sœur. Il n'y a pas une seule seconde à perdre !

S'énerver sur Clémence → vers **CHAPITRE 28** (p. 131)
OU
Ne rien dire et aller chercher ces foutus fer et planche à repasser → vers **CHAPITRE 29** (p. 136)

CHAPITRE 27

Il n'y a aucune chance que ma mère ne repère pas mon esquive. Mieux vaut ne pas bouger pour éviter une engueulade.

Je l'observe remplir l'assiette de ma sœur pendant que celle-ci boude comme une enfant de cinq ans. Pour la énième fois depuis que nous sommes arrivés au manoir, je me retiens de lever les yeux au ciel.

Mon attention est détournée par le bruit de la porte qui s'ouvre. Hugo, enfin ! Il tombe à pic.

– Bonjour, tout le monde ! nous salue-t-il.

Je lui adresse un sourire quand il s'assoit à table. Il a le bon goût de me le retourner.

– Pour quelqu'un qui est allé dormir tôt, tu arrives bien tard au petit déjeuner, commente sournoisement Thibault.

Hugo ne lui jette même pas un regard.

– J'ai couru vingt-cinq kilomètres depuis que je me suis levé à 4 h 30. Et toi ?

Je cache un sourire alors que Thibault bafouille. Elle était belle, celle-là ! Je parie qu'il ne s'y attendait pas.

– Impressionnant ! commente mon père.

– Ce n'est pas grand-chose comparé à d'habitude, répond-il modestement.

– Oui, mais tu es en vacances, c'est surtout ça qui est remarquable.

– Il ne faut pas que je perde mes bonnes habitudes, répond-il avec un sourire.

Il se tourne vers Isa :

– D'ailleurs, en parlant de bonnes habitudes, est-ce que vous pensez que je pourrais me faire un œuf sur le plat ? Il faut que je mange des protéines, les viennoiseries, ce n'est vraiment pas top pour mon régime.

– Oh, mais bien sûr, s'écrie Isa. Tu aurais dû m'en parler hier, j'en aurais informé Thérésa. Viens, je vais te montrer la cuisine.

Les voilà partis. Ma mère en profite pour fondre sur moi comme un oiseau sur sa proie.

– Tu as fini ? Tu peux peut-être déjà commencer le pliage des serviettes pendant que je m'occupe d'aller voir la fleuriste avec Isa.

– Ça ne peut pas attendre qu'Hugo ait terminé de petit-déjeuner ? la rabroué-je, heureuse d'avoir trouvé cette bonne excuse. Ce n'est pas hyper cool de le laisser comme ça.

– Je suis sûre qu'il va survivre tout seul, me réplique-t-elle d'un ton qui ne souffre aucune contestation.

Je retiens une grimace. Je crains de ne pas avoir le choix.

– Regarde bien la vidéo plusieurs fois pour que le pliage soit parfait, m'interpelle Clémence, qui semble à deux doigts de nous accompagner pour vérifier si le travail est suffisamment bien fait à son goût.

Je me retiens de lever les yeux au ciel et hoche la tête sèchement en guise de réponse. Elle me prend pour une de ses CP ou quoi ? J'ai dépassé le stade de l'apprentissage de la motricité fine, merci bien.

Avec mauvaise volonté, j'accompagne ma mère jusqu'au salon. Des centaines de serviettes en tissu rose pâle nous attendent sur la table ovale qui trône au milieu de la pièce. Je prends place et grimace : les chaises en velours vert sont magnifiques, mais qu'est-ce qu'elles sont inconfortables !

Je n'attends pas qu'elle soit sortie de la pièce pour lancer la vidéo sur mon portable. J'en suis à peine à trente secondes de visionnage que je suis déjà en train de jurer. Elle se fout de la gueule de qui, Clémence ? Ce n'est pas du pliage de serviettes, c'est de l'origami. Une vraie œuvre d'art qu'elle souhaite ! Et en deux cents exemplaires, s'il vous plaît ! Madame a des goûts de luxe et veut absolument que ses serviettes soient pliées en forme de rose. J'avoue que c'est joli, mais elle croit sérieusement qu'on va parvenir à ce résultat ? Elle aurait dû faire appel à un professionnel. Je ne vois pas du tout comment je vais y arriver ! « Regarde plusieurs fois la vidéo. » Elle en a de bonnes ! Je ne suis pas déjà pas certaine de comprendre toutes les étapes, alors les réaliser ? Elle rêve.

Avec désespoir, j'observe les tas de serviettes autour de moi. Même avec l'aide d'Hugo, je sens que j'en ai pour la journée. Je pousse un profond soupir et relance la vidéo. Peut-être que si je fais des pauses toutes les dix secondes, je vais mieux comprendre ? Ou pas. Je suis à deux doigts de m'arracher les cheveux et je n'ai même pas encore essayé de réaliser le moindre pliage. Peut-être que je devrais juste me lancer ? On dit que c'est en forgeant qu'on devient forgeron après tout, non ? J'ai des doutes, mais qui ne tente rien n'a rien.

J'attrape la première des deux cents serviettes et remets la vidéo au début. OK. Plier le coin à droite, puis retourner le tissu, jusque-là, je sais faire. C'est après que ça se complique. Les mains sur la vidéo roulent le tissu dans un sens, puis dans l'autre, mais laissent un triangle ? Quelle longueur ? Les serviettes que Clémence a choisies n'ont pas la même taille que celles de la vidéo. Je sens que ça ne va pas du tout donner ce qu'elle veut.

Après avoir roulé la serviette, les mains coincent le bout en le fourrant dans un pli. Mouais. Ça ne tient pas. J'insiste un peu et parviens au résultat escompté. Jusqu'ici, ce n'est pas brillant, mais on va dire que ce n'est pas la catastrophe, non plus. Le problème, c'est qu'après, la vidéo saute quelques secondes avant de montrer le rendu final : une jolie rose avec deux feuilles sur le côté. Mais je ne comprends pas comment obtenir ces feuilles, moi !

Je tente une entourloupe – sur un malentendu, ça peut passer – et me recule pour observer ma… création. Ça ne ressemble pas du tout à une rose. Ou alors avec beaucoup d'imagination. Peut-être qu'elle s'est pris une averse de grêle sur la tête, cette pauvre fleur. Je ne suis pas certaine que Clémence appréciera cette histoire. Bon, il ne reste plus qu'à trouver à partir de quel moment ça foire.

Vingt minutes plus tard, mes essais commencent à ressembler à quelque chose. On est plus proche de la tour de Pise que de la tour Eiffel, mais on reconnaît au moins la forme d'une rose, contrairement au début. Je suis assez fière de moi.

J'en suis à mon quatrième pliage potable quand j'entends la porte s'ouvrir derrière moi. Je ne me laisse pas déconcentrer et garde les yeux rivés sur mon travail. Le nouveau venu s'approche dans mon dos et regarde par-dessus mon épaule un moment. J'essaie de ne pas me crisper au risque de rater le pli suivant.

– C'est… conceptuel, se moque la voix d'Hugo.

S'il avait été face à moi, je lui aurais tiré la langue. Au lieu de quoi, je lui réponds sur un ton où perce une pointe d'agacement :

– On va vite voir si tu fais mieux que moi.

Il contourne la table et s'assoit. Il m'observe sans faire de commentaire. Sous la pression de son regard, je m'applique d'autant plus. Je finis mon œuvre et lui tends mon téléphone.

– Tiens, voilà la vidéo. Si tu comprends mieux que moi, n'hésite pas à m'expliquer. Ça fait déjà quarante-cinq minutes que j'y suis et tu as vu mes meilleurs résultats.

Parce que je me rends compte que je suis sèche avec lui alors qu'il vient m'aider, je rajoute :

– Et merci de donner un coup de main. Je sais que ce n'était pas vraiment prévu dans le *deal*…

– J'aurais trop peur de me faire tuer par ta mère si je refusais.

Je ricane.

– Tu l'as bien cernée. Elle peut être un vrai dragon quand elle s'y met.

– Un peu comme sa fille… Elle n'a pas l'air de beaucoup m'aimer. Je vais éviter d'aggraver mon cas, je voudrais être en vie à la fin de cette semaine de l'enfer.

Le pauvre. Je ne peux pas m'empêcher de me sentir coupable : entre ma mère qui est passive agressive et moi qui le menace, je comprends sa méfiance.

– Ne t'inquiète pas trop quand même. Elle n'est pas capable de faire de mal à une mouche. Verbalement, en revanche, elle peut être assez acide.

Hugo ne répond rien. Les yeux rivés sur l'écran de mon portable, il semble concentré. Je le laisse visionner encore et encore la vidéo sans dire un mot. Au bout de plusieurs minutes, il pose le téléphone sur la table et affirme :

– C'est bon, je crois que j'ai le truc !

Curieuse, je l'observe. À ma grande surprise, il commence à plier la serviette sans même regarder la vidéo, de mémoire. Je suis impressionnée par ses capacités de mémorisation et carrément jalouse quand il me montre d'un geste triomphant une rose plus réussie que tous mes essais réunis.

– Je m'avoue vaincue, admets-je avec une pointe de déception. Tu veux bien m'expliquer comment tu fais ?

– C'est peut-être plus simple que tu me montres comment tu t'y prends et que je te corrige quand tu te trompes.

J'acquiesce. Ça semble être un meilleur plan, effectivement. Je me remets au travail. Grâce à ses indications, je parviens à produire une version plus que passable du pliage.

– C'est beaucoup mieux comme ça, m'encourage-t-il. Tu commences à prendre le coup de main.

Il est plus que temps après plus d'une heure, ronchonné-je en mon for intérieur.

Nous continuons de plier avec plus ou moins d'efficacité et je me surprends à me sentir satisfaite.

À vue de nez, nous avons dépassé la moitié du tas de serviettes quand les deux affr... amoureux débarquent.

– Tout va bien ? nous demande Thibault d'un ton mielleux qui me donne envie de l'étrangler avec une serviette que je viens de plier.

– Je pense qu'on ne s'en sort pas trop mal, réplique Hugo sur le même ton.

Clémence, qui s'est approchée comme un contremaître réprobateur pour inspecter notre travail, pousse un cri.

– Mais ça ne va pas du tout ! s'exclame-t-elle en désignant mes premières tentatives.

Je serre les dents et prends une profonde inspiration pour me calmer et éviter de me lever pour lui casser la figure. Si elle voulait un rendu de professionnel, elle n'avait qu'à en engager un !

– Regarde la différence avec celles d'Hugo ! continue-t-elle d'une voix suraiguë. Amanda, tu le fais exprès, ce n'est pas possible !

J'ouvre la bouche pour lui dire le fond de ma pensée, mais mon faux petit ami me coupe l'herbe sous le pied.

– Il a fallu qu'on fasse plusieurs essais avant de trouver la technique. Ce n'est pas aussi facile à faire que la vidéo le laisse supposer, vous savez.

Clémence s'adoucit un peu face à cet argument, mais me lance quand même un regard ferme et me houspille :

– Elles ne peuvent pas rester comme ça. Il va falloir les refaire, mais il faut d'abord que tu les repasses, sinon elles ne vont ressembler à rien ! Thibault, mon chéri, est-ce que tu sais où sont rangés le fer et la planche à repasser ?

– Oui, bien sûr, je vais lui montrer où ils se trouvent. En attendant, tu devrais aller retrouver ta mère, elle doit commencer à s'impatienter. Je vous rejoins après.

– Tu te lèves ou quoi, Amanda ? s'agace ma sœur. Il n'y a pas une seule seconde à perdre !

OU

S'énerver sur Clémence → vers **CHAPITRE 28** (p. 131)
Ne rien dire et aller chercher ces foutus fer et planche à repasser → vers **CHAPITRE 29** (p. 136)

CHAPITRE 28

– Redescends d'un ton. Je ne suis pas ta bonne à tout faire, Clémence ! sifflé-je en direction de ma sœur.

– Encore heureux. Sinon je devrais te payer, et vu le job que tu fais, ça n'en vaudrait pas la peine.

Je vais la tuer. Qu'on me retienne, car c'est sûr, je vais tuer ma sœur.

– Clémence, ma chérie…, commence Thibault d'une voix apaisante.

Il cherche sans doute à calmer le jeu, mais je ne lui en laisse pas l'occasion. Trop, c'est trop.

– Laisse-moi rire, même si tu le voulais, tu ne pourrais pas me payer. Rappelle-moi ton salaire d'instit ? Heureusement que tu as la famille de Thibault derrière toi pour te permettre des folies comme tu le fais.

Ma réplique ne semble pas au goût de Thibault. Ce dernier se retourne vers moi avec une grimace outrée. Clémence m'adresse un regard assassin.

– Oh pardon, Madame la vendeuse. J'oubliais que tu vivais dans un appartement de rêve grâce à ton salaire mirobolant.

– Mon appartement est parfait, merci. Et en plus, je peux aller au boulot à pied.

– Parce que tu n'aurais pas de quoi te payer les trajets !

Je laisse échapper un rire incrédule.

– Ce que tu es ridicule, ma pauvre Clémence ! Tu t'entends ? Comment crois-tu que je sois venue jusqu'ici ? En faisant du stop ?

– J'en sais rien, tu serais bien assez stupide pour et…

Et je ne saurai jamais ce qu'elle a voulu dire, car une voix glaciale que je connais trop bien retentit dans mon dos.

– Je peux savoir ce qu'il se passe ici ?

Je retiens une grimace et me retourne. Ma mère, qui est entrée dans la pièce sans se faire remarquer, a les mains posées sur les hanches et nous dévisage avec déception.

Dans un même geste, Clémence et moi nous pointons du doigt. J'ai l'impression d'avoir cinq ans. Je pense que ma mère aussi a une sensation de déjà-vu.

– Thibault, tu peux m'expliquer ? lui demande-t-elle d'un ton doux qui tranche avec le regard furieux qu'elle nous adresse à Clémence et moi.

Avec un brin de honte, je jette un coup d'œil à Hugo. Il doit se dire qu'il est tombé dans une maison de fous. Mais à mon grand étonnement, je crois lire de l'amusement sur son visage. Il ne cache même pas son sourire.

Cette balance de Thibault résume la scène à ma mère. Évidemment, il minimise la grossièreté de Clémence à mon égard et met l'accent sur ma réaction « disproportionnée ». Je fulmine dans mon coin mais n'essaie même pas de me défendre, je sais que c'est peine perdue.

Ma mère se penche sur mon travail, grimace et regarde les serviettes parfaitement pliées d'Hugo.

– Bon, c'est vrai que ça pourrait être mieux, commente-t-elle.

– Elle l'a fait exprès ! se plaint ma sœur en me lançant un nouveau regard noir.

– Non, elle n'est juste pas très douée de ses dix doigts, intervient Hugo d'un ton amusé.

Je rêve ou il me défend en m'insultant ? Je ne sais pas si j'ai envie de le remercier ou de l'étrangler. Force est de constater qu'il est tout de même le seul de mon côté.

Ma mère lui lance un regard interrogateur comme pour s'assurer de la véracité de ses propos, avant de se tourner vers moi. Je ravale ma rancœur et plaide :

– Je me suis appliquée, je te jure. Je n'allais pas me laisser insulter non plus !

Elle inspire profondément et tranche :

– Il vaudrait peut-être mieux que tu ne plies plus les serviettes. Repasse celles qui sont chiffonnées. Hugo, ça ne te dérange pas de finir seul le travail ? Tu as l'air d'avoir pris le coup de main.

Mon faux petit ami opine du chef et se remet à l'ouvrage. Avec un soupir, j'installe la planche à repasser tandis que ma mère traîne ma sœur et son fiancé hors de la pièce. Bon débarras !

Je commence à repasser une à une les serviettes en pestant intérieurement. J'en ai assez de me faire traiter comme une moins que rien par Clémence. Ma sœur devrait être reconnaissante de l'aide qu'on veut bien lui apporter, au lieu de quoi, elle passe son temps à se plaindre pour tout et pour rien. Plus ingrate, on ne fait pas. Je me console un peu en me souvenant de son visage incrédule en voyant Hugo à mes côtés, au moins, je n'ai pas tout perdu.

♥

Lorsque je finis enfin de repasser les serviettes, Hugo est toujours occupé à plier. Je dépose le tas à côté de lui et me rassois, consternée.

– Je suis vraiment désolée de ne pas pouvoir t'aider, on irait sans doute plus vite à deux, lui dis-je en faisant la moue.

– Bah, t'inquiète. Avec plus d'entraînement, je suis certain que tu y arriverais. Mais il paraît que le planning est serré, alors…

Je le remercie d'un sourire, mais ses paroles ne m'empêchent pas de me sentir mal alors que je le regarde travailler pendant que je me tourne les pouces.

Au bout de plusieurs minutes de silence, il relève la tête de son ouvrage et me lance :

– En revanche, si tu pouvais ne pas me fixer, ce serait cool. Ça me met mal à l'aise.

Je rougis. Je ne m'étais pas réfugiée sur mon téléphone par politesse, mais comme je m'ennuyais comme un rat mort, je regardais la seule animation de la pièce.

– Désolée, m'excusé-je. Je vais aller chercher un livre pour m'occuper.

Je grimpe à l'étage en espérant ne pas croiser ma sœur. Heureusement, la voie est libre. Je pénètre dans la bibliothèque juste face à ma chambre et inspire avec plaisir l'odeur de vieux livres qui embaume la pièce. Je me mets à déambuler entre les étagères et regarde les titres des ouvrages qui sont à ma hauteur. Il y en a tellement qu'il faut bien limiter le choix d'une façon ou d'une autre ! Je m'arrête sur une version ancienne d'*Alice au pays des merveilles*. Oh, ça me ferait plaisir de le relire, celui-là. J'ouvre une page au hasard et me rends compte que le texte est illustré. Parfait. J'ai hâte de découvrir cette édition.

Ravie de ma trouvaille, je descends les escaliers pour retrouver Hugo. La porte d'entrée s'ouvre au moment où j'arrive dans le hall.

– Ah, Amanda ! s'exclame ma mère. Je venais justement voir comment ça avançait.

Elle jette un coup d'œil au livre que je tiens en main. J'essaie de ne pas me tendre. C'est quand même elle qui m'a demandé d'arrêter de plier les serviettes !

– J'ai fini de repasser, mais Hugo est toujours en train de travailler, me justifié-je.

– Très bien. Quand il aura terminé, pourquoi est-ce que vous ne profiteriez pas de cet après-midi pour aller faire un peu de tourisme ?

Je ne cache pas ma surprise. Où est le piège ? Je ne m'attendais pas à cette proposition. Se sent-elle mal d'avoir refourgué tout le boulot à Hugo ? Ou veut-elle éviter de nous avoir dans les pattes ? Enfin, je ne vais pas cracher dans la soupe.

– Avec plaisir ! lui réponds-je tout sourire. Je suis certaine qu'Hugo va être aussi ravi que moi.

→ vers **CHAPITRE 30** (p. 143)

CHAPITRE 29

Je serre les dents et me lève en silence. J'essaie de ne pas prêter attention au sourire satisfait de Clémence, mais c'est compliqué. J'ai envie de le lui faire ravaler, mais je me retiens. Au lieu de lui dire le fond de ma pensée, je suis Thibault hors de la pièce.

Nous n'échangeons pas le moindre mot pendant notre trajet et ça me va très bien. Moi non plus, je n'ai pas envie de lui parler.

L'armoire contenant les appareils ménagers ne se trouve pas très loin. Thibault la déverrouille et ouvre les battants.

– Prends la planche, je vais porter le fer, ce sera trop lourd pour toi.

Pas étonnant, ce n'est pas un fer, mais une centrale vapeur ! Même si son commentaire me semble à la limite du sexisme, je ne proteste pas. D'abord parce que je n'ai aucune envie de porter ce truc, et surtout, car si j'ai réussi à ne pas m'énerver contre Clémence, ce n'est pas pour perdre mon sang-froid avec son abruti de fiancé.

Nous reprenons le chemin de la salle à manger, et même si je suis toujours en colère contre ma sœur, je sens que j'ai les idées un peu plus claires. Je ne dirais pas que je suis calme, ce serait mentir, mais je ne suis plus à deux doigts de lui mettre des baffes. Pourvu que ça dure. Ma mère me tuerait si je lui faisais un œil au beurre noir quelques jours avant son mariage. Mais au moins, elle aurait de vraies raisons de m'insulter, cette fois-ci.

Quand nous arrivons dans la pièce, Hugo est toujours en train de plier les serviettes et Clémence s'est installée à la table pour s'y mettre elle aussi. Je grince des dents. J'espère qu'elle va déguerpir avec Thibault pour s'occuper d'autre chose maintenant que je suis de retour. Je m'énerve déjà avec ces serviettes lorsque ma sœur n'est pas là pour me casser les pieds… Ça va être un carnage si elle reste et continue ses commentaires désobligeants.

J'installe la planche près d'une prise électrique et Thibault pose la centrale dessus avant de rejoindre sa dulcinée pour l'aider à plier. Je pousse un soupir discret. Il aurait pu avoir la gentillesse de la brancher au moins, plutôt que de me laisser me plier en quatre.

Pendant que le fer chauffe, je reste sagement silencieuse, très heureuse que Clémence soit trop occupée pour me prêter la moindre attention. Je ne vois pas très bien de là où je suis, mais elle n'a pas l'air de se débrouiller mieux que moi. Je me mords la langue pour ne rien dire. Autant ne pas jeter de l'huile sur le feu.

Quand le voyant du fer s'allume, je sais que je peux commencer mon travail. Je contourne la planche et vais chercher les serviettes chiffonnées sur la table. Clémence me tend celle qu'elle avait en main sans me dire un mot. Je tente de ne pas montrer ma satisfaction vengeresse face à cet aveu tacite d'échec, mais ça ne doit pas être très réussi car Clémence prend la mouche.

– Mon premier essai est toujours meilleur que ton cinquantième, siffle-t-elle.

J'essaie de me retenir, mais c'est plus fort que moi.

– Si ça te fait plaisir de le penser…

Elle semble prête à répliquer, mais Thibault pose la main sur son bras. Elle serre les lèvres et détourne le regard. Je m'empresse de lui tourner le dos pour cacher mon sourire. Cette fois-ci, le point est pour moi.

Je dépose le tas de serviettes sur le coin de la planche et me mets au travail en ronchonnant intérieurement. Je déteste repasser. J'essaie de rester concentrée sur ma tâche et de ne pas prêter attention à ce qu'il se passe à la table, mais mes yeux errent dans cette direction chaque fois que je commence à rêvasser. Je croise à plusieurs reprises le regard d'Hugo. Je ne parviens pas très bien à décoder son expression, mais je crois qu'il n'est pas plus ravi que moi d'être coincé avec ma sœur et Thibault.

Nous travaillons dans le silence le plus complet jusqu'à ce que Clémence se redresse d'un bond, faisant crisser sa chaise sur le parquet.

– Ce n'est pas possible, s'écrie-t-elle en balançant la serviette à moitié pliée qu'elle avait en main. Je devrais être en train de préparer le plan de table plutôt que de perdre mon temps avec ces conneries !

Je cache un sourire narquois. C'est bien la preuve que ce n'est pas aussi facile qu'elle semblait le penser. Et elle a eu le culot de me critiquer.

– Si tu n'étais pas si empotée, on n'en serait pas là ! siffle-t-elle en se retournant vers moi.

Je suffoque face à cette injustice. Quelle mauvaise foi ! Elle dépasse les bornes !

– Mais ça va pas ? Tu ne te remets jamais en question, pas vrai ? Non, mais je rêve. Tu n'y arrives pas toi-même et tu viens me le reprocher ?

– J'ai les doigts qui tremblent de stress ! Comment veux-tu que je parvienne à les plier correctement ? Celles que j'ai faites il y a quelques mois étaient parfaites !

Je laisse échapper un bruit sceptique. Elle n'est pas à un mensonge près.

– Thibault n'y arrive pas non plus. Énerve-toi sur lui aussi ! Mais non, je suis ton punching-ball, j'ai l'habitude.

– Il a, comme moi, des raisons d'être stressé ! Nous avons autre chose à faire que d'être ici !

– Mais bien sûr ! Pourquoi est-ce que tu n'admets pas que ce pliage est juste inutilement compliqué ? Choisis-en un plus facile et, à quatre, on aura terminé dans vingt minutes !

– Tu pourras choisir le pliage qui te plaît à ton propre mariage. En attendant, moi, c'est celui-ci que je veux et il est hors de question que je change d'avis !

– Eh bien, fais-les toi-même ! Hugo et moi, on n'est pas tes esclaves !

Oups. Mon faux petit ami ne semble pas heureux de voir l'attention de Thibault et Clémence sur lui. Il ne voulait sans doute pas être mêlé à la conversation.

– Désolée pour cette sale ambiance, s'excuse Clémence auprès d'Hugo. Je sais que, toi, tu fais les choses correctement, pas comme ma jalouse de sœur.

Je manque de m'étouffer. J'aurais tout entendu.

– Jalouse de quoi ? Tu débloques complètement, Clémence. Il n'y a vraiment pas de quoi être jalouse de toi !

– Ah non ?! Tu peux dire ce que tu veux, tout le monde sait que…

Elle est interrompue par une voix glaciale dans mon dos :

– Quelqu'un peut me dire ce qu'il se passe ici ?

Je retiens une grimace et me retourne. Ma mère, qui est entrée dans la pièce sans se faire remarquer, a les mains posées sur les hanches et nous dévisage avec déception.

Dans un même geste, Clémence et moi nous pointons du doigt. J'ai l'impression d'avoir cinq ans. Je suppose que ma mère aussi a une sensation de déjà-vu.

– J'espère que vous n'êtes pas en train de vous disputer ! Nous n'avons pas le temps pour ça ! Clémence, tu peux me donner ton plan de table, que j'en imprime quelques copies ?

– Je ne l'ai pas encore fini, j'ai dû m'interrompre pour rattraper les conneries d'Amanda !

Je ferme les yeux et me pince l'arête du nez pour me calmer et éviter de lui balancer ses quatre vérités à la figure. À côté de moi, ma mère soupire.

– Va t'occuper de ton plan de table et laisse-moi m'occuper de ces serviettes avec Amanda et Hugo. On a déjà suffisamment pris de retard comme ça.

Clémence obéit et quitte la pièce, Thibault sur ses talons, non sans me jeter un dernier regard noir avant de claquer la porte derrière elle.

– Elle est un peu à cran, lance ma mère.

Je me retiens de lever les yeux au ciel. Merci pour l'euphémisme.

Elle s'installe à ma place, face à Hugo, et, d'un ton neutre, lui demande de lui montrer le pliage. Il s'empresse de s'exécuter. Après avoir suivi ses explications, elle reproduit ses gestes et pose une serviette parfaitement pliée à côté des celles d'Hugo. Je ne peux pas m'empêcher de me sentir un brin vexée. Ça doit être de la magie noire, ce n'est pas possible autrement. Et ma mère est une sorcière.

Ils continuent en silence tandis que je finis de repasser la pile qu'il me reste. Quand j'ai enfin terminé, je prends tout mon temps pour débrancher la centrale vapeur. Je n'ai aucune envie de les rejoindre et de subir le regard condescendant de ma mère lorsque je vais échouer à reproduire le pliage des serviettes aussi parfaitement qu'elle.

Après avoir perdu autant de temps que possible, je finis par me résoudre à leur apporter le tas de serviettes fraîchement repassées. Je m'assois à gauche de ma mère. C'est une décision stratégique. Je me sentirais trop comme une criminelle prête à être interrogée par un policier si je m'installais face à elle.

– Qu'Amanda ne soit pas douée pour ce genre de travaux, ça ne me surprend pas vraiment, commente ma mère, elle n'a jamais été très patiente, mais j'avoue que je suis étonnée que tu sois aussi adroit, Hugo.

Merci maman, ça fait toujours plaisir.

– Et pourtant, concentration, précision et détermination sont les trois qualités qui font la différence chez les athlètes professionnels.

– C'est vrai que dit comme ça, ça tombe sous le sens. Amanda, s'empresse-t-elle d'ajouter quand elle me voit recommencer à plier, je pense qu'il vaut mieux que tu laisses faire les pros.

Ouf ! Je me sens plus soulagée que vexée lorsque je repose la serviette sur le tas. Si je ne redoutais pas d'abandonner Hugo en compagnie de ma mère, j'en aurais déjà profité pour déguerpir et vaquer à d'autres occupations nettement plus intéressantes.

– Quand on aura fini, pourquoi est-ce que vous ne passeriez pas l'après-midi à faire un peu de tourisme ? Ça en vaut la peine et je crains que plus la date du mariage se rapproche, plus nous aurons de choses à faire. Autant se détendre tant qu'il est encore possible de le faire. Ce serait dommage de rater cette occasion.

Je soupçonne ma mère de ne pas nous vouloir dans ses pattes cet après-midi. Tant mieux, ce n'est pas comme si je mourrais d'envie d'être là. Et je ne parle même pas d'Hugo.

– Quelle bonne idée ! Tu as déjà visité le coin, toi, Hugo ?

Il secoue la tête.

– Je suis déjà allé à Caen pour les Championnats d'athlétisme, mais je me suis limité au stade et aux terrains d'entraînement.

– Je suis sûre que vous allez adorer tous les deux. Je vous conseille Honfleur. C'est une ville très romantique. Parfait pour vous, n'est-ce pas ?

Hugo me lance un regard en coin avant de répondre :

– Plus que parfait ! J'ai hâte !

S'il se remet à plier avec encore plus d'efficacité que ce dont il a fait preuve jusqu'ici, personne ne lui en fait la remarque. Cependant, le sourire satisfait de ma mère me laisse à penser qu'elle espérait ce résultat.

→ vers **CHAPITRE 30** (p. 143)

CHAPITRE 30

Nous prenons à peine le temps de repasser par notre chambre pour préparer quelques affaires avant de fuir jusqu'à ma voiture. Hugo était aussi impatient que moi de lever le camp et d'échapper à ma famille.

– J'ai l'impression que ta mère ne m'aime pas beaucoup, commente-t-il.

Il me parle, mais il a l'air ailleurs : il a les yeux rivés sur son portable depuis le début de notre trajet. Nous nous sommes mis d'accord pour aller à Honfleur car aucun de nous deux n'a jamais eu l'occasion de visiter cette ville.

– Je pense que tu as gagné des points auprès d'elle.

Pour toute réponse, il inspire. Je ne sais pas s'il exprime son accord avec ce que je viens de dire ou son incertitude. Ça n'a guère d'importance, il ne paraît pas avoir envie d'échanger plus avec moi. J'essaie de ne pas en être vexée. J'avais l'impression qu'il avait commencé à se détendre en ma présence, mais apparemment, je me suis fourvoyée. *Parce que toi, tu aurais été sympa avec quelqu'un qui te fait chanter, peut-être ?* persifle une voix dans ma tête. *Il jouait juste un rôle auprès de ta famille, mais maintenant que vous êtes seuls, il n'a plus besoin de se forcer.*

– Tu savais qu'il y a une église entièrement construite en bois à Honfleur ? me demande-t-il après être resté silencieux pendant plusieurs minutes.

Ah, peut-être que je l'ai jugé trop vite. Apparemment, il est en train de préparer notre visite alors que je conduis. Je souris, charmée malgré moi.

– Non, je n'en avais aucune idée. Tu veux aller la voir ?

– Oui. Et le Vieux Bassin aussi, évidemment. D'après ce que je lis sur Internet, Honfleur n'est pas si grande que ça. On devrait pouvoir voir pas mal de choses en un après-midi.

– Tu as l'adresse d'un parking ? On pourrait peut-être mettre le GPS.

Il reste silencieux pendant plusieurs minutes le temps de lire la documentation avant de m'indiquer qu'il y a plusieurs espaces de stationnement payants dans la ville, mais que si l'on s'éloigne un peu, on peut trouver un parking gratuit à quelques kilomètres.

– C'est à dix minutes à pied. Tranquille, non ?

Je hoche la tête en dépassant un camion.

Hugo insère les coordonnées précises dans le GPS et je suis les directions que l'appareil me donne de sa voix féminine et robotique insupportable.

Je crois qu'Hugo va déjà avoir tout vu de Honfleur avant même que nous y arrivions parce qu'il garde les yeux rivés sur son écran pendant toute la durée du trajet.

Pour ma part, je suis détendue derrière mon volant. Le trafic n'est pas très dense à cette heure-ci. En revanche, je n'ai pas envie de voir ce que ça donnerait aux heures de pointe !

Arrivée au parking gratuit, je dois tourner quelques fois avant de repérer une place, mais je finis par trouver mon bonheur. Je ne suis pas mécontente de m'étirer en sortant du véhicule. Hugo sort son sac à dos du coffre, puis me pointe du doigt la route. Nous avons de la chance, le temps est radieux. Il ne fait pas très chaud, en revanche. Le vent souffle fort. Ce n'est pas étonnant vu la proximité de l'estuaire de la Seine.

– Il faut prendre à gauche.

Je le suis sans broncher, contente d'avoir un guide. Ça me permet de profiter de la vue sans m'inquiéter. Flâner dans les villes est une de mes activités favorites en vacances. J'aime découvrir des petits coins perdus en me baladant au hasard des rues. J'ai déjà eu l'occasion de dénicher des trésors cachés en sortant des lieux les plus touristiques. Et puis, soyons honnêtes, c'est souvent dans ces endroits que l'on mange le mieux pour pas cher, comme les locaux.

Je ne mets pas longtemps à tomber sous le charme de Honfleur. Je comprends que la ville soit surnommée la « cité des peintres ». Je ne sais pas dessiner et, pourtant, j'aurais envie d'avoir un carnet pour y reproduire ce que je vois. Je me contente de prendre une multitude de clichés des hautes maisons étroites recouvertes d'ardoises à côté desquelles nous passons.

– Nous ne sommes plus très loin du Vieux Bassin, m'annonce Hugo d'un ton excité.

J'aurais pu le deviner rien que par le nombre de personnes que nous croisons sur le trottoir par rapport à tout à l'heure. Nous approchons d'un endroit touristique.

Si je photographie à tout va, Hugo n'est pas en reste. Il s'arrête bien plus souvent que moi pour prendre des clichés. L'air commence à sentir l'eau salée et iodée. Encore quelques enjambées et nous arrivons à destination. Je reconnais le lieu, que j'ai déjà vu de nombreuses fois sur les réseaux sociaux. Je regarde avec intérêt les chalutiers et bateaux de plaisance amarrés au port. Trop distraite par mes observations, le sol inégal des pavés manque de me faire trébucher. Je retrouve mon équilibre, c'était moins une !

– Ce sont les pierres des remparts de la ville qui ont été démantelés, m'apprend Hugo qui semble amusé par ma maladresse.

– Joli, mais dangereux, bougonné-je.

Nous flânons dans le port, longeant les maisons mitoyennes de taille inégales.

– Là, c'est le quai Sainte-Catherine, me glisse Hugo. T'as déjà vu les toiles de Claude Monet ?

Je secoue la tête. Je n'ai jamais été très attirée par les musées et les œuvres d'art.

– Dommage, ce sont des classiques ! Attends, je vais te montrer.

Il me tend son téléphone. Je fais défiler les images, le sourire aux lèvres.

– Si jamais tu songes à arrêter ta carrière sportive, tu devrais te reconvertir comme guide, le taquiné-je gentiment.

– Nan, devoir parler à des groupes de cinquante personnes, c'est pas mon truc. J'aime juste bien lire les carnets de voyage.

– Chacun ses passions, rigolé-je. Je préfère me débrouiller sans et me laisser surprendre quand je découvre un nouveau lieu.

Loin d'être vexé par ma remarque, il m'adresse un clin d'œil avant de pointer du doigt une petite ruelle sur notre droite.

– Votre goût de l'aventure serait-il satisfait si nous empruntons ce chemin, très chère ?

– Tout à fait, très cher, répliqué-je avec un sourire.

Il me le retourne avant de bifurquer et je le suis admirant les maisons à colombages et les petites boutiques qui se dressent le long de notre chemin.

– Nous ne sommes pas très loin de l'église dont je te parlais tout à l'heure. C'est la prochaine à gauche.

Contente qu'il m'ait laissée faire un peu de « hors-piste », j'accepte sans rechigner à l'idée de reprendre des routes plus populaires.

Je ne sais pas à quoi je m'attendais, mais certainement pas au bâtiment que j'ai sous les yeux. L'édifice est particulier avec ses deux toits triangulaires comme s'il s'agissait de deux maisons rassemblées ensemble par le milieu. L'intérieur est tout aussi singulier avec une charpente apparente et des piliers en chêne. Je ne suis pas sûre de trouver cette église jolie, mais je ne peux qu'admettre qu'elle possède un certain cachet.

– Ça valait vraiment la peine de la visiter, commente Hugo quand nous sortons. J'ai l'impression d'être au Moyen Âge.

– Malheureusement, je ne pense pas que nous allons croiser beaucoup de chevaliers. Mais des touristes…

Ma tentative de plaisanterie le fait rire. Je suis heureuse de le voir si détendu. Pendant quelques secondes, son sourire parvient à faire taire ma culpabilité. J'espère que ça va durer.

Nous continuons de nous balader un peu dans les ruelles avant de nous arrêter pour déjeuner. Le restaurant que nous choisissons est clairement un attrape-touriste, mais ça fait plaisir à Hugo, alors je ne proteste pas.

Après cette pause, je me laisse entraîner jusqu'aux greniers à sel de Honfleur. Hugo ne tarit pas d'anecdotes et de chiffres que je ne retiens pas.

Nous nous rendons ensuite au jardin des Personnalités et je tombe amoureuse du lieu. Situé le long de la digue en bord de Seine, c'est un véritable havre de paix où j'ai plaisir à me promener. Au détour des chemins, nous croisons les bustes des personnalités de Honfleur. Mais ce que j'apprécie surtout, c'est la nature à perte de vue et la mare aux nymphéas.

Quand j'aperçois un banc, je convaincs Hugo de s'y arrêter quelques minutes pour profiter du paysage.

– Ça me rappelle la fois où on a visité les jardins de Versailles, me lance-t-il après plusieurs minutes de contemplation silencieuse. Tu te souviens ?

Évidemment que je m'en souviens. J'ai passé l'après-midi à bécoter Léo.

– C'était une belle journée, soupiré-je.

Je me tourne vers lui et je me surprends à me demander ce qu'il se serait passé ce jour-là si je l'avais choisi lui plutôt que Léo ? Nous serions-nous aussi embrassés ? Ou m'aurait-il raconté des anecdotes sur les fontaines ? Je réprime un sourire.

– Ouais, on peut dire ça ! C'est un de mes meilleurs souvenirs de cette époque. J'y suis déjà retourné trois fois depuis.

– Tu aimes bien les voyages, alors ?

– Oui, même si je ne quitte jamais le pays. Il y a tant de choses à découvrir chez nous ! Pas besoin de partir loin pour se sentir dépaysé.

– Je suis pareil, le plus loin que j'ai fait, c'était l'Italie ou l'Espagne.

– Je rêve d'aller voir Venise un jour.

– C'est vrai que ça a l'air chouette, je n'y suis encore jamais allée.

Un silence s'installe et j'évite soigneusement son regard. Ce n'est pas comme si nous allions faire ce voyage ensemble. Même si je passe un très bon moment en sa compagnie, je ne dois pas perdre la réalité de vue : dans une semaine, nous repartirons chacun de notre côté. Je me demande s'il pense à la même chose que moi ?

Ne supportant pas la tension qui est en train de monter entre nous, je me relève d'un bond, un sourire que j'espère le plus sincère sur le visage.

– On continue ? Il y avait d'autres choses que tu voulais visiter ? Il nous reste une bonne grosse demi-heure avant de devoir rentrer pour le dîner.

– Non, je n'avais rien repéré d'autre, on peut continuer de se balader un peu ici avant de repartir vers la voiture.

Quand il est enfin l'heure de rentrer, aucun de nous n'a dit un mot depuis un moment. Loin d'une atmosphère pesante, je crois que nous sommes tous les deux dans nos pensées.

Lorsque nous arrivons enfin au manoir, je suis épuisée : je me suis mise dans la mauvaise file lors du troisième péage et je me suis retrouvée coincée quinze minutes sans pouvoir bouger d'un pouce parce que le conducteur du véhicule devant moi ne parvenait pas à payer. Oui, je me suis peut-être un peu énervée. Ça aura bien fait rire Hugo. Moi, j'avais plutôt des envies de meurtre.

♥

Nous sommes en train de retourner vers notre chambre pour déposer nos affaires et nous rafraîchir avant le repas, quand la *douce* voix de Clémence m'interpelle. Je réprime un soupir. Est-ce qu'elle a un radar ? Pas moyen que je me déplace dans cette baraque sans qu'elle soit sur mes talons. Je regrette déjà mes heures de tranquillité.

– On a reçu les robes de demoiselle d'honneur ! annonce-t-elle d'un ton surexcité. Tu voulais l'essayer avant, non ? On peut faire ça maintenant.

Je grimace.

– Je pensais pouvoir l'essayer *avant* que tu la commandes ! dis-je d'un ton qui laisse transparaître mon exaspération.

Je savais que je ne pouvais pas lui faire confiance.

– T'es jamais contente et tu trouves toujours une raison pour te plaindre, de toute façon ! réplique-t-elle sans se rendre compte de l'ironie de sa remarque. Tu viens ou pas ?

OU

L'accompagner essayer la robe → vers **CHAPITRE 31** (p. 150)

Lui dire d'amener la robe dans la chambre → vers **CHAPITRE 32** (p. 154)

CHAPITRE 31

– J'arrive, grommelé-je.

À ma surprise, Hugo nous emboîte le pas. Je le soupçonne de vouloir assister au pugilat qui va certainement se produire. Ça, ou alors il prévoit de nous séparer, Clémence et moi, si ça tourne au vinaigre. Peu importent ses raisons, je me sens soulagée d'avoir un allié avec moi. Il ne reste plus qu'à prier que la robe ne soit pas aussi hideuse que ce que je crains.

Ma sœur nous conduit jusqu'au deuxième étage, dans les appartements privés d'Isa, où nous n'avions encore jamais mis les pieds. Je laisse échapper un sifflement admiratif quand je rentre dans la pièce : nous voilà dans un dressing plein à craquer. Isa a de quoi s'habiller pour au moins deux vies entières !

Sans hésitation, Clémence se dirige vers un coin de l'armoire d'où pendent plusieurs housses. Elle fouille dans le lot avant d'en sortir une sur laquelle est inscrit mon prénom. Le moment de vérité est arrivé. C'est avec appréhension que je saisis le cintre qu'elle me tend. Pitié, faites que ce ne soit pas *totalement* hideux.

Je fais glisser la fermeture jusqu'en bas et à peine ai-je écarté les pans de la housse qu'un tissu rose dragée émerge. Je retiens une grimace. J'en étais sûre : c'est horrible, comme je le pensais. J'ai beau être brune, j'ai la peau pâle et, durant mes vingt-six ans d'existence, j'ai appris à reconnaître le peu de couleurs qui ne me vont pas du tout au teint. Pourquoi a-t-il fallu qu'elle choisisse cet affreux rose terne ? Même le rose bonbon aurait été mieux ! Il y a clairement volonté de me nuire.

Je sors la robe de sa housse pour l'inspecter de plus près : le modèle est fluide et court, et à manches longues. Mais ce qui me fait vraiment frissonner, ce sont les deux affreux volants qui se rejoignent en V sur la poitrine. S'il y avait eu un joli décolleté, ça aurait pu passer. Mais là, avec ce tissu qui remonte jusqu'aux clavicules, je crains le carnage, moi qui possède une poitrine généreuse. Je parie que Clémence l'a fait exprès.

Je pousse un soupir. Il va falloir que j'essaie cette horreur pour évaluer les dégâts. Je me tourne vers les deux observateurs qui sont en train de se délecter de mes expressions.

– Je peux au moins avoir un peu d'intimité pour l'enfiler ?

Ma sœur pivote aussitôt sur elle-même. Ce n'est pas tout à fait ce que je voulais dire et j'aurais préféré qu'elle sorte de la pièce, mais je suppose que ça fera l'affaire. Hugo, quant à lui, m'envoie un clin d'œil goguenard avant de l'imiter. Plus de doute, il est clairement venu pour se foutre de moi.

Je ne perds pas plus de temps et j'enlève mon pull, mon tee-shirt et mon jean. Je passe la tête dans la robe et me rends vite compte que je ne vais jamais réussir à rentrer dedans si je ne défais pas un minimum les boutons. Tant pis, on va enfiler ça comme un kimono. Je suis en train de tout reboutonner quand Clémence commence à s'impatienter :

– C'est bon ? Tu en mets du temps !

– J'ai presque fini, ce que tu peux être impatiente !

Je termine de fermer les trois derniers boutons avant de lui annoncer qu'elle peut se retourner.

Quand je vois la grimace d'Hugo qui se mue en un sourire moqueur, je me dis, qu'à la réflexion, j'aurais peut-être dû me regarder dans la glace avant de leur donner l'autorisation de m'observer.

Je me dirige vers le miroir le plus proche de moi quand Clémence s'exclame :

– C'est parfait ! Attends, je vais te passer les chaussures qui vont avec.

Elle me tend une paire d'escarpins de la même couleur que la robe, mais je suis trop occupée à me regarder hébétée dans la glace pour les attraper.

C'est pire que ce que je pensais ! Non seulement, la couleur ne me va pas, comme je m'y attendais, mais en plus, cette robe est trop petite pour moi. J'ai la poitrine si comprimée que j'étouffe. J'essaie de bouger les bras et je sens la couture des manches me couper la circulation du sang au niveau des aisselles.

Clémence me fourre les chaussures dans les mains et me houspille pour que je les mette. Dans un état second, je m'exécute, le regard toujours rivé sur mon reflet. Je perçois du coin de l'œil ma sœur reculer de plusieurs pas pour m'admirer.

– Thibault avait raison, ce modèle est le meilleur choix ! Victoire et Sandrine seront aussi très jolies dans cette robe. Elles ont moins de poitrine que toi, ça tombera encore mieux !

Mon cerveau tourne au ralenti et il me faut plusieurs secondes pour enregistrer ce qu'elle vient de dire. Je vais le tuer, ce n'est pas possible.

– Comment ça, *Thibault* avait raison ? croassé-je.

– C'est lui qui m'a conseillé cette robe. Vous êtes tellement différentes Victoire, Sandrine et toi que ça allait être difficile de trouver quelque chose qui vous mettrait en valeur toutes les trois. Il m'a convaincu que c'était la meilleure proposition et il avait raison ! J'avais peur, mais ça passe, franchement !

Je suis tellement furieuse que ça ne m'étonnerait pas que de la fumée me sorte vraiment des narines comme un dragon s'apprêtant à cracher du feu. Cette sale enflure. Il sait très bien que les robes sans décolleté ne me vont pas du tout !

Quand on était en couple, on a carrément passé un après-midi entier à essayer des tenues qui ne nous allaient pas pour s'amuser. C'est comme ça qu'on a découvert qu'il n'était pas fait pour les marcels, pas plus que pour les pantalons pattes d'éléphant. Et que les cols Claudine et toute autre sorte de col sans décolleté, ce n'était vraiment pas ma came.

À l'époque, il aimait même souvent me rappeler combien un joli décolleté me mettait en valeur. Je n'arrive pas à croire qu'il utilise maintenant ça contre moi. En réalité, ça ne m'étonne qu'à moitié de lui : j'ai toujours su qu'il était sournois et prêt à me planter des couteaux dans le dos. Il ne serait pas mis en couple avec ma sœur s'il avait un minimum d'éthique !

Partir régler ses comptes avec Thibault
→ vers **CHAPITRE 33** (p. 160)
OU
Laisser tomber l'affaire en soupirant → vers **CHAPITRE 34** (p. 165)

CHAPITRE 32

– J'ai passé l'après-midi dehors avec Hugo, protesté-je. J'aimerais bien ne pas empester pour essayer ma robe. Tu ne voudrais pas que l'odeur reste jusqu'au mariage, non ?

Ma sœur fronce le nez, mais s'incline devant cet argument.

– Viens me trouver quand tu auras fini, alors.

– Tu ne veux pas déposer la robe dans ma chambre pendant que je prends ma douche ? Si c'est si pressé que ça…

– Tu me promets que tu ne vas pas la froisser ?

Je lève les yeux au ciel.

– Clémence, il faut bien que je l'essaie. Mais si ta question c'est : « Est-ce que tu vas la rouler en boule dans un coin ? », alors la réponse est non.

– D'accord, mais je veux la récupérer après ton essayage. Je la rangerai avec celles de Victoire et Sandrine. Je t'amènerai aussi les chaussures. Il vaudrait mieux que tu les portes un peu pour qu'elles se fassent à ton pied avant la cérémonie.

– OK, OK, concédé-je avec réticence. Je les mettrai pour aller manger, ça devrait être suffisant.

Clémence hoche la tête.

– Je vais aller te chercher tout ça, mais dépêche-toi de prendre ta douche, on nous attend bientôt pour le dîner.

Elle ne peut pas s'empêcher d'avoir le dernier mot, ma parole. C'est insupportable.

Je me remets en route vers la chambre et Hugo m'emboîte le pas.

– Tu sais à quoi elle ressemble, cette robe ?

– Non. C'est Clémence qui l'a choisie et je crains le pire.

– À ta place, je me ferais aussi du souci. Elle avait l'air bien trop inquiète qu'il arrive quelque chose à la robe une fois que tu l'aurais vue pour que ça soit honnête…

Je m'arrête net. Je n'y avais pas pensé, mais maintenant qu'il le dit…

Quand nous entrons dans notre chambre, mon ventre n'est plus qu'un sac de nœud.

– Vas-y la première, me lance Hugo en pointant du menton la porte de la salle de bains. Et t'en fais pas, je réceptionnerai la robe.

– Ne t'avise pas d'ouvrir *cette beauté* sans moi, réponds-je sur le même ton de plaisanterie. Il ne faudrait pas que tu te gâches la surprise.

– J'ai hâte, ricane-t-il.

Je lui envoie un regard faussement désespéré, heureuse que l'atmosphère détendue entre nous persiste après notre retour au manoir.

– Et moi donc ! Je vais aller me noyer préventivement, avant de voir cette horreur.

Son éclat de rire m'accompagne jusqu'à la salle de bains. Une fois le verrou fermé, je ne perds pas de temps pour me mettre sous la douche. L'eau chaude est délicieuse et détend mes muscles. Mine de rien, on doit avoir marché une bonne quinzaine de kilomètres dans Honfleur. Mais je ne regrette pas, le vieux port était magnifique.

Après m'être bien shampouinée et rincée, je m'enroule dans une serviette de toilette. Ce n'est qu'après m'être séchée que je prends conscience d'un minuscule détail : je n'ai pas pris de quoi me changer avec moi ! Merde ! C'est la faute d'Hugo, il m'a distraite avec ses plaisanteries.

Je me mords la lèvre inférieure. Je ne sais pas quoi faire. Porter à nouveau mes affaires sales ? Ou sortir en serviette ? Aucune de ces deux options ne me ravit vraiment. Mais puisque je vais de toute façon devoir essayer la robe, ça fait plus de sens de ne pas me rhabiller, non ? Ça me met mal à l'aise par rapport à Hugo, mais je suppose qu'il ne m'en tiendra pas rigueur.

Bien décidée à ne pas nous rendre la situation plus malaisante qu'elle a besoin de l'être, je déverrouille la porte et sors comme si de rien n'était.

– J'ai posé la robe sur le lit, me dit Hugo d'un air distrait.

– Merci. Tu peux y aller si tu veux, la salle de bains est libre.

– J'irai après, je veux d'abord voir à quoi re… ressemble la robe.

Il bafouille quand il lève les yeux et m'aperçoit enroulée dans ma serviette. Mais il se reprend vite et je crois un instant avoir rêvé son trouble. Je me sens rougir, mais j'essaie de ne pas y prêter attention.

– OK, donne-moi deux minutes et je te montre ça.

Le cœur battant, j'attrape la housse et ne traîne pas pour m'enfermer à nouveau dans la salle de bains. Dire que je n'avais pas envie d'essayer cette maudite robe et que maintenant je me sens sauvée par elle… Comme quoi, tout est toujours une question de perspective dans la vie.

Avec un brin d'impatience, je fais glisser la fermeture jusqu'en bas et à peine ai-je écarté les pans de la housse qu'un tissu rose dragée émerge. Je retiens une grimace. J'en étais sûre : c'est horrible, comme je le pensais. J'ai beau être brune, j'ai la peau pâle et, durant mes vingt-six ans d'existence, j'ai appris à reconnaître le peu de couleurs qui ne me vont pas du tout au teint. Pourquoi a-t-il fallu qu'elle choisisse cet affreux rose terne ? Même le rose bonbon aurait été mieux ! Il y a clairement volonté de me nuire.

Je sors la robe de sa housse pour l'inspecter de plus près : le modèle est fluide et court, et à manches longues. Mais ce qui me fait vraiment frissonner, ce sont les deux affreux volants qui se rejoignent en V sur la poitrine. S'il y avait eu un joli décolleté, ça aurait pu passer. Mais là, avec ce tissu qui remonte jusqu'aux clavicules, je crains le carnage, moi qui possède une poitrine généreuse. Je parie que Clémence l'a fait exprès.

Il va falloir que je l'essaie pour évaluer les dégâts. Je laisse tomber ma serviette par terre et vais vers l'armoire pour enfiler une culotte quand je m'aperçois que je n'ai pas pensé à en prendre une en même temps que la robe.

Je pousse un grognement, mortifiée. Bon, pas de panique, Amanda, il va juste falloir sortir de la salle de bains façon commando. J'espère qu'Hugo ne se rendra pas compte que je ne porte pas de sous-vêtement ! Avec ma chance, la robe va être transparente et on va tout voir.

J'essaie de réguler mon anxiété. Il n'y a qu'un moyen de le savoir, c'est de l'enfiler. J'essaie de passer la tête dans la robe et me rends vite compte qu'il va falloir que je défasse quelques boutons.

Après l'avoir revêtue, je reboutonne la robe. Première constatation : le tissu est léger et agréable à porter. J'espère juste qu'il ne fera pas trop froid le 24 ou que Clémence a prévu un petit gilet pour compléter la tenue. Je vais geler sur place sinon.

Je me tourne face au miroir et un juron m'échappe. C'est pire que je le pensais ! Non seulement, la couleur ne me va pas, comme je m'y attendais, mais en plus, cette robe est trop petite pour moi. J'ai la poitrine si comprimée que j'étouffe. J'essaie de bouger les bras et je sens la couture des manches me couper la circulation du sang au niveau des aisselles.

Un coup à la porte me tire de mon observation horrifiée.

– Alors, verdict ? Aussi terrible que prévu ?

– Pire, croassé-je avant de déverrouiller la porte.

Les yeux d'Hugo balaient ma silhouette de la tête aux pieds. Et je vois clairement le moment où la curiosité se transforme en amusement.

– Elle ne t'a pas ratée, mais je m'attendais à pire ! Elle aurait pu te refiler un truc vert fluo !

– Franchement, ça aurait peut-être été mieux ! Putain, mais qu'est-ce que j'ai fait pour mériter ça ?

– Ça doit être ton retour de karma pour m'avoir fait chanter, me réplique Hugo.

Son ton est amusé, mais ses yeux sont sérieux. Je grimace, peinée. En plein dans le mille. Peut-être que je le mérite, effectivement. Et encore, la punition pourrait être plus salée.

Un silence lourd de non-dits s'installe entre nous et je ne sais pas bien ce que je pourrais dire pour le rompre. M'excuser ? Non, j'ai déjà essayé et je ne pense pas que ce soit ce qu'il veut entendre. Essayer de détendre l'atmosphère en lâchant une plaisanterie serait aussi malvenu.

Je suis à deux doigts de lui fermer la porte au nez pour fuir cette interaction quand il reprend :

– Tu sais, je ne comprenais pas pourquoi tu en étais arrivée à un truc pareil. Je ne t'en imaginais pas capable. Je sais que les gens changent avec l'âge, mais je me demandais ce qui avait pu pousser la fille impatiente mais honnête que je connaissais, à se transformer en maître chanteur. Mais après avoir passé du temps avec ta famille, je crois que je comprends mieux.

J'ose à peine respirer. Je ne sais pas quoi dire, ni quoi répondre. J'ai l'impression que si je prononce le moindre mot, je vais faire éclater cette bulle fragile où Hugo me comprend.

– Entre ta sœur, le tyran, ton ex qui me paraît être un sournois de première, ta mère qui est aussi froide qu'un iceberg et ton père qui te reproche tes choix dès qu'il en a l'occasion, je pige mieux pourquoi tu voulais absolument que ce soit moi qui t'accompagne cette semaine.

Mes yeux piquent et je tente de me reprendre pour ne pas laisser l'émotion déborder. Aucune envie de paraître plus pathétique que je le suis déjà.

– Ça ne veut pas dire que je te pardonne, évidemment, continue-t-il. Me faire chanter est illégal et je suis toujours en colère contre toi. Mais je peux entendre tes motivations. Je ne dis pas que j'aurais fait pareil, mais je te comprends.

La gorge serrée par l'émotion, j'ai du mal à déglutir. Ma voix sort enrouée :

– Je te jure que je n'ai pas un mauvais fond.

Son regard est plongé dans le mien quand il me murmure :

– Je te crois.

Ces trois mots apaisent la brûlure de la culpabilité qui me rongeait l'estomac sans que je ne m'en rende vraiment compte. Je reste silencieuse, mais Hugo doit voir dans mes yeux à quel point ses paroles sont importantes pour moi, car il hoche la tête avant de se détourner.

– Bon, tu libères la salle de bains ? me lance-t-il d'un ton léger. C'est à mon tour !

Soulagée, je m'efface pour le laisser passer et lui cède ma place.

→ vers **CHAPITRE 35** (p. 167)

CHAPITRE 33

– J'ai l'air d'une cruche ! Et là tu me dis qu'en plus, c'est la faute de Thibault, c'est bien ça ? Je vais lui refaire le portrait à celui-là !

– Ce n'est pas si terrible que ça, s'empresse de me rassurer Hugo qui sent sans doute que la situation est en train de tourner au vinaigre.

Le regard excédé que je lui lance le fait taire aussitôt.

– Bien sûr que si, c'est abominable, et ce sale petit cancrelat l'a fait exprès.

Je me dépêche d'enlever mes escarpins et, une fois pieds nus, je me dirige d'un pas déterminé vers la porte.

– Amanda, tu devrais peut-être te calmer avant de…

– Non mais tu débloques, s'indigne ma sœur. T'es parano, ma pauvre !

Je l'ignore. Elle ne sait pas ce qu'il s'est passé et je ne désire pas lui expliquer. C'est entre Thibault et moi et je suis bien décidée à aller régler mes comptes avec lui.

Clémence et Hugo me talonnent alors que je me mets en quête du salopard. Je le traquerai dans tout le manoir s'il le faut. Mon faux petit ami tente une nouvelle fois de me raisonner avant d'abandonner. Ma sœur, quant à elle, ne cesse de répéter à quel point je suis aigrie et jamais contente. J'ai envie de lui hurler de se taire mais je garde ma colère pour la laisser jaillir contre celui qui la mérite vraiment.

Heureusement pour moi, je ne mets pas très longtemps à trouver Thibault. Il sort de sa chambre, sans doute alarmé par le raffut que ma sœur fait. Je me dirige vers lui comme une furie, le doigt pointé dans sa direction

– Toi ! Il faut qu'on parle !

La mine de Thibault passe d'ahurie à satisfaite en moins de dix secondes.

– Elle te va encore mieux que ce que j'avais imaginé, me dit-il d'une voix moqueuse.

Je laisse échapper un cri de rage.

– Parce qu'en plus, tu oses te foutre de ma gueule ! Tu veux que je leur dise ? Tu veux que je leur parle de cet après-midi et de ce qu'on a fait ensemble dans les cabines d'essayage ?

Ma sœur hoquette à côté de moi et je regrette déjà ce que je viens de dire, mais c'est plus fort que moi.

Thibault vire cramoisi, mais ne se laisse pas démonter. Il est trop fier de lui.

– C'est du passé, Amanda. Et ce n'est pas très classe de ta part d'en parler devant ton nouveau mec. Tu t'imagines ce qu'il doit se dire ?

– Que t'es un misérable crétin ! Une petite pourriture ! Je te hais !

– Allons, calme-toi, me répond-il d'un ton condescendant. Je ne vois pas pourquoi tu fais un esclandre comme ça.

Mais la lueur satisfaite dans ses prunelles dit tout le contraire. J'espère bien que je ne suis pas la seule à le voir.

– Faux cul. Tu sais très bien de quoi je parle ! Et je vais l'expliquer puisque, apparemment, tu ne comptes pas assumer tes actions.

– Ne l'écoute pas Clémence, elle se fait une montagne d'une taupinière.

– T'as fait exprès de choisir cette robe parce que tu savais très bien qu'elle ne m'irait pas ! Endosse tes responsabilités et avoue-le !

– Je n'avouerai rien du tout parce que c'est faux. De toutes les propositions que Clémence m'a montrées, c'est la robe qui allait être la plus flatteuse. Je suis content de ne pas m'être trompé. Maintenant, si toi, tu n'en es pas satisfaite, ce n'est ni le problème de Clémence ni le mien.

– Parce que tu penses que je vais te croire ? La couleur, la longueur, la coupe... rien ne me va dans cette robe. Tu le savais pertinemment.

– Dois-je t'épeler « meilleure option » ?

– Alors tu aurais dû dire à Clémence de choisir autre chose !

– Et pourquoi donc ? Désolé de te le dire, mais il n'y a pas que toi au monde. Mais ça, ton petit cerveau n'a pas l'air de vouloir le comprendre.

– Hé oh, redescends d'un ton avec Amanda, intervient, à ma grande surprise, Hugo.

Je me retourne vers lui et lui adresse un regard reconnaissant. Je suis heureuse de son soutien. Je jette un coup d'œil à Clémence qui est étonnamment silencieuse. Elle a les sourcils froncés et ne semble pas savoir sur quel pied danser.

– Je te demanderai de ne pas t'en mêler, réplique Thibault d'un ton pompeux.

– Je m'en mêle si je veux. Et laisse-moi te dire que tu dépasses les bornes. Tu ferais bien de t'excuser.

– M'excuser ? Alors que c'est ta petite amie qui est en train de piquer une crise ? Je ne pense pas, non.

Je suis à deux doigts de lui sauter à la gorge, mais Hugo m'en empêche en posant sa main sur mon épaule.

– Viens, Amanda, il n'en vaut pas la peine.

– C'est ça, mieux vaut fuir que...

– Thibault, ça suffit, le coupe Clémence.

Je suis surprise de son intervention, mais pas mécontente. Se serait-elle rendu compte de la mauvaise foi de son fiancé ? J'espère que c'est le cas, mais il vaut sans doute mieux ne pas trop rêver.

Hugo n'a toujours pas relâché mon épaule et il me guide jusqu'à notre chambre. Il referme la porte derrière nous dans un geste ferme.

– C'est une vraie crevure, ce mec, commente-t-il en allant s'asseoir dans le fauteuil près de la fenêtre.

– Contente de voir que je ne suis pas la seule à m'en rendre compte, répliqué-je d'un ton sombre. Tout le monde est sous son charme dans la famille. J'ai parfois l'impression que je suis folle.

– Je pense que c'est parce qu'il n'est comme ça qu'avec toi et, qu'apparemment, il m'estime tellement peu qu'il ne se retient pas devant moi.

– J'aimerais tellement qu'il se trahisse devant mes parents. Qu'on arrête de me prendre pour l'ex jalouse et hystérique.

– Ça doit être assez insupportable pour toi.

Je hoche la tête, heureuse de savoir que quelqu'un me comprend.

– Suffisamment pour que tu me fasses chanter en tout cas, assène-t-il.

Je grimace. J'aurais dû me douter. Le moment est peut-être venu de crever l'abcès… Autant que je le peux et sans lui révéler que je ne compte pas mettre mes menaces à exécution.

– Je n'en suis pas fière, mais c'est un peu ça.

Je plonge mon regard dans le sien, comme pour lui prouver ma sincérité ou le laisser lire dans mon regard ce que je n'ose lui dire. Il le soutient sans ciller.

– Tu sais, reprend-il après ce qui me semble être une éternité, je ne comprenais pas pourquoi tu en étais arrivée à un truc pareil.

Je ne t'en imaginais pas capable. Je sais que les gens changent avec l'âge, mais je me demandais ce qui avait pu pousser la fille impatiente mais honnête que je connaissais, à se transformer en maître chanteur. Je comprends mieux maintenant.

J'ose à peine respirer. Je ne sais pas quoi dire, pas quoi répondre. J'ai l'impression que si je prononce le moindre mot, je vais faire éclater cette bulle fragile où Hugo me comprend.

– Ça ne veut pas dire que je te pardonne, évidemment. Me faire chanter est illégal et je suis toujours en colère contre toi. Mais je peux comprendre tes motivations. Je ne dis pas que j'aurais fait pareil, mais je te comprends.

La gorge serrée par l'émotion, j'ai du mal à déglutir. Ma voix sort enrouée :

– Je te jure que je n'ai pas un mauvais fond.

Son regard est plongé dans le mien quand il me murmure :

– Je te crois.

Ces trois mots apaisent la brûlure de la culpabilité qui me rongeait l'estomac sans que je ne m'en rende vraiment compte. Je reste silencieuse, mais Hugo doit voir dans mes yeux à quel point ses paroles sont importantes pour moi, car il hoche la tête avant de s'étirer.

– Ce serait pas l'heure de dîner ? Je meurs de faim !

Un sourire sur les lèvres, j'accepte avec soulagement ce changement de sujet.

→ vers **CHAPITRE 35** (p. 167)

CHAPITRE 34

Malgré ma colère, je décide de ne pas envenimer la situation. À la place, je serre les dents à m'en faire mal à la mâchoire.

– C'est bon, je peux l'enlever, maintenant ? demandé-je d'un ton impatient.

– Oui, oui, remets-la sur le cintre.

Je ne perds pas de temps pour m'exécuter. Plus vite j'aurai enlevé cette horreur, mieux je me porterai.

Dès que je suis rhabillée, je prends congé de ma sœur et Hugo me suit. Je ne peux pas m'empêcher de pester.

– Cette sale fouine de Thibault ! Il le sait, que cette coupe ne me va pas ! Tu paries combien qu'il l'a fait exprès ?

– Mille euros, plaisante-t-il. Mais oui, c'est bien son genre.

Je laisse échapper un grondement énervé.

– En plus, je suis sûre qu'il est fier de son coup. Argh ! Ça me donne envie de l'étrangler !

– Entre ta sœur, le tyran, ton ex qui me paraît être un sournois de première, ta mère qui est aussi froide qu'un iceberg et ton père qui te reproche tes choix dès qu'il en a l'occasion, je pige mieux pourquoi tu voulais absolument que je t'accompagne cette semaine.

Je me fige un instant avant de me remettre en route.

– Tu sais, reprend-il après ce qui me semble être une éternité, je ne comprenais pas pourquoi tu en étais arrivée à un truc pareil. Je ne t'en imaginais pas capable. Je sais que les gens changent avec l'âge, mais je me demandais ce qui avait pu pousser la fille impatiente mais honnête que je connaissais, à se transformer en maître chanteur. Je comprends mieux maintenant.

J'ose à peine respirer. Je ne sais pas quoi dire, pas quoi répondre. J'ai l'impression que si je prononce le moindre mot, je vais faire éclater cette bulle fragile où Hugo me comprend.

– Ça ne veut pas dire que je te pardonne, évidemment. Me faire chanter est illégal et je suis toujours en colère contre toi. Mais je peux comprendre tes motivations. Je ne dis pas que j'aurais fait pareil, mais je te comprends.

La gorge serrée par l'émotion, j'ai du mal à déglutir. Ma voix sort enrouée :

– Je te jure que je n'ai pas un mauvais fond.

Ses yeux sont plongés dans les miens quand il me murmure :

– Je te crois.

Ces trois mots apaisent la brûlure de la culpabilité qui me rongeait l'estomac sans que je ne m'en rende vraiment compte. Je reste silencieuse. Hugo s'arrête sur ses pas et se tourne vers moi pour me dévisager. Je pense qu'il lit dans mes yeux à quel point ses paroles sont importantes pour moi, car il hoche la tête avant de reprendre sa route.

– Ce serait pas l'heure de dîner ? Je meurs de faim !

Le sourire aux lèvres, j'accepte avec soulagement ce changement de sujet.

→ vers **CHAPITRE 35** (p. 167)

CHAPITRE 35

Après les mots d'Hugo, je me sens légère et intouchable. Malgré les différentes vexations de la journée, je me sens triomphante. Même la figure pincée de ma sœur et la mine dédaigneuse de Thibault quand nous pénétrons dans la salle à manger ne viennent pas entamer ma bonne humeur.

– Voilà les touristes, s'écrie joyeusement Isa. Alors, comment avez-vous trouvé ma belle Normandie ? À la hauteur de vos attentes, j'espère !

– C'était génial, lui répond Hugo d'un ton enjoué. J'ai été bluffé par l'architecture. Tout était magnifique.

– Le vieux port en valait vraiment la peine, renchéris-je.

– C'était aussi mon endroit préféré quand nous y sommes allés, ta mère et moi, intervient mon père avec des étoiles dans les yeux. Tu te souviens de la délicieuse sole que nous avions dégustée ? Rien que d'y penser, j'en ai l'eau à la bouche.

– Pas de sole au menu ce soir, je le crains. Mais j'espère que vous apprécierez la marmite dieppoise que Thérésa nous a préparée !

Mes parents assurent à Isa qu'ils sont certains que ça sera délicieux pendant qu'Hugo et moi nous asseyons à nos places respectives. Je suis en train de me servir un verre d'eau quand Marc-Emmanuel fait son apparition.

– Me voilà. J'ai eu un appel urgent, veuillez excuser mon retard.

Isa a l'air agacée, mais s'abstient de faire le moindre commentaire.

– J'espère que votre journée s'est mieux passé que la mienne ! L'incompétence des gens, ce n'est pas croyable ! Je ne peux pas poser une semaine de congé sans qu'au moins trois collaborateurs m'appellent par jour. On a l'impression que si je ne suis pas là pour faire tourner la boîte, elle risque d'exploser.

– C'est le problème d'être quelqu'un d'indispensable, commente ma mère, la reine du *small talk*.

Je ne sais pas comment elle parvient à garder un ton neutre. Personnellement, ce genre de mec m'horripile. J'ai un collègue comme lui au boulot. Le truc, c'est qu'il est absolument remplaçable, mais il a un système de classement bien à lui et il est impossible au commun des mortels de s'y retrouver. Nous sommes plusieurs à nous en être plaint à la hiérarchie, mais rien ne bouge. C'est désespérant. Nous sommes tous persuadés qu'il le fait exprès pour se sentir indispensable. Dans le cas du père de Thibault, je ne suis pas sûre que ce soit le système de classement qui est à mettre en cause. À mon avis, il a sciemment dit à ses employés qu'ils pouvaient l'appeler à n'importe quelle heure de la journée.

– Pendant que tu passais ton temps à travailler, nous, nous l'avons consacré à préparer le mariage. J'espère au moins que tu feras ta part, lui balance Isa sur un ton acerbe.

– Bien sûr, bien sûr. C'était exceptionnel, aujourd'hui. Tu ne peux pas comprendre l'importance de ma validation pour mes collaborateurs. Mais demain, il n'y a pas de raison que je ne puisse pas vous aider.

Je pense que je ne suis pas la seule autour de cette table à en douter. Thibault a le regard rivé sur son assiette vide, comme s'il était fasciné par le repas invisible qui s'y trouvait.

– Tant mieux, parce qu'il reste encore beaucoup de travail. N'est-ce pas, Clémence ?

Isa savait parfaitement ce qu'elle faisait en intégrant ma sœur à la conversation. La voilà qui déroule l'impossible liste de tâches à accomplir. Si j'écoute au début, je laisse vite mon attention vagabonder ailleurs. Je ne comprends pas comment elle peut penser que nous parviendrons à faire tout ça d'ici samedi, même avec l'aide de Marc-Emmanuel. Elle se fourvoie clairement. Il va falloir qu'elle revoie ses ambitions à la baisse, et je sens déjà venir la crise de nerfs quand elle s'en rendra compte. J'espère bien que je ne serai pas dans les parages lorsqu'elle se produira, mais étant donné ma chance…

Mon père a le malheur de lui faire part de son scepticisme.

– Ma puce, tu es certaine que nous aurons le temps de préparer tout ça ? Nous devrions peut-être essayer de déléguer certaines choses à un professionnel.

– Pas question, tranche aussitôt ma mère. Il va falloir les aiguiller et les surveiller et ça va nous faire perdre du temps plutôt que d'en gagner. Et puis, c'est le meilleur moyen de rendre le mariage sans âme. Là, il sera préparé avec amour.

Je retiens un reniflement moqueur. Avec amour ? Clémence n'est donc pas la seule à vivre dans le déni.

Mon père, comme toujours, s'incline devant l'avis de ma mère. Isa les observe avec amusement. Je pense qu'elle aime bien le tempérament de ma mère. Peut-être qu'elle aime les femmes qui mènent les autres à la baguette. Ça, ou elle reconnaît une rivale quand elle en voit une.

– Quand la volonté est là, tout est possible, commente Marc-Emmanuel en se servant un verre de vin blanc. Combien de fois ne l'ai-je pas constaté à l'agence…

Je lutte pour garder un visage neutre. Facile à dire pour quelqu'un qui n'en fout pas une. Qu'est-ce qu'il m'énerve, celui-là ! Je souhaite bon courage à Clémence qui va devoir se le coltiner comme beau-père. C'est dans ces moments-là que je suis heureuse d'avoir plaqué ce petit imbécile de Thibault.

– Mais oui, il n'y a pas de raison que nous n'y arrivions pas, renchérit ma mère. Il faut que tu te détendes, Clémence, tout va bien se passer. Nous sommes huit pour accomplir ce qu'il reste à faire.

– Neuf, intervient Isa. Je suis certaine que Thérésa sera d'accord pour donner un petit coup de main, n'est-ce pas ?

Nous nous tournons de concert vers la cuisinière. Je ne l'avais même pas entendue entrer. Elle est plus discrète qu'un chat. Sans dire un mot, elle hoche la tête et, toujours en silence, commence à nous servir les marmites individuelles.

– Faites bien attention à utiliser votre serviette pour ouvrir le couvercle, nous prévient Isa. C'est très chaud !

Je m'exécute et tombe en admiration devant le contenu de la marmite. Moules, langoustines, noix de Saint-Jacques et plusieurs morceaux de poissons que je ne parviens pas à identifier. Moi qui adore le poisson, mais qui n'en mange pas souvent ne sachant pas le cuisiner, je suis ravie.

– Tu nous gâtes, Isa, la complimente mon père. Ça a l'air succulent.

– Ce n'est rien ! Je suis tellement heureuse que vous soyez tous là ! Vous ne pouviez pas me faire un plus beau cadeau que de choisir le manoir comme lieu de cérémonie, dit-elle en s'adressant à son neveu et à ma sœur.

Clémence lui offre un sourire reconnaissant.

– C'est nous qui vous remercions.

– Allons, allons, pas besoin de me remercier ! Je vous souhaite à tous un bon appétit !

Sur ces bonnes paroles, nous attaquons le contenu de nos marmites. Je m'en donne à cœur joie et je crois que c'est aussi le cas d'Hugo : ses traits sont illuminés d'une joie presque enfantine. Je me surprends à esquisser un sourire. Je préfère largement le voir comme ça, que tendu comme il l'était il y a encore quelques heures.

Je suis presque agacée par Marc-Emmanuel quand celui-ci se met en tête de le cuisiner sur son parcours sportif. Et même la mine décomposée de Thibault, à qui son père n'a pas encore adressé le moindre mot, ne parvient pas à me départir de ma contrariété.

– Et combien de médailles as-tu remportées comme ça ?

Ça, je connais la réponse !

– Trente-six ! lancé-je fièrement. Et même cinquante-cinq si on compte celles qu'il a gagnées quand nous étions encore au lycée.

Hugo m'envoie un regard ahuri. Je me sens rougir tandis que mon père éclate de rire.

– Ah ça, elle a suivi tout ton parcours, mon grand ! Obsédée qu'elle était. Enfin, est, je suppose. Quand elle était encore à la maison et que les compétitions passaient à la télévision, impossible de regarder quelque chose d'autre, elle refusait de changer de chaîne et de nous rendre la télécommande.

Je lis un peu de fierté dans le regard d'Hugo. C'est la seule chose qui m'empêche de mourir sur place, foudroyée par la honte.

– Tu ne me l'as jamais dit, me taquine Hugo qui se délecte de mon trouble.

J'ouvre la bouche pour lui répondre, mais mon père ne m'en laisse pas le temps.

– Elle ne voulait certainement pas que tu saches à quel point elle t'admire. Elle est comme ça, notre Amanda. Un peu brut de décoffrage au premier abord mais un véritable cœur d'artichaut !

Je me retiens de me prendre le visage dans les mains. Merci, papa. Surtout, continue à bien m'enfoncer, je ne suis pas du tout gênée.

– Elle a dû être folle de joie que tu reprennes contact avec elle. Je pense qu'elle n'osait pas !

– Elle aurait sans doute trouvé l'élan pour le faire un jour si je n'avais pas pris les devants, commente l'air de rien Hugo en me glissant un regard en coin.

Les paroles sont innocentes, mais l'œillade ne l'est pas. Comme si j'avais besoin d'un rappel que c'est moi qui l'ai contacté pour l'obliger à m'accompagner à ce mariage. Je force mes lèvres à s'étirer en un sourire.

– Oui, nous aurions fini par nous croiser à une réunion d'anciens du lycée, plaisanté-je. Mais peut-être qu'on aurait tous les deux porté des dentiers.

Mon père s'esclaffe comme je l'espérais. Ma mère, elle, nous observe comme un oiseau de proie.

– Vous vous seriez peut-être croisés plus vite à une compétition sportive, reprend-il après avoir retrouvé son sérieux. Amanda se glisse parfois dans le public. D'ailleurs, je voulais te demander, continue-t-il en s'adressant à Hugo, je sais qu'elle n'a pas ton niveau, mais vous faites du sport ensemble de temps en temps ?

Oh non ! Nous ne nous sommes pas concertés sur la question ! Je ne peux pas laisser Hugo répondre. Que dois-je dire ?

OU
Répondre par la positive → vers **CHAPITRE 36** (p. 173)
Répondre par la négative → vers **CHAPITRE 37** (p. 182)

CHAPITRE 36

– Bien sûr ! On va courir ensemble de temps en temps. Mais seulement les week-ends. Hugo a déjà assez d'entraînements pour avoir envie de se reposer quand il le peut.

Mon faux petit ami semble comprendre ce que j'espérais de lui parce qu'il renchérit :

– C'est ça, et Amanda court très bien. Toujours aussi impressionné par ses performances qu'à l'époque.

Je ne peux pas m'empêcher de rougir en l'entendant me complimenter comme ça. Il ment sans vergogne et je lui en suis reconnaissante. Il aurait pu dire n'importe quoi et, pourtant, il a choisi de me mettre en valeur. C'est adorable de sa part.

– Voilà qui fait plaisir à entendre, commente mon père. C'est un beau compliment pour quelqu'un qui a… (il se retourne vers moi) combien de médailles déjà ?

– Cinquante-cinq, lancé-je presque par réflexe.

À mon grand soulagement, l'interrogatoire s'arrête là. Quelques minutes plus tard, je profite du fait que l'attention de tous soit tournée vers Thibault et Clémence pour adresser un sourire reconnaissant à Hugo. Il me répond d'un clin d'œil. On a fait plus discret, mais je sens mon cœur se remplir de joie. J'ai l'impression qu'une certaine complicité s'installe entre nous et ce serait mentir que de prétendre que ça ne me fait rien…

Je baisse les yeux sur mon assiette pour essayer de calmer mes émotions. Hugo a beau être un gentleman, et surtout un vrai allié depuis notre arrivée, je ne dois pas oublier que tout ça est un mensonge. Il ne ferait pas autant d'efforts si je ne l'y avais pas forcé. Je ne dois surtout pas y voir plus qu'un simple arrangement. C'est le meilleur moyen pour me briser le cœur toute seule.

Je me renfrogne dans mon siège. Mon humeur est définitivement ruinée et j'ai l'estomac noué. Je me force à finir mon plat alors que, jusqu'ici, je mangeais avec entrain.

Heureusement pour moi, le dessert que Thérésa nous a concocté est une glace au caramel d'Isigny. Je n'aurais pas pu engloutir une nouvelle teurgoule aujourd'hui. Une glace, c'est facile à avaler et délicieux, juste ce qu'il me fallait pour me réconforter.

Comme hier, Hugo ne traîne pas pour prendre la poudre d'escampette dès que son assiette est vide. Marc-Emmanuel est toujours en train de terminer la sienne, mais ça ne semble pas le gêner, car il se lève et annonce à la cantonade :

– Encore une fois, c'était délicieux, merci Isa ! Veuillez m'excuser, mais je vous fausse une nouvelle fois compagnie. Je vous souhaite à tous une bonne soirée.

Je l'observe contourner la table pour s'en aller. J'ai bien envie de l'imiter, mais je suis certaine que ma mère me tuerait si j'osais. Je reste donc sagement assise et décline le digestif que me propose la maîtresse de maison.

La discussion reprend. Les plus vieux se lancent dans un débat acharné pour élire le meilleur alcool français. Je les observe en me sentant détachée, comme si j'étais présente physiquement, mais pas mentalement. Depuis qu'Hugo est parti, je me sens mal à l'aise. Comme si j'avais perdu mon seul allié et que j'étais entourée d'étrangers. Ce qui est franchement ridicule quand on sait que j'ai grandi avec la moitié des personnes présentes dans la pièce. Et pourtant, je me sens à part. Une pensée alarmée tourne dans mon cerveau : comment est-ce que je vais faire lorsqu'il ne sera plus là pour m'aider à affronter les réunions familiales ?

Les minutes qui suivent s'écoulent aussi lentement que des heures. J'écoute d'une oreille distraite ce qui se dit, mais je n'interagis pas. Je sens bien que si je me permets le moindre commentaire sur le programme de demain, Clémence va me tomber dessus. Quand on me demande mon avis, je me contente de répondre par l'affirmative sans en dire plus. Ça a l'air de convenir à tout le monde et cette constatation renforce mon malaise. Si je donnais vraiment mon avis sur les choix qui me sont présentés, comment réagirait-on ? M'écouterait-on seulement ou me ferais-je engueuler sans qu'on reconnaisse la pertinence de mes arguments ? J'ai l'impression d'être transparente et d'exister uniquement comme faire-valoir de ma sœur. Et c'est dur à encaisser pour moi, surtout que ce n'est pas la première fois que j'ai cette sensation. Clémence a toujours eu l'attention de nos parents sans produire d'efforts. Tout pour la petite dernière. Moi, le seul domaine où je brillais, c'était le saut en hauteur. Mais même avec ça, j'ai fini par décevoir mes parents.

Je suis en train de me complaire dans ma mélancolie lorsque Marc-Emmanuel annonce qu'il va également aller se coucher. Cela semble être une sorte de signal pour les autres, car tout le monde se lève de table. Je n'arrive même pas à me sentir soulagée que l'épreuve soit terminée. J'ai juste envie d'aller dormir et de faire enfin taire cette petite voix dans ma tête qui me répète que je suis invisible aux yeux de tous.

Je me dirige vers l'escalier quand j'entends la voix de ma mère.

– Amanda, attends un peu. J'aimerais te dire un mot.

Je me tends instantanément. Que me veut-elle ? Je n'ai vraiment pas besoin de reproches maintenant. Je retiens un soupir et l'accompagne bon gré mal gré au salon. Nous nous installons dans les fauteuils en nous dévisageant mutuellement. J'essaie de ne pas montrer mon tourment intérieur, mais je crois qu'elle lit en moi comme dans un livre ouvert.

– Je sais que ce n'est pas facile pour toi, commence-t-elle.

À qui le dis-tu, songé-je acerbe. Je ne pense pas qu'elle se rende vraiment compte à quel point.

– On t'en demande déjà beaucoup avec cette situation, mais je vais devoir t'en demander davantage.

Eh bien, voilà. Pourquoi est-ce que je ne suis pas surprise ? Clémence est allée pleurnicher dans ses jupes, et maintenant, ça me retombe dessus. Ma mère a beau dire qu'elle me comprend, je sais que ce ne sont que de jolis mots. Elle essaie de faire passer la pilule. Je ne réponds rien et la regarde droit dans les yeux, la défiant de continuer.

– Clémence exagère, c'est vrai. Mais elle n'est pas méchante pour le plaisir, elle est juste terriblement stressée. Et on ne peut pas dire qu'elle ait tort.

Je l'écoute en me retenant de lever les yeux au ciel. Pauvre petite Clémence ! Pour un peu, on aurait l'impression qu'elle subit sa vie alors que ce qui lui arrive n'est que les conséquences de ses choix.

– Est-ce que tu peux être un peu plus compréhensive à son égard ? termine ma mère en me regardant les sourcils froncés.

Je ne retiens pas mon ricanement dédaigneux.

– J'espère que tu lui as dit la même chose me concernant. Ou la situation est-elle plus difficile pour elle que pour moi ? Je pensais que ça devait être le plus beau jour de sa vie, pas une excuse pour maltraiter tout le monde autour d'elle.

Ma mère ne semble pas goûter mon ironie.

– Bien sûr que je lui ai dit, se défend-elle. Elle m'a juré de faire des efforts. J'aimerais que tu me promettes la même chose.

À l'intérieur de moi, une colère sourde commence à se mélanger à la mélancolie. Elle a un sacré toupet !

– Je veux bien te le jurer aussi, aboyé-je d'un ton sardonique, mais elle a intérêt à tenir parole de son côté. Parce que si ce n'est pas le cas, je ne le ferai pas non plus.

Ma mère prend une profonde inspiration en se pinçant l'arête du nez, comme pour ne pas céder à l'agacement.

– Amanda…

– Amanda, rien du tout, la coupé-je. Si elle fait des efforts, j'en ferai de même. Je ne fais d'ailleurs que ça depuis que je suis arrivée.

À quelques échanges de piques près, mais on ne va pas revenir dessus. Ce n'est pas comme si je mentais éhontément. J'aurais pu faire bien pire.

Ma mère pousse un nouveau soupir.

– Je vais devoir me contenter de ça, si je comprends bien.

Je hoche vigoureusement la tête.

– C'est tout ce que tu avais à me dire ? Merci pour cette conversation. Je vais aller rejoindre Hugo maintenant.

Et sans attendre sa réponse, je me lève et quitte la pièce. Dans le couloir, je croise mon père. A-t-il écouté aux portes ? Je suis sûre qu'il est de l'avis de ma mère. Je lui murmure un « bonne nuit » du bout des lèvres et passe à côté de lui sans l'embrasser.

Une fois arrivée devant ma chambre, je me sens à deux doigts de l'explosion. J'aurais bien envie de claquer la porte en signe de protestation, mais je me retiens par égard pour Hugo. Pas question qu'il devienne mon punching-ball, comme je suis celui de Clémence. Je ne veux pas m'abaisser à son niveau.

Je suis surprise de trouver les lumières allumées quand je rentre dans la pièce. Vu la fin de soirée que je viens de passer, j'aurais cru que cela faisait des heures qu'Hugo était monté, mais apparemment, ma perception du temps est faussée. Avec les bruits d'eau que j'entends, je comprends qu'il est en train de prendre sa douche.

En attendant mon tour, je m'installe dans le fauteuil à droite de la fenêtre et ferme les yeux. Les mots de ma mère repassent en boucle dans mon esprit, se mêlant aux images de toutes les vacheries de Clémence depuis le début du séjour. Et c'est moi qui devrais faire des efforts ? Tu parles !

J'entends la porte de la salle de bains se déverrouiller, mais je ne bouge pas de ma place et garde les yeux fermés. Hugo laisse échapper un petit bruit de surprise en me voyant.

– Oh, tu es déjà là, me dit-il. C'est moi qui ai traîné ou toi qui as quitté la table plus tôt que prévu ?

Je retiens une grimace en repensant à ma fin de soirée.

– Aucune idée. Un peu des deux ?

J'ouvre enfin les yeux, et mon regard est immédiatement attiré par ses abdos et ses épaules à faire pâlir d'envie un nageur du dimanche.

Ça devrait être interdit par la loi d'avoir un corps pareil. Je n'ai jamais vu quelqu'un d'aussi séduisant dans une serviette de toilette. Sans que je ne parvienne à me retenir, mon regard balaie sa silhouette des pieds à la tête.

Hugo se racle la gorge et mes yeux remontent immédiatement jusqu'à son visage pour croiser son regard. Il semble amusé par ma réaction. Moi, j'ai l'impression que mon corps tout entier va prendre feu de honte à l'idée qu'il m'ait vue faire. *Pas que de honte…* chuchote une petite voix dans mon esprit.

– Si tu as fini de me mater, tu peux peut-être répondre à ma question ?

Ah, parce qu'en plus il me parlait ? Oh misère, je suis une catastrophe ambulante. Quand je disais qu'avoir un corps pareil devrait être interdit… Ça me fait perdre tous mes neurones.

– Tu peux répéter ?

– Je te demandais si tu voulais venir courir avec moi demain matin.

Je dois le regarder avec des yeux de merlan frit parce qu'il se sent obligé d'expliquer.

– Histoire de rendre notre petit mensonge de tout à l'heure crédible.

Je ne sais pas quoi répondre. D'un côté, je comprends l'argument. De l'autre, je me demande si c'est vraiment une si bonne idée que ça.

– Quoi ? T'as peur de ne pas pouvoir suivre le rythme ?

Il se moque, mais je vois bien qu'il n'essaie pas de me vexer, juste de me piquer au vif suffisamment pour que j'accepte son offre.

– Tu as tellement envie que ça que je te ralentisse ?

Il hausse les épaules. Je tente de ne pas m'attarder sur la goutte d'eau qui glisse de ses cheveux à son cou et descend inexorablement vers sa serviette. *Concentration, Amanda !*

– Je préfère courir avec quelqu'un si tu veux savoir. Normalement, je m'entraîne avec au moins trois autres personnes.

Ah. C'était donc ça. Il se sent seul et a besoin de quelqu'un pour le motiver. Je peux comprendre. Mais suis-je prête à me lever à 4 h 30 pour courir un semi-marathon ? Rien que de l'imaginer, je suis déjà épuisée. Mais, en même temps, il a été plus sympa avec moi que je ne le méritais jusqu'ici. Je peux bien faire cet effort, non ?

– On peut tester, lui réponds-je prudemment. Mais si je ne me sens pas en forme demain matin, on reportera ça à un autre jour. Ça te va ?

Il m'adresse un sourire éclatant et je dois détourner les yeux pour m'empêcher de faire une bêtise. Comme me lever et déposer les mains sur son torse. Ou l'embrasser. Je secoue la tête. Non, décidément, il faut que je reprenne mes esprits.

– Parfait pour moi. Ne traîne pas trop pour te mettre au lit. Je serai vraiment déçu si tu décides de m'abandonner demain.

Je me relève d'un bond du fauteuil et file vers la salle de bains comme si j'avais le feu aux fesses. Il faut qu'il arrête de me sourire comme ça quand il est à moitié nu. Ce n'est pas bon pour ma santé mentale.

Je me brosse les dents en essayant de chasser de mon esprit l'image du corps d'Hugo. Mais mes efforts se soldent par un échec. Au moins, j'aurai essayé ! À l'impossible, nul n'est tenu…

Quand je sors de la salle de bains, je sais que je vais passer une nuit agitée. Maintenant que j'ai vu ce qu'il cache sous ses vêtements, rien que l'idée de m'allonger à quelques centimètres de lui me donne chaud. Partout. J'aurais peut-être dû prendre une douche froide pour calmer mes ardeurs et remettre mes idées en place.

Je me glisse dans le lit, tout au bord, comme hier. Plus je serai éloignée de l'objet de mes tentations, mieux ce sera. Je dois vraiment être célibataire depuis trop longtemps si je réagis ainsi à un peu de chair exposée… *Tu es certaine que ce n'est pas parce que c'est Hugo que tu es dans cet état ?* me chuchote cette voix infernale qui ne me laisse pas tranquille depuis tout à l'heure. *Il t'a toujours bien plu au fond…*

J'ai envie de me taper le front contre mon oreiller. Il va falloir que mon cerveau comprenne une bonne fois pour toutes qu'entre

Hugo et moi, c'est mort. Le reste de la semaine va être insupportable dans le cas contraire.

♥

C'est l'alarme stridente d'Hugo qui me sort du sommeil. Je grogne. J'ai l'impression de ne pas avoir fermé l'œil de la nuit. Je me suis tellement retournée dans tous les sens que je suis surprise de ne pas avoir réveillé Hugo.

– Allez, debout, feignasse. T'as dix minutes pour t'habiller, ensuite, on est partis !

Nouveau grognement. J'ai la tête comme un seau et la motivation à -10 000. Que vais-je bien lui répondre ?

Refuser par fatigue → vers **CHAPITRE 38** (p. 190)
OU
Accepter pour accroître la crédibilité du couple → vers **CHAPITRE 39** (p. 194)

CHAPITRE 37

– Euh non. Hugo fait suffisamment de sport pour que je ne le force pas, en plus, à courir avec moi !

Mon père semble déçu, mais c'est le cadet de mes soucis.

– Même pas quand il s'entraîne ?

– Pour que je le distraie et le retarde ? Non, papa, vraiment, c'est la dernière chose dont j'ai envie.

La conversation part vers d'autres sujets à mon grand soulagement. Je profite du fait que l'attention de tout le monde soit sur Thibault et Clémence pour adresser un clin d'œil à Hugo. Crise évitée !

Heureuse d'avoir résolu la situation si facilement, je me concentre à nouveau sur mon assiette. Après la marmite dieppoise, nous avons droit à une autre spécialité du coin : une glace au caramel d'Isigny. Malgré mon estomac bien rempli par le poisson, je l'avale en quelques bouchées. C'est délicieux !

Marc-Emmanuel est toujours en train de déguster la sienne quand Hugo se lève de son siège.

– Encore une fois, c'était délicieux, merci Isa ! Veuillez m'excuser, mais je vous fausse une nouvelle fois compagnie. Je vous souhaite à tous une bonne soirée.

Je l'observe contourner la table pour s'en aller. J'ai bien envie de l'imiter, mais je suis certaine que ma mère me tuerait si j'osais. Je reste donc sagement assise et décline le digestif que me propose la maîtresse de maison.

La discussion reprend. Les plus vieux se lancent dans une compétition pour déterminer le meilleur alcool français. Je les observe en me sentant détachée, comme si j'étais présente physiquement, mais pas mentalement. Depuis qu'Hugo est parti, je me sens mal à l'aise. Comme si j'avais perdu mon seul allié et que j'étais entourée d'étrangers. Ce qui est franchement ridicule quand on sait que j'ai grandi avec la moitié des personnes présentes dans la pièce. Et pourtant, je me sens à part. Une pensée alarmée tourne dans mon cerveau : comment est-ce que je vais faire lorsqu'il ne sera plus là pour m'aider à affronter les réunions familiales ?

Les minutes qui suivent s'écoulent aussi lentement que des heures. J'écoute d'une oreille distraite ce qui se dit, mais je n'interagis pas. Je sens bien que si je me permets le moindre commentaire sur le programme de demain, Clémence va me tomber dessus. Quand on me demande mon avis, je me contente de répondre par l'affirmative sans en dire plus. Ça a l'air de convenir à tout le monde et cette constatation renforce mon malaise. Si je donnais mon avis sur les choix qui me sont présentés, comment réagirait-on ? M'écouterait-on seulement ou me ferais-je engueuler sans qu'on reconnaisse la pertinence de mes arguments ? J'ai l'impression d'être transparente et d'exister uniquement comme faire-valoir de ma sœur. Et c'est dur à encaisser pour moi, surtout que ce n'est pas la première fois que j'ai cette sensation. Clémence a toujours eu l'attention de nos parents sans produire d'efforts. Tout pour la petite dernière. Moi, le seul domaine où je brillais, c'était le saut en hauteur. Mais même avec ça, j'ai fini par décevoir mes parents.

Je suis en train de me complaire dans ma mélancolie lorsque Marc-Emmanuel annonce qu'il va également aller se coucher. Cela semble être une sorte de signal pour les autres, car tout le monde se lève de table. Je n'arrive même pas à me sentir soulagée que l'épreuve soit terminée et de faire enfin taire cette petite voix dans ma tête qui me répète que je suis invisible aux yeux de tous.

Je me dirige vers l'escalier quand la voix de ma mère dans mon dos me crispe.

– Amanda, attends un peu. J'aimerais te dire un mot.

Que me veut-elle ? Je n'ai vraiment pas besoin de reproches maintenant. Ça ne peut pas patienter jusqu'à demain ? Je retiens un soupir et l'accompagne au salon. Nous nous installons dans les fauteuils en nous dévisageant mutuellement. J'essaie de ne pas montrer mon tourment intérieur, mais je crois qu'elle lit en moi comme dans un livre ouvert.

– Je sais que ce n'est pas facile pour toi, commence-t-elle.

À qui le dis-tu, songé-je acerbe. Je ne pense pas qu'elle se rende vraiment compte à quel point.

– On t'en demande déjà beaucoup avec cette situation, mais je vais devoir t'en demander davantage.

Eh bien, voilà. Pourquoi est-ce que je ne suis pas surprise ? Clémence est allée pleurnicher dans ses jupes, et maintenant, ça me retombe dessus. Ma mère a beau dire qu'elle me comprend, je sais que ce ne sont que de jolis mots. Elle essaie de faire passer la pilule. Je ne réponds rien et la regarde droit dans les yeux, la défiant de continuer.

– Clémence exagère, c'est vrai. Mais elle n'est pas méchante pour le plaisir, elle est juste terriblement stressée. Et on ne peut pas dire qu'elle ait tort.

Je l'écoute en me retenant de lever les yeux au ciel. Pauvre petite Clémence. Pour un peu, on aurait l'impression qu'elle subit sa vie alors que ce qui lui arrive n'est que les conséquences de ses choix.

– Est-ce que tu peux être un peu plus compréhensive à son égard ? termine ma mère en me regardant les sourcils froncés.

Je ne retiens pas mon ricanement dédaigneux.

– J'espère que tu lui as dit la même chose me concernant. Ou la situation est plus difficile pour elle que pour moi ? Je pensais que ça devait être le plus beau jour de sa vie, pas une excuse pour maltraiter tout le monde autour d'elle.

Ma mère ne semble pas goûter mon ironie.

– Bien sûr que je lui ai dit, se défend-elle. Elle m'a juré de faire des efforts. J'aimerais que tu me promettes la même chose.

À l'intérieur de moi, une colère sourde commence à se mélanger à la mélancolie. Elle a un sacré toupet !

– Je veux bien te le jurer aussi, aboyé-je d'un ton sardonique, mais elle a intérêt à tenir parole de son côté. Parce que si ce n'est pas le cas, je ne le ferai pas non plus.

Ma mère prend une profonde inspiration en se pinçant l'arête du nez, comme pour ne pas céder à l'agacement.

– Amanda…

– Amanda, rien du tout, la coupé-je. Si elle fait des efforts, j'en ferai de même. Je ne fais d'ailleurs que ça depuis que je suis arrivée.

À quelques échanges de piques près, mais on ne va pas revenir dessus. Ce n'est pas comme si je mentais éhontément. J'aurais pu faire bien pire.

Ma mère pousse un soupir.

– Je vais devoir me contenter de ça, si je comprends bien.

Je hoche vigoureusement la tête.

– C'est tout ce que tu avais à me dire ? Merci pour cette conversation. Je vais aller rejoindre Hugo maintenant.

Et sans attendre sa réponse, je me lève et quitte la pièce. Dans le couloir, je croise mon père. A-t-il écouté aux portes ? Est-il de l'avis de ma mère ? Je lui murmure un « bonne nuit » du bout des lèvres et passe à côté de lui sans l'embrasser.

Une fois arrivée devant ma chambre, je me sens à deux doigts de l'explosion. J'aurais bien envie de claquer la porte en signe de protestation, mais je me retiens par égard pour Hugo. Pas question qu'il devienne mon punching-ball, comme je suis celui de Clémence. Je ne veux pas m'abaisser à son niveau.

Je suis surprise de trouver les lumières allumées quand je rentre dans la pièce. Je pensais que cela faisait des heures qu'Hugo était monté, mais apparemment, ma perception du temps est faussée. Avec les bruits d'eau que j'entends, je comprends qu'il est en train de prendre sa douche.

En attendant mon tour, je m'installe dans le fauteuil à droite de la fenêtre et ferme les yeux. Les mots de ma mère repassent en boucle dans mon esprit, se mêlant aux images de toutes les vacheries de Clémence depuis le début du séjour. Et c'est moi qui devrais faire des efforts ? Tu parles !

J'entends la porte de la salle de bains se déverrouiller. Je ne bouge pas de ma place et garde les yeux fermés. Hugo se rapproche et laisse échapper un petit bruit de surprise en me voyant.

– Oh, tu es déjà là, me dit-il. C'est moi qui ai traîné ou toi qui as quitté la table plus tôt que prévu ?

Je retiens une grimace en repensant à ma fin de soirée.

– Aucune idée. Un peu des deux ?

J'ouvre enfin les yeux, et mon regard est immédiatement attiré par ses abdos et ses épaules à faire pâlir d'envie un nageur du dimanche.

Ça devrait être interdit par la loi d'avoir un corps pareil. Je n'ai jamais vu quelqu'un d'aussi séduisant dans une serviette de toilette. Sans que je ne parvienne à me retenir, mon regard balaie sa silhouette des pieds à la tête.

Hugo se racle la gorge. Mes yeux remontent immédiatement jusqu'à son visage pour croiser son regard. Il semble amusé par ma réaction. Moi, j'ai l'impression que mon corps tout entier va prendre feu de honte à l'idée qu'il m'ait vue faire. *Pas que de honte...* chuchote une petite voix dans mon esprit.

– Si tu as fini de me mater, tu peux peut-être répondre à ma question ?

Ah, parce qu'en plus il me parlait ? Oh misère, je suis une catastrophe ambulante. Quand je disais qu'avoir un corps pareil devrait être interdit... Ça me fait perdre tous mes neurones.

– Tu peux répéter ?

– Je te demandais si tu voulais venir courir avec moi demain matin.

– Me lever à 4 h 30 pour aller souffrir ? Non merci, sans façon.

– Dis plutôt que t'as peur de ne pas suivre le rythme...

Sa remarque me pique au vif. D'accord, je ne suis pas une professionnelle, mais ça ne m'empêche pas d'avoir une bonne condition physique. Bien sûr, je ne pense pas que j'aie son niveau – je ne suis pas bête – mais je suis certaine que je pourrais suivre son entraînement à une vitesse plus modérée.

– Sans doute que le rythme, non, mais le nombre de kilomètres, ça, oui !

– Je ne demande qu'à voir !

Son ton est moqueur, mais je sens qu'il essaie surtout de me convaincre, quitte à blesser mon ego.

– Tu as tellement envie que ça que je te ralentisse ?

Il hausse les épaules et je tente de ne pas m'attarder sur la goutte d'eau qui glisse de ses cheveux à son cou et descend inexorablement vers sa serviette. *Concentration, Amanda !*

– J'ai toujours préféré courir avec quelqu'un si tu veux savoir. Normalement, je m'entraîne tous les jours avec trois autres personnes.

Ah. C'est donc ça. Il se sent seul et a besoin de quelqu'un pour le motiver. Je peux comprendre. Mais suis-je prête à me lever à 4 h 30 pour courir un semi-marathon ? Rien que de l'imaginer, je me sens déjà épuisée. Mais, en même temps, il a été plus sympa avec moi que je ne le méritais jusqu'ici. Je peux bien faire cet effort, non ?

– On verra, réponds-je d'un ton vague.

Autant ne rien promettre. Comme ça, il ne sera pas déçu si je ne vais pas courir avec lui, et surpris positivement si je le fais.

Il pousse un soupir.

– Oui, je suppose qu'on verra. En attendant, moi, je vais me coucher. Tu me laisses me changer ?

Je me relève d'un bond du matelas et file vers la salle de bains comme si j'avais le feu aux fesses. *Surtout, surtout, ne pas imaginer ce qu'il se cache sous sa serviette.* Ce n'est pas bon pour ma santé mentale.

Je me brosse les dents en essayant de chasser de mon esprit l'image d'Hugo à moitié nu. Mais mes efforts se soldent par un échec. Au moins, j'aurai essayé ! À l'impossible, nul n'est tenu…

Quand je sors de la salle de bains, je sais que je vais passer une nuit agitée. Maintenant que j'ai vu ce qu'il cache sous ses vêtements, rien que l'idée de m'allonger à quelques centimètres de lui me donne chaud. Partout. J'aurais peut-être dû prendre une douche froide pour calmer mes ardeurs et remettre mes idées en place.

Je me glisse dans le lit, tout au bord, comme hier. Plus je serai éloignée de l'objet de mes tentations, mieux ce sera. Je dois vraiment être célibataire depuis trop longtemps si je réagis ainsi à un peu de chair exposée… *Tu es certaine que ce n'est pas parce que c'est Hugo que tu es dans cet état ?* me chuchote cette voix infernale qui ne me laisse pas tranquille depuis tout à l'heure. *Il t'a toujours bien plu au fond…*

J'ai envie de me taper le front contre mon oreiller. Il va falloir que mon cerveau comprenne une bonne fois pour toutes qu'entre Hugo et moi, c'est mort. Le reste de la semaine va être insupportable dans le cas contraire.

♥

C'est l'alarme stridente d'Hugo qui me sort du sommeil. Je grogne. J'ai l'impression de ne pas avoir fermé l'œil de la nuit. Je me suis tellement retournée dans tous les sens que je suis surprise de ne pas avoir réveillé Hugo.

– Alors, ce « on verra », tu viens ou tu me laisses aller courir tout seul ?

Nouveau grognement. J'ai la tête comme un seau et la motivation à -10 000. Que vais-je bien lui répondre ?

Décliner → vers **CHAPITRE 38** (p. 190)
OU
Accepter par orgueil → vers **CHAPITRE 39** (p. 194)

CHAPITRE 38

– Je passe mon tour, lui réponds-je dans un bâillement.

Hugo a l'air déçu, mais il n'insiste pas. Je me réinstalle confortablement pour continuer ma nuit. Je suis déjà en train de me rendormir quand je l'entends quitter la chambre. Je n'ai besoin que de quelques minutes de silence pour sombrer pour de bon.

♥

Lorsque je me réveille pour la seconde fois, je me sens plus en forme. Je m'étire en me levant et entreprends de me préparer pour la journée. En descendant pour prendre mon petit déjeuner, je tombe nez à nez avec Isa.

– Eh bien, princesse, on a perdu son prince charmant ? Tu es sûre que tu ne veux pas que je te présente mes sympathiques amies pour le remplacer…

– Sans façon, merci, réponds-je, mal à l'aise.

Isa semble s'amuser de mon trouble. Elle continue avec ses questions indiscrètes jusqu'à ce que nous arrivions à la salle à manger. Tout le monde est déjà installé, sauf Hugo qui n'a pas l'air d'être rentré de sa course.

J'en suis à mon second pain au chocolat quand il nous rejoint. Il salue tout le monde et gémit de satisfaction lorsqu'il s'assoit.

– Dure session, ce matin ? lui demandé-je.

– J'ai bien travaillé, oui, me répond-il en attaquant son petit déjeuner.

– J'espère que tu es quand même en forme, intervient Clémence. On a encore pas mal de trucs à faire aujourd'hui…

♥

Et elle ne plaisantait pas. Une bonne demi-heure plus tard, tout le monde a fini de manger et il est l'heure de commencer le travail. Nous suivons tous Clémence et Thibault jusqu'au salon et nous installons autour de la table. Je suis amusée de remarquer que nous prenons d'instinct le même placement que lors des dîners.

Thibault ouvre alors une des armoires et en sort plusieurs boîtes à chaussures qu'il distribue avant de s'asseoir. Curieuse, je soulève le couvercle de la mienne dès que je la reçois. Je fronce les sourcils. À l'intérieur, la boîte est remplie de feuilles mortes séchées. OK, c'est plutôt joli, mais je me demande bien ce qu'on va pouvoir en faire.

– Vous trouverez chacun une perforatrice en forme de cœur au fond de la boîte, nous lance d'un ton joyeux Clémence.

Je la regarde sortir les feuilles pour les mettre sur la table, abasourdie. Des perforatrices ? En forme de cœur ? C'est quoi ce délire ?

– Dans un souci de conscience écologique, nous avons décidé de ne jeter ni riz ni confettis à la fin de la cérémonie, explique Thibault comme un imbécile heureux. À la place, Clémence a eu la merveilleuse idée de proposer d'utiliser des confettis de feuilles mortes !

Il est en train de plaisanter, j'espère ? Ils ont des sachets tout prêts achetés sur Internet et nous font une blague… ou pas. Hallucinée, j'observe ma sœur et son fiancé commencer à perforer les feuilles et faire tomber leur récolte dans les boîtes à chaussures. Hugo me fait des grands yeux. Je lis sur ses lèvres un « *What the fuck ?* » aussi consterné que silencieux.

– Quelle… hum… bonne idée, intervient Isa qui est la première à reprendre ses esprits. Mais ça n'aurait pas été plus facile d'en commander ? Je veux dire, le programme est… heu… déjà bien assez chargé comme ça.

– On a regardé, mais il aurait fallu les faire venir de Chine ! explique Clémence. Ça n'aurait pas été plus écologique que le riz.

J'échange un regard atterré avec Hugo. Elle se moque de nous ou quoi ? Depuis quand est-elle écolo ? Si elle était logique, elle n'aurait pas dû choisir de faire son mariage à l'autre bout de la France. Elle a pensé au carburant que ses invités vont devoir utiliser ?

– Et tu ne t'es pas dit qu'une alternative aurait pu convenir ? lui demande mon père d'un ton prudent.

Il n'a pas plus envie que moi de faire des trous en forme de cœur dans des feuilles.

– J'aime les confettis de feuilles mortes, c'est ça que je voulais pour mon mariage, pourquoi est-ce que j'aurais dû chercher autre chose ?

Peut-être parce que nous ne sommes pas tes esclaves et que nous préférerions passer notre temps à faire autre chose que de percer des feuilles qui vont t'être jetées dessus, très chère sœurette ?

– Moi, je suis vraiment désolé, déclare Marc-Emmanuel, mais j'ai des problèmes de canal carpien. Mon kinésithérapeute m'a interdit ce genre de mouvement.

Et la palme de la pire excuse est attribuée à… Marc-Emmanuel ! Qu'est-ce qu'il ne faut pas entendre ! Moi aussi, je suis en train de développer des problèmes au canal carpien rien que de l'écouter. Je peux également être excusée ?

Avant même qu'il n'ouvre la bouche, je lis dans les yeux d'Hugo qu'il a aussi trouvé une entourloupe pour s'esquiver. Ses prunelles pétillent de malice et il me jette un sourire en coin.

– Je vais aussi devoir vous abandonner sur ce coup-ci. J'ai une compétition la semaine prochaine et je ne dois pas faire de bêtises avec mes poignets. Mon coach va me tuer si je ne parviens pas à lancer les poids aussi loin que d'habitude. Les mouvements répétitifs sont très mauvais pour moi et il était déjà mécontent que je prenne une semaine de repos juste avant une compétition pour me rendre à un mariage…

Je me retiens de lever les yeux au ciel. Je ne sais pas si quelqu'un y croit vraiment, mais le fait est qu'Hugo arrive à ses fins et les voilà qui quittent le salon aussi vite qu'ils sont arrivés.

Résignée, je me mets sans enthousiasme à perforer les feuilles. C'est un travail abrutissant et le silence de mort qui règne depuis le départ des deux lâcheurs n'aide pas à me motiver.

Au bout de plusieurs minutes qui me paraissent des heures, Isa rompt le silence pour pester :

– Ça avancerait plus vite si nous étions huit plutôt que six !

– Je suis bien d'accord… marmonne ma mère, d'un ton agacé. Je peux comprendre pour Marc-Emmanuel. Mais Hugo ? Ce n'est pas quelques trous qui vont l'handicaper !

Je me hérisse. OK, elle n'a pas tout à fait tort, mais ça n'empêche qu'elle pourrait garder ses réflexions pour elle. Une bonne petite amie devrait défendre l'honneur d'Hugo, n'est-ce pas ?

OU
Défendre Hugo → vers **CHAPITRE 40** (p. 203)
Laisser tomber → vers **CHAPITRE 41** (p. 212)

CHAPITRE 39

Je ne peux pas croire que j'ai choisi d'accepter, mais je ne me laisse pas le temps de réfléchir et j'ouvre les yeux d'un seul coup.

– Qu'est-ce que tu ne me fais pas faire… ronchonné-je.

J'ai la voix enrouée de fatigue, mais j'ai les neurones suffisamment alertes pour construire une phrase correcte. C'est bon signe.

Je parviens à sortir du lit aux termes d'efforts surhumains. Plus qu'à enfiler un tee-shirt et le jogging que j'ai fourré dans la valise, et je serai fin prête pour la séance de torture… de sport.

Hugo est déjà habillé et m'observe avec impatience. Pour échapper à son regard, je me réfugie dans la salle de bains pour me changer. J'ai beau faire aussi vite que possible, je l'entends râler de l'autre côté du battant.

– Alors, tu viens ? Je devrais déjà être parti depuis quatre minutes.

Bon prince, il me laisse quand même lacer mes baskets et remplir ma gourde avant de me tirer littéralement hors de la chambre.

– On va courir pendant combien de temps ? lui demandé-je.

À la réflexion, j'aurais peut-être dû poser la question plus tôt. Peut-être que sa réponse aurait influencé ma décision.

– Une heure, une heure et demie. Ça dépend un peu de toi, en fait. Tu pourras tenir ?

Avec le ventre vide et trois heures de sommeil, bien sûr. C'est évident, non ?

– Je vais faire de mon mieux, dis-je en laissant échapper un bâillement.

– Ce sera déjà bien, reconnaît-il. Allez, viens, le chemin que j'ai pris hier était pas mal. On a qu'à refaire celui-là, moins de risques de se perdre et de faire des kilomètres en plus.

C'est plutôt sympa de sa part de s'adapter à moi… Je n'ai pas le temps de lui répondre qu'il a déjà commencé à trottiner. Son rythme est lent, le temps de nous échauffer. Je me cale sur sa foulée et laisse ma respiration s'approfondir pour bien m'oxygéner.

À cette heure-ci, il fait encore noir, alors je prends bien garde à suivre ses pas. C'est le seul de nous deux à avoir une lampe frontale. Il faut dire que je n'ai pas pensé une seule seconde que j'allais me retrouver dans cette situation au moment de préparer ma valise. J'aurais plutôt parié sur une séance de yoga pour me calmer et ne pas étrangler Clémence plutôt que sur un footing à 4 heures du matin !

Au bout de plusieurs minutes, Hugo commence à accélérer le pas. Pour l'instant, je n'ai pas trop de mal à le suivre et on ne va pas se mentir, ça me fait très plaisir de le constater. À moins qu'il y aille exprès plus lentement pour ne pas me décourager ? Ça ne m'étonnerait pas vraiment de lui. J'ai déjà pu remarquer qu'il est plutôt du genre attentionné.

Moi qui m'extasiais sur son caractère, je suis vite détrompée. Hugo continue d'accélérer et, au bout de quelques minutes, je dois produire un gros effort pour le suivre. Je commence à avoir un point de côté, mais j'ai l'habitude, alors je n'y prête pas attention.

Un pied devant l'autre. Un pas après l'autre. Je suis tellement concentrée sur le rythme d'Hugo que, même si mes yeux se sont habitués à la pénombre, je ne vois rien autour de moi. J'ai l'impression que si je regarde le paysage, je vais perdre la cadence.

Hugo accélère encore. Mais ce n'est pas possible ! Il essaie de me semer ou quoi ? Je pousse un peu plus sur mes réserves pour le suivre. Je ne vais pas tenir à ce rythme-là pendant très longtemps, c'est sûr. Je n'ai absolument aucune idée du nombre de minutes qu'il nous reste à courir pour respecter sa routine. Vingt minutes ? Trente ? Ma notion du temps s'est envolée. Tout ce que je sais, c'est que la nuit s'éclaircit et que le soleil ne va pas tarder à se lever à l'horizon.

J'essaie de réguler ma respiration, mais je n'y parviens pas. Je commence vraiment à peiner. Moi qui étais jusqu'ici dans la foulée d'Hugo, je prends de la distance. À peine trois ou quatre pas, mais assez pour comprendre que je ne vais pas tarder à craquer. C'est tout mon corps qui proteste : je suis à bout de souffle et j'ai la nausée, ce qui est très mauvais signe.

Hugo semble enfin remarquer que je suis en difficulté parce qu'il ralentit le rythme pour que je puisse le rattraper. Il décélère ensuite progressivement jusqu'à ce que nous retrouvions notre allure de départ. Nous trottinons encore sur une centaine de mètres avant qu'il ne se mette à marcher. Malgré notre arrêt en douceur, je ravale un haut-le-cœur. J'ai forcé et je vais le payer.

Je suis si occupée à combattre la nausée que je ne remarque pas qu'Hugo s'est arrêté et je lui fonce droit dessus.

– Tu n'en as pas encore assez, tu veux qu'on reparte ? plaisante-t-il, la respiration hachée.

Je suis heureuse de constater que je ne suis pas la seule à être à bout de souffle.

– Non, grogné-je, je suis bien contente que ce soit fini.

– Hop, hop, hop, on s'étire d'abord ! Allez, encore un peu de courage. Tu m'as impressionné jusqu'ici, ce n'est pas pour craquer juste avant la ligne d'arrivée.

Ses paroles boostent mon ego et me donnent la force suffisante pour survivre aux enchaînements. Et si mes muscles protestent quand je les étire, je sais que c'est un mal pour un bien.

♥

Alors que nous marchons calmement vers le manoir, Hugo ne tarit pas d'éloges à mon égard.

– Je n'aurais jamais cru que tu réussirais à suivre le rythme, m'avoue-t-il. T'as encore un sacré niveau ! Je pensais que tu allais craquer ou que je devrais trop descendre ma cadence pour que l'entraînement soit optimal, mais ça n'a même pas été le cas !

– Tu veux dire que j'ai couru à ton rythme normal ? lui demandé-je, ébahie moi-même par l'exploit.

Peut-être que ma vocation n'était pas le saut en hauteur, mais la course à pied ! C'est mon père qui va être déçu de ne pas m'avoir inscrite dans le bon club de sport.

– Pas tout à fait, mais presque ! Tu t'entraînes combien de fois par semaine ? Impossible d'avoir un niveau pareil en courant une fois tous les quatre matins.

– Je vais courir deux à trois fois par semaine, et je vais à la salle ou je fais du Pilates les autres jours. Parfois un peu de yoga.

– Tu es sûre que tu n'as pas envie de faire plus de compétitions ? Je suis certain que tu te classerais bien.

– Non, vraiment, je fais ça pour le fun. Je déteste la pression.

Hugo reste silencieux pendant plusieurs secondes.

– Je peux comprendre, en un sens. Mais pour moi, le rush de la victoire vaut bien tous les sacrifices. Et puis, je ne le vis pas trop mal quand je perds.

– C'est parce que tu ne perds pas souvent, rigolé-je.

– Il y a peut-être de ça, admet-il en bombant le torse.

J'ai envie de lui frapper l'épaule dans un geste amical, mais je me retiens. Je ne sais pas comment il pourrait le prendre. Nous ne sommes pas amis.

Nous continuons de plaisanter sur ses exploits sportifs jusqu'à notre arrivée au manoir. Au détour d'un couloir, nous tombons nez à nez avec Isa, en nuisette comme hier matin. Elle nous dévisage des pieds à la tête avant de m'adresser un air amusé.

– Tu ne lui as toujours pas dit que la course à pied n'était pas ta manière préférée de bosser ton cardio, ma petite Amanda ?

Je pique un fard tandis qu'Hugo s'esclaffe.

– Oh si, elle me l'a dit, réplique-t-il. Mais elle adore varier les plaisirs.

– Je suis ravie de l'entendre ! C'est bon pour la santé !

Je suis morte de honte. Je pense que je ne me ferai jamais aux sous-entendus graveleux d'Isa. Je crois qu'elle le sait et que c'est pour ça qu'elle prend un malin plaisir à m'embarrasser.

– Allez, ne tardez pas à aller vous doucher, il ne faudrait pas que vous vous refroidissiez. Je crains que Clémence ne fasse une syncope si l'un d'entre vous tombe malade d'ici samedi. Et surtout, n'oubliez pas : une douche à deux rend les écologistes heureux !

Et elle s'éloigne d'un pas guilleret sous les éclats de rire d'Hugo. Je lui donne un coup de coude pour le faire taire.

– Arrête de ricaner, tu vas l'encourager.

– C'est plutôt la tête de prude que tu tires qui lui donne envie de te charrier. Moi, je l'aime bien. C'est la seule personne avec un peu d'humour dans cette famille de fous.

Je fais la moue, vexée. J'en ai, moi, de l'humour.

♥

Après avoir pris notre douche – séparément, cela va sans dire ! –, nous rejoignons les autres pour petit-déjeuner.

– Ah, voilà les sportifs ! s'exclame Marc-Emmanuel quand nous arrivons.

Tiens, je ne l'ai jamais vu aussi enjoué. Sera-t-il plus motivé pour aider qu'hier ?

Comme je m'y attendais, mon père commence à nous cuisiner sur notre session sportive matinale. Hugo se fait un plaisir de lui donner toutes les statistiques que sa montre connectée a récoltées. Mon père est impressionné et je me rengorge. Ça fait bien longtemps que je ne l'avais pas vu si fier de moi…

Occupée à dévorer tout le contenu de mon assiette, je participe assez peu à la conversation. Je mourrais de faim. Malgré mon envie, je me retiens de boire du café. Je ne suis pas sûre que ce soit une bonne idée, je suis assez nerveuse comme ça.

– J'espère que vous n'êtes pas trop fatigués par votre marathon pour donner un coup de main, balance Clémence l'air de rien. Vous avez du pain sur la planche, aujourd'hui.

Hugo et moi échangeons un regard. Nous pensons sans aucun doute à la même chose. Ma sœur ne peut décidément pas s'empêcher de ruiner la bonne humeur matinale. Est-ce parce qu'elle ne supporte pas de ne pas être le centre de l'attention ?

– Au contraire, lui répond Hugo quand il s'aperçoit que j'ignore ma sœur, nous sommes tellement en forme que nous serions prêts à courir un second marathon.

Clémence lui lance un regard sceptique, mais reste silencieuse.

♥

Une bonne demi-heure plus tard, tout le monde a fini de manger et il est l'heure de commencer le travail. Nous suivons tous Clémence et Thibault jusqu'au salon et nous installons autour de la table. Je suis amusée de remarquer que nous prenons d'instinct le même placement que lors des dîners.

Thibault ouvre alors une des armoires et en sort plusieurs boîtes à chaussures qu'il distribue avant de s'asseoir. Je fais la curieuse et soulève le couvercle de la mienne dès que je la reçois. Je fronce les sourcils. À l'intérieur, je trouve une multitude de feuilles mortes séchées. OK, c'est plutôt joli, mais je me demande bien ce qu'on va pouvoir en faire.

– Vous trouverez chacun une perforatrice en forme de cœur au fond de la boîte, nous lance d'un ton joyeux Clémence.

Je la regarde sortir les feuilles pour les mettre sur la table, abasourdie. Des perforatrices ? En forme de cœur ? C'est quoi ce délire ?

– Dans un souci de conscience écologique, nous avons décidé de ne jeter ni riz ni confettis à la fin de la cérémonie, explique Thibault comme un imbécile heureux. À la place, Clémence a eu la merveilleuse idée de proposer d'utiliser des confettis de feuilles mortes !

Il est en train de plaisanter, j'espère ? Ils ont des sachets tout prêts achetés sur Internet et nous font une blague… ou pas. Hallucinée, j'observe ma sœur et son fiancé commencer à perforer les feuilles et faire tomber leur récolte dans les boîtes à chaussures. Hugo me fait des grands yeux. Je lis sur ses lèvres un « *What the fuck ?* » aussi consterné que silencieux.

– Quelle… hum… bonne idée, intervient Isa qui est la première à reprendre ses esprits. Mais ça n'aurait pas été plus facile d'en commander ? Je veux dire, le programme est… heu… déjà bien assez chargé comme ça.

– On a regardé, mais il aurait fallu les faire venir de Chine ! explique Clémence. Ça n'aurait pas été plus écologique que le riz.

J'échange un regard atterré avec Hugo. Elle se moque de nous ou quoi ? Depuis quand est-elle écolo ? Si elle était logique, elle n'aurait pas dû choisir de faire son mariage à l'autre bout de la France. Elle a pensé au carburant que ses invités vont devoir utiliser ?

– Et tu ne t'es pas dit qu'une alternative aurait pu convenir ? lui demande mon père d'un ton prudent.

Il n'a pas plus envie que moi de faire des trous en forme de cœur dans des feuilles.

– J'aime les confettis de feuilles mortes, c'est ça que je voulais pour mon mariage, pourquoi est-ce que j'aurais dû chercher autre chose ?

Peut-être parce que nous ne sommes pas tes esclaves et que nous préférerions passer notre temps à faire autre chose que de percer des feuilles qui vont t'être jetées dessus, très chère sœurette ?

– Moi, je suis vraiment désolé, déclare Marc-Emmanuel, mais j'ai des problèmes de canal carpien. Mon kinésithérapeute m'a interdit ce genre de mouvement.

Et la palme de la pire excuse est attribuée à... Marc-Emmanuel ! Qu'est-ce qu'il ne faut pas entendre ! Moi aussi, je suis en train de développer des problèmes au canal carpien rien que de l'écouter. Je peux également être excusée ?

Avant même qu'il n'ouvre la bouche, je lis dans les yeux d'Hugo qu'il a aussi trouvé une entourloupe pour s'esquiver. Ses prunelles pétillent de malice et il me jette un sourire en coin.

– Je vais aussi devoir vous abandonner sur ce coup-ci. J'ai une compétition la semaine prochaine et je ne dois pas faire de bêtises avec mes poignets. Mon coach va me tuer si je ne parviens pas à lancer les poids aussi loin que d'habitude. Les mouvements répétitifs sont très mauvais pour moi et il était déjà mécontent que je prenne une semaine de repos juste avant une compétition pour me rendre à un mariage…

Je me retiens de lever les yeux au ciel. Je ne sais pas si quelqu'un y croit vraiment, mais le fait est qu'Hugo arrive à ses fins et les voilà qui quittent le salon aussi vite qu'ils sont arrivés.

Résignée, je me mets sans enthousiasme à perforer les feuilles. C'est un travail abrutissant et le silence de mort qui règne depuis le départ des deux lâcheurs n'aide pas à me motiver.

Au bout de plusieurs minutes qui me paraissent des heures, Isa rompt le silence pour pester :

– Ça avancerait plus vite si nous étions huit plutôt que six !

– Malheureusement… marmonne ma mère, d'un ton agacé. Je peux comprendre pour Marc-Emmanuel. Mais Hugo ? Ce n'est pas quelques trous qui vont l'handicaper !

Je me hérisse. OK, elle n'a pas tout à fait tort, mais ça n'empêche qu'elle pourrait garder ses réflexions pour elle. Une bonne petite amie devrait défendre l'honneur d'Hugo, n'est-ce pas ?

OU
Défendre Hugo → vers **CHAPITRE 40** (p. 203)
Laisser tomber → vers **CHAPITRE 41** (p. 212)

CHAPITRE 40

– Maman, Hugo est un athlète professionnel. Bien sûr qu'il doit faire attention à sa condition physique, même si ça passe par des choses qui te semblent absurdes. Il a un coach, des sponsors. Il ne va pas risquer de se blesser juste pour les beaux yeux de Clémence.

– Et ils ont des directives aussi spécifiques que de ne pas utiliser une perforatrice ? Fascinant.

– Oh, Alice, tu ne crois pas si bien dire, intervient mon père. Hugo doit avoir des contrats au niveau où il est, et tu n'imagines pas le genre d'absurdités qui se trouvent là-dedans. Tu sais qu'une gymnaste japonaise a été suspendue de son équipe et renvoyée des Jeux de Paris parce qu'elle avait fumé et bu de l'alcool ? Les footballeurs le font régulièrement et, pourtant, personne ne leur dit jamais rien. Tout au plus, ils ont droit à une amende salée.

– Oui, bon, il doit avoir ses raisons, admet ma mère à contrecœur.

– Je suis heureuse de te l'entendre dire, asséné-je, prête à crever l'abcès. J'ai l'impression que tu l'as pris en grippe.

– Ne sois pas ridicule, Amanda, me rabroue-t-elle. Je ne le connais pas suffisamment. Il est charmant, bien sûr. Mais je ne le trouve pas très affectueux avec toi, c'est tout.

Elle m'aurait jeté un seau d'eau glacé à la figure, j'aurais eu la même sensation. Est-ce qu'elle se doute de quelque chose ? S'il y a bien quelqu'un qui peut voir clair dans notre jeu, c'est ma mère. Mais de là à faire part de ses soupçons à tout le monde ? Franchement, elle aurait pu s'abstenir. Clémence et Thibault ne doivent pas en rater une miette. Argh, la situation est en train de m'échapper, il faut absolument que je la reprenne en main avant qu'elle ne dérape encore plus.

Dans un mouvement que j'essaie de rendre le plus naturel possible, je hausse les épaules.

– Les démonstrations d'affection en public, ce n'est pas trop son truc. Ça ne me dérange pas, tu sais.

Elle pince les lèvres. Elle a l'art d'exprimer son doute sans le dire…

– Maman !

Cette fois, mon ton est agacé. Non, mais elle va arrêter, oui ?

– Alice, s'il te plaît, plaide mon père. Ce n'est pas le moment.

Ouf ! Son intervention a le mérite de faire taire ma mère, mais je sens bien que le sujet n'est pas clos. Il va falloir que j'apaise ses doutes. Je vais devoir parler à Hugo. Si elle ne nous trouve pas assez proches, c'est que nous devons renforcer notre jeu d'acteurs.

Peut-être que s'il me touchait le bras de temps en temps ou me mettait la main sur l'épaule, ça serait suffisant ? J'espère que cela sera le cas, car je n'ose pas lui en demander plus. *Tu n'oses pas ou tu as peur de tes propres réactions ?* chuchote la petite voix sarcastique de mon esprit. Je n'ai pas besoin que mon cerveau agisse comme commentateur sportif, merci bien. J'ai déjà suffisamment de doutes et d'angoisses comme ça.

Alors que je réfléchis à la meilleure façon d'exposer le problème à Hugo et que j'essaie d'anticiper sa réaction, je continue de perforer les feuilles sans grand entrain. Au bout d'une heure, j'ai mal au poignet et je ne suis pas la seule. Même Isa commente :

– Je pensais que Marc-Emmanuel se moquait de nous avec son histoire de canal carpien, mais je commence à me dire que son kiné avait raison.

– Qui aurait cru que perforer des feuilles était un travail si dur ? rit jaune mon père en faisant tourner ses poignets pour les soulager.

– C'était vraiment l'idée du siècle, ces confettis, pesté-je.

– Mais c'est très joli ! se défend ma sœur.

– Ça va être magnifique, lui assure Thibault.

– C'est peut-être le moment de faire une pause ? me hasardé-je.

– Oui, je boirai bien quelque chose, abonde mon père dans mon sens.

Je me lève avec soulagement de ma chaise et suis les autres jusque dans la cuisine. Alors que tout le monde est au café, Isa se sert un petit trou normand. Parce qu'elle voit que je la regarde, elle vient vers moi et me chuchote à l'oreille :

– Tu en veux ? Ça va nous aider à survivre. Clémence aurait dû choisir des feuilles de marijuana. Au moins, on aurait rigolé un coup.

Je pouffe en imaginant la tête de mes parents si ma sœur avait fait ça. Et encore, peut-être n'auraient-ils pas réagi, je ne suis pas certaine qu'ils aient jamais touché à ça. Ça m'aurait fait doublement rire.

La pause est trop courte à mon goût et, déjà, nous repartons vers le salon. Nous n'avons croisé ni Marc-Emmanuel ni Hugo. Ils doivent se terrer dans un coin en priant qu'on ne leur donne pas une autre tâche. Je ne sais d'ailleurs pas pourquoi ma sœur n'a pas sauté sur cette occasion pour leur faire faire autre chose. Peut-être est-elle trop *control freak* pour les laisser en autonomie ?

J'ai de plus en plus mal à la main et l'impression que la pile de feuilles à trouer est sans fin.

Il est midi pile quand Isa craque et met fin à la séance de torture. Du moins, pour ce matin. Tout mon corps me crie de trouver un moyen de m'échapper pour avoir un peu de calme et j'ai à peine le temps de former une pensée cohérente que je m'entends dire :

– Oh, je ne vous ai pas dit, mais Hugo m'a proposé d'aller faire un pique-nique ce midi. On a repéré un coin en voiture en revenant de Honfleur. Ça ne te dérange pas si on emballe notre part et qu'on l'emporte, Isa ?

La tante de Thibault nous a demandé de la tutoyer alors je m'éxécute. Et voilà. D'une pierre, deux coups. C'est un geste romantique qui devrait rassurer ma mère et, en plus, une excuse pour ne pas revenir tout de suite me soumettre à la torture des trous après le déjeuner. Je suis un génie.

– Oh, comme c'est une bonne idée ! Viens, allons dans la cuisine préparer votre pique-nique.

Alors que nous marchons d'un bon pas vers notre destination, Isa se met à roucouler :

– C'est très romantique, les pique-niques ! Ça ne m'étonne pas d'Hugo. Il est discret, mais ça se voit qu'il t'aime beaucoup.

– Oh. Euh, oui, sans doute.

Qu'est-ce que je peux répondre d'autre ? Bien sûr que je ne vais pas nier, même si je sais qu'elle a tort. Si elle le croit, tant mieux. Une personne de moins à convaincre. Et elle va peut-être arrêter d'essayer de me présenter à ses amies, comme ça.

– Tu ne devrais pas en vouloir à ta mère, tu sais, reprend-elle. Elle veut juste ce qu'il y a de mieux pour toi. Et, si tu veux mon avis, elle est aussi stressée que Clémence, mais elle le cache sous des airs revêches. Un massage lui ferait le plus grand bien.

Je grimace, amusée. Ma mère déteste les massages. Ça la crisperait sans doute encore plus.

– Tu as peut-être raison.

– J'ai toujours raison, s'esclaffe-t-elle en m'ouvrant la porte de la cuisine.

Je pénètre dans la pièce et elle me suit. Je la regarde se diriger vers le frigo.

– Voyons voir, marmonne-t-elle. De la soupe, des pâtes – il va falloir les manger froides – et du tiramisu en dessert. Je peux aussi vous mettre le reste de baguette de ce matin. Et quelques fruits ?

– Ce serait absolument parfait, lui assuré-je.

– On fait comme ça, alors. Ouvre un peu l'armoire de droite, s'il te plaît. C'est là que je range tous les tupperware.

J'obéis à sa demande et lui apporte plusieurs contenants, dont un Thermos pour la soupe.

– Tu la préfères chaude ou en gaspacho ?

– Chaude, de préférence.

Elle met notre portion au micro-ondes pendant que je prépare le reste des affaires.

– Vous voilà parés, me dit-elle en me tendant le Thermos. Profitez bien ! Et n'oublie pas, si vous voulez vous rouler dans les fourrés, ne vous mettez pas près de la route.

Je souris, les joues rouges. J'aurais dû me douter que je ne m'en sortirais pas sans un petit commentaire salace.

– Merci beaucoup pour ton aide, Isa. Si tu n'avais pas accepté aussi rapidement, je ne sais pas si on aurait pu s'échapper.

Elle balaie ma gratitude d'un revers de main.

– Bah, ce n'est rien. Vous êtes ici pour le mariage, mais ce n'est pas pour ça que vous ne pouvez pas profiter. Ceux qui pensent le contraire sont des rabat-joie.

Ma mère et ma sœur en tête.

Je lui adresse un dernier sourire et, le sac sur l'épaule, je pars à la recherche d'Hugo. Il n'est pas dans notre chambre. Où a-t-il bien pu se planquer ? Je commence à me faire du souci. J'espère qu'il n'est pas dans la salle à manger avec les autres ! C'est un coup à faire capoter mes plans, ça.

Je sors mon portable de ma poche en me fustigeant de ne pas avoir pensé à lui envoyer un message avant.

À Hugo Lepotier
21/05/25 à 12 h 25
J'ai dit qu'on partait pique-niquer. Tu es où ? Je suis dans la chambre avec la nourriture.

Je n'ai pas à attendre longtemps avant de recevoir une réponse.

De Hugo Lepotier
21/05/25 à 12 h 26
Super idée, j'arrive chercher mes affaires. Je suis dans le jardin.

Je soupire de soulagement. Bon, a priori, il ne doit pas avoir croisé quelqu'un là où il était.

En l'attendant, je prépare mon sac à main et ma veste avant de m'asseoir dans le fauteuil du bureau. J'ai à peine posé mes fesses qu'il me rejoint.

– Je ne sais pas comment tu y as pensé, mais c'est l'idée du siècle !

– Une inspiration subite sous le coup de pression. Ma mère a balancé à tout le monde qu'elle ne te trouvait pas très affectueux à mon égard.

Hugo fronce les sourcils.

– Tu crois qu'elle a des doutes sur nous ?

– Je n'en sais rien, mais ça m'angoisse, d'où cette histoire de pique-nique. Je me suis dit qu'elle le verrait comme un geste romantique. J'ai dit que c'était toi qui m'avais proposé.

– Tu fais bien de me prévenir. J'aurais pu faire une boulette.

Alors qu'il rassemble ses affaires, je tergiverse avant de prendre une décision. J'espère qu'il ne m'en voudra pas pour ce que je m'apprête à lui annoncer.

– Et euh, je pense que ce ne sera pas suffisant pour faire taire ses doutes. Il faudrait qu'on soit plus… euh… tactiles…

Hugo me dévisage pendant un moment sans rien dire et je me demande ce qui est en train de lui passer par la tête. Jusqu'où est-il prêt à aller pour que je ne révèle pas son secret ? Ça me met mal à l'aise d'y songer, alors je n'ose rien proposer, je préfère que ce soit lui qui pose ses limites sans que je l'influence. J'ai déjà assez de pouvoir sur lui comme ça.

– À quoi tu penses ? finit-il par lâcher.

– Qu'est-ce que tu serais prêt à faire ? lui rétorqué-je.

Il prend le temps de réfléchir. J'essaie de rester la plus neutre possible malgré ma nervosité. Je vois le moment où il se décide : ses yeux prennent une lueur déterminée.

– Je ne suis pas expert en matière de mensonges, mais on pourrait au moins s'embrasser. En étant subtils, hein ! Peut-être même qu'on pourrait s'arranger pour qu'on nous « surprenne ».

Mon pouls s'accélère à cette pensée. Embrasser Hugo ? Est-ce que c'est vraiment une si bonne idée ? Pour maintenir l'illusion de notre couple, sans doute, mais pour mon cœur, ça semble être un très mauvais plan…

– Tu… Tu serais prêt à faire ça ?

– Mon moi adolescent me tuerait si je ne profitais pas de cette occasion, me répond-il.

Les paroles sont dites sur le ton de la plaisanterie, mais son expression ne me trompe pas. Il ne sait pas s'il doit se réjouir ou partir en courant.

– Oh. OK, alors.

Je ne sais plus trop quoi dire, je ne m'attendais pas à ce qu'il accepte si vite. A-t-il si peur que je mette mes menaces à exécution ?

– Cache ta joie. Je pensais que tu serais contente que j'accepte.

– C'est que, je ne veux pas te forcer…

– Madame viens-au-mariage-ou-ta-carrière-sera-ruinée ne veut pas me forcer ? répète-t-il d'un ton incrédule.

Vlan, dans les dents ! Je l'ai bien méritée, celle-là.

– J'ai des limites, tu sais, protesté-je. Les agressions sexuelles, ce n'est pas mon truc ! Je n'obligerai même pas mon hypothétique futur enfant à embrasser sa grand-mère !

Il sourit, amusé, mais fronce ensuite les sourcils. Il doit se demander pourquoi quelqu'un qui fait chanter une autre personne tient des propos pareils. Aïe, j'espère qu'il ne va pas se rendre compte de mon bluff. Je vais tout ruiner avec mes principes !

Je suis trop occupée à paniquer en mon for intérieur pour remarquer qu'il se rapproche dangereusement, une lueur que je ne lui ai jamais vue dans les yeux. Et il est presque collé à moi quand j'en prends conscience. Autant dire que je n'ai pas le temps de me préparer mentalement avant que ses lèvres ne se posent contre les miennes.

Je laisse échapper un glapissement à moitié étouffé dont je ne suis pas fière. Je sens sa bouche qui s'étire en un sourire avant qu'il rompe le contact entre nous.

– Non, vraiment, ce n'est pas grand-chose, commente-t-il avec un air rusé, je serais même prêt à rendre le baiser moins chaste. Pour qu'on soit crédibles, bien sûr.

Je déglutis. Attention, danger ! Les yeux écarquillés, je le dévisage sans rien dire. Je parie que je suis rouge comme une tomate. Il a l'air de trouver mon trouble amusant.

Cette fois, je suis absolument consciente de son visage qui se rapproche du mien. Il me laisse le temps de me reculer. Mais je suis comme hypnotisée. Je ne peux pas détourner le regard, comme lorsqu'on passe à côté d'un accident sur l'autoroute. Curiosité, horreur et fascination morbide. C'est le cocktail qui fait vibrer mon corps tout entier.

Ses lèvres se posent à nouveau sur les miennes. Sa bouche s'ouvre et la mienne suit le mouvement timidement. Mon cœur bat la chamade dans ma poitrine. Je n'ai plus été aussi troublée par un baiser depuis mon premier. J'ai l'impression d'être une collégienne sans expérience. Sa langue caresse la mienne dans une danse lente et langoureuse. Comme s'il savourait l'instant. Mais ce n'est pas ça, n'est-ce pas ? Ce serait ridicule, il essaie juste de prouver quelque chose. J'ignore la pointe de déception qui me traverse et décide de profiter de l'instant. Ça faisait trop longtemps qu'on ne m'avait pas embrassée comme ça.

J'ai l'impression que le moment dure des heures. Comme plus tôt, je lui laisse prendre la décision de rompre le baiser. Nous nous observons sans cligner des yeux. Je suis à bout de souffle et il semble être dans le même état que moi. À moins que je ne me fasse des films ? Mes sens sont trop chamboulés pour que je puisse leur faire confiance.

Je me racle la gorge.

– On devrait peut-être y aller, non ? S'ils finissent de manger avant que nous soyons partis, on va en entendre parler jusqu'au mariage…

… *Et moi, pendant encore des années*, terminé-je mentalement.

Hugo hoche la tête et prend ses affaires avant de me suivre, sans dire un mot.

→ vers **CHAPITRE 42** (p. 222)

CHAPITRE 41

Je n'ai pas le courage de me battre avec elle. À quoi bon ? Elle a forgé son opinion et rien de ce que je pourrais lui dire ne la fera changer d'avis.

– Je te trouve bien sévère, Alice. Ce garçon doit prendre soin de lui. Nous l'empêchons déjà d'assister à ses entraînements alors qu'il a une compétition la semaine prochaine ! Je pense que l'on peut être plus compatissant avec lui.

Merci Isa ! Elle a réussi à contrer ma mère mieux que je n'aurais pu le faire. Je lui adresse un regard reconnaissant en renchérissant :

– Isa a raison, maman. En plus, il a des sponsors. Tu ne croirais pas tous les trucs ridicules qu'on lui interdit de faire dans ses contrats.

– Ça, c'est bien vrai, s'anime mon père. Vous savez qu'il y a des athlètes qui ont fait assurer des parties de leur corps ? Comme Cristiano Ronaldo. Ses jambes sont valorisées à cent millions d'euros, vous vous rendez compte !

– Cent millions, commente d'un ton rêveur Thibault. Je parie que ton Hugo n'est pas assuré à autant, même tout entier, Amanda.

Non mais, il me cherche ? Il va me trouver !

– Pas encore. Mais qui sait ? Ce n'est pas comme si la possibilité existait pour toi !

– Même si Hugo est un sportif accompli, ça semble peu probable, temporise mon père qui sent que la conversation s'envenime.

– Je préfère que les cent millions soient sur mon compte en banque. C'est plus utile qu'une valeur d'assurance !

– C'est pas demain la veille, persiflé-je.

– Amanda ! me rabroue ma mère.

Je me renfonce dans mon siège et garde sagement la bouche close.

– Pour en revenir à nos moutons, continue ma mère d'un ton plus calme. J'admets que j'ai peut-être jugé Hugo trop vite.

– Je suis heureuse de te l'entendre dire, asséné-je, prête à crever l'abcès. J'ai l'impression que tu l'as pris en grippe.

– Ne sois pas ridicule, Amanda, me rabroue-t-elle. Je ne le connais pas suffisamment. Il est charmant, bien sûr. Mais je ne le trouve pas très affectueux avec toi, c'est tout.

Elle m'aurait jeté un seau d'eau glacé à la figure, j'aurais eu la même sensation. Est-ce qu'elle se doute de quelque chose ? S'il y a bien quelqu'un qui peut voir clair dans notre jeu, c'est ma mère. Mais de là à faire part de ses soupçons à tout le monde ? Franchement, elle aurait pu s'abstenir. Clémence et Thibault ne doivent pas en rater une miette. Argh, la situation est en train de m'échapper, il faut absolument que je la reprenne en main avant qu'elle ne dérape encore plus.

Dans un mouvement que j'essaie de rendre le plus naturel possible, je hausse les épaules.

– Les démonstrations d'affection en public, ce n'est pas trop son truc. Ça ne me dérange pas, tu sais.

Elle pince les lèvres. Elle a l'art d'exprimer son doute sans le dire…

– Maman !

Cette fois, mon ton est agacé. Non, mais elle va arrêter, oui ?

– Alice, s'il te plaît, plaide mon père. Ce n'est pas le moment.

Ouf ! Son intervention a le mérite de faire taire ma mère, mais je sens bien que le sujet n'est pas clos. Il va falloir que j'apaise ses doutes. Je vais devoir parler à Hugo. Si elle ne nous trouve pas assez proches, c'est que nous devons renforcer notre jeu d'acteurs. Peut-être que s'il me touchait le bras de temps en temps ou me mettait la main sur l'épaule, ça serait suffisant ? J'espère que cela sera le cas, car je n'ose pas lui en demander plus. *Tu n'oses pas ou tu as peur de tes propres réactions ?* chuchote la petite voix sarcastique de mon esprit. Je n'ai pas besoin que mon cerveau agisse comme commentateur sportif, merci bien. J'ai déjà suffisamment de doutes et d'angoisses comme ça.

Alors que je réfléchis à la meilleure façon d'exposer le problème à Hugo et que j'essaie d'anticiper sa réaction, je continue de perforer les feuilles sans grand entrain. Au bout d'une heure, j'ai mal au poignet et je ne suis pas la seule. Même Isa commente :

– Je pensais que Marc-Emmanuel se moquait de nous avec son histoire de canal carpien, mais je commence à me dire que son kiné avait raison.

– Qui aurait cru que perforer des feuilles était un travail si dur ? rit jaune mon père en faisant tourner ses poignets pour les soulager.

– C'était vraiment l'idée du siècle, ces confettis, pesté-je.

– Mais c'est très joli ! se défend ma sœur.

– Ça va être magnifique, lui assure Thibault.

– C'est peut-être l'heure de faire une pause ? me hasardé-je.

– Oui, je boirai bien quelque chose, abonde mon père dans mon sens.

Je me lève avec soulagement de ma chaise et suis les autres jusque dans la cuisine. Alors que tout le monde est au café, Isa se sert un petit trou normand. Parce qu'elle voit que je la regarde, elle vient vers moi et me chuchote à l'oreille :

– Tu en veux un peu ? Ça va nous aider à survivre. Clémence aurait dû choisir des feuilles de marijuana. Au moins, on aurait rigolé un coup.

Je pouffe en imaginant la tête de mes parents si ma sœur avait fait ça. Et encore, peut-être n'auraient-ils pas réagi, je ne suis pas certaine qu'ils aient jamais touché à ça. Ça m'aurait fait doublement rire.

La pause est trop courte à mon goût et, déjà, nous repartons vers le salon. Nous n'avons croisé ni Marc-Emmanuel ni Hugo. Ils doivent se terrer dans un coin en priant qu'on ne leur donne pas une autre tâche. Je ne sais d'ailleurs pas pourquoi ma sœur n'a pas sauté sur cette occasion pour leur faire faire autre chose. Peut-être est-elle trop *control freak* pour les laisser en autonomie ?

♥

J'ai de plus en plus mal à la main et l'impression que la pile de feuilles est sans fin.

Il est midi pile quand Isa craque et met fin à la séance de torture. Du moins, pour ce matin. Tout mon corps me crie de trouver un moyen de m'échapper pour avoir un peu de calme et j'ai à peine le temps de former une pensée cohérente que je m'entends dire :

– Oh, je ne vous ai pas dit, mais Hugo m'a proposé d'aller faire un pique-nique ce midi. Nous avons repéré un coin en voiture en revenant de Honfleur. Ça ne te dérange pas si on emballe notre part et qu'on l'emporte, Isa ?

La tante de Thibault nous a demandé de la tutoyer alors je m'éxécute. Et voilà. D'une pierre, deux coups. C'est un geste romantique qui devrait rassurer ma mère et, en plus, une excuse pour ne pas revenir tout de suite me soumettre à la torture des trous après le déjeuner. Je suis un génie.

– Oh, comme c'est une bonne idée ! Viens, allons dans la cuisine préparer votre pique-nique.

Elle ne s'attarde pas et je lui en suis reconnaissante. Si nous n'avions pas filé immédiatement toutes les deux, je suis certaine que j'aurais eu droit à plusieurs commentaires déplaisants.

Alors que nous marchons d'un bon pas vers notre destination, Isa se met à roucouler :

– C'est très romantique, les pique-niques ! Ça ne m'étonne pas d'Hugo. Il est discret, mais ça se voit qu'il t'aime beaucoup.

– Oh. Euh, oui, sans doute.

Qu'est-ce que je peux répondre d'autre ? Bien sûr que je ne vais pas nier, même si je sais qu'elle a tort. Si elle le croit, tant mieux. Une personne de moins à convaincre. Et elle va peut-être arrêter d'essayer de me présenter à ses amies, comme ça.

– Tu ne dois pas en vouloir à ta mère, reprend-elle. Elle veut juste ce qu'il y a de mieux pour toi. Et, si tu veux mon avis, elle est aussi stressée que Clémence, mais elle le cache sous des airs revêches. Un massage lui ferait le plus grand bien.

Je grimace, amusée. Ma mère déteste les massages. Ça la crisperait sans doute encore plus.

– Tu as peut-être raison.

– J'ai toujours raison, s'esclaffe-t-elle en m'ouvrant la porte de la cuisine.

Je pénètre dans la pièce et elle me suit. Je la regarde se diriger vers le frigo.

– Voyons voir, marmonne-t-elle. De la soupe, des pâtes – il va falloir les manger froides – et du tiramisu en dessert. Je peux aussi vous mettre le reste de baguette de ce matin. Et quelques fruits ?

– Ce serait absolument parfait, lui assuré-je.

– On fait comme ça, alors. Ouvre un peu l'armoire de droite, s'il te plaît. C'est là que je range tous les tupperware.

J'obéis à sa demande et lui apporte plusieurs contenants, dont un Thermos pour la soupe.

– Tu la préfères chaude ou en gaspacho ?

– Chaude, de préférence.

Elle met notre portion au micro-ondes pendant que je prépare le reste des affaires.

– Vous voilà parés, me dit-elle en me tendant le récipient de soupe. Profitez bien ! Et n'oublie pas, si vous voulez vous rouler dans les fourrées, ne vous mettez pas près de la route.

Je souris, les joues rouges. J'aurais dû me douter que je ne m'en sortirais pas sans un petit commentaire salace.

– Merci beaucoup pour ton aide, Isa. Si tu n'avais pas accepté aussi rapidement, je ne sais pas si on aurait pu s'échapper.

Elle balaie ma gratitude d'un revers de main.

– Bah, ce n'est rien. Vous êtes ici pour le mariage, mais ce n'est pas pour ça que vous ne pouvez pas profiter. Ceux qui pensent le contraire sont des rabat-joie.

Ma mère et ma sœur en tête.

Je lui adresse un dernier sourire et, le sac sur l'épaule, pars à la recherche d'Hugo. Il n'est pas dans notre chambre. Où a-t-il bien pu se planquer ? Je commence à me faire du souci. J'espère qu'il n'est pas dans la salle à manger avec les autres ! C'est un coup à faire capoter mes plans, ça.

Je sors mon portable de ma poche en me fustigeant de ne pas avoir pensé à lui envoyer un message avant.

À Hugo Lepotier
21/05/25 à 12 h 25

J'ai dit qu'on partait pique-niquer. Tu es où ? Je suis dans la chambre avec la nourriture.

Je n'ai pas à attendre longtemps avant de recevoir une réponse.

De Hugo Lepotier
21/05/25 à 12 h 26
Super idée, j'arrive chercher mes affaires. Je suis dans le jardin.

Je soupire de soulagement. Bon, a priori, il ne doit pas avoir croisé quelqu'un là où il était.

En l'attendant, je prépare mon sac à main et ma veste avant de m'asseoir dans le fauteuil du bureau. J'ai à peine posé mes fesses qu'il me rejoint.

– Je ne sais pas comment tu y as pensé, mais c'est l'idée du siècle !

– Une inspiration subite sous le coup de pression. Ma mère a balancé à tout le monde qu'elle ne te trouvait pas très affectueux à mon égard.

Hugo fronce les sourcils.

– Tu crois qu'elle a des doutes sur nous ?

– Je n'en sais rien, mais ça m'angoisse, d'où cette histoire de pique-nique. Je me suis dit qu'elle le verrait comme un geste romantique. J'ai dit que c'était toi qui m'avais proposé.

– Tu fais bien de me prévenir. J'aurais pu faire une boulette.

Alors qu'il rassemble ses affaires, je tergiverse avant de prendre une décision. J'espère qu'il ne m'en voudra pas pour ce que je m'apprête à lui annoncer.

– Et, euh, je pense que ce ne sera pas suffisant pour faire taire ses doutes. Il faudrait qu'on soit plus… euh… tactiles…

Hugo me dévisage pendant un moment sans rien dire et je me demande ce qui est en train de lui passer par la tête. Jusqu'où est-il prêt à aller pour que je ne révèle pas son secret ? Ça me met mal à l'aise d'y songer, alors je n'ose rien proposer, je préfère que ce soit lui qui pose ses limites sans que je l'influence. J'ai déjà assez de pouvoir sur lui comme ça.

– À quoi tu penses ? finit-il par lâcher.

– Qu'est-ce que tu serais prêt à faire ? lui rétorqué-je.

Il prend le temps de réfléchir. J'essaie de rester la plus neutre possible malgré ma nervosité. Je vois le moment où il se décide : ses yeux prennent une lueur déterminée.

– Je ne suis pas expert en matière de mensonges, mais on pourrait au moins s'embrasser. En étant subtils, hein ! Peut-être même qu'on pourrait s'arranger pour qu'on nous « surprenne ».

Mon pouls s'accélère à cette pensée. Embrasser Hugo ? Est-ce que c'est vraiment une si bonne idée ? Pour maintenir l'illusion de notre couple, sans doute, mais pour mon cœur, ça semble être un très mauvais plan…

– Tu… Tu serais prêt à faire ça ?

– Mon moi adolescent me tuerait si je ne profitais pas de cette occasion, me répond-il.

Les paroles sont dites sur le ton de la plaisanterie, mais son expression ne me trompe pas. Il ne sait pas s'il doit se réjouir ou partir en courant.

– Oh. OK, alors.

Je ne sais plus trop quoi dire, je ne m'attendais pas à ce qu'il accepte si vite. A-t-il si peur que je mette mes menaces à exécution ?

– Cache ta joie. Je pensais que tu serais contente que j'accepte.

– C'est que, je ne veux pas te forcer…

– Madame viens-au-mariage-ou-ta-carrière-sera-ruinée ne veut pas me forcer ? répète-t-il d'un ton incrédule.

Vlan, dans les dents ! Je l'ai bien méritée, celle-là.

– J'ai des limites, tu sais, protesté-je. Les agressions sexuelles, ce n'est pas mon truc ! Je n'obligerai même pas mon hypothétique futur enfant à embrasser sa grand-mère !

Il sourit, amusé, mais fronce ensuite les sourcils. Il doit se demander pourquoi quelqu'un qui fait chanter une autre personne tient des propos pareils. Aïe, j'espère qu'il ne va pas se rendre compte de mon bluff. Je vais tout ruiner avec mes principes !

Je suis trop occupée à paniquer intérieurement pour remarquer qu'il se rapproche dangereusement, une lueur que je ne lui ai jamais vue dans les yeux. Et il est presque collé à moi quand j'en prends conscience. Autant dire que je n'ai pas le temps de me préparer mentalement avant que ses lèvres ne se posent contre les miennes.

Je laisse échapper un glapissement à moitié étouffé dont je ne suis pas fière. Je sens sa bouche qui s'étire en un sourire avant qu'il rompe le contact entre nous.

– Non, vraiment, ce n'est pas grand-chose, commente-t-il avec un air rusé, je serais même prêt à rendre le baiser moins chaste. Pour qu'on soit crédibles, bien sûr.

Je déglutis. Attention, danger ! Les yeux écarquillés, je le dévisage sans rien dire. Je parie que je suis rouge comme une tomate. Il a l'air de trouver mon trouble amusant.

Cette fois, je suis absolument consciente de son visage qui se rapproche du mien. Il me laisse le temps de me reculer. Mais je suis comme hypnotisée. Je ne peux pas détourner le regard, comme lorsqu'on passe à côté d'un accident sur l'autoroute. Curiosité, horreur et fascination morbide. C'est le cocktail qui fait vibrer mon corps tout entier.

Ses lèvres se posent à nouveau sur les miennes. Sa bouche s'ouvre et la mienne suit le mouvement timidement. Mon cœur bat la chamade dans ma poitrine. Je n'ai plus été aussi troublée par un baiser depuis mon premier. J'ai l'impression d'être une collégienne sans expérience. Sa langue caresse la mienne dans une danse lente et langoureuse. Comme s'il savourait l'instant. Mais ce n'est pas ça, n'est-ce pas ? Ce serait ridicule, il essaie juste de prouver quelque chose. J'ignore la pointe de déception qui me traverse et décide de profiter de l'instant. Ça faisait trop longtemps qu'on ne m'avait pas embrassée comme ça.

J'ai l'impression que le moment dure des heures. Comme plus tôt, je lui laisse prendre la décision de rompre le baiser. Nous nous observons sans cligner des yeux. Je suis à bout de souffle et il semble être dans le même état que moi. À moins que je ne me fasse des films ? Mes sens sont trop chamboulés pour que je puisse leur faire confiance.

Je me racle la gorge.

– On devrait peut-être y aller, non ? S'ils finissent de manger avant que nous soyons partis, on va en entendre parler jusqu'au mariage…

…*Et moi, pendant encore des années*, terminé-je mentalement.

Hugo hoche la tête et prend ses affaires avant de me suivre, sans dire un mot.

→ vers **CHAPITRE 42** (p. 222)

CHAPITRE 42

Nous ne croisons personne en sortant du manoir, ni sur le chemin jusqu'à la voiture. Ouf. Ils doivent toujours être en train de déjeuner.

– Tu sais où tu veux aller ? me demande Hugo en s'installant sur le siège passager.

– Aucune idée, lui réponds-je joyeusement.

– Tu veux que je cherche une aire de pique-nique ou on s'arrête quand on voit un endroit qui nous plaît ?

– Je penchais plus pour la seconde option, mais si tu préfères avoir un vrai endroit où te poser, on peut choisir la première.

– Non, t'as raison, ce sera plus sympa d'improviser. Tu as une couverture sur laquelle on pourra s'installer ?

– J'ai tout ce qu'il faut dans le coffre.

Je ralentis en approchant de la fin de l'allée du manoir.

– À droite ou à gauche ? demandé-je à Hugo d'un ton espiègle.

– À gauche. On a pris à droite hier.

Je m'exécute, le sourire aux lèvres. J'ai l'impression de partir à l'aventure et cette sensation me grise. Hugo allume la radio et nous voilà vite en train de nous époumoner sur des tubes des années quatre-vingt-dix. Enfin, moi, je m'époumone, Hugo, lui, chante dans un anglais parfait.

Je me rends compte que c'est la première fois qu'il est si détendu et joyeux. C'est quand je le vois comme ça que je me rends compte qu'une certaine tension semblait continuellement l'habiter. Je ne peux pas m'empêcher de me demander si notre baiser a quelque chose à voir avec sa bonne humeur. Et sitôt cette pensée me traverse l'esprit que je la chasse. *Ne prends pas tes rêves pour une réalité*, me susurre la voix dans ma tête. Il est juste content d'avoir échappé à ma famille de fous.

♥

Ça doit faire une vingtaine de minutes que nous roulons quand Hugo s'écrie :

– Ici ! C'est parfait !

Pas moyen pour moi de vérifier ses dires à moins de nous envoyer dans le fossé, mais je lui fais confiance.

Je mets mon clignotant et vais pour me garer. Hugo a repéré le lieu parfait : il n'y a personne et la vue est magnifique. Sous nos pieds, la nature verdoyante s'étale sur des kilomètres en un mélange de champs verts ou ocres et de petits bois. Sur notre gauche, une rivière serpente à travers les terres. C'est calme, idyllique, bref, à couper le souffle.

Hugo m'aide à sortir le sac de la voiture et nous laissons la couverture pour aller nous installer sur un banc libre.

Côte à côte, seule une dizaine de centimètres séparent nos cuisses. Et je suis absolument consciente de cette très grande proximité, que nous n'avons même pas dans le lit que nous partageons.

– Alors, qu'est-ce qu'on mange de bon ? me demande-t-il en sortant assiettes et couverts.

– De la soupe, une salade de pâtes, du pain et du tiramisu. On va se régaler !

– Tu veux commencer par la soupe ?

Je hoche la tête et le laisse me servir une tasse. Je sens le liquide vert avant d'en avaler la moindre gorgée. Hum, poireaux ?

Je goûte et mes soupçons sont confirmés. Hugo pouffe à côté de moi.

– On dirait un œnologue qui déguste un grand vin. Alors, notes fruitées ou âpres ?

– Notes légumières !

Nous rions de concert en sirotant la soupe. Les yeux rivés sur le paysage qui s'offre à moi, j'ai l'impression de vivre un moment suspendu. Si je me concentre, je parviens même à oublier ce mariage qui approche à grands pas et me donne des nœuds au cerveau et à l'estomac.

– Vraiment l'idée du siècle, répète Hugo en rangeant sa tasse.

Il sort le plat de pâtes et le pain. Je n'ai pas encore fini ma tasse, mais il se sert déjà une portion de penne à la mozzarella et aux tomates cerises.

Une fois la dernière gorgée terminée, je l'imite.

– Dis-moi que je ne suis pas le seul à qui ces pâtes font penser à la cantine du lycée ! me lance-t-il.

– Tu parles de ces horribles pâtes à la mayonnaise avec du maïs et des saucisses en boîte ? ricané-je. Qui pourrait les oublier ? C'était le summum de la gastronomie.

– N'oublie pas les flans dégueulasses qu'on nous servait trois fois par semaine…

– Eh ! Moi, je les aimais bien, ces flans.

– Quoi ? Ils étaient infâmes ! Si j'avais su, je te les aurais refilés. Tu aurais été contente et, moi, heureux d'en être débarrassé.

– Si tu avais fait ça, c'est sûr que je t'aurais choisi à la place de Léo, réponds-je du tac au tac.

Quand je prends conscience de ce que je viens de dire, j'ai envie de me foutre des claques. Putain, Amanda, ça ne va pas de dire des choses pareilles ? Soit il va croire que je flirte avec lui, soit que je suis vraiment une connasse qui lui rappelle cet épisode alors qu'il est passé à autre chose depuis longtemps ! Je ne sais pas lequel des deux est le pire.

– Pourquoi est-ce que personne n'a encore construit de machine à remonter le temps ? soupire-t-il. Il y a beaucoup de choses que j'aurais envie de dire à mon moi adolescent.

Je suis tellement gênée qu'au lieu de changer de sujet, je m'enfonce.

– Pff, ne fais pas genre. Si une machine pareille existait, tu t'en servirais sûrement pour des choses bien plus importantes qu'un *crush* de lycée.

Hugo tente de croiser mon regard, mais je garde les yeux fermement rivés sur mon assiette. J'ai envie de disparaître. Pourquoi est-ce que je suis incapable de me taire ?

– Je ne pense pas que tu te rendes compte de l'effet que tu avais sur Léo et moi, marmonne-t-il d'un ton lent. Tu étais une des raisons de notre rivalité, tu sais.

– N'importe quoi, c'étaient vos résultats sur les terrains le souci entre vous.

– Pour Léo, peut-être…

Qu'est-ce qu'il raconte ? Je n'ose pas lui demander, j'ai trop peur de ce qu'il pourrait répondre. J'évite de creuser et lance :

– Je ne sais pas ce qui m'est passé par la tête le jour où j'ai décidé de sortir avec lui. J'aurais dû voir tout de suite que c'était un imbécile.

– Tu m'aurais choisi moi, alors ? me demande-t-il d'un ton innocent. Je ne suis peut-être pas le seul qu'il faudrait enfermer dans la machine à remonter le temps, alors.

– Hors de question, répliqué-je. De toute façon, les amourettes de lycée ne durent pas. Léo et moi, on était condamnés à nous séparer à un moment ou à un autre.

Hugo me lance en regard scrutateur. Résolue à ne pas le regarder, je mange une bouchée de pâtes.

– Je n'y ai pas réfléchi sous cet angle. Pour moi, à l'époque, c'était mon plus gros échec... Mais t'as peut-être raison. Je devrais le prendre avec plus de philosophie.

– Les fantasmes sont souvent plus excitants que la réalité, réponds-je machinalement.

On pourrait cuire un œuf sur mon visage tellement il est chaud. Son plus gros échec ? Je me sens flattée et mal à l'aise en même temps. Je savais que je l'intéressais à l'époque, mais à ce point ? J'ose à peine y croire.

– Mais la réalité peut aussi être intéressante, bien qu'inattendue...

Nouvelle bouchée de pâtes pour cacher mon trouble.

– Ah ça, tu ne pouvais pas te douter que tu te retrouverais obligé de venir avec moi au mariage de ma sœur quelques années plus tard.

– Non, c'est sûr. Mais ça aussi, je suppose que je dois essayer de le regarder sous un autre angle...

Je ne sais clairement plus où me mettre. Qu'est-ce qui lui prend ? Il souffle le chaud et le froid et je me sens désarçonnée. Peut-être aurais-je intérêt à lui demander d'expliquer le fond de sa pensée plutôt que de rester sur des non-dits ? Ça éclaircirait l'air et rassurerait mon petit cœur qui est à deux doigts de la crise de panique.

– Qu'est-ce que tu veux dire par là ? lui lancé-je en osant enfin le regarder droit dans les yeux.

– Peut-être que je devrais voir comme une opportunité ce que je considérais jusque là comme une contrainte.

Je déglutis. Est-il en train de dire ce que je crois ? Je repense à notre baiser de tout à l'heure. Dans un état second, je sens sa cuisse toucher la mienne. Il s'est rapproché de moi. Sa main se pose sur ma joue et attire mon visage près du sien. Je m'agrippe à mon assiette comme une moule à son rocher. Une nuée de papillons prend son envol dans mon ventre quand ses lèvres se posent sur les miennes pour la troisième fois de la journée. Et cette fois, aucune excuse : personne à convaincre, juste nous. Non, c'est un baiser désiré et passionné. Nos langues dansent un ballet endiablé, se cajolant, taquinant et titillant. J'ai la tête qui tourne, comme si l'oxygène n'arrivait plus à mon cerveau. J'en perds la notion du temps.

Cette fois, c'est moi qui mets fin à notre baiser. Le souffle court, je me racle la gorge.

– Comme une opportunité, hein ?

Hugo m'adresse un sourire amusé.

– C'est bien ça. Ça te pose un problème ?

À le voir là, lui et son sourire, je ne peux pas nier mon attirance.

– Non. Non, vraiment pas.

Nous échangeons un sourire. Je finis par détourner le regard, intimidée.

Nous finissons de manger dans un silence paisible, contents d'être en présence de l'autre. Pour la première fois depuis un moment, je me sens en paix avec moi-même. Je savoure cette sensation. Qui sait combien de temps elle va durer ?

Finir de manger et partir se promener → vers **CHAPITRE 43** (p. 228)

OU

Finir de manger et rentrer tout de suite au manoir pour aller aider → vers **CHAPITRE 44** (p. 235)

CHAPITRE 43

Le tiramisu est divin ! Il a un goût de revenez-y, dommage qu'il n'y en ait pas plus. Hugo me regarde lécher ma cuillère d'un air amusé.

– Avoue, c'est quand même meilleur que ces horribles flans !

– Ne compare pas l'incomparable, le rabroué-je sur le ton de la plaisanterie. Pour un dessert de cantine, les flans étaient parfaits. En revanche, pas sûre que ça plaise aux clients d'Isa.

– Tu es en train d'admettre que t'as un palais de merde ?

Un « comme mon goût en matière de mecs » me brûle les lèvres – c'est devenu ma blague par défaut –, mais je me retiens. Suite à nos baisers, ce serait un peu l'insulter, non ? À la place, je lui tire la langue. Là. Il va comprendre le message et je ne vais pas dire de conneries. C'est préférable.

Hugo me répond par un sourire moqueur avant de s'étirer de tout son long.

– Quand je pense qu'il va falloir rentrer ! soupire-t-il.

– Ce n'est pas comme si tu avais beaucoup contribué ce matin. D'ailleurs, je n'ai pas encore eu l'occasion de te le dire, mais chapeau pour la feinte, c'était du grand art.

– Je ne vois pas ce que tu veux dire, me réplique-t-il d'un ton innocent, mais les prunelles rieuses. Mon coach m'aurait vraiment trucidé si j'avais accepté.

Hugo soutient mon regard et après plusieurs secondes à nous observer dans le blanc des yeux, je commence à pouffer et il me rejoint dans mon hilarité.

– Qu'est-ce que tu crois que ta chère sœur va nous faire faire cet après-midi ?

– Recycler notre propre papier ? Pour qu'elle puisse y écrire le nom des invités ? Je frémis rien que d'y penser !

– Le pire, c'est qu'elle en serait capable !

– Franchement, j'espère qu'on en a fini avec cet épisode de lancer de riz remastérisé. C'était une idée à la con.

– On est vraiment obligés de rentrer tout de suite ? me demande-t-il soudain sérieux.

– Ma mère ne m'a pas encore appelé quarante-cinq fois pour me demander ce qu'on fiche, donc je suppose qu'on peut profiter encore un peu.

– Tu peux aussi éteindre ton téléphone et prétendre qu'il n'y avait pas de réseau. Je te couvrirai.

– Trop aimable. Comme ça, en plus de m'assassiner, elle va te décapiter aussi.

Il grimace avant de soupirer.

– Bon, si *maman* appelle, nous nous plierons à ses ordres. Mais, en attendant, qu'est-ce que tu dis d'une petite balade digestive ?

– Que je suis partante !

Nous rangeons les restes de notre repas dans le sac avant de le mettre dans le coffre. Puis, nous traversons la route pour suivre le chemin balisé face à nous.

Le paysage est verdoyant et bucolique. Nous discutons joyeusement. Après plusieurs minutes, Hugo prend ma main dans la sienne et j'en suis si exaltée que j'en suis presque gênée. Sa paume est chaude et rêche. Comme quelqu'un qui utilise beaucoup ses mains. Plutôt que de me rebuter, je trouve ça très sexy. Je me surprends à me demander quelles sensations ça me donnerait s'il caressait la peau nue de mon ventre ou de mon dos, mais je chasse vite cette pensée inopportune. Il faut que je calme mes hormones.

Après avoir marché plus d'un kilomètre et demi, nous rebroussons chemin pour retrouver la voiture.

– Une bonne balade ! s'exclame Hugo quand nous quittons le sentier pour traverser la route et retourner au point de vue.

– Je ne savais pas que tu aimais la randonnée, commenté-je.

Il éclate de rire.

– On profite mieux du paysage qu'en courant !

Je ne peux qu'en convenir. Marcher permet de prendre son temps et de voir des choses qu'on n'aurait peut-être pas remarquées en se pressant. Je suis presque triste que notre promenade ait déjà pris fin.

– C'était vraiment un moment magique, lui dis-je, mais je pense qu'il est temps de rentrer maintenant.

Hugo hoche la tête.

– Il vaudrait peut-être mieux. Si on exagère trop, ils vont nous garder prisonniers, la prochaine fois.

Je pousse un soupir dramatique en lui donnant raison. On aurait presque l'impression d'être en liberté conditionnelle !

Le trajet de retour au manoir est aussi musical que l'aller. Hugo et moi chantons à tue-tête. Et franchement, je ne sais pas dire lequel des deux est le pire. Aucun de nous deux ne pourra se reconvertir comme chanteur, c'est sûr.

Après avoir garé la voiture, nous rentrons au manoir sur la pointe des pieds. Nous scrutons les alentours par crainte de nous faire surprendre par l'une ou l'autre furie. Pas de chance pour nous, nous tombons sur mon père dans le couloir.

– Ah, voilà les deux tourtereaux ! s'exclame-t-il lorsqu'il nous voit. C'était bien ce pique-nique ?

– Excellent, lui répond Hugo. Nous avions la vue rien que pour nous.

– Il n'y a pas encore trop de monde à cette période de l'année, commente mon père, ça aurait sans doute été rempli de touristes si on avait été en haute saison.

– On a eu de la chance, effectivement, admets-je. On ne se serait probablement pas arrêtés là sinon.

Mon père pousse un soupir dramatique.

– Et pendant que vous passiez du bon temps, on était de corvée calligraphie. Tu te rends compte que ta sœur m'a forcé à faire des lignes de lettres pour m'exercer avant de m'autoriser à écrire les cartons avec les noms des invités pour le plan de table ? Elle n'est pas instit pour rien !

Un bref coup d'œil à Hugo me fait dire qu'il est aussi heureux que moi d'avoir échappé à ça.

– Elle est un peu déchaînée en ce moment, marmonné-je.

Soit mon père ne m'a pas entendue, soit il fait semblant que c'est le cas.

– Vous avez de la chance, la liste de tâches du jour est terminée et Alice a réussi à la convaincre de ne pas prendre de l'avance, mais de se reposer pour être en forme pour les prochains jours. Ta mère est une magicienne, je l'ai toujours su.

– Ça, c'est une superbe nouvelle, s'enthousiasme Hugo. Si ça ne vous embête pas, je vais en profiter pour aller faire une séance d'étirements.

Et le voilà qui file déposer les affaires dans la cuisine avant de vaquer à ses occupations.

– Il est vraiment charmant, commente mon père avec un sourire quand il a tourné l'angle du mur. Vous allez bien ensemble. Je suis content qu'il ait repris contact avec toi.

Je me sens mal à l'aise d'entendre mon mensonge dans sa bouche. Que dirait-il s'il apprenait que j'ai fait chanter Hugo pour qu'il m'accompagne ?

– Moi aussi, lui réponds-je la gorge serrée. Je suis contente qu'il ait fait le premier pas.

– Tu n'es peut-être pas encore prête à l'entendre, mais je suis si heureux que Thibault et toi ayez rompu. J'ai tout de suite su que son tempérament convenait mieux à ta sœur. Comme j'ai su dès qu'il est arrivé qu'Hugo était parfait pour toi !

Je lève les yeux au ciel avec affection. Mais bien sûr. Mon père, ce grand devin.

– Arrête ton char, tu as à peine eu l'occasion de lui parler.

– Oh, mais ce n'est pas lui que j'ai besoin d'observer pour savoir que vous êtes compatibles. C'est toi. Contrairement à tous les autres, tu fais vraiment attention à ses réactions. Ça se voit que tu tiens à lui et que ce n'est pas juste un flirt de passage.

J'ai l'impression de recevoir un coup de poignard en plein cœur. Si j'étais si attentive à lui jusqu'ici, c'est parce que je craignais qu'il ne dévoile le pot aux roses ou qu'il fasse une bourde. Pas parce que je tenais à lui ou une autre bêtise romantique du genre. Ai-je toujours été détachée avec mes partenaires pour que mon père me dise ça ? S'il espérait me remonter le moral, c'est tout l'inverse qui se produit. Je me sens encore plus honteuse, maintenant. Je souris et plaisante pour cacher la douleur que je ressens.

– Ah bon ? Je ne suis pas comme ça avec tout le monde ? Je vais me sentir vexée.

– Non, surtout ne le prends pas mal, me répond-il d'un ton catastrophé. Ce n'était pas un reproche ! Tu me connais, j'ai toujours du mal à formuler correctement ce que je veux dire. Ce n'est pas que tu n'es pas attentive aux autres en général, c'est juste qu'avec lui, j'ai l'impression que c'est décuplé, je ne sais pas si tu vois ce que je veux dire. Je ne voulais surtout pas te vexer !

– Ne t'en fais pas, je pense que je comprends.

Et ça ne me fait pas du tout plaisir. Mais pas pour les raisons qu'il croit et je ne pourrai jamais lui révéler la vérité. C'est peut-être ça le pire et je ne m'en rends compte qu'à l'instant. Dans ma tête, après le mariage, tout sera fini. Mais ce n'est pas vrai. Je vais devoir continuer à mentir sur cet épisode pendant tout le reste de ma vie. Et cette tâche me paraît soudain insupportable. Bon Dieu, mais qu'est-ce que j'ai foutu ? Je suis une idiote.

– Oh si, je vois bien que je t'ai vexée et ce n'était pas du tout mon intention.

Il semble vraiment peiné. Je lui adresse un sourire pour le réconforter.

– Non, c'est moi qui suis un peu susceptible. C'est comme Clémence, ce mariage exacerbe mes émotions négatives.

– Il y a de quoi, en convient mon père. Mais j'espère que tu passes quand même du bon temps quand je ne suis pas en train de tout ruiner.

Je pouffe à sa blague et lui assure que tout va bien et que je ne lui en veux pas. Il ne semble pas convaincu à 100 %, mais finit par laisser tomber.

Je suis toujours préoccupée quand nous nous retrouvons tous ensemble pour dîner et je vois bien que ça surprend Hugo. Il n'arrête pas de me lancer des regards interrogateurs comme pour me demander ce qu'il se passe. Je lui lance un silencieux « Tout va bien, t'inquiète », mais je ne suis pas sûre qu'il me croie.

Isa nous bombarde de questions sur notre escapade et je le laisse répondre. Elle rit aux éclats quand Hugo parle de notre balade et je serais prête à mettre ma main à couper qu'elle est persuadée que nous étions occupés à d'autres activités. Je frissonne rien que d'y penser. Faire l'amour en pleine nature est un fantasme que je n'ai jamais compris. Quelle idée ! Un lit est bien plus confortable !

Plus les minutes passent et plus je sens mes yeux piquer et se mettre à se fermer dangereusement. Mine de rien, moi aussi, je me suis levée à 4 h 30 ! J'accompagne donc Hugo au moment où il prend congé de tout le monde.

Cette fois, quand nous nous mettons au lit, nous nous installons face à face. Hugo m'adresse un sourire avant de se rapprocher pour déposer un chaste baiser sur mes lèvres.

Malgré ma fatigue, il me faut quelques minutes pour m'endormir après avoir attendu que les battements affolés de mon cœur ralentissent.

→ vers **CHAPITRE 45** (p. 244)

CHAPITRE 44

Une fois notre déjeuner englouti, nous ne traînons pas pour nous mettre en chemin vers le manoir. Je veux éviter toute critique. Déjà comme ça, je parie que Clémence ou ma mère va péter un câble en nous reprochant le temps que nous avons pris. Je suis certaine qu'elles nous attendent de pied ferme.

Le trajet de retour se fait dans la bonne humeur, mais je sens bien qu'Hugo n'a aucune envie de rentrer. Je ne peux pas lui en vouloir, moi non plus, je ne suis pas impatiente de découvrir ce que ma sœur a encore inventé. Après les confettis, va-t-elle nous faire trier des paillettes par couleur ? Elle en serait capable, j'en suis sûre.

La radio diffuse une de mes chansons préférées de Madonna quand je prends à gauche pour rentrer dans l'allée du manoir. Je chante à tue-tête sous le regard amusé d'Hugo qui, lui, pousse un gros soupir.

– T'es de bien trop bonne humeur, me reproche-t-il avec humour. Fais gaffe, ta sœur va te donner encore plus de choses à faire si elle te voit comme ça.

Je me gare et éteins le moteur avant de me tourner vers lui avec une tête d'enterrement.

– C'est mieux comme ça ?

– Plus adapté aux circonstances, oui.

Un gloussement m'échappe, ruinant ma mine sérieuse.

– Allez, du nerf ! On va lui montrer de quel bois on se chauffe !

Nous sortons tous les deux de la voiture et attrapons le sac de pique-nique avant de nous diriger vers l'entrée. Hugo m'ouvre galamment la porte. Je lui fais signe de me suivre vers la cuisine.

Je vide le sac pendant qu'Hugo met les assiettes dans le lave-vaisselle.

– J'ai presque envie d'ouvrir le frigo pour voir s'il y a encore du tiramisu, plaisanté-je d'un ton léger.

– T'as encore faim avec tout ce qu'on a mangé ?

– Boarf, un peu de dessert en plus, ça ne se refuse pas.

– Sauf si tu es sportif pro et que tu as une compétition bientôt.

Je lui concède le point alors que nous quittons la cuisine pour déposer nos affaires dans notre chambre

Clémence doit avoir un sixième sens, car, à peine avons-nous posé le pied dans le couloir, que la porte du salon s'ouvre. Ça, ou alors, elle a une ouïe particulièrement fine. C'est peut-être un superpouvoir de prof pour entendre ce que les élèves chuchotent au fond de la classe.

– Ah, vous voilà enfin ! Venez, on a du boulot.

Chouette.

– Tu nous laisses deux minutes pour déposer nos affaires ?

Elle prend une mine exaspérée qui me donne envie de la secouer comme un prunier.

– Deux minutes, mais pas plus ! On est déjà en retard sur le planning !

Dès qu'elle nous tourne le dos, Hugo et moi échangeons un regard. Il lève les yeux au ciel. Je ne suis pas loin de le copier.

– Tu devrais lui offrir des oreilles de lapin comme cadeau de mariage. Son imitation du Lapin blanc d'*Alice au pays des merveilles* serait encore meilleure.

Je ne peux pas retenir un éclat de rire en imaginant la scène.

– Si c'est Clémence le lapin, quel personnage est Thibault ?

Il réfléchit quelques secondes.

– Thibault, je ne sais pas très bien, mais sa tante, c'est la chenille, c'est sûr !

Je suis prise d'un fou rire. Hugo, hilare lui aussi, poursuit :

– Et ta mère, c'est la Reine de cœur. Elle serait capable de nous décapiter.

– Elle ne serait pas ravie de la comparaison, mais ça lui va bien, même si elle s'appelle Alice ! Et mon père est le Roi de cœur, je suppose.

– Ce serait effectivement plutôt toi, Alice ! Et, à la réflexion, Thibault serait un des flamants roses utilisés pour jouer au croquet.

Je ris tellement que j'en ai mal au ventre.

– Et toi, le Chapelier fou ?

– Je préfère le Chat du Cheshire !

– Quand tu souris comme ça, je peux voir la ressemblance !

Tout à notre conversation, nous avons déjà déposé nos affaires et rebroussé chemin. Je m'apprête à ouvrir la porte quand Hugo m'arrête.

– On a oublié Marc-Emmanuel !

– Alors là, je sèche !

– Le Morse, peut-être ?

Je le regarde avec des yeux ronds.

– Celui-là, je ne m'en souviens pas du tout.

Hugo m'adresse un nouveau sourire du Chat du Cheshire.

– Je te montrerai tout à l'heure.

Et sur cette promesse, nous rentrons dans le salon.

Le Lapin blanc et le flamant rose sont attablés. Pardon, Clémence et Thibault sont les seules personnes présentes. Super. Tout ce qu'il me fallait pour ruiner ma bonne humeur. Un tête-à-tête avec ma sœur et mon ex. Je sens que je vais passer une après-midi délicieuse en leur compagnie.

– Asseyez-vous, nous ordonne presque Clémence. Nous devons préparer les cartons avec les noms des invités pour la réception.

Hugo prend place à côté de moi et ma sœur s'empresse de nous tendre une feuille à chacun.

– C'est le moment de réviser votre calligraphie ! Vous allez me remplir ces lignes avant de vous lancer sur les cartons.

J'ai envie de me taper le front contre la table. C'est une blague ? J'ai l'impression d'être de retour à l'école avec l'institutrice qui me gronde parce que mon écriture n'est pas parfaite.

Je me mords la langue pour éviter de partir dans un débat stérile et prends docilement le stylo que Thibault me tend. Courage. Je sens déjà venir les crampes. Ça fait un bail que je n'écris plus. Je tape plus souvent sur un clavier.

– Je ne suis pas certain d'être la meilleure personne pour cet exercice, prévient Hugo en acceptant un stylo lui aussi. Je n'ai jamais eu que des reproches sur mon écriture…

– C'est le moment de faire un effort, réplique d'un ton tranchant Thibault.

J'ai envie de lui coller une baffe. Et vu comme la mâchoire d'Hugo se serre, je ne suis pas la seule.

Dans un silence pesant, je commence à tracer des minuscules. Je déteste cet exercice ! C'est presque une punition. Une fois que j'ai fini avec les minuscules, il me reste toutes les majuscules. Pitié, que quelqu'un mette fin à mes souffrances.

Quand je repose mon stylo une fois la dernière ligne remplie, Clémence tend une main impérieuse dans ma direction. Sans dire un mot, je lui donne la feuille pour qu'elle puisse l'inspecter. Ça ne servirait à rien de protester. En revanche, si elle sort son stylo rouge pour noter ma performance, là, elle va m'entendre !

– Pas trop mal, commente-t-elle.

Je serre les dents. Ça lui aurait arraché la bouche d'être aimable, pour une fois ?

– Tu peux faire les personnes au prénom ou nom de famille en L. C'est ta plus jolie lettre majuscule.

Bon, j'aurais espéré mieux comme compliment, mais on ne va pas faire la fine bouche.

Thibault me passe une série de cartons ainsi qu'une liste des invités. Je peux reprocher beaucoup de choses à ma sœur, mais je dois admettre qu'elle sait s'organiser.

J'ai le temps de faire quatre autres cartons avant qu'Hugo se racle la gorge.

– J'ai fini aussi.

Il tend sa feuille à Clémence. Je l'observe pincer les lèvres alors qu'elle passe en revue son travail. Ouille, je sens les critiques approcher. J'espère qu'elle sera au moins polie pour les dire.

– À part quelques exceptions, c'est vraiment mauvais. Thibault, donne-lui une nouvelle feuille d'exercice.

Là, c'est trop. Je vais pour protester.

– Clémence, t'abuses, tu joues vraiment à la peste, là !

– Quand ce sera ton mariage, on en reparlera !

Je prends une profonde inspiration pour essayer de calmer mon agacement. La seule raison pour laquelle je ne lui ai pas encore sauté à la gorge, c'est parce que j'ai promis à ma mère de faire des efforts. Mais le comportement de Clémence ne me facilite pas du tout la tâche. Je m'apprête à ouvrir la bouche lorsque la main d'Hugo se pose sur ma cuisse. Toute ma colère semble s'estomper d'un coup. Je me retourne vers lui, surprise.

Il secoue discrètement la tête pour me dire de laisser tomber. Je m'exécute pour lui, mais ça me fait quand même grincer des dents. Je regrette l'absence de ma mère. J'aurais aimé la voir remettre ma sœur à sa place. Elle aurait été obligée de défendre Hugo cette fois, non ?

Comme un élève puni, le pauvre recommence l'exercice sans dire un mot. J'admire sa patience. À sa place, je me serais déjà levée et je serais partie en claquant la porte. D'autant plus qu'il avait prévenu ma sœur bien avant de démarrer !

Je me reconcentre sur ma tâche tant bien que mal. Une fois que j'ai terminé les noms de famille et prénoms en L, Clémence *m'autorise* à passer aux B.

Je m'applique tellement que je force sur le stylo, et forcément, je commence à avoir mal au poignet. L'exercice de ce matin n'est sans doute pas pour rien dans cette faiblesse. Je serre les dents et essaie de me détendre. Il ne faut pas montrer sa douleur aux chiens prêts à vous agresser, au risque de se faire mordre. Comment ça, c'est la peur ? Pas quand les chiens ont des cheveux bruns et répondent au prénom de Clémence.

J'ai fini les B et les F quand Hugo termine sa seconde volée d'exercice. Je profite du fait que l'attention de ma sœur est détournée pour poser mon stylo et faire tourner mon poignet sous la table. Je grimace lorsqu'un gros craquement retentit. Hugo se penche pour voir ce que je fais, puis m'adresse un regard de commisération. Au moins, il y en a un qui me soutient ici.

– On va dire que ça va aller, lâche Clémence après une inspection en règle de toutes les lettres. T'en penses quoi, Thibault ?

– Je fais confiance à ton jugement, mon amour.

Non mais quel lâche. Il n'y en a pas un pour rattraper l'autre.

Clémence attribue les C à Hugo. Il commence à tracer lentement et péniblement les lettres sur les cartons. Ma sœur l'observe faire comme un gardien de prison surveille les détenus pendant leur sortie de cellule.

Génial l'ambiance. Je ne suis même pas sûre qu'engager la conversation détournerait son attention. Sans parler du fait que je n'ai aucune idée de ce que je pourrais lui raconter. Notre pique-nique de ce midi ? Pas si c'est pour qu'elle trouve le moyen de m'engueuler encore. Et puis, ce moment était trop précieux pour le partager avec mon idiote de sœur.

Au bout d'une période interminable – au moins dix minutes, si mon horloge interne fonctionne correctement –, je finis par perdre patience avec Clémence.

– Tu ne veux pas écrire sur ton propre lot de cartons au lieu de mettre la pression à ce pauvre Hugo. T'es la seule à ne pas avancer, maintenant.

Clémence me lance un regard assassin, mais, à mon immense surprise, Thibault me soutient.

– Il n'a pas encore foiré, Clémentine, laisse-le travailler tranquille. S'il se trompe, il pourra toujours recommencer. C'est bien la raison pour laquelle on a acheté plus de cartes que nécessaire.

Ma sœur s'apaise et – miracle – se met enfin à écrire sans argumenter. Je lance un regard reconnaissant à Thibault. J'ai beau le détester les trois quarts du temps, je peux admettre quand il est cool avec moi.

Le silence est un peu moins pesant cette fois alors que nous continuons chacun notre exercice. Pas génial, mais c'est une nette amélioration. On ne va pas cracher dans la soupe.

Avec quatre personnes qui s'activent, le tas de cartons à écrire diminue de façon efficace jusqu'à se tarir.

Dès qu'il a posé son stylo, Hugo laisse échapper un grognement de soulagement et s'étire de tout son long.

– Ça faisait longtemps que je n'avais pas écrit autant !

– Et moi donc, grincé-je en massant mon poignet droit. Rappelle-moi de faire imprimer nos cartons. Ce sera moins pénible.

Bien sûr, c'était surtout une pique pour ma sœur, mais quand je me rends compte de ce que je viens de dire, je rougis comme une tomate. On s'est à peine embrassés, que je lui parle déjà de notre mariage ? Il va me penser encore plus cinglée qu'avant, c'est certain.

– Après tout l'entraînement qu'on vient d'avoir ? Ce serait une honte. Puis, on aura les pros du carton avec nous pour nous aider.

C'est au tour de ma sœur de lever les yeux au ciel.

– Haha. Très spirituel, gronde-t-elle.

– Ne te vexe pas, ma Clémentine, nous en profiterons pour leur faire payer des frais de consulting.

Je m'étouffe presque avec ma salive. Alors ça, c'est la meilleure ! Ils nous exploitent mais refuseraient d'aider gratuitement ? C'est culotté ! Et je crois qu'Hugo est du même avis que moi :

– Je ne manquerai pas de te transmettre mes honoraires dès lundi prochain. Je te préviens, l'aide d'un sportif pro, ça revient cher.

Sentant sans doute que nous sommes à deux doigts de l'envoyer paître pour les prochaines demandes qu'elle nous adressera, Clémence s'empresse de calmer le jeu :

– Thibault plaisantait, bien entendu. Nous sommes très reconnaissants de votre aide et nous vous rendrons avec plaisir la pareille quand ce sera votre tour. Vous y pensez déjà ? C'est papa et maman qui vont être ravis !

Oh, là là ! Danger en vue.

– Chaque chose en son temps, tempéré-je. Surtout, ça reste entre nous. Je ne veux pas que maman nous mette la pression.

Clémence grimace et nous échangeons un regard de connivence. Pour la première fois depuis longtemps, je retrouve la complicité que nous avions avant qu'elle décide de se mettre en couple avec Thibault. Et ça me rend nostalgique. La situation s'est vraiment dégradée entre nous. Mais peut-être qu'une réconciliation est possible ? Je pourrais essayer d'améliorer notre relation après le mariage. Avant, ça semble utopique avec son stress et sa tendance à me casser les pieds. Chaque chose en son temps, effectivement.

Nous descendons ensemble dîner et l'atmosphère reste cordiale entre nous. Pas un seul échange de piques, pas même quand Isa nous demande de raconter notre pique-nique en détail. Comme les soirs précédents, Hugo s'éclipse dès le repas terminé, mais, cette fois, je le suis avec une bonne excuse : moi aussi, je me suis levée à 4 h 30 et j'ai les yeux qui se ferment tout seuls.

♥

Au moment où je me glisse dans le lit, Hugo se retourne vers moi.

– Tu crois qu'on pourra retourner pique-niquer demain ? C'était vraiment chouette.

Je hoche la tête, le cœur gonflé de joie. Et cette nuit-là, pour la première fois depuis notre arrivée, nous nous endormons face l'un à l'autre. *C'est peut-être un détail pour vous, mais pour moi, ça veut dire beaucoup*[1]…

→ vers **CHAPITRE 45** (p. 244)

---

[1] Paroles de la chanson *Il jouait du piano debout* de France Gall.

CHAPITRE 45

Je pense que je ne me ferai jamais à ce réveil aux aurores. J'ai beau m'être couchée tôt hier, c'est comme si je n'avais pas fermé l'œil de la nuit quand l'alarme d'Hugo se met à retentir. Quel rythme infernal. Dire que mon père aurait voulu que je m'impose ça. Jamais de la vie ! Je n'aurais pas résisté plus de deux semaines, et encore, je suis gentille.

– Allez, debout, debout, la feignasse ! Hors de question que tu me laisses seul aujourd'hui. Tu me dois bien ça !

Je grogne de protestation, mais je bouge le bras pour me défaire de la couette sans ouvrir les yeux. La différence de température entre mon cocon tout chaud et la pièce achève de me réveiller.

Je commence à m'habiller en quatrième vitesse. Je lui dois bien ça, en effet. Je réprime plusieurs bâillements en sortant de la chambre.

Hugo court à un rythme tranquille pour que je parvienne à le suivre. Je suis à bout de souffle et j'ai des points de côté, mais je persiste vaillamment. J'espère qu'il apprécie mon courage. Je mériterai bien un baiser quand cette course sera terminée.

Au bout d'un moment, je parviens à me concentrer sur ma course et l'effort me semble moins pénible. N'empêche que je sens bien que je ne suis pas en grande forme. D'habitude, je cours bien plus vite que ça. Aujourd'hui, chaque foulée m'est difficile.

– Ça va ? me demande Hugo qui ne paraît même pas être à bout de souffle, ce qui m'agace.

Pour ma part, je sais que si j'essaie de lui répondre, c'est un coup à ne plus pouvoir gérer ma respiration pendant un bon moment. Je lève donc l'index et le bascule de droite à gauche plusieurs fois pour lui signifier que ce n'est pas terrible.

– On ne va pas faire le long parcours, alors, me promet-il.

Je lui réponds par deux pouces levés. Je suis désolée de réduire sa session d'entraînement, mais je pense qu'il vaudrait mieux, en effet.

Malgré ses dires, nous continuons à courir pendant un temps qui me semble interminable. Je suis en train de me dire que je ne vais plus tenir très longtemps quand un mouvement dans les fourrés attire mon attention. Je ralentis l'allure pour observer ce que c'est. J'espère que ce n'est pas un prédateur. Y a-t-il des loups en Normandie ? J'aurais peut-être dû me renseigner avant d'accepter d'aller courir au beau milieu de la nuit. Hugo commence à faire du sur-place. Soit il a aussi perçu le mouvement, soit il me laisse le rattraper pour ne pas me distancer.

Je n'ai toujours pas assez de souffle pour lui parler, alors je lui pointe l'endroit qui a attiré mon attention. Il y jette un coup d'œil et il s'arrête net sur ses pas. Comme je ne m'y attendais pas, je fais quelques foulées de plus avant de l'imiter.

– Regarde bien, me chuchote-t-il.

Je plisse les paupières pour essayer de distinguer ce qui se cache dans la pénombre. Je vois d'abord trois paires d'yeux luisantes qui m'effraient avant de comprendre à qui elles appartiennent.

Une biche et deux faons nous observent, visiblement intrigués. Ils sont absolument adorables et je rêverais de sortir mon téléphone pour les prendre en photo, mais je n'ose pas bouger. Je crains qu'un mouvement brusque ne leur fasse peur. La biche paraît déjà à deux doigts de se faire la malle.

– Tu crois que le cerf est aussi dans le coin ? me demande Hugo toujours à voix basse.

– Pourquoi ? Tu penses qu'ils chargent pour défendre les petits ?

– Je ne suis pas certain de vouloir le savoir.

Nous échangeons un regard et convenons silencieusement de reprendre notre route. Quelques centaines de mètres plus loin, Hugo s'arrête à nouveau et me lance d'un ton joyeux :

– C'est la première fois que je tombe sur des animaux sauvages quand je cours.

– Heureusement que c'était une biche et pas un ours, plaisanté-je.

Son excitation est contagieuse. Je me sens emplie d'allégresse. Je vais pour l'embrasser quand une voiture déboule à toute allure. Nous devons faire un pas dans le fossé pour éviter de nous faire renverser.

– Putain de chauffard, s'écrie Hugo en levant le poing. Ce n'est pas un circuit de Formule 1 ici !

Je prends plusieurs inspirations pour calmer mon cœur qui bat la chamade. Ce n'est pas passé loin ! Je comprends l'énervement d'Hugo. Moi, j'ai surtout eu peur et je suis agacée que ce conducteur ait brisé le moment que nous vivions tous les deux. Je ne sais pas ce que je dois faire. Essayer de recréer l'ambiance malgré cette frayeur ou laisser tomber ?

Embrasser Hugo → vers **CHAPITRE 46** (p. 247)
OU
Continuer la course → vers **CHAPITRE 47** (p. 256)

CHAPITRE 46

Je n'ai pas vraiment le temps de tergiverser car Hugo reprend :

– Allez, on y va. Je pense qu'on en a eu assez pour aujourd'hui. On est à peu près à trois kilomètres du manoir. Ça va aller jusque-là ?

Je décide de laisser tomber mon plan et hoche la tête. Parfois, ça ne vaut pas la peine d'insister quand l'instant est passé.

Nous reprenons donc tranquillement notre course, juste de quoi terminer en douceur. Cette fois, je parviens à suivre l'allure sans problème. Je ne suis cependant pas mécontente d'arriver à destination. Je serre les dents pendant les étirements avant de pousser un soupir de soulagement quand Hugo déclare la séance terminée. Je n'ai qu'une envie : boire un grand verre d'eau, prendre une douche et me remettre au lit pour faire une sieste de vingt minutes.

Mes souhaits sont exaucés, sauf pour la sieste. Hugo me traîne au petit déjeuner. Je n'avais pas très faim après tout cet effort physique, mais l'appétit me vient en mangeant. Finalement, j'engloutis deux œufs et trois tartines beurrées, sous le regard étonné de mes parents qui me connaissent pour aimer boulotter du sucré le matin. Mon père est ravi d'apprendre que je suis allée courir avec Hugo. Je grogne un peu pour la forme, mais suis secrètement heureuse. Je lui raconte l'épisode de la biche et des faons tout en sirotant une tasse de café.

Quand tout le monde a terminé son assiette, Clémence se racle la gorge.

– Aujourd'hui est un grand jour ! Nous allons décorer la grange pour la cérémonie et la réception. Je suis si excitée !

Ouf. Ça, c'est la partie amusante.

Nous la suivons tous à l'extérieur, en direction de la grange. Le bâtiment n'est qu'à une cinquantaine de mètres du manoir, mais je n'ai pas encore eu l'occasion de le voir de plus près.

La première chose qui me frappe, c'est l'espace immense. Une impression de grandeur accentuée par le plafond qui se trouve au moins à trois mètres du sol. Les murs sont faits de pierres grises naturelles qui contrastent avec les poutres de bois. Un lustre de cristal est suspendu au milieu de la pièce. Il y a une atmosphère dans la pièce qui me plaît tout de suite. C'est vraiment le lieu parfait pour une réception de mariage. J'ai hâte de voir ce que ça donnera une fois la décoration installée. Je ne doute pas une seule seconde que le résultat sera féerique.

– Tout le matériel est rangé dans le débarras, juste là, nous indique Isa. Il faut d'abord que nous sortions les tables et les chaises.

– Ce ne serait pas mieux de commencer par accrocher les voiles blancs au plafond ? s'enquiert Thibault. Avant qu'il n'y ait trop de choses dans le chemin ?

– Bien vu, tu as raison. Vous ne vouliez pas mettre des guirlandes aux poutres aussi ? Ça va être plus compliqué à installer.

Je lève les yeux pour évaluer la hauteur à laquelle se trouvent lesdites poutres. Je n'ai pas besoin d'avoir le compas dans l'œil pour me rendre compte qu'elles sont trop hautes pour que j'accepte de grimper sur une échelle.

– Effectivement, on devrait commencer par les guirlandes, approuve Marc-Emmanuel. Je vais chercher l'échelle. En revanche, je vous préviens, ce n'est pas moi qui vais jouer les acrobates et monter dessus !

Ma mère se tourne vers Hugo avec un regard interrogateur.

– Est-ce que le sportif accepterait de jouer les équilibristes ?

Avant qu'il n'ait l'occasion de prendre la parole, je prends sa défense.

– Maman, il a une compétition dans une semaine. Tu veux vraiment qu'il risque de se casser quelque chose ? (Je me tourne vers Hugo.) Ne la laisse pas t'amadouer, ça ne vaut pas la peine que tu te fasses mal.

– Enfin, Amanda, c'était juste une question, ne m'agresse pas comme ça, se défend ma mère, l'air faussement outré.

– Il n'y a aucun problème, vous faites bien de demander, reprend Hugo pour apaiser les tensions, mais Amanda a raison, il vaut mieux que je ne m'y risque pas. Je veux bien tenir l'échelle pour assurer la bonne âme qui acceptera de se sacrifier.

– Tu ne veux pas le faire, Thibault ? lui demandé-je.

Ma sœur me répond du tac au tac :

– Pour la même raison que ton Hugo, on va éviter que le marié se casse les jambes avant la cérémonie, merci.

OK, elle marque un point, elle aurait juste pu le dire plus gentiment. Tous les regards convergent vers mon père.

– C'est-à-dire que… Enfin… J'ai vraiment le vertige. Je préférerais passer mon tour.

Alors que Clémence et ma mère se tournent vers moi à ma grande horreur, Isa pousse un soupir mélodramatique.

– Oh là là ! Ces hommes ! De vraies poules mouillées. Je vais m'en occuper.

Marc-Emmanuel choisit ce moment exact pour revenir avec l'échelle.

– Tu es certaine que ça va aller ? lui demande-t-il d'un ton où transparaît une pointe de condescendance.

– Installe l'échelle et je vais te prouver ça !

Quand il voit le père de Thibault vaciller sous le poids de l'échelle, Hugo se précipite pour lui donner un coup de main.

– Thibou, ne reste pas là les bras ballants, le houspille Isa, va me chercher les guirlandes !

Mon père suit Thibault tandis que ma mère, ma sœur et moi restons plantées comme des cruches à regarder la scène se dérouler sous nos yeux. Mon angoisse monte en flèche quand j'observe Isa grimper sur l'échelle avec une guirlande lumineuse dans une main, un marteau dans l'autre et des clous en bouche. Je suis soulagée qu'elle se soit proposée. Rien que de m'imaginer à sa place, j'ai envie de tourner de l'œil. Après avoir accroché la première extrémité de la guirlande, elle redescend et tire le second bout jusqu'au mur d'en face pendant que les garçons bougent l'échelle.

– Il ne faudrait pas mettre un clou au milieu de la poutre aussi ? demande ma mère. Histoire que ça ne tombe pas.

Marc-Emmanuel lui assure que ce n'est pas nécessaire pendant qu'Isa s'affaire. Pas sûre que ma mère soit convaincue, mais elle n'insiste pas.

Une fois la première guirlande posée, Thibault part brancher la prise pour voir le rendu.

– Absolument parfait, s'enthousiasme ma sœur.

– Hourra ! Plus que sept autres à mettre, marmonne Isa dont le ton laisse penser qu'elle regrette déjà de s'être portée volontaire.

Il faut à peu près une demi-heure avant que toutes les guirlandes ne soient installées. C'est vraiment très joli.

– On peut placer les voiles maintenant, ordonne ma sœur.

– Je laisse quelqu'un d'autre les installer, prévient Isa. J'ai eu ma dose.

Tout le monde se regarde, mais visiblement, personne n'est prêt à se porter volontaire. L'envie me démange d'apostropher ma mère pour qu'elle prenne exemple sur Isa et qu'elle s'y colle, mais je me retiens. Elle serait capable de me retourner l'argument à la figure, alors qu'elle sait que j'ai le vertige comme mon père. Finalement, c'est Isa qui finit par trouver une solution à la situation.

– Allons, Marc-Emmanuel, tu ne vas pas faire ton froussard, quand même. Si j'ai pu mettre ces guirlandes, tu peux très bien accrocher ces voiles. C'est beaucoup plus léger et il y a déjà des crochets au plafond !

– Non, vraiment, je…

– Incroyable. Tu es une vraie poule mouillée ! Que dirait Père ?

Blessé dans son amour-propre, le père de Thibault finit par accepter en ronchonnant. Personne n'est assez idiot pour lui faire remarquer que le plafond est bien plus haut que les poutres.

Thibault ramène les trois voiles et plie le premier avec Clémence. Il le tend à son père qui se met à grimper sur l'échelle avec lenteur. Arrivé en haut, il s'escrime pendant plusieurs minutes à faire tenir le voile, sans succès.

– Ça ne fonctionne pas ton crochet ! dit-il d'un ton furieux à Isa.

– Et si on enroulait un ruban autour du tissu pour que ce soit plus facile à accrocher ? propose mon père.

– Bonne idée, lui répond ma mère.

– Mais il faut absolument que le ruban soit blanc, sinon ça va se voir et ça ne sera pas joli, réplique tout de suite Clémence.

– On doit bien avoir ça dans toute la décoration que tu as commandée, la rassure Thibault qui en profite pour déguerpir alors que son père redescend de l'échelle en pestant.

Il revient quelques secondes plus tard en tenant triomphalement un rouleau de ruban et une paire de ciseaux dans ses mains.

– Si c'est du satin, ça va encore plus glisser, s'agace Marc-Emmanuel.

– On peut peut-être sécuriser le voile avec du fil de fer et mettre le ruban par-dessus ? propose Hugo.

Ma sœur approuve l'idée et envoie Thibault chercher le fameux fil de fer. Clémence s'occupe ensuite elle-même de préparer le voile selon ses exigences avant de le tendre à son beau-père.

– Ça devrait mieux tenir comme ça, non ?

– On va voir ça tout de suite.

Hugo reprend sa place comme assistant pour assurer l'échelle, tandis que nous observons tous Marc-Emmanuel se contorsionner avant de finalement réussir à passer le fil de fer dans le crochet.

– C'est pas le plus facile, mais ça a l'air de faire l'affaire, maugrée-t-il.

Clémence ne perd pas une seconde et commence à préparer les deux autres voiles pendant que Marc-Emmanuel cloue les deux côtés aux murs. Je dois avouer que ça rend vraiment bien.

– Comment vas-tu cacher les clous ? demande ma mère à ma sœur. Avec des fleurs ?

– Ça se voit tant que ça ? réplique-t-elle au bord de la crise de nerfs.

– Pourquoi pas avec de jolis nœuds faits avec le ruban ? proposé-je.

Elles se tournent toutes les deux vers moi avec une expression de surprise sur le visage. Je me sens presque vexée. Moi aussi, je peux avoir de bonnes idées de temps en temps.

– Ce sera parfait, acquiesce ma sœur en me lançant un rare sourire.

Pendant que les deux autres voiles sont attachés au plafond, nous préparons ensemble les nœuds en satin. Nous les agrafons de façon invisible dans les boucles.

Une fois ce travail accompli, nous nous reculons pour admirer le résultat. Si la grange avait déjà du cachet quand nous sommes arrivés, elle est encore plus élégante comme ça.

– Maintenant, on peut s'occuper des tables, déclare d'un ton satisfait Clémence.

Thibault et elles nous dirigent pendant que nous nous occupons de la manutention. Nous plaçons douze tables pour les invités et deux plus petites pour la table d'honneur. Je sens que j'ai couru ce matin : les muscles de mes cuisses protestent un peu quand je soulève la première table.

Mon père et ma mère s'occupent des chaises alors qu'Isa et Marc-Emmanuel nous aident à finir d'installer les tables. Une fois que tout est en place et que ma sœur est satisfaite, nous recouvrons les tables d'une nappe blanche et les sièges, d'une housse de la même couleur.

Je suis d'accord que ça donne un aspect chic à l'ensemble, mais je ne peux pas m'empêcher de me demander combien de temps les invités mettront à les salir. Quelques minutes ? Les taches de vin, c'est très compliqué à faire partir. Je plains Isa. Ou la pauvre âme qui sera chargée de tout nettoyer.

Maintenant que le mobilier a été placé, c'est la partie amusante qui commence : décorer la pièce et les tables. Je me précipite sur les bougies argentées que ma sœur a choisies et les dispose un peu partout.

– N'oublie pas que des fleurs vont former le plan de table, me lance Clémence en modifiant l'emplacement de mes bougies.

Je retiens un soupir. Il sera donc temps de les bouger quand les bouquets seront là. Pas besoin de repasser derrière moi. C'est très agaçant, mais je décide de ne rien répliquer. Ça ne sert à rien de chercher les embrouilles.

Je préfère m'éloigner et choisis d'aller aider Hugo qui est en train de déposer les assiettes. Quand j'arrive à sa hauteur, il m'attire contre lui et pose un baiser sur mon front. Mon premier réflexe est de lui demander ce qu'il lui prend, quand je me souviens que c'est moi qui lui ai dit d'être plus tactile avec moi en public. J'avais déjà oublié la vraie raison de notre premier baiser. Pathétique, n'est-ce pas ?

– Ça va ? me chuchote-t-il à l'oreille.

– Clémence m'agace, mais à part ça, ça va.

– Parce qu'il y a des moments où elle ne t'énerve pas ? ricane-t-il.

Un sourire en coin étire mes lèvres. Il n'a pas tort sur ce coup-là.

Pendant qu'Hugo dépose les assiettes, je commence à m'occuper des verres. J'ai à peine fini une table que Clémence, l'inspectrice des travaux finis, vient juger nos efforts. Quand elle voit ce que j'ai fait, elle claque la langue de manière réprobatrice.

– Les verres comme ça, c'est vraiment n'importe quoi ! dit-elle en commençant à les réarranger. Il faut les mettre sur le côté droit, en diagonale. D'abord, le verre à eau, puis le verre de vin rouge et, pour finir, le verre de vin blanc !

Je ne proteste pas et modifie l'arrangement. Maintenant qu'elle le dit, j'ai un vague souvenir d'avoir vu ça au restau. Ça n'empêche que j'ai la désagréable impression de ne rien faire comme il faut. Et je ne l'entends pas faire ce genre de commentaires aux autres.

Alors que nous disposons avec Hugo les serviettes sur les assiettes, mon éternelle insatisfaite de sœur ne peut pas s'empêcher de critiquer mon travail à nouveau :

– Ce n'est pas centré ! Fais un peu attention !

J'observe le placement de la serviette avec scepticisme. Elle me paraît parfaitement centrée. Je relève la tête et lance un regard interrogateur à Clémence qui laisse échapper un soupir agacé. Elle contourne la table et me pousserait presque pour que je bouge. Une fois à ma place, elle déplace la serviette de littéralement deux millimètres sur la droite. J'entends Hugo étouffer un rire et là, je craque. Trop, c'est trop.

S'énerver → vers **CHAPITRE 48** (p. 265)
OU
Faire comme si de rien n'était → vers **CHAPITRE 49** (p. 272)

CHAPITRE 47

– Bon, on y va ? lancé-je. J'avoue que je commence à fatiguer et je serai contente de rentrer.

Hugo m'envoie un regard compatissant.

– J'ai bien vu que tu étais à la traîne. Un peu trop dur pour toi, ce matin ?

Je hoche la tête.

– On est loin du manoir ?

– Trois kilomètres, je pense. Ça va aller pour toi si on y va tranquillement ?

Je réponds par l'affirmative. Cette courte pause m'a permis de reprendre mon souffle et ces trois kilomètres ne me semblent pas insurmontables.

Comme promis, Hugo se met à trottiner et je parviens à suivre sa cadence sans trop me fatiguer. Je ne suis néanmoins pas mécontente de terminer notre séance par une marche dans l'allée du manoir, puis une série d'étirements.

– Ça ne t'embête pas si je prends ma douche la première ? lui demandé-je une fois de retour dans notre chambre.

Hugo, occupé à boire un grand verre d'eau, accepte galamment.

Une demi-heure plus tard, nous descendons tous les deux pour petit-déjeuner. Je ne m'en rendais pas compte avant de sentir les délicieux effluves dans l'air, mais je suis affamée. J'engloutis deux œufs et trois tartines beurrées, sous le regard étonné de mes parents qui me connaissent pour aimer boulotter du sucré le matin. Mon père est ravi d'apprendre que je suis allée courir avec Hugo. Je grogne un peu pour la forme, mais suis secrètement heureuse. Je lui raconte l'épisode de la biche et des faons tout en sirotant une tasse de café.

Quand tout le monde a terminé son assiette, Clémence se racle la gorge.

– Aujourd'hui est un grand jour ! Nous allons décorer la grange pour la cérémonie et la réception. Je suis si excitée !

Ouf. Ça, c'est la partie amusante.

Nous la suivons tous à l'extérieur, en direction de la grange. Le bâtiment n'est qu'à une cinquantaine de mètres du manoir, mais je n'ai pas encore eu l'occasion de le voir de plus près.

La première chose qui me frappe, c'est l'espace immense. Une impression de grandeur accentuée par le plafond qui se trouve au moins à trois mètres du sol. Les murs sont faits de pierres grises naturelles qui contrastent avec les poutres de bois. Un lustre de cristal est suspendu au milieu de la pièce. Il y a une atmosphère dans la pièce qui me plaît tout de suite. C'est vraiment le lieu parfait pour une réception de mariage. J'ai hâte de voir ce que ça donnera une fois la décoration installée. Je ne doute pas une seule seconde que le résultat sera féerique.

– Tout le matériel est rangé dans le débarras juste là, nous indique Isa. Il faut d'abord que nous sortions les tables et les chaises.

– Ce ne serait pas mieux de commencer par accrocher les voiles blancs au plafond ? s'enquiert Thibault. Avant qu'il n'y ait trop de choses dans le chemin ?

– Bien vu, tu as raison. Vous ne vouliez pas mettre des guirlandes aux poutres aussi ? Ça va être plus compliqué à installer.

Je lève les yeux pour évaluer la hauteur à laquelle se trouvent lesdites poutres. Je n'ai pas besoin d'avoir le compas dans l'œil pour me rendre compte qu'elles sont trop hautes pour que j'accepte de grimper sur une échelle.

– Effectivement, on devrait commencer par les guirlandes, approuve Marc-Emmanuel. Je vais chercher l'échelle. En revanche, je vous préviens, ce n'est pas moi qui vais jouer les acrobates et monter dessus !

Ma mère se tourne vers Hugo avec un regard interrogateur.

– Est-ce que le sportif accepterait de jouer les équilibristes ?

Avant qu'il n'ait l'occasion de prendre la parole, je prends sa défense.

– Maman, il a une compétition dans une semaine. Tu veux vraiment qu'il risque de se casser quelque chose ? (Je me tourne vers Hugo.) Ne la laisse pas t'amadouer, ça ne vaut pas la peine que tu te fasses mal.

– Enfin, Amanda, c'était juste une question, ne m'agresse pas comme ça, se défend ma mère, l'air faussement outré.

– Il n'y a aucun problème, vous faites bien de demander, reprend Hugo pour apaiser les tensions, mais Amanda a raison, il vaut mieux que je ne m'y risque pas. Je veux bien tenir l'échelle pour assurer la bonne âme qui acceptera de se sacrifier.

– Tu ne veux pas le faire, Thibault ? lui demandé-je.

Ma sœur me répond du tac au tac :

– Pour la même raison que ton Hugo, on va éviter que le marié se casse les jambes avant la cérémonie, merci.

OK, elle marque un point, elle aurait juste pu le dire plus gentiment. Tous les regards convergent vers mon père.

– C'est-à-dire que… Enfin… j'ai vraiment le vertige. Je préférerais passer mon tour.

Alors que Clémence et ma mère se tournent vers moi à ma grande horreur, Isa pousse un soupir mélodramatique.

– Oh là là ! Ces hommes ! De vraies poules mouillées. Je vais m'en occuper.

Marc-Emmanuel choisit ce moment exact pour revenir avec l'échelle.

– Tu es certaine que ça va aller ? lui demande-t-il d'un ton où transparaît une pointe de condescendance.

– Installe l'échelle et je vais te prouver ça !

Quand il voit le père de Thibault vaciller sous le poids de l'échelle, Hugo se précipite pour lui donner un coup de main.

– Thibou, ne reste pas là les bras ballants, le houspille Isa, va me chercher les guirlandes !

Mon père suit Thibault tandis que ma mère, ma sœur et moi restons plantées comme des cruches à regarder la scène se dérouler sous nos yeux. Mon angoisse monte en flèche quand j'observe Isa grimper sur l'échelle avec une guirlande lumineuse dans une main, un marteau dans l'autre et des clous en bouche. Je suis soulagée qu'elle se soit proposée. Rien que de m'imaginer à sa place, j'ai envie de tourner de l'œil. Après avoir accroché la première extrémité de la guirlande, elle redescend et tire le second bout jusqu'au mur d'en face pendant que les garçons bougent l'échelle.

– Il ne faudrait pas mettre un clou au milieu de la poutre aussi ? demande ma mère. Histoire que ça ne tombe pas.

Marc-Emmanuel lui assure que ce n'est pas nécessaire pendant qu'Isa s'affaire. Pas sûre que ma mère soit convaincue, mais elle n'insiste pas.

Une fois la première guirlande posée, Thibault part brancher la prise pour voir le rendu.

– Absolument parfait, s'enthousiasme ma sœur.

– Hourra ! Plus que sept autres à mettre, marmonne Isa dont le ton laisse penser qu'elle regrette déjà de s'être portée volontaire.

Il faut à peu près une demi-heure avant que toutes les guirlandes soient installées. C'est vraiment très joli.

– On peut placer les voiles blancs maintenant, ordonne ma sœur.

– Je laisse quelqu'un d'autre les installer, prévient Isa. J'ai eu ma dose.

Tout le monde se regarde, mais visiblement, personne n'est prêt à se porter volontaire. L'envie me démange d'apostropher ma mère pour qu'elle prenne exemple sur Isa et qu'elle s'y colle, mais je me retiens. Elle serait capable de me retourner l'argument à la figure, alors qu'elle sait que j'ai le vertige comme mon père. Finalement, c'est Isa qui finit par trouver une solution à la situation.

– Allons, Marc-Emmanuel, tu ne vas pas faire ton froussard, quand même. Si j'ai pu mettre ces guirlandes, tu peux très bien accrocher ces voiles. C'est beaucoup plus léger et il y a déjà des crochets au plafond !

– Non, vraiment, je…

– Incroyable. Tu es une vraie poule mouillée ! Que dirait Père ?

Blessé dans son amour-propre, le père de Thibault finit par accepter en ronchonnant. Personne n'est assez idiot pour lui faire remarquer que le plafond est bien plus haut que les poutres.

Thibault ramène les trois voiles et plie le premier avec Clémence. Il le tend à son père qui se met à grimper sur l'échelle en ronchonnant. Arrivé en haut, il s'escrime pendant plusieurs minutes à faire tenir le voile, sans succès.

– Ça ne fonctionne pas ton crochet ! s'écrie-t-il d'un ton furieux à Isa.

– Et si on enroulait un ruban autour du tissu pour que ce soit plus facile de l'accrocher ? propose mon père.

– Bonne idée, lui répond ma mère.

– Mais il faut absolument que le ruban soit blanc, sinon ça va se voir et ça ne sera pas joli, réplique tout de suite Clémence.

– On doit bien avoir ça dans toute la décoration que tu as commandée, la rassure Thibault qui en profite pour déguerpir alors que son père redescend de l'échelle en pestant.

Il revient quelques secondes plus tard en tenant triomphalement un rouleau de ruban et une paire de ciseaux dans ses mains.

– Si c'est du satin, ça va encore plus glisser, s'agace Marc-Emmanuel.

– On peut peut-être sécuriser le voile avec du fil de fer et mettre le ruban par-dessus ? propose Hugo.

Ma sœur approuve l'idée et envoie Thibault chercher le fameux fil de fer. Clémence s'occupe ensuite elle-même de préparer le voile selon ses exigences avant de le tendre à son beau-père.

– Ça devrait mieux tenir comme ça, non ?

– On va voir ça tout de suite.

Hugo reprend sa place comme assistant pour assurer l'échelle, tandis que nous observons tous Marc-Emmanuel se contorsionner avant de finalement réussir à passer le fil de fer dans le crochet.

– C'est pas le plus facile, mais ça a l'air de faire l'affaire, maugrée-t-il.

Clémence ne perd pas une seconde de plus et commence les préparations des deux autres voiles pendant que Marc-Emmanuel cloue les deux côtés aux murs. Je dois avouer que ça rend vraiment bien.

– Comment vas-tu cacher les clous ? demande ma mère à ma sœur. Avec des fleurs ?

– Ça se voit tant que ça ?

– Pourquoi pas avec des jolis nœuds faits avec le ruban ? proposé-je.

Elles se retournent toutes les deux vers moi avec une expression de surprise sur le visage. Je me sens presque vexée. Moi aussi, je peux avoir de bonnes idées de temps en temps.

– Ce sera parfait, acquiesce ma sœur en me lançant un rare sourire.

Pendant que les deux autres voiles sont attachés au plafond, nous préparons ensemble les nœuds en satin. Nous les agrafons de façon invisible dans les boucles.

Une fois ce travail accompli, nous nous reculons pour admirer le résultat. Si la grange avait déjà du cachet quand nous sommes arrivés, elle est encore plus élégante comme ça.

– Maintenant, on peut s'occuper des tables, déclare d'un ton satisfait Clémence.

Thibault et elle nous dirigent pendant que nous nous occupons de la manutention. Nous plaçons douze tables pour les invités et deux plus petites pour la table d'honneur. Je sens que j'ai couru ce matin : les muscles de mes cuisses protestent un peu quand je soulève la première table.

Mon père et ma mère s'occupent des chaises alors qu'Isa et Marc-Emmanuel nous aident à finir d'installer les tables. Une fois que tout est en place et que ma sœur est satisfaite, nous recouvrons les tables d'une nappe blanche et les sièges, d'une housse de la même couleur.

Je suis d'accord que ça donne un aspect chic à l'ensemble, mais je ne peux pas m'empêcher de me demander combien de temps les invités mettront à les salir. Quelques minutes ? Les taches de vin, c'est très compliqué à faire partir. Je plains Isa. Ou la pauvre âme qui sera chargée de tout nettoyer.

Maintenant que le mobilier a été placé, c'est la partie amusante qui commence : décorer la pièce et les tables. Je me précipite sur les bougies argentées que ma sœur a choisies et les dispose un peu partout.

– N'oublie pas que des fleurs vont former le plan de table, me lance Clémence en modifiant l'emplacement de mes bougies.

Je me retiens un soupir. Il sera donc temps de les bouger quand les bouquets seront là. Pas besoin de repasser derrière moi. C'est très agaçant, mais je décide de ne rien répliquer. Ça ne sert à rien de chercher les embrouilles.

Je préfère m'éloigner et choisis d'aller aider Hugo qui est en train de déposer les assiettes. Quand j'arrive à sa hauteur, il m'attire contre lui et pose un baiser sur mon front. Mon premier réflexe est de lui demander ce qu'il lui prend, quand je me souviens que c'est moi qui lui ai dit d'être plus tactile avec moi en public. J'avais déjà oublié la vraie raison de notre premier baiser. Pathétique, n'est-ce pas ?

– Ça va ? me chuchote-t-il à l'oreille.

– Clémence m'agace, mais à part ça, ça va.

– Parce qu'il y a des moments où elle ne t'énerve pas ? ricane-t-il.

Un sourire en coin étire mes lèvres. Il n'a pas tort sur ce coup-là.

Pendant qu'Hugo dépose les assiettes, je commence à m'occuper des verres. J'ai à peine fini une table que Clémence, l'inspectrice des travaux finis, vient juger nos efforts. Quand elle voit ce que j'ai fait, elle claque la langue de manière réprobatrice.

– Les verres comme ça, c'est vraiment n'importe quoi ! dit-elle en commençant à les réarranger. Il faut les mettre sur le côté droit, en diagonale. D'abord, le verre à eau, puis le verre de vin rouge et, pour finir, le verre de vin blanc !

Je ne proteste pas et modifie l'arrangement. Maintenant qu'elle le dit, j'ai un vague souvenir d'avoir vu ça au restau. Ça n'empêche que j'ai la désagréable impression de ne rien faire comme il faut. Et je ne l'entends pas faire ce genre de commentaires aux autres.

Alors que nous disposons avec Hugo les serviettes sur les assiettes, mon éternelle insatisfaite de sœur ne peut pas s'empêcher de critiquer mon travail à nouveau :

– Ce n'est pas centré ! Fais un peu attention !

J'observe le placement de la serviette avec scepticisme. Elle me paraît parfaitement centrée. Je relève la tête et lance un regard interrogateur à Clémence qui laisse échapper un soupir agacé. Elle contourne la table et me pousserait presque pour que je bouge. Une fois à ma place, elle déplace la serviette de littéralement deux millimètres sur la droite. J'entends Hugo étouffer un rire et là, je craque. Trop, c'est trop.

S'énerver → vers **CHAPITRE 48** (p. 265)
OU
Faire comme si de rien n'était → vers **CHAPITRE 49** (p. 272)

CHAPITRE 48

– Clémence, tu te moques de moi ? Tu ne veux pas sortir un mètre pour mesurer l'emplacement de la serviette, aussi ? C'est franchement ridicule.

– Ce qui est ridicule, c'est que tu ne parviens même pas à voir la différence ! Tu devrais prendre rendez-vous chez l'ophtalmo.

– Et toi, chez le psychiatre ! Ça devient une névrose. À moins que ce ne soit un TOC ?

Les yeux de Clémence lancent des éclairs.

– C'est toi qui devrais avoir une évaluation psychologique. On découvrirait sans doute que tu as le Q.I. d'une huître.

– J'espère que vous n'êtes pas en train de vous disputer !

Ma mère surgit de nulle part. Elle a le regard rivé sur nous, mais je constate qu'elle a noté la présence d'Hugo qui est sagement en train de continuer son travail. Il est plus malin que moi.

– Amanda pose n'importe comment les serviettes !

– Tu appelles « n'importe comment » le placement d'une serviette que tu as déplacée de deux millimètres ? Il n'y a que dans ta tête qu'elle n'était pas centrée !

– Amanda, Clémence, ça suffit ! Amanda, fais un effort. Clémence, laisse ta sœur tranquille.

« Fais un effort », comme si je ne faisais pas que ça depuis que je suis arrivée ! Mais bon, au moins, je ne suis pas la seule à me faire houspiller. Ma mère a dû enfin remarquer le petit manège de ma sœur.

Clémence hoche la tête sèchement avant de s'éloigner à grands pas pour rejoindre Thibault. Nul doute qu'elle va aller râler auprès de lui.

Maintenant que ma sœur n'est plus en train de regarder par-dessus mon épaule, je peux reprendre ma tâche sereinement. Enfin, presque, l'orage a beau être passé, je ne décolère pas.

J'attends que ma mère se soit éloignée pour chuchoter à Hugo :

– On est d'accord que Clémence le fait exprès, non ?

– Franchement, je me le demande.

Je ne dois pas être si parano que ça si Hugo pense la même chose que moi, non ?

– Et moi qui disais que décorer la salle, c'était plus amusant que faire des trous dans des feuilles… J'avais tout faux. Au moins là, Clémence ne trouvait rien à redire à mon travail.

Nous rions de concert. Je me sens instantanément mieux de partager ma frustration avec Hugo. N'empêche que j'essaie de bien centrer les nouvelles serviettes que je place. Cette fois-ci, si Clémence me reproche quelque chose, je saurai qu'elle a vraiment une dent contre moi.

Après avoir posé la dernière serviette, je m'éloigne de quelques pas pour admirer notre travail. C'est déjà très classe, mais j'ai hâte de voir ce que ça va donner quand les fleurs seront là. Ça va être somptueux. On ne peut pas nier que Clémence a bon goût en matière de décoration.

Voyant que nous sommes libres, Isa nous apostrophe.

– Vous pourriez peut-être vous occuper d'embellir les appuis de fenêtre ? J'ai commencé le travail, mais j'ai une urgence, je dois vous abandonner. Ça vous embête de me remplacer ?

Nous acceptons la mission et elle nous remercie avec un sourire avant de s'éloigner.

Une fois près des fenêtres, nous pouvons voir l'étendue du travail à accomplir : deux d'entre elles sont déjà terminées. Isa y a placé des vases posés sur des rondins pour accueillir les fleurs, ainsi que des perles nacrées et des plumes blanches pour habiller.

– Tu prends ce côté et moi celui d'en face ? me propose Hugo.

J'acquiesce et je me mets au travail. J'ai terminé quatre rebords et il ne m'en reste plus que deux quand j'entends la voix de ma mère qui m'appelle.

– Amanda, tu peux venir nous aider pour le plan de table, s'il te plaît ?

Je jette un regard en direction d'Hugo, et quand mes yeux croisent les siens, il m'adresse un sourire et deux pouces levés. Apparemment, il a compris le message. Il ne me reste plus qu'à me plier aux injonctions de ma mère. Génial.

Dès que j'arrive à sa hauteur, elle me tend un papier et me désigne la table la plus éloignée au fond à gauche.

– Voilà la liste des invités pour cette table-là. Les cartons de table sont dans le panier sur la table d'honneur. Clémence est en train de les trier.

Top. Il va donc falloir que je passe par ma sœur pour obtenir ces précieux cartons. Je me réjouis d'avance.

Sans dire un mot, je hoche la tête et pars avec des pieds de plomb vers l'endroit où Clémence est affairée. Quand j'arrive à sa hauteur, je me racle la gorge :

– J'ai besoin des cartons des invités de la table de… (Je lis le premier nom sur la liste) Carolane Dumoulin.

– Tu crois que je connais le plan par cœur ? rouspète-t-elle.

Inspire, Amanda, expire. Ce ne serait pas du meilleur effet d'étrangler la future mariée.

– Je pensais, rétorqué-je d'un ton désintéressé. Si je te donne le nom de toutes les personnes de la table, tu peux me les donner au fur et à mesure ?

Elle répond par l'affirmative, alors je m'exécute. J'ai presque l'impression de collecter des cartes de Pokémon rares. Qui ose affubler son enfant d'un prénom comme Ursula, franchement ?

Une fois tous les cartons rassemblés, je pars en direction de la table et essaie de m'y retrouver. C'est bien sympa d'indiquer qui doit être à côté de qui, mais par quelle personne est-ce que je commence ? Et où exactement ? La table est ronde. Est-ce qu'il y a un ordre précis ? Genre la fameuse Ursula doit-elle être la plus éloignée possible des mariés parce qu'elle est insupportable ? Comment est-ce que je peux le savoir ? Et, surtout, est-ce que ça a vraiment de l'importance ? Je finis par me dire que je me pose trop de questions. Pas envie de devoir demander à Clémence. Je suis prête à parier qu'elle s'énerverait. Si ça se trouve, elle n'y a même pas pensé.

Je dépose donc le premier carton que je sors de la pile et attribue les autres places par rapport à celui-ci. Une fois la tâche accomplie, je repars vers Clémence chercher de nouveaux cartons.

Je m'occupe de deux autres tables avant que le travail soit terminé. Ma mère a été plus rapide que moi. Nous nous retrouvons toutes les trois près de la table des mariés.

– Tu ferais bien de vérifier, conseille ma mère à Clémence. On peut encore changer plus tard, bien sûr, mais ça te donnera une meilleure vue d'ensemble.

Ma sœur acquiesce et je profite du fait qu'elle s'éloigne pour l'imiter et rejoindre Hugo qui est en train d'aider mon père à transporter les caisses vides dans le débarras. Je décide de leur prêter main-forte quand j'entends un cri de rage.

Je me retourne et aperçois une furie brune s'approcher de moi à grands pas. Oh ! Catastrophe en vue. Qu'est-ce qu'elle a encore ? Je garde mon attention focalisée sur le danger qui se rapproche à pas pressés, mais du coin de l'œil, je remarque que ma mère s'avance aussi vers moi.

– C'est quoi ton problème ? me balance Clémence d'un ton rageur quand elle arrive à ma hauteur.

J'en ai plusieurs, des problèmes, mais je veux d'abord savoir ce qui m'est reproché cette fois avant d'envenimer la situation.

– Qu'est-ce qu'il y a encore ? soupiré-je. Ne me dis pas que ce sont encore les serviettes, j'ai fait mon maximum !

– Les serviettes ? Mais on s'en fout des serviettes. Tu le fais exprès ou quoi ? Suivre un plan de table, ce n'est pas sorcier ! Même mes CP y arrivent !

– S'il y a un souci avec les cartons, c'est toi le problème. Moi, j'ai suivi les instructions à la lettre.

– Arrête de te foutre de ma gueule. Tout est mélangé !

– Amanda, Clémence, ça suffit ! intervient ma mère d'un ton cassant. Calmez-vous !

Frustrée par les accusations mensongères de Clémence, je ne lui laisse pas le temps d'en placer une. Je m'adresse à ma mère d'une voix furieuse.

– Non, mais elle débloque complètement ! Elle m'attaque, alors que j'ai respecté ce qu'il y avait sur les feuilles.

Je fouille dans la poche arrière de mon pantalon pour en ressortir le plan de table que j'ai en ma possession. Ma mère l'attrape avant que ma sœur ne puisse réagir et se tourne vers elle.

– Donne-moi aussi ta version, Clémence. Je suis sûre que l'erreur vient de là. Tu es certaine que tu nous as fourni le bon plan de table ?

Je manque de me frapper le front. Mais c'est ça, bien sûr. Je mettrai ma main au feu qu'elle a raison. Je lance un regard furibond à Clémence. Plutôt que de se remettre en question et réfléchir à la situation, madame préfère chercher un bouc émissaire et je suis la personne parfaite pour ce rôle. J'ai envie de l'étrangler.

Une main se pose sur mon épaule. Je me retourne vers Hugo et lui adresse un sourire de remerciement. Sa présence tranquille derrière moi m'aide à reprendre quelque peu mes esprits. J'ai toujours envie de tuer Clémence, mais la colère ne m'aveugle plus assez pour que je cède à mes pulsions meurtrières.

– Tout va bien, ici ? On peut aider pour quelque chose ? demande mon père dans une tentative vaine de détendre l'atmosphère.

– Il y a juste eu une petite erreur au niveau du plan de table, mais nous sommes en train de régler ça, lui répond ma mère, en scannant des yeux les deux papiers.

À côté d'elle, ma sœur jette un coup d'œil et tire une tête d'enterrement. C'est le signe que la théorie de ma mère est correcte. Punaise, elle ne pouvait pas penser à vérifier avant de gueuler ?

– Tu as regardé toutes les tables ? Ou seulement celles d'Amanda ? Parce que je crains que les miennes ne soient pas plus correctes.

– Juste celles d'Amanda, admet Clémence d'un ton pincé.

– Tu as la bonne version avec toi ?

Clémence sort son téléphone de sa poche et commence à pianoter dessus.

– Envoie-moi aussi le fichier. Ça ira plus vite à deux.

J'observe ma sœur s'exécuter et je sens la moutarde me monter au nez. Elle va s'excuser au moins ?

À peine la pensée m'a-t-elle traversé l'esprit que Clémence tourne les talons et part s'occuper de la table la plus proche. Non, mais je rêve ! Outrée, je pivote vers ma mère, prête à lui faire entendre le fond de ma pensée.

– Je sais, me dit-elle. Elle est en tort, mais essaie de ne pas jeter de l'huile sur le feu.

Estomaquée, je la regarde rejoindre Clémence. Ma surprise se mue très vite en rage. Je serre les dents.

– Je n'ai pas tout compris, commente mon père, mais je ferais peut-être bien d'aller leur donner un coup de main.

Il s'éloigne et je sens la colère qui gronde en moi avant de me tourner vers Hugo.

– Ça te dit qu'on se barre d'ici ? J'en ai marre de me faire traiter comme un chien.

– Je n'osais pas te le proposer…

Pas besoin de me le dire deux fois. À grands pas furieux, je quitte la grange, Hugo sur mes talons. En chemin, nous croisons Marc-Emmanuel et Thibault en train de transporter un tronc d'arbre, mais nous les ignorons. Une fois à l'extérieur, je ralentis la cadence.

Proposer une escapade à Hugo → vers **CHAPITRE 49** (p. 272)

OU

Rentrer au manoir → vers **CHAPITRE 50** (p. 279)

CHAPITRE 49

– On va faire un tour ? lui proposé-je.

– Ce n'est pas bientôt l'heure du déjeuner ? me répond-il évasivement.

Je suis suffisamment énervée pour ne pas avoir envie de manger avec les autres. Mais je peux comprendre qu'Hugo ne souhaite froisser personne.

– Il suffit qu'on prévienne Isa.

– Si tu me prends par les sentiments…

Je sens déjà une partie de la tension dans mon corps se relâcher. Nouvelle mission : trouver où se cache Isa et lui annoncer que nous ne serons pas présents au déjeuner.

Pendant qu'Hugo va rassembler ses affaires dans notre chambre, je pars à la recherche de la maîtresse de maison. Je la déniche dans son bureau, au téléphone. Elle redresse la tête quand elle m'entend entrer dans la pièce. Avec la bouche pincée et le portable collé à l'épaule, elle n'a jamais autant ressemblé à son frère.

– Vous m'excusez quelques secondes ? dit-elle avant de poser le combiné sur la table.

– Je suis désolée, mais j'en ai encore pour quelque temps. Tu peux faire passer le message aux autres ?

– Oh, je ne venais pas pour ça. Je voulais juste te prévenir qu'Hugo et moi déjeunions à l'extérieur comme hier.

– Il n'y a vraiment aucun problème. Pas besoin de me prévenir. Tu sais où tout est dans le frigo. Fais comme chez toi.

Elle n'attend même pas que je la remercie avant de reprendre le téléphone. Je pars ensuite retrouver Hugo dans notre chambre.

– C'est bon, lui dis-je en entrant. Nous avons la bénédiction d'Isa. On peut aller se servir dans le frigo.

– Parfait, allons-y !

Nous ne traînons pas pour emballer notre repas dans un grand sac. Je pense que, comme moi, Hugo n'a pas envie de perdre de temps et de prendre le risque de tomber sur quelqu'un.

Nous arrivons sans encombre à la voiture. J'en suis à la fois soulagée et agacée. Soulagée que nous puissions nous enfuir et agacée de voir que personne ne semble se soucier de la raison pour laquelle nous avons quitté précipitamment la grange. Dans ma tête, j'imagine ma mère dire à Clémence : « Laisse-la bouder un moment », et ça me fait grincer des dents, alors j'essaie de ne plus y songer. À la place, je tente de ne penser qu'au moment que nous allons pouvoir passer à deux avec Hugo. S'il y a bien un point positif à retenir de cette situation, c'est celui-là.

– Tu sais où tu veux aller ? demandé-je en faisant démarrer le véhicule.

– À la plage, me répond-il. J'ai envie de voir la mer.

Quelle bonne idée ! Je n'y avais pas pensé, mais je suis aussitôt séduite par la proposition. Même s'il ne fait pas très chaud, le soleil brille et c'est le temps parfait pour aller se promener par là-bas. En plus, les bruits des vagues, c'est apaisant. Parfait pour calmer ma colère et me rasséréner. Rien que d'y penser, je sens déjà mon humeur maussade s'améliorer.

– Tu peux mettre le GPS ?

Hugo s'exécute.

– Je peux quand même allumer la radio ? me demande-t-il.

– Seulement si tu es un bon copilote, lui réponds-je sur le ton de la plaisanterie.

– Le meilleur, tu ne le sais pas encore ?

– Tu n'as pas vraiment eu l'occasion de le démontrer.

– Tu vas être éblouie, tu vas voir.

Nous rigolons tous les deux et ça me fait du bien.

Nous roulons pendant une bonne demi-heure pour atteindre la plage de Vasouy. Dès notre arrivée, je suis scotchée par le magnifique paysage de falaises qui nous accueille. La vue est à couper le souffle. Entre le bleu du ciel et de la mer, et le blanc du sable et des falaises, j'ai l'impression d'être sur une île paradisiaque bien loin de la France. Je me sens presque en vacances. Presque.

Hugo semble aussi émerveillé que moi par le décor.

– J'avais lu que c'était la plage sauvage la plus belle du coin, mais je n'imaginais pas que c'était aussi grandiose.

Contrairement à notre emplacement de pique-nique d'hier, quelques touristes se promènent, mais ce n'est rien à côté de ce que la fréquentation doit être en haute saison.

– Tu veux manger tout de suite ou ça te dit d'explorer les lieux d'abord ?

Comme je n'ai pas encore très faim, j'accepte la deuxième proposition. Hugo est tout excité à l'idée de découvrir la vue du haut des falaises, alors je le suis sur le sentier raide qui amène jusque-là. Mes genoux protestent un peu, mais je ne regrette pas l'ascension. Vue d'ici, la mer s'étale sur des kilomètres jusqu'à se confondre avec le ciel et les promeneurs que nous avons croisés me paraissent minuscules.

C'est le son de mon téléphone qui vient rompre la quiétude des lieux. Je peste alors qu'Hugo se tourne vers moi. Il hausse un sourcil pour me demander ce qu'on me veut. Mon estomac se tord quand je vois que c'est un message de ma mère. Je parie qu'elle vient de comprendre que nous sommes partis et que je vais avoir droit à des reproches. Prête à en découdre par messages interposés, je commence à lire :

De Maman (ICE)
22/05/25 à 12 h 23
Bonne promenade.

Je reste circonspecte face à ces mots. Est-ce ironique ? Ou se sent-elle coupable de l'épisode du plan de table et essaie de faire amende honorable ? Honnêtement, je n'en ai aucune idée.

– On nous rappelle d'urgence au manoir ? ironise Hugo.

– Eh bien, figure-toi que ma mère nous souhaite une bonne promenade.

– Ah. C'est une bonne chose, non ?

– Peut-être, lancé-je sans me mouiller.

– Voyons le côté positif, elle sait que nous sommes partis et ne nous demande pas de revenir, c'est pas mal.

J'acquiesce. Il a raison après tout. Je ne vais pas me donner une migraine en m'interrogeant sur ce que ma mère a voulu dire. Il sera temps de m'en inquiéter plus tard.

Hugo et moi reprenons notre exploration du sommet de la falaise. Après un bon quart d'heure de promenade, c'est cette fois-ci le son de mon estomac qui crie famine qui interrompt nos pas. Hugo se met à rire et je me sens rougir.

– Je crois que c'est le moment de manger.

– Je peux attendre encore un peu, lui assuré-je.

– Maintenant, c'est bien. J'ai faim aussi.

Je jette un coup d'œil au sac qu'il transporte et fronce les sourcils.

– Tu as vraiment envie de manger les restes que nous avons trouvés dans le frigo ? lui demandé-je. Allez, viens, je t'invite au restaurant. Tu l'as bien mérité pour avoir réussi à supporter ma famille.

– Étonnamment, me répond-il, je commence à m'habituer à votre drôle de dynamique. Mais je peux te dire que, moi qui ai toujours rêvé d'avoir des frères et sœurs, l'envie m'est *soudainement* passée.

Je laisse échapper un rire.

– On souhaite avoir ce que l'on n'a pas, jusqu'à ce qu'on se rende compte que la réalité est bien moins chouette.

Hugo me suit dans mon hilarité. Il n'y a pas à dire, j'adore le voir aussi heureux. Après un moment, je reprends :

– Ce n'est pas que je déteste Clémence, hein. La moitié du temps, je l'adore. Mais l'autre moitié, qu'est-ce qu'elle peut être pénible !

– Oui, et puis n'oublions pas qu'elle se marie avec ton ex. Quand on voit le spécimen, on peut raisonnablement se demander si elle est saine d'esprit.

Je pousse un soupir. Ça, tu l'as dit.

Nous redescendons de notre falaise et partons à la recherche d'un restaurant qui nous plaît à l'allure des gens qui ont tout leur temps. Nous papotons, nous racontant nos vies, nos enfances, la sienne comme enfant unique et la mienne avec Clémence.

J'adore ce qu'il se passe, surtout quand Hugo décide de glisser sa main dans la mienne. Je sens mon cœur qui palpite et un sourire se dessine sur mes lèvres.

Nous finissons par nous arrêter dans un petit restaurant de pêcheur : Hugo choisit un risotto à l'encre de seiche et aux coquillages, tandis que je prends une daurade. Tout, autour de nous, est rustique et cliché : un filet de pêche est accroché au plafond et une barre de gouvernail de bateau trône au mur. Tous les meubles sont en bois grossièrement découpés, jusqu'aux chaises, qui ne sont pas particulièrement confortables. Mais ce petit désagrément est vite oublié quand la serveuse nous apporte les assiettes.

– Tu veux goûter ? me demande Hugo.

Je réponds par l'affirmative et il me lance un regard séducteur avant de préparer une bouchée sur sa fourchette et de me la tendre par-dessus la table. Je me sens charmée et gênée à la fois. Sans me faire prier, je m'avance pour goûter son plat. Toute à mes émotions, je prends à peine le temps de savourer ce que j'ai en bouche.

– C'est délicieux, lui dis-je alors que j'ai le palais en feu tant le risotto est chaud. Tu veux un morceau de daurade ?

– Avec plaisir.

Je lui coupe avec soin une bouchée et vérifie qu'il n'y a aucune arête avant de lui tendre ma fourchette.

– C'est très bon aussi, mais je préfère mon risotto, commente-t-il.

Je hoche la tête. Son plat est plus raffiné que le mien, mais je ne suis pas déçue de mon choix. Le risotto, c'est bourratif et on aurait dû me faire rouler hors du restaurant si j'avais avalé une portion aussi grande que celle qu'on lui a servie.

Pendant le reste du repas, nous continuons à nous échanger quelques bouchées de temps en temps et je sens que la serveuse regarde notre petit manège avec amusement. J'aurais pu être gênée, mais je passe un trop bon moment pour en avoir quelque chose à faire. Nous ne faisons rien de mal et si nous avons envie de ressembler à des amoureux transis, c'est notre problème.

Une fois nos assiettes finies et débarrassées, nous refusons tous les deux de prendre un dessert, mais Hugo commande un café.

Après avoir fait un tour au petit coin, qui est aussi cliché que la pièce principale avec son papier peint de poissons et de crustacés, et sa porte sur laquelle est collée une représentation de la plage, je m'arrête au comptoir pour régler l'addition. Je reprends ma place auprès d'Hugo qui est en train de souffler sur son café.

– C'est un peu chaud, se justifie-t-il.

– Ne t'en fais pas, je ne suis pas pressée, lui assuré-je.

Quelques minutes plus tard, nous sortons du restaurant, repus et contents de l'expérience.

Nous reprenons le chemin de la plage quand Hugo me demande :

– Tu penses qu'il faut qu'on rentre maintenant ou on peut encore un peu profiter ?

OU
Rentrer au manoir → vers **CHAPITRE 50** (p. 279)
Continuer la balade → vers **CHAPITRE 51** (p. 283)

CHAPITRE 50

Nous sommes dans notre chambre depuis à peine cinq minutes quand trois coups secs retentissent à la porte. Hugo et moi échangeons un regard et je retiens un soupir. Je serais prête à parier que c'est soit ma mère soit ma sœur.

Sans surprise, je trouve Clémence de l'autre côté du battant. Je ne m'attendais pas, en revanche, à ce qu'elle soit accompagnée de Thibault.

– C'est donc ici que vous vous terrez, lance-t-elle d'un ton dédaigneux. Merci pour votre aide.

Mon sang ne fait qu'un tour.

– Quand on t'en donne, tu n'es jamais satisfaite, rétorqué-je brusquement. Il faut savoir ce que tu veux.

Sous l'énervement, je vois les joues de Clémence s'échauffer.

– Ce que je veux, c'est que vous bougiez vos fesses d'ici et veniez finir le travail !

– Et moi, j'aimerais que tu t'excuses pour m'avoir accusée à tort tout à l'heure. Mais je suppose qu'on n'a pas toujours ce qu'on veut dans la vie.

Thibault jette un regard interrogateur à Clémence qui est trop occupée à me foudroyer du regard pour le voir. Alors comme ça, sa belle ne lui a pas expliqué ? Ça ne m'étonne même pas.

– Oh, ça va, hein, tu ne vas pas en faire tout un fromage, non plus ! Si tu y mettais un peu plus de bonne volonté, je n'aurais pas tiré les mauvaises conclusions.

Je manque de m'étouffer. Parce que ça va être de ma faute en plus ? Et quel manque de bonne volonté ? Depuis le début, je fais mon maximum pour être de bonne composition, mais non, ça ne suffit pas à madame. Elle va voir de quel bois je me chauffe !

J'ouvre la bouche pour lui adresser une tirade pas piquée des vers quand Hugo prend ma défense.

– Hé, oh, tu dépasses les bornes, là, Clémence. Amanda mérite des excuses de ta part. Si tu la trouves de mauvaise volonté, alors toi, t'es vraiment de mauvaise foi. Elle n'a pas arrêté de se démener depuis qu'on est là.

– Se démener ? répond agressivement Thibault. Alors que vous vous barrez tous les jours pour faire du tourisme ? Ne me fais pas rire.

Les deux hommes se toisent et je sens que la situation est en train de mal tourner. Une part de moi est quand même assez vicieusement satisfaite. J'en avais marre de subir sans jamais pouvoir me défendre.

– Vous êtes tellement pénibles, Clémence et toi, qu'il nous faut bien une soupape de décompression, lancé-je, mauvaise.

Quand Hugo se tourne vers moi, la lueur de déception que je peux voir dans ses prunelles m'attriste, mais pas assez pour m'arrêter en si bon chemin.

– N'en rajoute pas, Amanda, s'il te plaît, m'implore-t-il.

– C'est ce qu'elle sait faire de mieux, gronde Thibault. En remettre une couche pour envenimer la situation.

– Tu peux parler, répliqué-je. Qui vient de faire irruption dans notre chambre pour nous attaquer ? Si ce n'est pas ce qu'on appelle mettre de l'huile sur le feu, je ne sais pas ce que c'est.

– Ça suffit, intervient Hugo. Est-ce qu'on peut admettre qu'il y a des torts des deux côtés et résoudre la situation ? Clémence, tu devrais t'excuser auprès de ta sœur pour ce matin. Et puis, on n'en parle plus, d'accord ?

Un ange passe. Je suis reconnaissante à Hugo pour cette tentative, mais il faut bien admettre qu'il rêvait s'il pensait que ses paroles allaient résoudre la situation.

– Je ne m'excuserai que si Amanda reconnaît qu'elle essaie de ruiner notre mariage parce qu'elle est jalouse.

J'avale de travers. Elle est sérieuse, là ? Est-ce qu'elle s'entend ?

– Vas-y, continue, Clémence. Tu t'enfonces.

– Tu ne penses pas que t'exagères un peu, Clémence ? répond Hugo en même temps que moi.

– Tu peux nier autant que tu veux, je connais la vérité, et Thibault aussi.

– Quelle vérité, espèce de folle ? T'es vraiment complètement parano.

– Arrête ton char, tout le monde sait ce que tu essaies de faire. Tu es furieuse que Thibault m'ait choisie, moi.

Furieuse, je le suis, mais certainement pas par jalousie.

– Oh, Clémence ! Tu délires, ma pauvre ! Si je voulais vraiment ruiner ce mariage, crois-moi, tu le saurais. Tu me sous-estimes et tu ne sais clairement pas de quoi je suis capable.

– C'est plutôt toi qui te surestimes, me balance d'un air mauvais Thibault qui ne peut pas s'empêcher de rajouter son grain de sel.

Je le regarde droit dans les yeux et lui adresse un sourire que j'espère aussi énigmatique que celui que j'ai en tête. Se rend-il compte que je suis à deux doigts de perdre mon sang-froid et commettre l'irréparable, comme lui écraser mon poing dans son petit nez de bourgeois prétentieux ? Mais si je fais un œil au beurre noir au futur marié, on ne me le pardonnera jamais. Je peux au moins le menacer, l'air de rien, et espérer qu'ils se demanderont cette nuit comment je vais me venger.

– Nous verrons bien, je suppose.

Sur ces mots, je leur referme la porte au nez avant de pivoter sur mes talons et de me jeter sur le lit. J'enfouis la tête dans mon oreiller et retiens un hurlement de frustration. Vivement la fin de ce mariage, je n'en peux plus !

Le matelas s'affaisse avant qu'une main se pose sur mon épaule.

– Ça va ? me chuchote Hugo.

À son avis ?

– On a fait mieux, grommelé-je. Honnêtement, je n'ai pas envie d'en discuter.

Hugo bouge à côté de moi. Il reste silencieux pendant plusieurs secondes avant de reprendre, toujours à voix basse :

– Tu es certaine ? Ça te ferait sans doute du bien plutôt que de tout garder pour toi. Tu vas finir par exploser.

Ça, ça ne fait aucun doute. Et je ne voudrais pas que ce soit lui qui prenne tout, mais c'est ce qui risque d'arriver s'il continue d'insister. Je sors la tête de l'oreiller et roule sur le côté pour me retrouver face à lui. Ses traits sont plissés dans une expression que je peine à reconnaître. Un mélange d'inquiétude et de mécontentement, peut-être ?

Embrasser Hugo pour le faire taire et détourner son attention → vers **CHAPITRE 52** (p. 289)

OU

Éviter la conversation et aller dormir sans plus en parler → vers **CHAPITRE 53** (p. 297)

CHAPITRE 51

– On reste, évidemment. On n'a même pas encore profité de la plage ! Ne t'en fais pas, si on a besoin de nous, on ne manquera pas de nous le faire savoir.

– Pas faux.

Cette fois, c'est moi qui prends l'initiative de glisser ma main dans la sienne. Le cœur léger, les pas au diapason, nous avançons vers la plage. Juste avant d'atteindre le sable, je m'arrête net et détache mes doigts, à regret, de ceux d'Hugo.

– Qu'est-ce que tu fais ? me demande-t-il alors que je me baisse.

– J'enlève mes chaussures ! J'adore marcher dans le sable.

– Je devrais peut-être t'imiter. Je déteste avoir du sable dans mes chaussettes.

Malgré ces mots, il ne bouge pas et se contente de me regarder. Une fois mes sandales retirées, je me relève et les agrippe dans ma main droite.

– Donne-les-moi, me dit-il, je vais les mettre dans le sac.

– Tu es sûr ? C'est pas terrible avec la bouffe.

– Qu'est-ce que tu racontes, ça va être parfait. Le meilleur moyen pour la parfumer avec un goût fromager délicieux.

Sa réplique me surprend tellement que j'éclate de rire avant de lui donner un coup de coude.

– Vas-y, dis que mes pieds puent.

– Je n'oserais pas. Je n'ai parlé que des chaussures, je te signale.

Un fou rire nous prend alors qu'Hugo me déleste de mes sandales et les glisse dans le sac.

Une fois que j'ai plus ou moins retrouvé mon calme, je pose les pieds sur le sable et y enfonce les orteils. Je soupire aussitôt d'aise. Il est à la température parfaite : chaud, mais pas bouillant.

– Tu devrais vraiment enlever tes baskets, lui conseillé-je.

Le sourire aux lèvres, il lève les yeux au ciel avant de s'exécuter et de ranger ses chaussures avec les miennes.

– Mélange de fromage en cours, commenté-je d'un ton taquin.

Nous voilà repartis dans notre fou rire. Je commence à en avoir mal au ventre. Hugo est dans le même état que moi.

Une fois notre moment d'hilarité passé, nous marchons le long de la plage, profitant du sable chaud et du vent qui nous caresse le visage. Je n'aurais pas pu rêver meilleur moment. Nous finissons par nous rapprocher de l'eau. Le sable commence à être mouillé et à coller à nos pieds.

– Ça te dit de tremper un peu tes pieds ? lui demandé-je, bien décidée à le faire quelle que soit sa réponse.

– On n'a pas pris de serviettes…

– Ne fais pas ta chochotte, ça va sécher, tu sais ! lui répliqué-je en riant.

Je retrousse le bas de mon pantalon, adresse un sourire victorieux à Hugo et trempe mon pied droit dans l'eau. C'est froid, mais ça ne va pas m'empêcher de poser le second pied dedans. Comme une gamine, je sautille sur place pour éclabousser tout autour de moi. Hugo proteste aussitôt.

– Hé ! Si c'est comme ça que tu cherches à me convaincre de te rejoindre, ça commence mal !

Je pouffe de rire, mais arrête de faire l'imbécile. Je m'éloigne de lui jusqu'à ce que les vagues me caressent les chevilles.

– Allez, viens ! C'est un peu froid au début, mais on s'y habitue vite.

Hugo pousse un soupir avant de céder. À pas prudents, il s'avance vers moi. Une fois à ma hauteur, il saute sur place et m'éclabousse.

– Mon pantalon ! m'écrié-je.

– La vengeance est un plat qui se mange froid, me rétorque-t-il, fier de sa bêtise.

Pour toute réponse, je lui tire la langue. Nous pouffons ensemble de notre immaturité.

– Tu sais que je déteste avoir du sable qui me colle aux pieds ? Je n'arrive pas à croire que tu aies réussi à me convaincre de mettre mes pieds dans l'eau.

– Je n'ai pas eu besoin d'utiliser beaucoup d'arguments, répliqué-je. Tu avais juste envie de m'éclabousser, pas vrai ?

– Coupable, me répond-il avec un sourire charmeur. T'aurais dû voir la tête que tu as tirée, ça valait le coup !

Je secoue la tête avec une moue faussement outrée.

– Et ça ose se plaindre et me tenir responsable.

– C'est que tu es responsable. Sans toi, je ne serais pas là.

« Tu m'en veux toujours ? » Ces mots brûlent mes lèvres et, pourtant, je les retiens. J'ai trop peur d'en connaître la réponse. Ma lâcheté me répugne, mais je ne peux pas me résoudre à briser ce moment entre nous. Nous sommes trop bien, trop heureux pour que je nous fasse ça. Plus tard, me promets-je intérieurement. Plus tard, je me risquerai à poser cette question à laquelle je n'ose pas penser, mais qui me taraude de plus en plus chaque fois que nous nous rapprochons, Hugo et moi.

– J'ai dit quelque chose qu'il ne fallait pas ? Tu as l'air bien songeuse d'un coup.

Je cligne des yeux et reprends contact avec la réalité. Je lui envoie un sourire que j'espère le plus sincère possible.

– Ce n'est rien, je repensais à l'incident de ce matin, mens-je avec un soupçon de culpabilité.

– Te prends pas la tête. Je sais que tu as des raisons d'être énervée, mais ça ne sert à rien de te torturer l'esprit avec ça.

Qu'il tente de me rassurer fait encore grossir cette culpabilité qui me ronge et je n'ose plus ouvrir la bouche. Je hoche simplement la tête, priant pour qu'il ne cherche pas à en savoir plus.

Je reporte mon attention sur l'immensité de la mer. Face à cette étendue d'eau, je me sens toute petite et un peu dépassée par les événements. Il suffirait d'une énorme vague pour que je sois emportée par le courant et qu'on ne me retrouve jamais. Un déchaînement et c'en serait fini de moi, de ce mariage stupide et de mes mensonges. Ce serait sans doute moins stressant que ces derniers jours.

Je secoue la tête. Bon, d'accord, j'exagère sans doute un peu, la mer n'est pas si agitée que ça.

– C'est beau, pas vrai ? me murmure Hugo.

J'acquiesce.

– Tu as eu raison de choisir cet endroit. C'était exactement ce qu'il nous fallait.

– J'adore la mer, me confie-t-il. J'aurais été déçu si je n'avais pas pu m'y rendre. Le port de Honfleur, c'était chouette, mais ce n'est pas la même chose…

– Je t'avoue que je n'aurais jamais cru avoir le temps de faire autant de tourisme.

– Finalement, la *to-do list* de la mort de ta sœur, c'était du pipi de chat.

Je fais semblant de frissonner dramatiquement :

– Ne le dis pas trop fort, je suis certaine qu'elle peut t'entendre jusqu'ici et qu'elle va décider de nous faire peindre toutes les roses rouges en blanc.

– C'est l'inverse dans *Alice au pays des merveilles*, s'empresse-t-il de me corriger.

– Parce que tu as déjà vu beaucoup de mariages avec des roses rouges, toi ? Je te parie tout ce que tu veux que Clémence a, au moins, une rose blanche dans son bouquet !

– Tout ce que je veux ? Hum, tentant. Mais tu sembles si convaincue que je ne m'y risquerai pas.

– Bon choix, lui réponds-je en riant.

Un silence apaisant s'installe, et aucun d'entre nous ne ressent le besoin de le combler. Nous profitons juste du moment. À être là, tous les deux, les pieds dans la mer et le regard porté vers l'horizon.

Sans vraiment nous concerter, nous reprenons notre marche le long de la plage.

Je n'ai aucune idée du temps passé quand Hugo rompt le silence.

– Bon, je commence à cailler, il est temps d'aller affronter le sable qui colle aux pieds.

Je crois que j'aurais pu rester là encore longtemps, mais ce n'est pas grave, je suis heureuse de l'accompagner.

Aussitôt nos pieds sortis de l'eau, le sable vient s'y accrocher, faisant grimacer Hugo et déclenchant mon hilarité.

– On peut s'asseoir le temps que ça sèche, si tu veux. Ce sera plus facile à enlever.

Pour toute réponse, il se laisse tomber lourdement sur le sol.

– Maintenant, je vais en avoir aussi dans le pantalon, grommelle-t-il.

– Il fallait choisir une plage de galets si tu détestes tant le sable, le taquiné-je.

Il se frappe le front avec la paume de main.

– Mais pourquoi est-ce que je n'y ai pas pensé ?

– Il y en a plusieurs dans la région, en plus, non ?

– Crois-moi, la prochaine fois, je ne reproduirai pas cette tragique erreur.

– Tout de suite les grands mots, m'amusé-je.

Après avoir passé une vingtaine de minutes à discuter en laissant sécher nos pieds, nous frottons le sable pour l'enlever et quittons la plage. Il est temps de repartir affronter ce qui nous attend au manoir.

→ vers **CHAPITRE 50** (p. 279)

CHAPITRE 52

Non, vraiment, j'ai tout sauf envie de parler de ces deux zigotos. Et il commence vraiment à m'agacer à insister comme ça. Je pensais avoir été claire la première fois. Mes yeux se fixent sur sa bouche.

– Chuuuut, susurré-je en déposant un doigt contre ses lèvres. J'ai une autre idée sur la manière dont tu peux me remonter le moral.

Je rapproche doucement mon visage du sien pour lui laisser le temps de réagir s'il n'est pas intéressé. Pour mon plus grand plaisir, c'est lui qui franchit le reste de distance qui nous sépare.

Sa bouche rencontre la mienne et mon corps tout entier se relâche. Je ne me rendais même pas compte d'à quel point j'étais tendue par la colère. À son contact, j'ai l'impression qu'un poids vient de m'être retiré et je me sens légère comme une plume.

Enhardie par cette sensation, je pose les mains sur son torse. Nos peaux nues sont séparées par la barrière de nos vêtements, mais ça ne m'empêche pas de me repaître de sa chaleur corporelle. C'est la première fois que nous nous embrassons en étant allongés et je trouve cette position bien plus intime que les fois précédentes. Je me demande si Hugo ressent la même chose. Tout ce que je sais, c'est que son corps se colle contre le mien et je retiens un gémissement. Il pose une main sur mon épaule avant de la faire glisser le long de mon dos. Je frissonne tout entière. Il s'arrête dans le creux de mes reins, juste à la lisière de mes fesses et je sens la frustration monter en moi. Attend-il mon autorisation ? Un geste de ma part pour l'inviter à continuer ? Plutôt que de me séparer de ses lèvres pour le lui dire, je décolle une main de son torse et imite son mouvement. Une fois arrivée en bas de son dos, je continue avec deux doigts et les fais descendre délicatement pour le titiller. Il me mord la lèvre inférieure et je prends ce geste comme un encouragement. Cette fois, c'est la main entière que je pose sur sa fesse. Il fait de même et commence à me peloter à travers mon jean. J'ai l'impression que la température de la pièce vient d'augmenter de dix degrés.

Je glisse mon autre main dans son cou et agrippe sa nuque. Mes seins sont maintenant collés contre sa poitrine et, très vite, j'en veux plus. Beaucoup plus. J'ai besoin de sentir sa peau nue contre la mienne. À regret, je détache mes lèvres des siennes et me redresse.

Hugo se relève aussitôt, un air interrogateur sur le visage. Je m'empresse de le rassurer en lui adressant un sourire mutin et en posant mes doigts sur le bord de mon débardeur. Je le sens qui s'apaise et il me regarde enlever mon haut avec un soupçon de convoitise dans les yeux. Une fois en soutien-gorge – pas le plus sexy de ma garde-robe, je le crains – je pose mes mains sur les bretelles et lui adresse un regard lourd de sens.

– Alors, tu viens me le retirer ?

Hugo n'a pas besoin de se faire prier. Aussitôt que les mots passent la barrière de mes lèvres, il me rejoint. Je l'observe faire avec satisfaction. Face à moi, il se relève sur ses genoux avant de poser ses mains sur mes hanches et un baiser délicat sur le bout de mon nez.

– On est bien loin de l'Amanda qui rougit face aux sous-entendus d'Isa…

Je grimace. Bon moyen de me faire redescendre. J'aurais préféré ne pas penser à notre hôtesse alors que je suis à moitié déshabillée… Mon expression dégoûtée lui arrache un rire. Pour le punir, je lui pince le côté gauche à travers son tee-shirt.

– OK, OK, je vois que madame s'impatiente, laisse-moi remédier à ça…

Et enfin, ses mains dégrafent mon soutien-gorge. Il m'enlève le sous-vêtement avant de prendre le temps de m'observer. Je ne le quitte pas des yeux. Il a l'air d'aimer ce qu'il voit, et ça me rassure. Je ne suis pas la fille la moins sûre d'elle, mais face à Hugo, j'ai l'impression d'avoir de nouveau 17 ans. Mes tétons durcissent sous l'effet du froid et de l'excitation. Je pense qu'il le remarque parce qu'un sourire victorieux se dessine sur ses lèvres. Il va pour s'approcher, mais je l'arrête, joueuse.

– Tu ne te sens pas trop habillé, par hasard ?

Pour toute réponse, il m'intime de me rapprocher d'un geste de la main.

Je lui retire son tee-shirt en prenant bien soin de caresser chaque centimètre carré de peau qui se dévoile. Je prends plaisir à dessiner du bout des doigts les sillons de ses muscles tracés. Il a un corps d'Apollon et il ne l'a pas volé. Je peux bien révérer ses abdos pour tout le mal qu'il s'est donné.

Une fois débarrassés de cette dernière barrière, nos bouches se retrouvent dans un ballet langoureux. Ses mains partent à la découverte de ma poitrine tandis que je cartographie son dos. Je m'attarde sur ses épaules athlétiques, non sans satisfaction. Il fait rouler sous ses doigts mes tétons et je sens un courant électrique traverser tout mon corps. Je laisse échapper un grondement mécontent quand il arrête. Il ricane et m'attire contre lui en posant ses mains sur mes fesses. Mes seins s'écrasent contre son torse musclé et je me sens au paradis.

Mais très vite, j'en veux plus. Un feu brûle dans mon bas-ventre et je n'ai qu'une envie : l'attiser jusqu'à ce qu'il s'éteigne dans une explosion de plaisir.

Sans prévenir, je me laisse tomber en arrière pour me coucher sur le dos. Hugo m'accompagne dans ma chute et se retrouve au-dessus de moi. Collée ainsi contre lui, je sens pour la première fois la preuve de son désir. Presque par réflexe animal, je me mets à onduler le bassin contre son sexe. Il émet un gémissement à mi-chemin entre la surprise et le plaisir avant de m'imiter. La ceinture de son pantalon me mord le ventre, mais je ne le remarque que lorsque la douleur est trop forte. Je laisse échapper un sifflement.

Hugo s'arrête aussitôt de bouger.

– Je te fais mal ? me demande-t-il d'un ton paniqué.

– Pas toi, ta ceinture, lui réponds-je en papillonnant des yeux. C'est sans doute le signe que tu dois la retirer, non ?

Son angoisse se transforme en amusement.

– Oh, je vois. Madame veut passer à la vitesse supérieure.

Il se redresse et commence à retirer sa ceinture. Positionné comme ça, il me domine de toute sa hauteur et une partie primitive de moi ronronne de contentement. Sans le lâcher des yeux, je tente de défaire la braguette de mon pantalon. Je galère un peu et il s'en amuse. Dès que je parviens à mes fins, je me tortille dans tous les sens pour retirer mon jean. Une fois en culotte – heureusement un peu plus sexy que cet affreux soutien-gorge – j'hésite un instant sur le reste de la marche à suivre. Hugo choisit pour moi. Il se penche et dépose un baiser sur mon ventre à la lisière de mon sous-vêtement. Il attrape l'élastique entre ses dents et je soulève les fesses pour l'aider à faire descendre la culotte le long de mes cuisses. J'ai les joues en feu. Personne ne m'a jamais fait ça et je trouve ça terriblement sexy. Je ne soupçonnais même pas que ce geste puisse me plaire autant. Proche de moi comme il est, il ne doit pas rater le moindre détail de ma peau… et de mon sexe. Si mes joues pouvaient rougir encore plus, je pense qu'elles le feraient.

Arrivé à mes chevilles, Hugo dépose un nouveau baiser sur mon pied gauche avant d'envoyer valser ma culotte hors du lit d'un mouvement qui m'envoie une décharge électrique dans tout le corps. Il retire ensuite son pantalon d'un geste pressé, dévoilant son caleçon noir qui ne cache en rien son érection. Je n'arrive pas à en détacher mon regard, surtout quand Hugo décide d'enlever son boxer. Et le moins qu'on puisse dire, c'est que je ne suis pas déçue de ce que je vois. Sa queue n'est pas la plus imposante que j'aie jamais croisée, mais elle est large et j'ai déjà envie d'explorer de ma langue les veines qui la parcourent.

Mais plutôt que de revenir vers moi pour que je puisse mettre mon désir à exécution, Hugo se relève du lit et se dirige vers la table de chevet. Il en sort la boîte de préservatif.

– Merci, tatie Isa, ricane-t-il.

Je lui envoie un regard faussement courroucé.

– Arrête de parler d'elle alors qu'on est à poil. C'est déjà la deuxième fois, je vais finir par être jalouse.

– Tu devrais surtout avoir peur qu'elle ne débarque. Ça doit être comme les démons, la troisième fois, elle sera invoquée et elle va nous rejoindre.

– Ne dis pas ça, ça lui ferait trop plaisir, marmonné-je.

Hugo continue de rire en enfilant le préservatif.

– Elle a l'air plus intéressée par toi que par moi. Mais elle ne dirait sans doute pas non à un plan à trois.

Je grimace d'horreur. J'ai peur qu'il ait raison.

– T'as vraiment l'art de ruiner l'ambiance, l'accusé-je en me redressant sur mes coudes.

Il m'envoie un regard sûr de lui en se dirigeant vers moi.

– Ne t'inquiète pas, ma belle, je vais arranger ça.

– Ça vaudrait mieux, grommelé-je.

Pour toute réponse, Hugo agrippe mon sein droit et commence à sucer et à me mordiller le téton tout en caressant l'autre. Un pic de désir me traverse. Bon, d'accord, cet homme tient ses promesses.

Je me laisse goûter jusqu'à ce que j'aie envie de plus d'action et d'être un peu moins passive. Je l'attrape par les cheveux et tire gentiment jusqu'à ce qu'il remonte la tête suffisamment pour que je puisse l'embrasser. Il se remet au-dessus de moi, son sexe collé contre mon bas-ventre, et j'agrippe fermement ses fesses. Nous ondulons l'un contre l'autre. Sa respiration est hachée contre mon oreille. Je dépose un baiser dans son cou.

– Si tu me fais un suçon, ça va jaser au mariage, me susurre-t-il.

– Pas si c'est à un endroit qu'on ne voit pas.

Je recentre mon attention sur sa clavicule droite. Sous son costume, la marque sera cachée.

Avec application, je mordille et suce sa peau jusqu'à obtenir un résultat qui me satisfait. Je suis en train d'admirer mon œuvre quand Hugo pose une main taquine sur mon sexe. Je laisse échapper un petit cri de surprise qui se transforme en gémissement lorsqu'il commence à caresser mon clitoris. Ses doigts explorent ma vulve, se glissent entre mes lèvres et je ferme les yeux pour mieux tout ressentir.

– Tu es trempée, tu sais, me chuchote-t-il à l'oreille.

Mon corps est parcouru d'un frisson. Je rouvre les paupières, prête à protester, quand il retire sa main. Je pique un fard quand je m'aperçois qu'il est en train de lécher ses doigts.

– Délicieux, ronronne-t-il.

De gêne, je me cache le visage. Je le sens rire silencieusement contre moi.

Sa main reprend sa place et je laisse tomber les bras pour pouvoir le regarder. Nos yeux s'accrochent. Il observe toutes mes réactions avec une intensité qui me déstabilise presque, comme s'il cataloguait toutes les micro-expressions qu'il m'arrache en me caressant. Une lueur triomphante traverse ses prunelles chaque fois que je gémis.

Mes muscles se contractent autour de ses doigts de plus en plus vite. Je commence à perdre délicieusement le contrôle. Je sens une vague me parcourir, elle prend de plus en plus de hauteur et je crains un tsunami.

– Si tu continues comme ça… haleté-je.

Pour toute réponse, Hugo m'adresse un sourire coquin et reprend de plus belle. Je perds la notion du temps et de l'espace. Tout mon être est focalisé sur ses mouvements et ce qu'ils me font ressentir. Une vague de désir plus forte que les autres me fait me cabrer et, sans pouvoir rien y faire, j'atteins l'orgasme dans un cri silencieux.

Qu'est-ce que c'est bon ! Je redescends peu à peu, prenant de profondes respirations et savourant cette sensation de plénitude qui me parcourt. De petits chocs électriques entretiennent mon plaisir. Hugo continue de caresser mon clitoris. Je lui adresse un sourire langoureux et écarte largement les cuisses.

– Tu viens ? roucoulé-je.

Hugo n'a pas besoin de plus amples explications, avec un sourire à la fois tendre et amusé, il saisit son sexe et se positionne à la bordure de mes lèvres. Il se penche vers moi et m'embrasse avant de pousser. Mes parois internes s'écartent avec aise pour le laisser passer. Je frissonne de plaisir de l'avoir ainsi en moi.

Dans un grognement presque animal, il commence ses va-et-vient et j'ondule mes hanches de concert. Le rythme lascif du début laisse vite place à un tempo effréné et nous dansons ensemble la plus vieille danse du monde, enlacés et grisés par la présence de l'autre. Il n'y a plus que lui qui existe : sa chaleur, son odeur, sa peau nue contre la mienne. L'air sent le sexe et la transpiration, et ça m'en fait encore plus tourner la tête.

À ma grande surprise, j'atteins un nouvel orgasme quelques secondes avant qu'il n'éjacule dans un grondement rauque. Il s'effondre sur moi et je me blottis contre lui avec délectation. Je sens son sexe perdre de sa rigidité en moi avant qu'il ne se retire. Sa respiration est chaude contre mon oreille.

Je ne sais pas combien de temps nous restons enlacés l'un contre l'autre sans bouger, mais je profite de chaque seconde. Je suis presque déçue quand il roule pour se mettre à côté de moi.

– Tu te souviens que tu m'as dit que tu ne regrettais pas de ne pas être sortie avec moi au lycée ? me murmure-t-il à l'oreille.

Je réponds par un grognement interrogatif, ne faisant pas confiance à ma voix.

– Eh bien, je suis maintenant du même avis que toi.

Ah bon ? Je reste silencieuse, pour l'encourager à continuer.

– Je suis certain que ça aurait été bien moins satisfaisant de coucher ensemble à l'époque. Je n'aurais pas su quoi faire.

Je ne peux m'empêcher d'éclater de rire. Et de me dire qu'il a bien raison.

→ vers **CHAPITRE 53** (p. 297)

CHAPITRE 53

Quand j'émerge ce matin au bruit du réveil d'Hugo, une seule pensée tourne en boucle dans ma tête : « J-1 ». Demain, Clémence et Thibault s'uniront pour le meilleur et surtout pour le pire. Encore deux jours à passer au manoir avant que la vie ne reprenne son cours normal. Allongée dans ce grand lit, le regard fixé sur le plafond, je ne peux pas m'empêcher d'angoisser à cette idée. Moi qui attendais ce moment avec impatience depuis le début, voilà maintenant que je me mets à vouloir que le temps ne s'écoule pas aussi vite. Et la raison de ce changement d'avis est en train de se changer à côté de moi.

– Tu ne m'accompagnes pas, ce matin ? me demande Hugo.

Je me redresse et hésite une seconde, pas très sûre de comment formuler les choses.

– Tu ne m'en veux pas si je ne viens pas ? Aujourd'hui et demain vont être de grosses journées, et je ne dis pas non à un peu de repos.

Bien sûr, ce n'est qu'une excuse. La vérité, c'est que j'ai juste envie de me morfondre dans mon coin en pensant à l'après-mariage.

– Je comprends, m'assure-t-il. Si je pouvais, je ferais comme toi.

Je lui adresse un maigre sourire en guise de réponse. Quelques minutes plus tard, je me retrouve seule face à mes pensées et la digue cède.

Que va-t-il se passer une fois que le mariage sera terminé ? Hugo et moi nous sommes rapprochés durant notre séjour, mais ça ne veut pas dire que ça va durer. Et si ce n'était rien d'autre qu'une parenthèse dorée ? Et si notre relation n'était pour lui qu'une façon de vivre un passé qui ne s'est jamais réalisé ? Va-t-il couper les ponts dès que je l'aurai ramené chez lui ?

D'autant plus que tu l'as quand même fait chanter, me susurre une voix moqueuse dans la tête. *Il n'a jamais dit qu'il te pardonnait pour ce coup-là...*

Mes yeux commencent à piquer et je crois que je pourrais me mettre à pleurer. Maintenant qu'on s'est rapprochés, peut-être qu'il ne m'en voudra plus trop ? Il suffit que je lui explique que c'était un bluff et il va comprendre, n'est-ce pas ?

Parce que tu trouves que c'est une base saine, pour une relation de couple, le chantage ?

Je me mords la lèvre inférieure. Présenté comme ça, c'est certain que je passe pour un gros *red flag* ambulant. Mais s'il était toujours en colère contre moi, il n'aurait jamais agi comme il l'a fait, si ? Il se serait contenté de jouer la comédie devant ma famille.

En es-tu si certaine ? Ce n'est pas parce qu'il le fait ici qu'il voudra continuer quand il aura repris sa vie. Alors que toi... Tu as été assez idiote pour ne pas avoir envie de le laisser partir.

Je dois me retenir pour ne pas laisser s'échapper des larmes. Je ne me rendais pas compte d'à quel point me rapprocher ainsi d'Hugo était un jeu dangereux. Tout s'est passé de façon si naturelle que j'en ai oublié la réalité. Tous les actes ont leurs conséquences. Et, avec mes conneries, j'ai sans doute tué dans l'œuf ce qui aurait pu être une merveilleuse relation.

Je roule sur moi-même pour enfouir mon visage dans l'oreiller. Pourquoi ai-je décidé de le faire chanter pour le convaincre ? J'aurais pu trouver une solution alternative. N'importe quoi plutôt qu'un truc illégal. Je me suis mise dans la mouise toute seule et je n'ai que mes yeux pour pleurer.

Il n'aurait sans doute pas accepté pour une autre raison. Rappelle-toi la compétition.

Je sais que j'ai atteint le fond quand même la voix perfide de mon cerveau commence à essayer de me réconforter. Et quand on touche le fond, on ne peut que remonter, songé-je distraitement. Je ne vois qu'une seule solution : il faut que je mette les choses à plat avec Hugo. Je dois lui parler aujourd'hui. Avant le mariage. Après, il sera trop tard.

Mue par cette nouvelle conviction, je parviens à trouver l'énergie pour me lever et entamer ma journée. Dans ma tête, j'échafaude déjà mon plan. J'en discuterai avec lui ce soir, après le dîner. C'est une conversation qu'il vaut mieux qu'on ait en tête-à-tête dans l'intimité de notre chambre sans craindre qu'on vienne nous déranger. Je pourrais lui demander ce qu'il pense de tout ça, de nous, de la situation, de mon chantage et, ensuite, lui faire part de ce que j'ai sur le cœur. Si la chance me sourit, tant mieux. Dans le cas contraire… Je serai trop occupée par le mariage pour pleurer..

♥

Quand Hugo me rejoint au petit déjeuner, je fais bonne figure. Je le laisse m'embrasser chastement devant tout le monde et note distraitement que c'est la première fois que nous sommes aussi démonstratifs devant les autres. J'essaie de le voir comme un signe. Je lui retourne son sourire quand il s'assoit face à moi avant de plonger mon attention dans mon assiette. Je n'écoute que d'une oreille distraite les conversations, bien décidée à ignorer Clémence et Thibault tant que je le peux, mais quand j'entends qu'on parle de Victoire et Sandrine, je reviens dans la conversation.

– Elles ne vont plus tarder à arriver, se réjouit ma sœur. Dès qu'elles seront là, on va pouvoir commencer.

– La maîtresse de cérémonie ne vient pas aujourd'hui ? la questionne ma mère.

– Si, mais elle m'a prévenue qu'elle sera là vers 10 heures. Ça nous laisse le temps de faire les essayages avec les demoiselles d'honneur avant la répétition.

Je cligne des yeux, effarée. Les deux amies de Clémence arrivent aujourd'hui ? Je vais devoir subir leur présence pendant plus de vingt-quatre heures ? Oh, misère ! Je peux encore supporter Victoire, qui n'a pas un mauvais fond bien que je la trouve superficielle, mais alors Sandrine… Depuis que j'ai dû couper mes cheveux lorsque j'avais neuf ans parce qu'elle m'avait collé un chewing-gum dedans, je la hais. Elle a prétendu qu'elle n'avait pas fait exprès et ne s'est jamais excusée. Mais je ne lui ai jamais pardonné. Quand je pense que je vais devoir faire semblant de m'entendre avec elle pendant deux jours, j'ai envie de hurler.

– Une répétition de quoi ?

Toute à mes récriminations intérieures, j'en oublierais presque cette histoire. Heureusement, Hugo est là pour poser les bonnes questions.

– Du mariage, évidemment, lui rétorque ma sœur d'un ton presque offusqué. Il faut que tout soit parfait pour demain.

– Je ne savais pas qu'il fallait répéter un mariage, marmonne-t-il, incrédule.

Je pensais que l'on avait atteint le sommet du ridicule avec les confettis de feuilles mortes, mais force est de constater que Clémence réussit une nouvelle fois à se surpasser. Madame a trop regardé de séries américaines, alors elle a décidé de faire une répétition générale pour son mariage.

Clémence reporte son attention sur Marc-Emmanuel et ses plaisanteries, et Hugo en profite pour changer de place et s'installer près de moi.

– Tu penses que c'est parce qu'elle a peur que Thibault soit trop idiot pour réussir à lui passer la bague au doigt du premier coup ou quoi ? me glisse-t-il d'un ton moqueur.

Je cache mon rire derrière une quinte de toux, m'attirant les regards courroucés de mes parents. Il a peut-être trouvé l'utilité de la répétition, après tout.

À la demande d'Isa, Thibault nous détaille chaque minute du déroulé de la cérémonie. Clémence intervient de temps à autre pour donner des informations complémentaires. Je sens Hugo qui tressaille à côté de moi et je me rends compte qu'il est en train de ricaner silencieusement. J'ai le malheur de croiser son regard et son hilarité est contagieuse. Je ne sais pas si c'est l'absurdité de la situation ou les nerfs, mais nous sommes tous les deux pris d'un fou rire. Je détourne le regard pour essayer de me calmer avant que quelqu'un ne le remarque et ne nous le reproche, mais c'est plus facile à dire qu'à faire. Plus j'essaie de reprendre mon sérieux, plus c'est difficile, d'autant plus que Clémence débite beaucoup de bêtises.

– Est-ce que vous avez des questions ? demande Clémence qui semble enfin en avoir fini.

À mon grand soulagement, personne ne dit rien. Ce n'est pas comme si aucun d'entre nous n'avait jamais assisté à un mariage. Nous savons très bien comment ça se passe. Je suis étonnée que mon père ne lui ait pas encore fait remarquer qu'il s'est déjà entraîné avec son propre mariage. C'est bien son genre d'humour.

– Est-ce que vous voulez bien aller préparer l'arche et les chaises pendant que j'accueille mes demoiselles d'honneur ? nous demande Clémence.

– On ne va sortir que les chaises nécessaires pour nous, lui répond mon père. On les mettra toutes demain matin, ça ne sert à rien qu'elles passent la nuit dehors.

Il semble soulagé quand Clémence approuve son raisonnement. Ça fait du bien de savoir qu'il n'y a pas que moi qui pense qu'elle débloque complètement ces derniers jours.

Je m'apprête à suivre Hugo à l'extérieur quand ma sœur m'interpelle.

– Amanda, toi, tu restes ici. J'ai besoin de toutes mes demoiselles d'honneur.

Je me fige sur place. J'ai réussi à ne pas lui adresser la parole qu'une heure et demie seulement. Tu parles d'un succès. Mais là, pas moyen que je reste silencieuse. Moins je passe de temps avec Sandrine, mieux je me porte !

– Il y a vraiment besoin ? J'ai déjà essayé ma robe.

– Ça n'empêche que tu vas la mettre pour les répétitions. Et tu vas enfiler tes chaussures, je ne t'ai pas encore vue avec alors que je t'avais dit de les porter pour qu'elles se fassent à ton pied !

Je peste intérieurement, mais je ne peux que lui donner raison sur ce coup-là. Passer toute une journée avec des chaussures à talons neuves, c'est de la torture.

Résignée, j'attends avec elle dans l'entrée que l'on sonne à la porte. Heureusement, je n'ai pas à patienter trop longtemps. Le silence entre nous commençait à devenir pesant.

Je ne fais même pas semblant de sourire quand Clémence ouvre la porte. Le trio infernal se salue à grand renfort de câlins et de cris suraigus qui me donnent envie de fuir. La voix la plus insupportable est évidemment celle de Sandrine, qui me dévisage de la tête aux pieds avant de lâcher un « salut » dubitatif. Victoire, elle, a la décence de me faire la bise.

– J'ai tellement hâte de voir le manoir et les robes, s'enthousiasme Sandrine sans plus me prêter la moindre attention. Ce mariage va être phénoménal !

Je les suis, en retrait, les écoutant s'égosiller sur la beauté des lieux. Victoire surjoue un peu, mais Sandrine semble vraiment sous le charme. Après avoir fait un tour rapide du propriétaire, nous nous retrouvons dans le dressing pour les essayages. À mon grand agacement, les robes tombent à merveille sur les silhouettes des deux amies de ma sœur. La couleur rose pâle va parfaitement à Victoire qui est pourtant encore plus blafarde que moi. Ça doit être ses cheveux si blonds qu'ils semblent presque blancs qui font la différence. Je n'ai jamais douté que ça irait bien à Sandrine, en revanche. Avec son carré court brun et sa peau dorée par le soleil, le rose la met en valeur. Je serre les dents. Je suis la seule à ressembler à une cruche.

– C'est absolument par-fait ! décide ma sœur après nous avoir observées sous toutes les coutures.

– Il aurait juste fallu un autre modèle pour Amanda, ricane Sandrine.

Je la foudroie du regard.

– Mais non, c'est très joli aussi, assure ma sœur.

D'un seul coup, je ne sais plus très bien qui j'ai le plus envie d'étrangler. Clémence ou Sandrine ? Je commence presque à regretter le temps où il n'y avait que ma sœur pour m'énerver.

– Bon, ne traînons pas, la maîtresse de cérémonie arrive d'ici dix minutes, il faut qu'on descende, nous presse Clémence après avoir jeté un coup d'œil à sa montre.

– Tu ne prends pas ta robe ? lui demande Victoire.

– Ça porte malheur si le futur marié la voit avant le mariage !

– Tu devrais quand même l'emmener pour qu'elle s'imprègne de la cérémonie, intervient Sandrine, elle peut rester dans la housse.

Je reste bouche bée devant son raisonnement, mais je ne devrais pas être surprise. C'est une grande fan d'astrologie et de pierres aux soi-disant pouvoirs magiques. Je suis, en revanche, abasourdie que ma sœur se laisse convaincre par cet argument.

– Ça ne risque pas de l'abîmer ? protesté-je pour la forme, juste pour embêter Sandrine.

– C'est pour ça qu'elle reste dans sa housse, me rétorque-t-elle en levant les yeux au ciel.

Clémence nous dévisage toutes les deux avant de se ranger de l'avis de sa meilleure amie. Rien de bien nouveau, j'ai l'habitude.

J'ai à peine marché trois pas que je constate déjà que je suis très mal à l'aise dans mes chaussures. Je retiens un grognement. Génial. Les prochaines heures vont être très *très* pénibles. Dès que nous quittons l'allée de pierre du manoir pour rejoindre le gazon où nous attendent les autres, je me dis que celui qui a eu l'idée d'un mariage à l'extérieur en cette saison est un vrai imbécile. Je dois marcher sur la pointe des pieds pour ne pas m'enfoncer dans la boue. Ça va être joli demain si la mariée se casse la figure dans l'herbe à cause de ses talons. Je pouffe en imaginant la tête que Thibault et elle tireraient si ça arrivait. Ce serait un coup à perdre définitivement Clémence, c'est sûr.

Je retrouve Hugo avec soulagement. Tout me paraît bien plus simple quand il est dans les parages.

– Quand je pense qu'il va falloir qu'on se tape deux fois leur mariage, se plaint-il à mon oreille alors que nous attendons l'arrivée de la maîtresse de cérémonie.

– Tu crois qu'on va devoir répéter tout le déroulé en entier ? m'alarmé-je sur le même ton.

– J'espère que non…

Nous échangeons un regard désabusé. Au vu de tout ce que nous avons déjà subi, le doute est permis.

Nous n'avons pas plus le temps de discuter car la maîtresse de cérémonie vient d'arriver. En jean et pull, un sourire éclatant aux lèvres, la quinquagénaire aux cheveux argentés se dirige d'un pas conquérant vers Thibault et Clémence pour les saluer. Ils nous la présentent.

– Enchantée, tout le monde. J'ai hâte d'être à demain, mais mon excitation doit faire pâle figure par rapport à la vôtre. C'est bien la première fois qu'on me demande de faire une répétition !

J'évite soigneusement de croiser le regard d'Hugo, j'ai trop peur de me mettre à rire.

La maîtresse de cérémonie – qui s'appelle Élisabeth – échange encore quelques platitudes avec mes parents avant de lancer les hostilités. Elle est apparemment pressée par le temps, car elle a une célébration à officier dans deux heures.

Les minutes qui suivent sont une vraie pénitence. D'abord, car je dois abandonner Hugo pour aller m'asseoir près de l'arche en compagnie des deux autres demoiselles d'honneur. Je parviens à me placer à côté de Victoire en insistant pour qu'elle se mette entre Sandrine et moi. Plus je mets de la distance entre nous, mieux je me porte. Petite victoire, mais qui compte. Ah ! Une victoire grâce à Victoire. Je me fatigue moi-même.

Ensuite, Clémence exige de recommencer trois fois son entrée au bras de mon père parce qu'après réflexion la musique qu'a lancée Élisabeth ne lui convenait pas. J'en viens à me demander si c'est elle qui a fait la playlist. Pendant ce temps-là, Thibault hoche la tête à tous ses désidératas comme un jouet sur ressort.

Et puis, après de longues minutes où Élisabeth essaie d'effectuer son travail sans être interrompue, mais en se pressant quand même car elle a un timing à respecter, Clémence commence à s'énerver contre moi parce que je ne me suis pas levée au bon moment. Je dois avouer que je n'y mets pas beaucoup de bonne volonté, toujours échaudée par notre dispute d'hier, mais ce n'était pas une raison pour tous nous forcer à recommencer ce passage. La deuxième tentative se finit en engueulade. Je pousse un soupir énervé. On dirait presque que j'ai commis un meurtre. Franchement, ce n'est pas grave si je ne me lève pas de façon synchrone avec Victoire et Sandrine. Elles sont tellement connectées ces deux-là qu'on en viendrait à se demander si elles ne sont pas jumelles. Je proteste quand Clémence ordonne une troisième tentative.

– Oh, c'est bon, Clémence. On le fera correctement pendant le mariage. Il faut qu'on avance sinon on y sera toujours demain et Élisabeth a un autre engagement, je te signale.

Ma sœur ouvre la bouche, sans doute prête à m'assassiner vu la lueur sauvage que je lis dans ses yeux, mais mon père essaie de faire redescendre la tension sans aucun succès :

– Ne t'en fais pas, ma puce. Une mauvaise répétition générale au théâtre, c'est une première réussie !

Clémence refuse de céder. Elle persiste et signe. Nous recommençons donc pour la troisième fois. Cette fois, miracle, tout se passe bien. Nous sommes synchrones… Jusqu'au moment où Victoire me bouscule et me fait perdre l'équilibre. J'évite de chuter à terre de justesse en m'agrippant à la chaise devant moi… Qui se trouve être celle de Clémence, qui se retourne en me fusillant du regard. Alors qu'elle commence à me crier dessus, Victoire se confond en excuses sous les rires de Sandrine qui la traite d'empotée. Pourquoi est-ce que je ne suis pas surprise de m'attirer les foudres de Clémence alors que je suis la victime ?

Nous finissons par reprendre, non sans que ne je dise ma façon de penser. La pauvre Victoire ne sait plus où se mettre, mais ça n'est pas mon problème.

Enfin. *Enfin*, nous parvenons à atteindre la fin de la cérémonie. Je n'ai aucun doute que l'air soulagé qu'arbore Élisabeth est le même que sur tous les visages de l'assemblée.

– On fait maintenant la sortie, annonce d'un ton péremptoire Clémence. Je compte sur vous pour montrer l'exemple et jeter les confettis de feuilles. Normalement, les autres invités suivront.

Comme demoiselles d'honneur, nous devons emboîter le pas aux mariés. Nous les laissons prendre trois respirations d'avance avant de nous lancer à leur poursuite. J'espère que je ne vais pas recevoir des feuilles sur la tête demain.

Les autres nous emboîtent le pas et nous les suivons jusqu'à la grange.

– À ce moment-ci, le traiteur proposera des coupes de champagne aux invités, explique Thibault.

– Après tout ça, on en mérite bien une maintenant, grommelle Marc-Emmanuel.

Je me surprends à être d'accord avec lui. J'observe avec attention Isa lui faire un signe discret de la main. Ils partent tous les deux en direction du débarras. Je les suis, bien décidée à boire un petit coup pour détendre mes nerfs.

Hugo s'écarte des autres pour nous rejoindre. Le front plissé, il me chuchote quand il arrive à ma hauteur :

– Je sais que ta sœur est pénible, mais, s'il te plaît, fais un effort.

Je me sens un peu trahie. Je m'attendais à ce que nous débriefions en nous marrant de ce qu'il vient de se passer, pas qu'il me fasse des reproches lui aussi. Je prends une moue boudeuse.

– On dirait ma mère, lui lancé-je.

Il fronce les sourcils.

– Je lui donnerais raison cette fois-ci. Je sais que tu as dit que tu montrerais qu'ils te sous-estimaient, hier, mais je pensais que tu parlais sous le coup de la colère.

Son ton déçu et ses paroles me rappellent aussitôt mes ruminations de ce matin. Je me sens honteuse. Bien sûr qu'il me croit capable de mettre mes menaces à exécution. C'est la raison pour laquelle il a décidé de venir, après tout.

– Je ne le pensais pas, m'empressé-je d'expliquer. Parfois, je dis des choses sans réfléchir.

Je lui adresse un regard plein d'espoir. Est-ce qu'il va comprendre que je fais aussi référence à notre situation ? Ce n'est vraiment pas le moment d'en parler, mais j'espère qu'il s'en souviendra lors de notre discussion de ce soir.

– Tu dis ça, mais les actes ont plus de poids que les mots.

J'ai l'impression de recevoir un coup de poing dans l'estomac. Ma respiration se coupe sous le choc.

– Je n'essayais pas de saboter la répétition, balbutié-je, vraiment. OK, j'avoue que j'y ai mis de la mauvaise volonté, mais je n'ai pas cherché à nuire sciemment.

Il me scrute comme pour éprouver ma sincérité. Je me retiens de gigoter. Je ne veux pas qu'il me prenne pour une menteuse. Il semble trouver ce qu'il souhaitait dans mes yeux, car il hoche la tête.

– Je vais me tenir à carreau, lui juré-je en lui adressant un sourire timide.

Il me retourne mon sourire et je lui prends la main.

– Viens, j'ai besoin d'un petit remontant et je soupçonne Isa et Marc-Emmanuel d'avoir commencé sans moi.

Il me suit sans rechigner et je compte ça comme une victoire.

Isa et Marc-Emmanuel sont en train de boire du vin rouge plutôt que du champagne. Ils nous servent un verre et nous trinquons tous les quatre.

– À cette répétition ratée, lance Isa. Que le mariage soit plus réussi !

J'ai à peine le temps de boire une gorgée de mon verre que j'entends déjà ma mère qui demande après moi.

– Le devoir m'appelle, soupiré-je.

Verre en main, je rejoins la pièce principale et me dirige vers elle.

Et là, *c'est le drame* et je vais avoir du mal à expliquer en détail les secondes qui suivent. La seule chose que je sais, c'est qu'en allant à sa rencontre, je trébuche contre le pied d'une chaise et m'étale par terre. Ce qui, en soi, aurait été, certes gênant pour moi, mais pas très grave, si je n'avais pas eu ce fichu verre de vin en main. Parce que, bien évidemment, il fallait que la housse renfermant la robe de mariée de ma sœur se trouve sur le dossier de cette putain de chaise.

Clémence pousse un hurlement strident pendant que ma mère éructe un juron. Bientôt, toute l'attention de l'assemblée se tourne vers elles – et sur moi – et j'ai à peine l'occasion de comprendre ce qu'il se passe que quatre furies se précipitent vers moi en criant.

– Ma robe !

– Mais Amanda, ce n'est pas possible !

– Elle l'a fait exprès, j'en suis sûre !

– Quelle gourde, celle-là !

Je ne sais même plus qui dit quoi. Hébétée, je me redresse et scrute fixement cette housse tachée de vin que ma mère saisit dans ses mains et commence à ouvrir.

– Thibault, ne regarde pas ! lui ordonne Victoire d'une voix suraiguë.

Je ne peux pas détourner les yeux du spectacle qui me fait face. Ma mère écarte les pans de la housse et en sort la robe. Je gémis avec horreur quand j'aperçois la grosse tache qui s'étend sur un bon tiers du vêtement.

– Oh, mon Dieu, je suis désolée. Vraiment désolée ! J'ai trébuché et…

Je me répands en excuses, mais personne ne me prête la moindre attention. Tout le monde est en train d'essayer de sauver la robe ou de réconforter Clémence, au choix. Au début, je me sens mal d'être ignorée comme ça, mais quand les remontrances commencent, je me surprends à regretter le moment.

– Tu ne pouvais pas faire attention ? s'agace mon père.

– Elle l'a fait exprès ! s'énerve Sandrine. C'est impossible d'être aussi cruche, ça ne peut qu'être délibéré.

– Qu'est-ce que tu faisais avec un verre de vin ? me critique ma mère.

– Ça a l'air irrécupérable, commente Marc-Emmanuel d'un ton détaché avant de se remettre à siroter son propre verre.

– C'est une belle bêtise, se lamente Isa.

Victoire, elle, ne dit rien, mais le regard de reproches qu'elle me lance est suffisant pour que je comprenne ce qu'elle en pense.

– Je n'ai vraiment pas fait exprès, me défends-je. Je suis désolée !

Clémence, qui observait silencieusement sa robe ruinée en pleurant jusque-là, se retourne vers moi d'un mouvement brusque.

– Pas fait exprès ? Pas fait exprès ? Elle a menacé de ruiner le mariage hier et regardez ce qu'il se passe aujourd'hui. Pas fait exprès, mon cul !

– Je n'aurais jamais… balbutié-je. Pas la robe… Je…

Hugo me coupe dans mes explications pathétiques.

– Je vais m'en occuper, assure-t-il. Je suis certain qu'un bon nettoyage à sec sera capable de faire des miracles.

– Je connais un bon teinturier, intervient Isa. Je viens avec toi, je suis une de leurs clientes fidèles.

OU
Proposer de l'accompagner → vers **CHAPITRE 54** (p. 311)
S'excuser à nouveau → vers **CHAPITRE 55** (p. 315)

CHAPITRE 54

– Je vais venir avec vous, dis-je d'un ton tremblant. Il faut que je répare ma bêtise…

Le regard que m'adresse Hugo est assassin. J'ai envie de me recroqueviller sur moi-même.

– Je pense que tu en as fait assez comme ça pour aujourd'hui, rétorque-t-il.

J'accuse le coup. Personne ne prend ma défense. Pas même Hugo et je crois que c'est ça qui me fait le plus mal. Il ne peut quand même pas croire que je l'ai fait exprès ? C'était un accident ! Je n'aurais jamais fait un truc pareil. Et je lui ai juré que je ne cherchais pas à ruiner le mariage de Clémence, en plus.

– J'aimerais vraiment pouvoir me rattraper, insisté-je, laisse-moi venir avec vous.

Il soupire.

– Tu devrais te concentrer sur le reste de la répétition, me répond-il froidement. Ça évitera d'autres conneries demain.

J'ai envie de pleurer. Alors c'est vraiment ça ? Personne ne me croit ? Pas même Hugo ? Je cherche un soutien du regard, mais je ne trouve que des mines fâchées. Je déglutis.

– Je comprends, marmonné-je d'une voix faible. Je vais faire attention pour le reste de la répétition.

– Ça vaudrait mieux, réplique ma mère qui me foudroie des yeux. Viens, Clémence, ne t'inquiète pas, Isa et Hugo vont arranger ça.

– C'est comme si c'était fait, assure Isa.

Je ne manque pas le regard tracassé qu'elle échange avec son frère alors que ma sœur, ma mère et ses deux amies quittent la grange. Thibault les talonne et je l'entends au loin demander quelle est l'étendue des dégâts. Je me sens comme la dernière des enflures. Par pitié, faites que la robe soit nettoyable. On ne me le pardonnera jamais si ce n'est pas le cas. Quelle catastrophe ! Je regrette bien d'avoir demandé ce verre de vin rouge. J'aurais dû rester à l'eau, j'aurais fait moins de dégâts.

J'ai l'impression de recevoir un uppercut dans l'estomac quand Hugo tourne les talons sans m'adresser un regard et part avec Isa.

– Bon, intervient Marc-Emmanuel, je ferais bien d'aller ranger la bouteille en lieu sûr. Pas de raison de la gâcher plus qu'elle ne l'a déjà été.

Sur cette attaque à peine voilée, il s'éloigne à grands pas vers le débarras. Défaite, je me tourne vers mon père.

– Dis-moi que tu ne penses pas que je l'ai fait exprès, le supplié-je.

– Bien sûr que je sais que c'était un accident, me rassure-t-il. Mais Amanda… Tu aurais pu faire attention.

J'accuse le coup. Faire attention à quoi ? À là où je mets les pieds ? Pourquoi personne ne veut comprendre que je n'ai pas fait exprès ? Ce n'est pas comme si je ne regardais pas où j'allais ou que j'étais distraite par quelque chose. Je ne vois pas bien ce que j'aurais pu faire de plus, à part ne pas me balader avec un verre de vin rouge à la main. Je sais que c'était bête, et que j'ai fait une connerie monumentale, mais, enfin, JE N'AI PAS FAIT EXPRÈS.

Je garde sagement ces pensées pour moi. Ça ne sert à rien de me mettre à dos une des seules personnes qui croit en mon innocence.

– Tu penses qu'on va réussir à sauver la robe ? lui demandé-je d'une petite voix.

– J'espère. Je ne sais pas ce qu'on va faire si ce n'est pas le cas.

Je n'ose même pas y songer. Si la robe est foutue, où Clémence va-t-elle bien pouvoir en trouver une autre d'ici demain ? Rien que de l'imaginer courir de magasin en magasin pour essayer de dénicher quelque chose de plus ou moins potable me serre le cœur. Elle a beau me taper sur les nerfs depuis que je suis arrivée, j'aime ma sœur et je n'ai aucune envie de la voir malheureuse.

La culpabilité menace de m'étouffer. Mais quelle idiote ! Si je pouvais revenir en arrière pour régler la situation, aucun doute que je le ferais. J'empêcherais mon moi du passé d'aller se chercher un verre de vin. Ou je lui ferais déposer son verre avant de partir répondre à l'appel de ma mère.

– Ce sont des professionnels, ils devraient y arriver.

Je crois que je dis ça plus pour me rassurer qu'autre chose. Mon père hoche la tête.

– Je vais voir comment va ta sœur.

– Tu peux lui dire encore une fois à quel point je suis désolée ? Je pense qu'elle n'a pas envie de l'entendre de ma bouche pour le moment.

– Elle va sans doute avoir besoin de temps pour te pardonner. Mais je suis certain qu'elle sait que c'était un accident.

« Tu me sous-estimes et tu ne sais clairement pas de quoi je suis capable. »

Mon Dieu, qu'est-ce que je peux regretter ces mots. J'aurais dû tourner sept fois ma langue dans ma bouche avant de parler plutôt que de me laisser guider par ma colère !

Je me frotte les yeux pour essuyer les larmes qui menacent de déborder aux coins de mes yeux.

– Je n'en suis pas si sûre, avoué-je. On s'est disputées, hier, et j'ai dit des choses que je n'aurais pas dû…

– Bah, ce ne sont que des chamailleries entre sœurs. Dès qu'elle aura récupéré sa robe toute propre, ce sera très vite oublié.

Je lui adresse un maigre sourire. Entendre ces mots me fait du bien, même si je ne suis pas aussi optimiste que lui.

Il me serre brièvement dans ses bras.

– Allez, allez. Essaie de ne pas trop t'en vouloir. Tout va bien se passer. Fais confiance à Isa et à ton Hugo.

Mon Hugo… Qui est aussi furieux contre moi que Clémence. Ou en tout cas, c'est ce qu'il m'a donné comme impression. J'espère qu'il aura le temps de se calmer d'ici à ce qu'il revienne. J'aimerais qu'on puisse en discuter posément, mais j'ai des doutes.

J'observe avec peine mon père s'éloigner de moi jusqu'à me retrouver seule dans la grange. Je n'ai pas manqué de remarquer qu'il ne m'a pas invitée à le suivre. Je suis certaine qu'il pense qu'il vaut mieux que je reste ici et me fasse toute petite.

Les larmes me montent à nouveau aux yeux et cette fois, je les laisse couler sans essayer de les retenir.

Je ne sais pas combien de temps je pleure, mais une chose est sûre, je me sens mieux après. Je suis vidée de toute émotion, et ce n'est pas plus mal. Je n'ai plus assez d'énergie pour trop m'inquiéter. Ça n'empêche que mes mains me démangent d'attraper mon téléphone et d'envoyer un message à Hugo pour savoir où ça en est avec la robe. Mais dès que j'y songe, je repense à ses mots cinglants et l'envie s'éteint.

Je suppose que quelqu'un va bien finir par me tenir au courant ? Si ça se passe mal, je n'ai aucun doute qu'au moins Sandrine viendra me trouver pour me trucider.

→ vers **CHAPITRE 56** (p.319)

CHAPITRE 55

– Je vais payer pour le nettoyage à sec, m'empressé-je d'assurer. Je suis vraiment, vraiment, *vraiment* désolée.

– C'est ça, essaie de rattraper le coup, m'assène d'une voix stridente Clémence. Payer pour le nettoyage de ma robe est le minimum que tu puisses faire ! Et s'il n'est pas possible d'enlever les taches, crois-moi bien que je vais te faire rembourser jusqu'au dernier centime la robe que je vais devoir acheter en urgence !

– Clémence, calme-toi, lui dit ma mère en posant la main sur son épaule. Fais confiance à Isa et Hugo, ils vont t'arranger ça.

J'observe avec horreur ma sœur éclater en sanglots et ça me fend le cœur d'être la responsable de son état. Elle a beau me taper sur les nerfs depuis que je suis arrivée, j'aime ma sœur et je n'ai aucune envie de la voir si malheureuse.

– Il vaudrait mieux, hoquette-t-elle entre deux crises de larmes, où est-ce que je vais trouver une robe aussi belle et à ma taille en dernière minute comme ça ?

– Ne t'en fais pas pour ça, lui assure Isa. Tu vas pouvoir porter la robe que tu avais prévue, je te le promets. Tu n'auras même pas le temps de t'apercevoir que nous sommes partis !

La culpabilité m'étouffe. Je me sens comme la dernière des enflures. Pourquoi, *pourquoi* ai-je demandé ce verre de vin ? J'aurais dû rester à l'eau, j'aurais fait moins de dégâts.

– Viens, Hugo, on ne devrait pas traîner, lui chuchote Isa.

Je tente de croiser le regard d'Hugo, mais il m'ignore. La boule au ventre, je les observe s'éloigner tous les deux vers la sortie de la grange. J'ai envie de courir après eux et de leur crier de m'emmener pour que je puisse réparer ma bêtise, mais je me retiens. Il faut que je réconforte ma sœur. Ou en tout cas, que j'essaie.

– Clémence, je suis vraiment…

– Si tu oses dire encore une fois que tu es désolée, siffle Sandrine avec une mine assassine, je vais t'en coller une ! Personne n'y croit.

J'accuse le coup. Personne ne me croit ? Il doit bien y avoir quelqu'un pour se rendre compte que c'était un accident, non ? Je recherche des yeux un regard de pitié, mais je fais chou blanc. Je suis aux bords des larmes.

– Je ne l'ai vraiment pas fait exprès, balbutié-je d'une voix suppliante.

Ma mère pousse un profond soupir tandis que Sandrine me fusille du regard. Victoire ne m'accorde même pas un coup d'œil, trop occupée à essayer de consoler Clémence.

– On sait, Amanda, n'en rajoute pas, marmonne mon père qui m'observe d'un air abattu.

J'ai envie de me recroqueviller en boule et de disparaître.

Ma mère rassure Clémence :

– Allez, mon canard, sèche tes larmes et va rejoindre Thibault. Le pauvre n'ose toujours pas regarder.

Clémence se précipite vers son chéri pour être réconfortée tandis que ma mère, Victoire et Sandrine la suivent sans se presser. Ils quittent la grange sans plus me prêter la moindre attention.

Marc-Emmanuel échange un regard avec mon père par-dessus ma tête avant de se racler la gorge.

– Je ferais bien d'aller voir mon fils. Lui aussi va sans doute avoir besoin de soutien.

Je me retourne vers mon père.

– Tu ne crois quand même pas que je l'ai fait exprès ? lui demandé-je d'une voix tremblante.

– Non, mais tu aurais pu faire attention ! Bon sang, j'espère qu'Hugo et Isa vont réussir à faire nettoyer la robe. Tu imagines s'ils n'y arrivent pas ?

Une première larme coule le long de ma joue et d'autres la suivent très vite.

– Je me sens vraiment mal, hoqueté-je. Je n'aurais jamais dû prendre ce verre.

– C'est trop tard pour le regretter. Ce qui est fait est fait. Maintenant, il va falloir que tu te réconcilies avec ta sœur. (Il termine précipitamment.) Enfin, pas tout de suite. Je ne pense pas qu'elle soit en état de te pardonner.

C'est le moins qu'on puisse dire, songé-je sombrement. Ce n'est pas comme si je n'avais pas essayé de m'excuser plusieurs fois déjà.

– Elle ne va jamais me pardonner, me plains-je.

– Elle aura sans doute besoin de temps. Mais je suis certain qu'au fond d'elle, elle sait que c'était un accident.

Je songe avec angoisse à notre dispute d'hier. Rien n'est moins sûr. Elle va rester persuadée que j'ai essayé de ruiner son mariage.

– Je vais voir comment ça se passe, reprend-il alors que je suis plongée dans mes pensées. Tu devrais attendre ici le temps que ça se calme.

Je me frotte les yeux pour sécher mes larmes. Message reçu. De toute façon, je n'ai aucune envie de me faire refaire le portrait par Sandrine. J'aimerais juste qu'Hugo soit là pour me serrer dans ses bras et m'assurer que tout va bien se passer. Mais s'il n'est pas près de moi, c'est parce qu'il est parti réparer ma bêtise et ça me rend encore plus malade.

Dès que mon père est sorti de la grange, je me laisse choir sur une chaise et me prends la tête dans les mains. Quelle catastrophe ! Je vais en entendre parler jusqu'à la fin de ma vie. Enfin, si les membres de ma famille décident de continuer à m'adresser la parole. Je sens que si Hugo et Isa ne parviennent pas à faire nettoyer miraculeusement la robe, je vais être excommuniée de la famille.

Les mains tremblantes, je sors mon téléphone que j'avais glissé ni vu ni connu dans mon soutien-gorge. Je ne sais pas qui est le crétin qui a décidé que les robes ne devaient pas avoir de poches, mais ce n'est pas la première fois que j'ai envie de l'étrangler.

Je déverrouille l'écran et ouvre la messagerie. Je n'ai pas la force de passer un appel. Et puis, avec un texto, je risque de moins déranger.

Je commence à pianoter sur le clavier, mais je ne sais pas comment formuler les choses. Je fais plusieurs essais que j'efface les uns après les autres. Je finis par me résoudre à envoyer le minimum syndical pour ne pas passer pour une hystérique.

À Hugo Lepotier
23/05/25 à 12 h 32
Est-ce que la robe pourra être nettoyée ?

Je garde les yeux rivés sur l'écran pendant plusieurs minutes, attendant avec ferveur une réponse d'Hugo. Après cinq minutes, je deviens folle et me mets à scroller sur Instagram pour me distraire. Après quinze minutes, je suis en train de me ronger les ongles et de me demander si je ne ferais pas mieux de l'appeler, en fin de compte.

Après une demi-heure, je dois me rendre à l'évidence : il ne compte pas me répondre.

→ vers **CHAPITRE 56** (p. 319)

CHAPITRE 56

L'attente est interminable et je me ronge littéralement les sangs.

Après deux heures à patienter sans un mot de personne, je finis par flancher. J'essaie d'appeler Hugo pour savoir ce qu'il en est, mais je tombe à chaque fois sur la messagerie. Je tente de me rassurer en me disant : « Pas de nouvelles, bonnes nouvelles. » Mais je ne réussis pas à me convaincre moi-même. Si la robe avait été nettoyée, ils auraient déjà prévenu, n'est-ce pas ? S'ils ne répondent pas, c'est qu'ils sont trop occupés à essayer de trouver une solution.

Je n'ose pas bouger de la grange. Je reste à mariner dans mon jus sans que personne ne vienne me voir. Je dois avouer qu'au bout de plusieurs heures, la colère commence à remplacer la culpabilité. Quand je me rappelle que tout le monde pense que j'ai délibérément saboté la robe de Clémence, ça me rend folle. Je ne suis pas un monstre. Ça ne me serait jamais venu à l'esprit de faire un truc pareil. Ne pas me lever en même temps que Sandrine et Victoire pour faire un peu ma mauvaise ? Ça, oui. Ruiner LE vêtement phare du mariage ? Bien sûr que non. Qu'on m'en croit capable me rend furieuse et me fout un coup au moral. Est-ce que c'est vraiment comme ça que je suis perçue par les personnes autour de moi ? Je me sens trahie par ma propre famille. Même l'annonce de la mise en couple de Thibault et Clémence m'a moins blessée. C'est dire !

La faim n'aide pas à améliorer mon humeur. Ils déjeunent sans moi et personne ne m'envoie de message pour me prévenir. J'ai l'impression d'être une gamine de 5 ans qu'on punit dans sa chambre sans manger. Pendant quelques secondes, je caresse l'idée de dévaliser le débarras où des chips et autres cacahuètes sont entreposées pour demain. Mais je me retiens, parce que je ne veux pas aggraver mon cas.

Vers 16 heures, je finis par craquer : j'ai trop faim pour rester ici. J'essaie d'adopter un visage neutre avant de sortir de la grange, mais mon irritation doit se voir dans ma façon de marcher. J'avance d'un pas rageur. Si quelqu'un se dresse sur mon chemin, il a intérêt à se décaler parce que je ne bougerai pas d'un centimètre de ma trajectoire.

Par chance, je ne croise personne en me rendant à la cuisine. Je farfouille dans les armoires et je finis par m'asseoir sur la seule chaise disponible pour manger mon maigre repas.

Alors que je devrais me concentrer sur ce que j'avale, je sors mon téléphone de là où je l'ai planqué et envoie un énième message à Hugo.

À Hugo Lepotier
23/05/25 à 16 h 11
Les nouvelles sont bonnes, j'espère ?

Toujours pas de réponse. Après avoir mangé deux autres tartines, je me résigne à sortir de la cuisine pour aller me réfugier dans ma chambre. Si personne ne souhaite me parler, moi non plus, je ne veux entendre personne.

À nouveau, le trajet se passe sans encombre. J'en viens à me demander où tout le monde a disparu. Un soupçon d'angoisse perce ma carapace de colère. Et s'ils étaient partis pour racheter une nouvelle robe à Clémence parce que la sienne est irrécupérable ? Pitié, non.

Une fois arrivée dans ma chambre, je m'empresse de me changer. Je retire ma robe de demoiselle d'honneur et retrouve avec soulagement un jean tout simple et un tee-shirt. Je glisse mon téléphone dans ma poche avant de m'affaler dans le fauteuil et d'allumer la télévision. Je n'ai rien de mieux à faire, de toute façon.

♥

Il doit être 18 h 30 quand j'ose sortir. Cette attente est insupportable. Ils doivent être revenus depuis le temps, non ? Pourquoi est-ce que personne ne m'a tenue informée ?

Je ne mets pas longtemps à trouver Hugo. Il est installé dans le salon et discute avec Marc-Emmanuel. Je m'assois près d'eux, mais ils ne m'accordent pas la moindre attention, trop occupés à débattre des résultats du match de hockey qui a eu lieu hier soir. Je trépigne d'impatience, mais j'ai la politesse d'attendre qu'ils aient fini leur phrase avant de demander d'un ton frénétique :

– Alors, comment ça s'est passé ?

Marc-Emmanuel attrape son verre de calvados posé sur la table basse et le termine cul sec avant de se lever.

– Je vous laisse, nous lance-t-il avant de déguerpir.

Mon sang se glace dans mes veines. Ça ne sent pas bon.

Pour la première fois depuis l'incident, Hugo daigne m'accorder son attention. Le regard qu'il me lance me fait frissonner d'anxiété.

– La robe est comme neuve.

Son ton et son attitude sont en totale dissonance avec sa réponse. C'est une bonne nouvelle, non ? Quand l'information arrive à mon cerveau, je ressens une vague de soulagement qui me donne envie d'éclater de rire ou de pleurer, au choix.

– Oh, mon Dieu, tant mieux ! J'étais si inquiète !

Hugo reste silencieux et continue de me dévisager.

– Merci, vraiment ! J'étais si mal ! Je suis heureuse que tout se termine bien !

– On n'est pas passé loin de la catastrophe, réplique-t-il. Ils ont mis des heures à rattraper ta connerie.

Je retiens une grimace. La facture va être salée. Je peux dire adieu aux vacances en Espagne que j'avais prévues cette année.

– Je vais écrire un mail de remerciement en faisant le virement ! Ils ont sauvé le mariage.

– Et toi, tu as failli le faire capoter.

Surprise par son ton revêche, je sens mon excitation retomber. Je prends le temps de l'observer : il a l'air en colère. Très en colère.

– Je n'ai vraiment pas fait exprès de renverser le vin sur la robe. Tu le sais, n'est-ce pas ?

Pour toute réponse, il croise les bras contre sa poitrine et me scrute. Oh, non, ce n'est pas vrai, lui aussi ? Je sens la moutarde me monter au nez.

– Pourquoi est-ce que tout le monde me pense capable de faire un truc pareil ? C'était un accident. Un accident ! C'est si dur à comprendre ?

– Peut-être parce que tout le monde sait que tu es une garce manipulatrice et perverse ?

J'accuse le coup. Sous le choc, je cligne des yeux et reste muette. Hugo me fixe d'un air malveillant et j'ai du mal à croire que c'est le même homme avec lequel j'ai partagé ces derniers jours. Quelle mouche a bien pu le piquer ?

– Tu sais, reprend-il avec un sourire amer, tu m'as bien eu. Malgré tout ce que tu m'as fait subir, le chantage, les menaces, tu avais réussi à me faire croire que tu avais un bon fond. Bravo, c'était finement joué. Mais chassez le naturel, il revient au galop, hein ?

J'aurais dû le savoir dès que tu as menacé Clémence et Thibault. Mais non, j'étais trop sous ton charme pour m'en rendre compte. Quel idiot, j'ai été !

J'ai l'impression que je viens de me faire rouer de coups. Mon corps tout entier me fait mal. À moins que ce soit mon cœur qui se soit brisé en mille morceaux ? J'essaie de respirer, mais je suffoque. Deux émotions se livrent une bataille acharnée dans mon être : la dévastation et la colère. Cette dernière prend vite le dessus et je ne peux pas en être surprise. Après tout, ça fait des heures qu'elle enfle en moi. J'en ai marre. Marre qu'on s'acharne sur moi. Marre qu'on me prête des intentions qui ne sont pas les miennes. Marre, enfin, que l'homme pour lequel j'étais en train de craquer me parle si mal.

– Non, mais tu t'entends ? Désolée de te décevoir, mais je ne suis pas la grande tarée psychopathe que tu crois !

– Tu peux dire ce que tu veux, je connais la vérité, maintenant, et tu ne parviendras plus à m'embobiner. Quand je pense que j'étais heureux de ce qu'il se passait entre nous… Tu me dégoûtes !

Je vois rouge. J'entends un son strident dans mes oreilles et je suis convaincue que je l'imagine. Mais c'est le cadet de mes soucis. Je ne veux qu'une chose : le blesser comme il m'a fait mal. Je ne prends même pas le temps de me calmer et de réfléchir à ce que je dois lui répondre. Je me relève d'un bond et crache :

– J'ai beau te dégoûter, t'as signé un putain de contrat et tu vas devoir le respecter.

Hugo m'imite et me domine de toute sa hauteur. Il m'adresse un sourire mauvais.

– Ah, la voilà, la vraie Amanda. Le serpent qui se cache sous des airs de jolie princesse. Ne t'inquiète pas, je ferai ce que tu veux, mais crois-moi bien, si tu ne signes pas la clause de confidentialité après le mariage, je te ferai vivre un enfer !

Et sans me laisser le temps de répliquer, il me contourne et quitte la pièce d'une démarche furieuse. Putain, mais qu'est-ce qu'il vient de se passer ?

OU

Lui courir après → vers **CHAPITRE 57** (p. 325)
Se laisser submerger par les émotions → vers **CHAPITRE 58** (p. 326)

CHAPITRE 57

Je me précipite à sa poursuite.

– Hugo, sifflé-je, ça ne va pas se terminer comme ça.

Dans un coin de mon esprit, je me rends bien compte que je débloque complètement et que je devrais prendre le temps de me calmer avant d'envenimer la situation. Cette part rationnelle de moi regrette déjà mes paroles. Malheureusement, mes cris intérieurs me sommant de me stopper sont noyés par la masse de jurons que balance ma colère.

Je tente de le rattraper, mais dès que j'arrive à sa hauteur, il allonge sa foulée. Je dois presque courir pour ne pas me laisser semer.

Très vite, nous nous retrouvons dans le hall d'entrée. Le fait que nous n'ayons croisé personne tient du miracle. Sans ralentir, Hugo sort du manoir et me claque la porte au nez. Je laisse échapper un grondement rageur et pose la tête contre le bois pour me remettre les idées en place.

Ça ne sert à rien de s'acharner. Hugo ne veut pas me parler. Il faut que nous nous calmions tous les deux avant de pouvoir avoir une discussion.

→ vers **CHAPITRE 58** (p. 326)

CHAPITRE 58

Dans un état second, je repars vers ma chambre. Dès que j'entre dans la pièce, les vannes s'ouvrent et je me mets à sangloter. La colère laisse place au désespoir. Dans ma tête, la discussion que je viens d'avoir avec Hugo tourne en boucle. Garce. Manipulatrice. Perverse. Psychopathe. Je suis dévastée. Comment peut-il penser ça ?

Comment la situation a-t-elle pu se dégrader si vite ? Pendant une minute, je rêvais d'avenir avec lui, et la suivante, tous mes espoirs sont brisés. Pire, ils sont anéantis à coups d'adjectifs peu flatteurs. Et je ne peux m'en prendre qu'à moi-même. Si je n'avais pas demandé ce verre de vin. Si je n'avais pas menacé Clémence et Thibault. Si je n'avais pas fait chanter Hugo… On n'en serait pas là.

Quelle cruche ! Mais quelle cruche ! En l'espace de vingt-quatre heures, j'ai réussi à me mettre tout le monde à dos. Je suis la reine des idiotes.

Qu'est-ce que je vais faire ? Ma famille finira bien par me pardonner, même si Clémence va sans doute me le faire payer à toutes les fêtes de fin d'année. Mais Hugo… J'ai beau tenter de retourner le problème dans ma tête, je ne vois pas comment résoudre cette querelle. Dire que ce matin encore, je réfléchissais à la meilleure manière d'assurer un futur pour notre couple. Je pensais que c'était délicat mais réalisable. Cette fois, je crains fort que je ne réussisse jamais à recoller les morceaux entre nous.

Malgré mon désarroi, une part de moi est quand même terriblement vexée par les paroles d'Hugo. Qu'il me voie comme une crapule m'agace autant que ça me blesse. Il aurait au moins pu avoir la décence d'écouter mes explications, non ?

Je ne sais pas combien de temps je pleure, mais c'est mon téléphone qui vient me tirer de mes lamentations.

Est-ce Hugo ? Je le sors précipitamment de ma poche et regarde qui m'appelle. Je retiens une grimace. C'est ma mère.

– Amanda, on n'attend plus que toi pour le dîner. Tu vas me faire le plaisir de descendre. Après ce qu'il s'est passé aujourd'hui, c'est le minimum. Et tu pourras t'excuser aussi.

Le monstre de la colère rugit à nouveau en moi, mais je me mords la langue pour le museler. Commencer une nouvelle dispute ne ferait qu'envenimer les choses. La situation est déjà suffisamment explosive pour ne pas en rajouter une couche. Malgré ce que tout le monde a l'air de penser de moi, je ne suis pas une peste finie.

Je raccroche après avoir accepté de descendre et file me rafraîchir dans la salle de bains. Je grimace en apercevant ma tête. J'ai les yeux bouffis et le visage gonflé d'avoir trop pleuré. J'ai beau le rincer trois fois à l'eau froide, on voit toujours les traces de ma crise de larmes. Je prends une respiration tremblante avant de me décider à descendre dans la salle à manger.

Arrivée à destination, j'attends quelques secondes devant la porte pour me donner du courage. Je m'apprête à pénétrer en territoire ennemi, il faut que je sois digne. Je focalise mon attention sur ma sœur et marche droit vers elle sans me préoccuper des réactions des autres.

– Clémence, je suis si heureuse que la robe soit sauvée ! Je suis vraiment désolée pour tout à l'heure.

Elle me lance un regard assassin et s'apprête à répliquer, mais un coup d'œil sur sa gauche la fait changer d'avis. Je pense qu'elle a croisé le regard de ma mère. Je suppose qu'elle aussi a eu droit à ses consignes. Ça m'apaise un peu.

– Plus de peur que de mal, grommelle-t-elle, l'air revêche. Mais interdit pour toi de t'approcher de moi et de ma robe à moins de dix mètres avec un verre d'alcool demain.

Je cache tant bien que mal ma surprise alors qu'un élan de soulagement me traverse. Je reconnais là la main délicate de ma mère. Impossible autrement que Clémence me tienne des propos pareils. Peut-être que je devrais demander à ma mère sa technique pour l'appliquer à Hugo ?

– Je te le promets ! Pas de verre du tout pour moi quand je serai près de toi !

Ma sœur m'adresse un hochement de tête sec et je n'insiste pas. Je ne vais pas pousser ma chance. Je me tourne vers Isa.

– Tu me donneras la facture ?

– Tut, tut, tut, on s'arrangera plus tard, m'assure-t-elle avec un air bienveillant. Ne parlons pas d'argent à table.

Je cligne des yeux. Je ne m'attendais pas à trouver autant de soutien après mon engueulade avec Hugo. Je me sens apaisée. Est-ce que les réactions des autres seront suffisantes à le faire changer d'avis ? Je me surprends à l'espérer.

Maintenant que ma mission principale de ce soir est accomplie, je peux enfin m'asseoir. L'arrivée de Sandrine et Victoire a chamboulé le plan de table habituel. Elles font toutes les deux face à ma sœur tandis que Thibault s'est installé à sa gauche, nous décalant tous d'une chaise. De l'autre côté, Hugo s'est assis à côté de Victoire, reléguant Marc-Emmanuel en bout de table face à mon père. Et moi, je suis à nouveau isolée, mais je n'ai plus Hugo dans la diagonale. Je ne doute pas une seule seconde qu'il l'a fait exprès pour ne pas me voir. Mon cœur se serre et je retiens un soupir. Ce n'est vraiment pas gagné. Je m'installe à côté de mon père et je sens mes maigres espoirs s'envoler en fumée.

Comme je l'avais deviné, Hugo m'ignore pendant tout le repas. Je pense que tout le monde remarque qu'il y a de l'eau dans le gaz entre nous, mais personne ne le mentionne. Seul Thibault ose m'envoyer un regard plein de mépris d'où je peux lire son amusement. Je n'ai pas la force de l'affronter et préfère l'ignorer. J'ai eu mon lot aujourd'hui, je veux juste survivre à ces derniers jours et retrouver ma vie.

Je reste sage durant tout le dîner, même quand Marc-Emmanuel me chambre à plusieurs reprises sur mon côté maladroit ou quand Sandrine me balance des regards assassins dès que j'ai le malheur de remuer un peu trop sur ma chaise.

Lorsqu'Hugo quitte la table, j'attends quelques minutes avant de le suivre. Je veux lui laisser un peu d'avance. Peut-être qu'une bonne douche chaude le calmera avant notre discussion.

Au moment de partir, je salue tout le monde et m'excuse une énième fois auprès de ma sœur avant de déguerpir. Je profite du trajet qui me sépare de la chambre pour me concentrer. Peu importe ce qu'Hugo va me sortir comme horreurs, il faut que je reste calme et que j'arrive à ce qu'il m'écoute. Première étape, le faire admettre que l'incident avec la robe était un accident. C'est le nerf de la guerre. La suite viendra plus tard.

J'ouvre la porte avec détermination et suis surprise de trouver la pièce dans l'obscurité. Est-ce qu'il est déjà couché ? Je suis pourtant partie seulement quelques minutes après lui. Il a été rapide !

Mes yeux cherchent sa silhouette sur le lit, mais je ne vois rien. Quand mes pupilles s'acclimatent au manque de lumière, je comprends qu'il n'y a personne. Je fronce les sourcils et m'empresse d'allumer les lampes. Serait-il dans la salle de bains ? Le cœur battant, je vais m'en assurer, même si je connais déjà la réponse à ma question. Il me suffit de pousser la porte pour m'en convaincre : Hugo n'est pas là.

Mon premier réflexe est de sortir mon téléphone pour lui envoyer un message, mais je me ravise. Je ne me vois pas lui adresser un « Tu es où ? » après la dispute que nous avons eue. Il ne me répondrait pas de toute façon. Je décide donc de prendre mon mal en patience et de me préparer pour la nuit.

J'ai le temps de prendre une douche, de me brosser les dents et de me mettre en pyjama : toujours pas d'Hugo à l'horizon. Je fais taire mon inquiétude et me couche dans le lit en zonant sur mon téléphone. Il est sans doute parti faire un tour pour se calmer, il ne va pas tarder à revenir.

♥

Une série de coups brusques à la porte me tire de mon sommeil profond. Comme si ce n'était déjà pas suffisamment alarmant, le bruit est accompagné par la voix de ma mère qui m'engueule.

– Amanda, qu'est-ce que tu fiches ? Il est bientôt l'heure de partir !

Un pic d'anxiété me traverse et chasse les dernières brumes du sommeil. Merde ! Je me suis endormie en attendant Hugo ! Et apparemment, il n'est pas rentré de la nuit. Je me suis tellement habituée à son réveil matinal que je n'ai même pas pensé à mettre le mien. Merde, merde, merde.

Je me lève du lit d'un bond.

– J'en ai encore pour quelques minutes, j'arrive, crié-je d'une voix rauque de sommeil.

Je prie pour que ma mère ne l'ait pas remarqué. Je vais avoir droit au savon du siècle, sinon !

– On nous attend à la mairie à 9 heures précises. Dépêche-toi !

Je lui réponds vaguement par l'affirmative avant de me jeter sur mon portable pour regarder l'heure. L'horloge affiche 8 h 20. Merde et re-merde ! Je n'aurai jamais le temps de me préparer et de manger si je veux être à l'heure ! Et où est Hugo, d'abord ?

Partir attraper un petit déjeuner express et chercher Hugo → vers **CHAPITRE 59** (p. 332)

OU

Se préparer en vitesse → vers **CHAPITRE 60** (p. 337)

CHAPITRE 59

Toujours en pyjama, je sors précipitamment de la chambre et me dirige droit vers la salle à manger. Je ne suis pas surprise de constater qu'il n'y a pas un chat. Je ne m'attarde pas : je me sers une tasse de café que j'avale en trois gorgées. Il est tiède, mais tant pis. J'attrape une serviette et y emballe un pain au chocolat. Ça suffira pour ce matin. Je tourne les talons et sors de la salle à manger. Au pas de course, je commence à faire le tour du manoir. Mais où est passé Hugo ? Je ne comprends pas pourquoi je ne l'ai pas encore vu. Il a bien dû venir dans la chambre à un moment pour prendre ses affaires, non ? Je dormais si profondément que ça ? À moins qu'il n'ait emporté son costume hier soir avant que j'arrive ?

Alors que je suis en train d'ouvrir les portes de toutes les pièces une à une, je croise Isa, magnifique dans une robe argentée qui lui donne bonne mine. Elle est maquillée avec goût et ses cheveux sont relevés en un chignon élégant. L'espace d'un instant, je me demande si elle l'a réalisé elle-même ou si elle est passée chez le coiffeur avant que je me rappelle l'urgence de la situation.

– Amanda, s'exclame-t-elle d'un ton alarmé quand elle me voit. Je pensais que tu étais déjà partie !

– Petit problème de réveil. Je n'en ai pas pour longtemps. Tu sais où est Hugo ?

– Il est à la mairie, je crois qu'il était dans la voiture de Marc-Emmanuel. Il ne reste plus que nous ! J'allais fermer le manoir avant de me mettre en route, heureusement que je te croise !

Je n'ose pas imaginer la tête que mes parents auraient tirée si je ne m'étais pas pointée au mariage civil parce que je m'étais retrouvée enfermée. Ils ne me l'auraient jamais pardonné !

– Donne-moi les clefs, lui proposé-je. Je vais fermer, je ne veux pas te mettre en retard.

Isa ne se fait pas prier.

– Dépêche-toi, me houspille-t-elle. La mairie est à quinze minutes d'ici, tu ne seras jamais à l'heure !

Je grimace, attrape les clefs et commence à courir vers ma chambre sans demander mon reste. Objectif : habillage, maquillage et coiffure en moins de dix minutes. Et sans ressembler à un clown !

J'enfile ma robe et mes chaussures en deux temps trois mouvements, abandonne l'idée de me faire un chignon et décide de laisser mes cheveux pendre sur mes épaules. Je leur donne un bon coup de brosse pour les démêler. J'espère que je vais ressembler à quelque chose… J'applique en vitesse mon fond de teint, rajoute du blush à mes joues et du mascara sur mes cils. J'attrape ma trousse de maquillage et décide de mettre mon rouge à lèvres juste avant de rentrer à la mairie. Mes mains tremblent trop de stress pour le moment, je vais faire des bêtises.

Je jette un coup d'œil au miroir pour vérifier que je ne ressemble pas à un épouvantail avant d'attraper mon sac et de sortir de la chambre en courant. Je vais clairement moins vite avec mes talons hauts.

J'arrive à bout de souffle devant la porte d'entrée que je verrouille avant de sprinter vers ma voiture. Je me bats plusieurs instants avec mon portable qui n'a presque plus de batterie pour chercher les coordonnées de la mairie. Je n'ai aucune idée d'où elle se trouve ! Heureusement que je me souviens avoir entendu Clémence dire que c'était celle de la commune d'à côté lors de l'une de ses explications, parce que j'aurais pu me ramener à la mauvaise adresse !

Je quitte le manoir en trombe. Ma vitesse dépasse de quelques kilomètres-heure la limitation, mais j'essaie de ne pas me préoccuper des éventuelles amendes que je risque de recevoir. Entre ça et la facture du nettoyage de la robe, je sens que mes économies vont partir en fumée.

Neuf minutes plus tard, j'arrive devant la mairie. Il y a un nombre incalculable de voitures sur le minuscule parking, alors je n'essaie même pas de m'y aventurer. Je me gare dès que je trouve une place et cours les cent-cinquante mètres qui me séparent de la mairie. En arrivant, je me rends compte que j'ai oublié mon rouge à lèvres dans la voiture. Pas grave, je ferai sans.

Je rentre dans la mairie et demande à bout de souffle à l'hôtesse d'accueil où je dois me rendre pour le mariage. Elle m'indique le numéro de salle avec un air de remontrance. Oui, je sais, je suis en retard, pas besoin de me le faire remarquer.

Je monte les escaliers quatre à quatre. Juste avant de rentrer dans la pièce, j'essaie d'aplatir mes cheveux qui sont tout ébouriffés par ma course folle. Je pousse la porte et tente d'entrer discrètement. C'est raté. Tout le monde se retourne vers moi. J'ai droit à une marée de regards noirs. Ma mère, particulièrement, a l'air d'avoir avalé un citron. Je n'ose pas jeter un coup d'œil en direction d'Hugo. Je n'ai pas besoin de voir sa tête pour savoir que c'est un nouveau point en ma défaveur.

J'adresse un vague sourire d'excuse et file m'asseoir près des autres demoiselles d'honneur. Je marche sur la pointe des pieds pour éviter de faire du bruit avec mes talons, mais on m'entend distinctement. La mairesse, qui avait repris son discours, s'interrompt à nouveau le temps que je m'installe. J'aimerais me transformer en petite souris.

Maintenant que je suis assise, je prends quelques secondes pour calmer ma respiration. Pfff. Quelle matinée. C'était moins une. D'accord, je suis en retard, mais je n'ai pas raté grand-chose. La cérémonie semble à peine avoir commencé. Mes yeux sont rivés sur la robe de mariée de Clémence. Elle est d'un blanc immaculé et lui va à ravir. Elle a choisi un modèle sirène qui épouse toutes ses formes. Le bustier est composé d'une dentelle délicate avec un dos nu. La coupe met en valeur son fessier avant de se resserrer sur ses jambes et de s'évaser dans une traîne d'un bon deux mètres de long. Une rangée de boutons fait le lien entre le creux de ses reins et le bout de la traîne. C'est sexy sans en faire trop. Je ne peux qu'approuver ce choix. Est-ce que Clémence risque de le prendre mal si je la complimente sur sa robe ? Dans le doute, je vais peut-être m'abstenir de le lui dire aujourd'hui. Je pourrai lui en parler quand de l'eau aura coulé sous les ponts.

Je n'écoute que d'une oreille distraite le discours de la mairesse. La cérémonie civile, ce n'est pas la partie la plus émouvante des mariages. En tout cas, pour les spectateurs. Je suppose que pour les mariés, c'est autre chose. C'est quand même un acte officiel, après tout. Je me demande ce que Thibault et Clémence ressentent à cet instant. Sont-ils heureux ? Émus ? Stressés par cette journée ? Dans le cas de ma sœur, je suis persuadée qu'elle éprouve les trois à la fois.

Je jette un coup d'œil vers Hugo. Et lui, comment se sent-il ? Est-il soulagé que tout soit bientôt terminé ? Est-il déterminé à m'éviter toute la journée ? Il est assis à côté de moi pour le dîner, il ne va pas pouvoir y couper. Est-ce qu'il acceptera de me parler ? A-t-il enfin admis que le coup de la robe était un accident ? Je l'espère de tout cœur. Même Clémence a fini par entendre mes excuses. Pourquoi pas lui ?

Je suis tellement plongée dans mes pensées que je rate le moment où la mairesse annonce que le marié peut embrasser la mariée. Je me mets à applaudir comme tout le monde avec plusieurs secondes de retard. Sandrine et Victoire se retournent vers moi dans un même mouvement pour me lancer un regard noir et agacé, respectivement. Oups.

Tout le monde se précipite pour féliciter les nouveaux mariés. Je suis les deux autres demoiselles d'honneur et présente, moi aussi, mes vœux. Thibault est tellement enchanté qu'il m'adresse un sourire éclatant. Clémence, elle, m'embrasse même sur la joue. J'en reste bouche bée tant je ne m'y attendais pas.

– Tu es vraiment magnifique, Clémence, lui glissé-je. Je vous souhaite d'être heureux.

Elle doit sentir ma sincérité parce qu'elle m'adresse également un large sourire.

– On va l'être, m'assure-t-elle.

J'ai le cœur gonflé de joie. Ça fait des jours, si ce n'est des mois, que je n'ai pas partagé un moment aussi apaisé avec ma sœur et je crois que ça m'avait manqué. Je lui retourne son sourire avant de laisser la place à d'autres personnes. Isa m'adresse un clin d'œil quand je lui rends les clefs en passant près d'elle. Je lui envoie une grimace penaude avant de m'éclipser. Mes pas me dirigent vers Hugo, qui s'est caché dans un coin avec l'air de ne pas savoir où se mettre. Est-ce le bon moment pour le rejoindre ?

OU Essayer de parler à Hugo → vers **CHAPITRE 61** (p. 342)
L'ignorer et attendre le dîner → vers **CHAPITRE 62** (p. 344)

CHAPITRE 60

Tant pis, pas le temps de chercher Hugo, il faut que je me prépare. Je commence par enfiler ma robe avant de me maquiller. Je mets d'abord de la crème hydratante sur mon visage, puis applique une bonne base de fond de teint pour me donner meilleure mine. Je ne suis pas une experte en *contouring*, mais je tente quand même le coup. Je ne veux pas avoir l'air d'un épouvantail sur les photos. Une fois plus ou moins satisfaite du résultat, je me passe du blush sur les joues, puis m'applique du mascara. J'ai décidé de ne pas me maquiller les paupières, mais de plutôt miser sur un joli rouge à lèvres. Avec un peu de chance, il attirera assez l'attention pour qu'on ne remarque pas que la couleur de ma robe ne me va pas du tout au teint. Je m'attaque ensuite à la coiffure. J'avais prévu un chignon complexe avec des tresses, mais je me rends bien compte que je n'aurai jamais le temps de le réaliser. Après quelques essais de tresses – dans le dos, sur le côté, africaine – que je juge décevants, je décide de laisser tomber et de garder les cheveux détachés. Je leur donne un bon coup de brosse et les fixe avec de la laque pour qu'ils tiennent toute cette longue journée. Ça devrait le faire.

Après avoir enfilé mes chaussures et m'être regardée sous toutes les coutures dans le miroir, je décide que je suis prête. J'aurais pu faire mieux, mais pour ça, il aurait fallu que je me lève deux heures plus tôt ! Pour un travail réalisé à l'arrache, le résultat est plus que respectable.

Je ne traîne pas pour attraper mes affaires et filer jusqu'à la salle à manger. J'ai juste le temps de prendre de quoi remplir mon estomac avant de partir. Le repas ne commencera pas avant 13 h 30, voire 14 heures, si j'ai bien compris. Je ne tiendrai pas jusque-là avec le ventre vide.

Je ne croise personne dans les couloirs, ce qui m'inquiète un peu. Tout le monde ne peut pas être en train de petit-déjeuner, si ? Enfin, j'imagine que Clémence est chez la coiffeuse pour sa mise en beauté. Victoire et Sandrine l'ont probablement accompagnée. Je n'ai pas été invitée pour ma part et c'est sans doute préférable. J'espère juste qu'on ne me reprochera pas mon maquillage alors que personne ne m'a donné d'indications !

Lorsque j'ouvre la pièce, je suis surprise de constater que la seule personne présente est Isa qui est en train de débarrasser les assiettes. Le contraste entre la situation et ses habits de fête est comique. Un sourire se dessine sur mes lèvres. Elle est resplendissante dans sa robe argentée. Et je suis jalouse de son chignon. L'a-t-elle réalisée elle-même ? J'aurais dû lui demander un coup de main !

– Bonjour, Amanda ! Je me disais bien que je ne t'avais pas vue au petit déjeuner. Je pensais que tu avais mangé tôt avec Hugo.

J'essaie de ne pas prêter attention à la douleur que me causent ses paroles.

– J'ai eu un petit problème de réveil, admets-je avec embarras. Où sont les autres ?

– Ils viennent de partir, il n'y a plus que nous ici ! Je débarrassais un peu pour aider Thérésa, mais je n'allais pas tarder à y aller. Heureusement que je suis restée finalement. Je ne savais pas que tu étais encore là !

Heureusement, oui ! J'imagine déjà la tête de mes parents si je n'avais pas pu me rendre au mariage civil parce que j'étais enfermée dans le manoir. J'en aurais entendu parler jusqu'à la fin de mes jours. Ça, en plus de la robe… On aurait retrouvé mon corps dans une allée sordide.

– Il n'y a jamais de hasard dans la vie, plaisanté-je. J'ai le temps de boire un café et d'avaler un croissant ?

– Tu as sept minutes, précisément. Il ne faut pas qu'on traîne, la mairie est à un quart d'heure d'ici. Tu viens avec moi en voiture ?

Je hoche la tête parce que je n'ai pas attendu la fin de sa phrase pour commencer à manger. Chaque seconde compte. Tout en mastiquant, je me sers une tasse de café que j'avale en quelques gorgées. Il est tiède, mais tant pis.

Dès que mon croissant est englouti, je suis Isa jusqu'à sa voiture. Nous nous mettons en route dans un grand crissement de pneus. Je dois me retenir de m'accrocher à la ceinture. C'est bien la dernière fois que je monte en voiture avec elle : elle roule comme si elle avait le diable aux trousses.

La conduite agressive d'Isa a au moins un avantage : nous arrivons pile à temps pour la cérémonie. La mariée n'a pas encore fait son entrée. Thibault l'attend patiemment dans son plus beau costume. Il a une rose de la même couleur que les robes des demoiselles d'honneur à la boutonnière. Je reconnais bien là le sens du détail de ma sœur. Près de lui, la mairesse, dans son écharpe tricolore, relit une dernière fois ses papiers. Je m'installe à côté de Sandrine et Victoire en essayant de repérer Hugo. Il est assis de l'autre côté de la pièce, quatre rangées derrière moi.

Tout le monde se tait quand la musique se met à retentir. Tous les regards se tournent vers la porte. Ma sœur fait son entrée aux bras de mon père. La première chose que je remarque, c'est que sa robe est d'un blanc immaculé. Ouf ! C'est vraiment un miracle.

La seconde chose qui attire mon attention, c'est que Clémence est radieuse. Le bonheur qui se dégage d'elle irradie la pièce. Elle a choisi une robe sirène qui épouse toutes ses formes. Le bustier est composé d'une dentelle délicate avec un dos nu. La coupe met en valeur ses hanches et son fessier avant de se resserrer sur ses jambes et de s'évaser dans une traîne d'un bon deux mètres de long. Une rangée de boutons fait le lien entre le creux de son dos et le bout de la traîne. C'est sexy sans en faire trop. Elle a fait le bon choix. Dire que j'ai failli gâcher ça par ma maladresse.

La mairesse commence son discours et j'avoue que je ne l'écoute que d'une oreille distraite. Les émotions se bousculent en moi. Je suis contente pour ma sœur, évidemment – et malgré tout ! –, mais je suis aussi chamboulée par cette énergie positive. Tout cet amour, cette ferveur, cette impatience me rappellent les moments que j'ai passés avec Hugo… et, surtout, notre engueulade. Je suis à deux doigts de pleurer quand je repense à ce qu'il m'a dit, mais je me force à chasser ses paroles de mon esprit. Il ne faut pas que mon mascara coule. En plus, les gens seraient bien capables de penser que je suis triste parce que mon ex se marie avec ma sœur, alors que rien n'est plus éloigné de la vérité.

Je me tourne discrètement pour regarder Hugo. Et lui, que ressent-il ? Est-il soulagé que tout soit bientôt terminé ? Est-il déterminé à m'éviter toute la journée ? Il est assis à côté de moi pour le dîner, il ne va pas pouvoir y couper. Acceptera-t-il de me parler ? A-t-il enfin admis que le coup de la robe était un accident ? Je l'espère de tout cœur. Même Clémence a fini par entendre mes excuses. Pourquoi pas lui ?

Je suis tellement plongée dans mes pensées que je rate le moment où la mairesse annonce que le marié peut embrasser la mariée. Je me mets à applaudir comme tout le monde avec plusieurs secondes de retard. Sandrine et Victoire se retournent vers moi dans un même mouvement pour me lancer un regard noir et agacé, respectivement. Oups.

Tout le monde se précipite pour féliciter les nouveaux mariés. Je suis les deux autres demoiselles d'honneur et présente, moi aussi, mes vœux. Thibault est tellement enchanté qu'il m'adresse un sourire radieux. Clémence m'embrasse même sur la joue. J'en reste bouche bée tant je ne m'y attendais pas.

– Tu es absolument splendide, lui glissé-je. Je vous souhaite d'être heureux.

Elle doit sentir ma sincérité parce qu'elle m'adresse également un large sourire.

– On va l'être, m'assure-t-elle.

Je lui retourne son sourire avant de laisser ma place à d'autres.

Je cherche des yeux Hugo. Il s'est mis sur la gauche en retrait de la foule. Est-ce le bon moment pour le rejoindre ?

OU
Essayer de parler à Hugo → vers **CHAPITRE 61** (p. 342)
L'ignorer et attendre le dîner → vers **CHAPITRE 62** (p. 344)

CHAPITRE 61

La mairesse finit par tous nous mettre gentiment dehors et je suis le reste de la foule jusqu'à l'extérieur. J'ai perdu de vue Hugo dans l'affaire, mais je finis par le repérer. Il est près de Marc-Emmanuel avec qui il discute en compagnie d'un autre homme. Je me dirige vers eux d'un pas déterminé.

– Ah, voilà la compagne, s'exclame Marc-Emmanuel quand il me voit arriver.

Celui que je suppose être son ami pivote vers moi pour me dévisager. Je lui retourne la pareille. Petit et chauve, mais aussi fin qu'une asperge, il paraît avoir l'âge du père de Thibault. Je n'aime pas particulièrement la façon dont il me reluque.

– Jolie, sauf la robe, commente-t-il. Je suppose que c'est la mariée qui l'a choisie ?

Je hoche la tête sèchement. Non, mais pour qui se prend-il ?

– Amanda, enchantée, dis-je même si je ne le pense pas du tout. Ça vous embête si je vous vole Hugo ?

– Bien sûr que non, s'esclaffe Asperge qui a l'impolitesse de ne pas se présenter.

Je leur adresse un sourire de circonstance et attends qu'Hugo m'emboîte le pas avant de m'éloigner des oreilles indiscrètes.

– Je n'ai pas envie de te parler, me sort-il d'un ton revêche.

D'accord. C'est très clair. Pas de chance pour lui, moi, j'ai des choses à lui dire. Je prends une profonde inspiration pour me donner du courage. Je me doutais bien qu'il n'allait pas me rendre la tâche facile.

– J'aimerais juste qu'on puisse mettre les choses au clair, toi et moi, lui exposé-je d'un ton apaisant.

– Qu'est-ce qu'il y a à mettre au clair ? Tout est parfaitement limpide. Je n'ai pas envie de te parler et j'attends juste que tu signes cet accord de confidentialité pour ne plus jamais te revoir.

Ça fait mal, mais je m'y attendais. Je ne me laisse pas abattre.

– Je ne crois pas que les choses soient aussi noires et blanches que tu sembles le penser. Ce sont plutôt… des nuances de gris ?

– Cinquante, j'imagine, me lance-t-il d'un ton blasé. T'es aussi toxique que Christian Grey. Je ne suis pas intéressé par ce que tu veux me dire. Tu peux t'arrêter là.

Et sur ces mots, il me contourne et part reprendre sa place aux côtés de Marc-Emmanuel et d'Asperge. Je serre les dents.

Est-ce que je fais bien de m'acharner ainsi ? Plus j'insiste et plus je vais le conforter dans cette vision de femme toxique qu'il a de moi. Ne devrais-je pas plutôt tirer un trait sur cette histoire ? Signer cet accord de confidentialité et en rester là ?

Tirer un trait sur ses sentiments pour Hugo
→ vers **CHAPITRE 62** (p. 344)
OU
Essayer de trouver une solution → vers **CHAPITRE 63** (p. 347)

CHAPITRE 62

La cérémonie laïque me semble durer des heures. Je me sens totalement déconnectée, anesthésiée. J'ai comme l'impression de voir les événements depuis le dessus, comme si mon âme flottait hors de mon corps. Depuis que j'ai pris la décision de tirer un trait sur mes sentiments pour Hugo, je suis comme une coquille vide. Je souris et salue sur commande quand on m'adresse la parole, mais je ne retiens ni les visages que je croise, ni les platitudes qui sortent de ma bouche.

J'agis en bon petit soldat pour Clémence. Je me lève aux moments prévus, applaudis en même temps que tout le monde et jette les confettis sur eux de concert avec Sandrine et Victoire.

Je leur emboîte le pas jusqu'à la grange où nous sommes attendus pour la réception. Un serveur me propose un verre de champagne surmonté de barbe à papa. Je l'attrape avec gratitude et le descends d'une traite. Même le goût sucré de la friandise me paraît fade.

Je tente de savourer quelques petits fours que les serveurs me présentent, mais c'est comme si je mangeais du carton. Je refuse les suivants.

Quand vient le moment de se mettre à table, je me rappelle avec angoisse que je suis installée à côté d'Hugo et qu'il n'y a personne à mes côtés parce que j'ai été reléguée en bout de table. Ça va être un enfer.

Pendant que je mange sans appétit l'entrée, je me fais la réflexion que c'est quand même fou de se sentir si seule alors qu'on est entourée de presque deux cents personnes. Hugo m'ignore et discute sans discontinuer avec Marc-Emmanuel. Même quand je lui demande de me passer la carafe d'eau, il ne réagit pas et je dois la prendre moi-même. Je me sens sonnée.

Je pensais avoir atteint le summum de l'horreur, mais je me trompais. Au moment des discours, Sandrine en rajoute une couche.

– Clémence, Thibault, mais que vous êtes beaux ! (Rires dans la salle.) Pour ceux qui ne seraient pas au courant, votre rencontre a été assez spéciale. Rien ne vous prédestinait à vous mettre en couple. On peut même dire que c'était mal parti puisque Thibault, qui n'avait pas encore conscience des charmes de Clémence, est d'abord sorti avec sa sœur !

Tous les regards se tournent vers moi. Je suis tellement mortifiée que j'ai envie de me cacher sous la table. Mon pire cauchemar est en train de se réaliser et je ne peux rien faire pour l'arrêter.

– Heureusement, cet épisode s'est vite terminé, continue Sandrine d'un ton jovial. Mais ne jugeons pas trop sévèrement cet accident de parcours, sans lui, nos deux tourtereaux ne se seraient pas rencontrés. Rien que pour ça, on peut dire merci à Amanda.

Je reste figée sur ma chaise. Je dois me concentrer de toutes mes forces pour ne pas éclater en sanglots. Je ne veux pas donner cette satisfaction à Sandrine. Elle sait très bien ce qu'elle est en train de faire, la garce.

Malheureusement pour moi, je ne peux même pas me réfugier aux toilettes pour pleurer comme j'ai envie de le faire. Après le discours, le plat principal est servi et je tente désespérément de faire bonne figure et de ne rien laisser paraître. À en juger par les regards inquiets à peine subtils que mon père me jette de temps à autre, je ne dois pas être très convaincante.

Je dois attendre le lancement du bal par les mariés pour avoir enfin l'occasion de m'éclipser. J'interpelle Isa pour avoir les clefs du manoir pour pouvoir m'y réfugier. Je m'accorde une demi-heure de crises de larmes dans ma chambre avant de me forcer à me rafraîchir le visage et me remaquiller.

La tête haute, je retourne dans la grange. Je reçois un nouveau coup de poignard quand je vois Hugo danser avec plusieurs femmes, mais je me convaincs de ne pas y prêter attention.

Dès que la fête sera finie, je vais signer ce maudit bout de papier et on n'en parlera plus.

HAPPY NEVER AFTER.

CHAPITRE 63

Mon regard est attiré par la robe blanche de Clémence dans ma vision périphérique. Non, décidé-je, je ne peux pas abandonner comme ça. Mais je dois être réaliste. Hugo n'acceptera jamais de me donner une nouvelle chance, mais ce n'est pas pour ça que je veux terminer comme l'antagoniste de son histoire ! Non, j'ai envie de lui prouver que je suis une personne intègre, qui mérite le respect. Pas une sorcière manipulatrice et toxique. Et le cœur du problème, il vient de me le rappeler : l'accord de confidentialité. C'est à partir de ce moment-là que j'ai merdé. Pas la robe. Pas la dispute avec Clémence et Thibault. Non, le chantage. Les menaces. Parce que je savais que ce n'était pas vrai, j'ai refoulé ma culpabilité et pensé que ce n'était pas si important. Que je pouvais régler ça en une discussion avec Hugo. La vérité, c'est que ce ne sera pas suffisant.

Non, il faut que je frappe un grand coup. Mais comment ? Bien sûr, je vais commencer par signer cet accord de confidentialité de malheur. Mais ça, je l'avais déjà promis à Hugo et je comptais bien tenir ma parole. Que puis-je faire de plus ? Lui demander pardon publiquement de l'avoir convaincu d'être mon faux petit ami ? Ma sœur me tuerait de détourner l'attention comme ça le jour de son mariage. En plus, je suis certaine qu'il n'apprécierait pas les questions que les invités ne manqueraient pas de lui poser si je révèle notre arrangement. Si jamais quelqu'un creuse trop, il pourrait découvrir comment j'ai fait chanter Hugo pour qu'il m'accompagne et ce serait la catastrophe puisque c'est précisément ce qu'il souhaitait éviter. Non, vraiment, mauvaise idée. Il faut donc que cette histoire de faux petit ami et d'accord reste secrète. Mais quoi, alors ?

Je me fige sur place. L'accord de confidentialité. J'y pense tout le temps au singulier, mais ce n'est pas correct. Il y en a deux. Un que je dois signer… Et l'autre qu'Hugo a déjà signé et qui me protège de poursuites judiciaires pour le chantage.

Mon cerveau tourne à plein régime, mais je n'aime pas du tout la tournure que prennent mes pensées. C'est de la folie furieuse et, pourtant, plus j'examine l'idée et plus je me dis que c'est la solution idéale à la situation. Je vais signer cet accord… Et déchirer celui qu'Hugo a signé. Quelle meilleure façon de lui prouver que je suis intègre et sincère ? Il ne pourra que m'écouter quand je lui expliquerai que je n'aurais jamais rien révélé à la presse et que mes menaces n'étaient que du bluff ! Même s'il ne me croit qu'à moitié, il aura la garantie que je ne parlerai pas grâce à l'accord que je vais signer. Et quant à moi… Il sera libre de décider de mon sort, mais je serai droite dans mes bottes.

Je me mordille la lèvre inférieure et essaie de calmer mon enthousiasme. Est-ce vraiment la bonne solution ? Suis-je prête à risquer un procès et la prison pour les beaux yeux d'Hugo ? Je dois être complètement folle à lier, comme ma sœur le dit, pour ne serait-ce que l'envisager. Et pourtant, plus j'y pense et plus j'ai la conviction que je dois le faire. Pour Hugo, mais pour moi également. Toutes les actions ont leurs conséquences. Il est temps que j'affronte le résultat de mes choix. Il n'y a que comme ça que je pourrai, moi aussi, tirer un trait sur notre histoire et repartir du bon pied. Je ne veux plus jamais être celle qu'on traite de garce. De manipulatrice. De perverse. De psychopathe. Désormais, la seule insulte que j'accepterai, c'est celle de folle à lier. Et encore. Uniquement si elle sort de la bouche de Clémence !

Je suis si plongée dans mes pensées que je sursaute quand je sens une présence près de moi.

– Ça va ? me demande mon père d'un ton inquiet. Tu as l'air bien soucieuse… C'est à cause d'Hugo ?

Je me tourne vers lui et lui lance d'une voix déterminée.

– Oui, mais ne t'inquiète pas, je pense que j'ai trouvé la solution.

Sa mine soulagée me donne du vague à l'âme. Il ne sait pas que je ne parle pas de rabibocher mon couple avec Hugo. Il va être si déçu quand je lui annoncerai que nous ne sommes plus ensemble… Mais c'est pour le mieux. Une histoire d'amour ne peut pas commencer par des menaces et être encadrée par des contrats. Nous ne sommes pas dans *Cinquante nuances de Grey*.

→ vers **CHAPITRE 64** (p. 350)

CHAPITRE 64

En me dépêchant, je parviens à remettre du rouge à lèvres dans les toilettes à côté de la grange avant que la cérémonie laïque ne commence. Je me souris dans le miroir. Depuis que j'ai pris ma décision, je me sens comme revigorée, soulagée, et même impatiente. J'ai hâte de me délester de ce poids qui me pèse depuis bien trop longtemps.

Une fois la tâche accomplie, je ne traîne pas pour m'installer près de Victoire en prenant bien soin de ne pas m'asseoir sur le sac rempli de confettis. Je commence à observer ce qu'il se passe autour de moi. L'arche que nous avons dressée hier a été décorée par de longs voiles blancs et rehaussée de roses. L'ensemble est fin et délicat, à l'image de Clémence. Je songe avec un brin de culpabilité que la décoration et les chaises ont sans doute été installées par la famille aux petites heures ce matin pendant que je roupillais tranquillement. Bah, s'ils avaient eu besoin de moi, je suis certaine que ma mère serait partie à ma recherche bien plus tôt !

La foule qui attend les mariés est bien plus compacte que tout à l'heure. Nous étions en comité réduit à la mairie. Ici, je peux apercevoir les nombreuses amies et connaissances de Clémence. Je n'ai salué personne en passant parce que je pensais être arrivée sur le fil avec mon détour aux toilettes. Je me rattraperai pendant le dîner : je n'ai pas envie d'être traitée de malpolie en plus de tous les autres noms d'oiseaux dont on m'a affublée ces derniers temps.

En continuant mon tour de la pièce, je remarque que les coins de toutes les chaises qui longent la rangée sont surmontés d'un nœud et d'un petit bouquet de roses et de lavande. L'idée est toute simple, mais le rendu est ravissant.

La maîtresse de cérémonie – qui a revêtu un costard bleu canard bien plus sérieux aujourd'hui – fait son entrée et va se placer en dessous de l'arche en contournant la foule. C'est le signal que les choses sérieuses vont commencer. Les conversations se calment. Lorsque la musique est lancée, tout le monde se lève pour accueillir les mariés. Thibault entame sa remontée de l'allée et il paraît encore plus ému qu'à la mairie.

Lorsqu'il est à hauteur d'Élisabeth, des murmures d'émerveillement parcourent la foule. Je me retourne et ne suis pas surprise de voir que Clémence a quitté la grange pour entamer sa longue marche jusqu'à nous. Comme tout à l'heure, elle est resplendissante. Je ne suis pas étonnée qu'elle fasse sensation auprès des invités.

Elle marche doucement, prenant le temps de sourire à tout le monde. Je ne l'ai jamais vue si rayonnante. Cette fois, elle tient un bouquet de roses blanches et rosées en main, et mon père ne l'accompagne pas. Je suppose qu'une fois à la mairie lui a suffi : il n'aime pas trop être le centre de l'attention. Je parcours la foule du regard et le trouve assis près de ma mère de l'autre côté. Isa et Marc-Emmanuel sont installés à leur gauche. Tous semblent très émus et mon père a même les larmes aux yeux.

– Nous sommes ici aujourd'hui pour célébrer l'union de Thibault de Lauzier et Clémence Beaulieu, commence d'une voix solennelle Élisabeth. Ils ont décidé de s'unir par les liens du mariage en compagnie de leur famille et de leurs proches lors de cette cérémonie laïque. Vous êtes tous témoins de leur amour et de leur couple. Aujourd'hui, leurs deux vies se rejoignent pour vivre de nouvelles aventures ensemble. Merci à tous pour votre présence et votre participation à ce moment magique.

La voix calme et profonde d'Élisabeth est comme une mélodie à mes oreilles. Thibault et Clémence n'auraient pas pu choisir meilleure maîtresse de cérémonie. Avec bienveillance et sérénité, elle les guide à travers chaque étape de la célébration. L'échange des bagues est particulièrement touchant, mais le moment le plus attendu reste le discours des mariés. Thibault déclare sa flamme à ma sœur de la plus poétique des façons en adaptant à sa sauce un texte de Jeanne Moreau sur tous les moments qu'un couple partage. Clémence en est si émue, qu'elle a du mal à lire son propre texte, qui vante les qualités de son mari et retrace leur histoire si singulière. Même si je grince des dents face à certains sous-entendus, je m'estime quand même chanceuse, ça aurait pu être pire.

Les deux mariés échangent un baiser langoureux qui suscite des sifflements grivois et des rires parmi les invités. Quand ils se séparent, Élisabeth s'exclame de sa voix douce :

– Je vous souhaite, au nom de toute l'assemblée ici présente, tout le bonheur du monde et de l'amour à partager chaque jour. Vive les mariés !

Tous en chœur, nous reprenons ce cri et je me lève d'un même mouvement avec les deux autres demoiselles d'honneur. Le plus délicatement possible, j'attrape une poignée de confettis et les lance sur les mariés. Sous les acclamations de félicitations et les jets de feuilles, Thibault et Clémence entreprennent de remonter l'allée, main dans la main et sourires resplendissants aux lèvres.

Je me surprends à avoir le cœur apaisé. En dépit de toutes les horreurs qu'ils m'ont fait subir, je suis heureuse pour eux. Et il faut avouer qu'ils forment un joli couple. Thibault a l'air d'avoir Clémence dans la peau, malgré ce que j'ai parfois pensé. Je sens qu'ils vont rester ensemble toute leur vie. Et puis, même s'ils songeaient un jour à divorcer, ils seraient capables de ne pas signer les papiers, juste pour avoir le plaisir de continuer à m'ennuyer aux repas de famille, songé-je avec un brin d'affection. Je me retiens de pouffer. Si ma mère entendait ce que je suis en train de penser, elle me lancerait un des regards désabusés dont elle a le secret. Mais ça me fait rire d'imaginer ma sœur et Thibault revanchards au point de rester ensemble pour me rendre chèvre.

Victoire, Sandrine et moi suivons les mariés. En passant dans l'allée, je cherche Hugo du regard et nos yeux se croisent pendant une fraction de seconde avant qu'il ne se détourne. Je retiens un soupir avant de m'encourager mentalement. Je savais que ça allait être difficile, mais ce n'est pas une raison pour laisser tomber. Lui comme moi méritons mieux.

Je prends soin, comme Victoire et Sandrine, de marcher au même rythme que les mariés, ni trop vite, ni trop lentement. Une fois qu'ils arrivent devant la porte de la grange, ils se placent chacun d'un côté du battant. C'est une idée très maligne pour pouvoir saluer facilement toutes les personnes présentes !

En passant à côté d'eux, je leur réitère mes vœux de bonheur. Victoire et Sandrine embrassent ma sœur en même temps sur les joues alors qu'elle éclate d'un rire joyeux. Ses yeux pétillent et l'euphorie la rend magnétique.

Dès que nous franchissons le pas de la porte, deux serveurs nous accueillent avec des verres de champagne. Un morceau de barbe à papa rose est posé sur le dessus du verre. J'aime beaucoup l'idée et j'engloutis la douceur sucrée en une bouchée.

Je ne m'attarde pas près de Victoire et Sandrine : j'ai été suffisamment collée à elles comme ça ! Je reste tout de même près des serveurs, copiant la technique des mariés pour saluer tout le monde. J'ai droit à beaucoup de bises et de sourires amusés.

Je prends bien soin de finir la coupe de champagne avant que les dernières personnes ne rentrent dans la grange. Aucune envie de tenter le diable et de manquer une nouvelle fois de peu la catastrophe.

Quand Thibault et Clémence ferment la marche, je leur adresse un grand sourire et leur soulève mon verre vide. Ma sœur lève les yeux au ciel, mais elle ne peut pas cacher son amusement. Même Thibault se met à rigoler. Je pense que cette fois, je peux l'affirmer : ils m'ont pardonnée pour le coup de la robe. Ou presque. En tout cas, ils ne sont plus prêts à sortir le bûcher pour me brûler vive et je me sens soulagée d'un poids.

Quand leur attention se détourne de moi, j'en profite pour m'éclipser et rejoindre la foule. Maintenant que la partie cérémonie est terminée, il est temps pour moi de me concentrer sur le repas et l'exécution de mon plan secret. Mais par quoi débuter ? Telle est la question. J'attrape au vol un petit four qui passe sur un plateau près de moi : une terrine de scampis au curry. Voilà qui va me donner des forces pour que mon cerveau résolve le problème. Je la déguste avec appétit. Je commençais à sentir que je n'avais avalé qu'une viennoiserie avec un café ce matin.

Je scanne la foule des yeux et repère Hugo : il est en grande discussion avec Lucile, une des amies de ma sœur. Contrairement à Sandrine, et même si nous n'avons pas l'occasion de nous voir souvent, je l'apprécie beaucoup. Je hoche la tête d'un air satisfait. C'est parfait. Hugo n'est pas tout seul et est en bonne compagnie. Maintenant, reste à savoir comment le convaincre d'avoir un tête-à-tête avec moi pour lui expliquer ce que j'ai décidé. Mais d'abord, j'ai intérêt à signer mon accord de confidentialité.

Je pose mon verre vide sur une table et pars à la recherche d'Isa : j'ai besoin des clefs du manoir pour me rendre dans ma chambre. Je la repère non loin du débarras. Quand elle me voit, elle s'exclame joyeusement :

– Amanda ! Je voulais justement te présenter mon amie Jessica. Tu sais, celle dont je t'ai déjà parlé.

Ladite Jessica est un joli brin de femme à la peau et aux yeux noir profond. Sa prestance m'impressionne dès que je croise son regard. Ça, ou parce que j'espère que ce n'est pas une des amies avec lesquelles Isa aurait bien aimé essayer de me caser. Un peu mal à l'aise, je réponds à la salutation qu'elle m'adresse avec un brin de timidité.

– Et où est le charmant Hugo ? me demande la maîtresse de maison, non sans inquiétude. Je ne vous ai pas encore vus ensemble aujourd'hui.

Je lui envoie un sourire qui – j'espère – n'est pas trop crispé.

– On a été tous les deux pas mal occupés. Je vais aller le rejoindre, mais d'abord, il faut que je passe récupérer mon mascara dans la chambre. Est-ce que je peux avoir les clefs du manoir ?

– Bien sûr ! Mais tu n'en as pas besoin, tu sais, ton maquillage est parfait.

– C'est gentil, lui réponds-je en lui adressant un clin d'œil. Mais je préfère l'avoir sous la main au cas où.

– Tu ne comptes pas pleurer, j'espère ? me dit-elle sur le ton de la plaisanterie, mais je perçois bien le soupçon d'inquiétude dans ses yeux.

Si Hugo refuse de me parler, il y a des risques…

– Bien sûr que non, voyons, me forcé-je à répondre en attrapant les clefs qu'elle me tend.

– À la bonne heure ! Les fêtes, c'est fait pour s'amuser, pas pour déprimer.

J'acquiesce de bon cœur avant de prendre congé en lui promettant de lui rapporter très vite le trousseau.

Le précieux sésame en main, je quitte la grange le plus discrètement possible. Personne à l'horizon. Parfait. Tout le monde doit être occupé avec l'apéritif. D'un pas rapide, je rejoins l'entrée du manoir. J'ouvre la porte, me presse jusqu'à ma chambre et me dirige tout droit vers ma valise. Je soulève le tas de vêtements qui se trouve à l'intérieur et descends la tirette de la poche secrète qui se cachait en dessous. J'en retire les deux exemplaires de notre accord. Celui qu'Hugo a signé et l'autre qui n'attend plus que ma signature. Je sors un stylo et commence à parapher toutes les pages du premier avant de signer la dernière. Voilà une bonne chose de faite !

Mon regard se pose sur le second exemplaire et mes doigts tremblent quand je le prends en main. Suis-je vraiment sûre de moi ? Vais-je réussir à le détruire ? Prise de doutes, je reste un moment à fixer les pages. Ce sont juste des mots. Des lettres posées les unes à côté des autres. Le document ne pèse que quelques grammes et, pourtant, j'ai les bras qui tremblent comme si je portais quinze kilos.

Je ferme les yeux et prends une profonde inspiration. *Allez, Amanda, ce n'est pas le moment de flancher,* me murmuré-je pour m'encourager. *Tu sais que c'est la seule chose à faire.*

Je rouvre les paupières et, d'un geste assuré, je déchire les feuilles en deux. Puis encore jusqu'à n'avoir entre les mains que des morceaux. Certaines phrases sont encore lisibles. C'est absolument parfait. Hugo pourra reconnaître d'un seul coup d'œil le document, mais il saura aussi pourquoi je l'ai déchiré.

Alors que je contemple mon œuvre, je me sens délivrée. Un rire un brin hystérique m'échappe. Je suis légère et j'ai envie de danser. *Libérée, délivrée… Je ne mentirai plus jamais…*

Et quand je retrouve enfin mon sérieux, je fourre les deux documents dans l'enveloppe que j'avais préparée et la glisse dans mon sac. Je la donnerai tout à l'heure à Hugo. J'espère qu'il appréciera ce cadeau à sa juste valeur.

D'un pas léger, je sors du manoir et retourne dans la grange parmi les invités. Je cherche Isa des yeux, mais je repère son amie Jessica avant elle. Elles sont à l'opposé de l'endroit où je les ai vues tout à l'heure. Je ne tarde pas à lui rendre ses clefs et la remercier.

– Ce n'est rien, très chère. Vas-tu rejoindre ce charmant Hugo, maintenant que tu as ton mascara ? Vous êtes beaucoup plus mignons ensemble que séparés ! Je suis sûre qu'il t'attend avec impatience.

Je suis certaine du contraire, mais je me garde bien de le lui dire et profite de cette bonne excuse pour prendre congé. Bien sûr, je ne compte pas rejoindre Hugo tout de suite, mieux vaut lui parler quand il sera coincé à côté de moi à table. Mais je repère l'endroit où il se trouve et avance vaguement dans sa direction au cas où Isa m'observe. Je m'arrête pour papoter quelques minutes avec les gens que je connais et me jette avec gourmandise sur les petits fours qu'on me propose. La pêche est bonne : gaufre de courgettes, tomates-mozzarella avec vinaigre balsamique, feuilleté au chèvre, boulgour au saumon… Tout est absolument délicieux.

J'essaie de profiter de la fête et de l'apéritif, mais mes pensées se tournent régulièrement vers Hugo et mon plan. Comment va-t-il réagir ? Avec soulagement ? Ressentiment ? Joie ? Je n'arrive pas à savoir. Dans ma tête, je ne vois que le moment où je vais lui tendre l'enveloppe d'un geste triomphal. La suite, je ne la connais pas et il vaut d'ailleurs peut-être mieux que je n'y pense pas : ça m'évitera des déceptions.

Trois quarts d'heure passent avant que les mariés ne rejoignent leur place à la table d'honneur. Ça, c'est le signal que le repas est sur le point de commencer. Ma bouche s'assèche sous le coup de la nervosité. Le moment est venu d'affronter Hugo. J'espère que tout va bien se passer.

Pendant que certains invités cherchent désespérément leurs places, je me dirige droit vers la mienne. Je ne suis pas mécontente de m'asseoir parce que mes chaussures commencent à me faire souffrir.

Hugo attend le dernier moment pour venir me rejoindre et j'essaie de ne pas le prendre comme un signe qu'il cherche à m'éviter. Mais c'est difficile et j'accuse un peu le coup.

Il est à peine installé qu'il entame la discussion avec Marc-Emmanuel. Clémence m'a calée en bout de table, je n'ai donc personne à qui parler. Je soupire intérieurement. J'aurais dû savoir que cette disposition n'était pas la plus propice à la discussion. J'aurais préféré avoir quelqu'un en face de moi plutôt que de regarder ce qu'il se passe ailleurs. J'ai la désagréable impression d'être un animal en cage à qui la foule jette de temps en temps un coup d'œil.

Le seul avantage d'être assis à la table d'honneur, c'est d'être servis en premier. Pour oublier ma solitude, je me concentre sur mon assiette. Nous avons droit à une entrée froide pour commencer le repas : un tartare de dorade à la vanille, décoré d'une fleur de pensée. Je ne savais pas qu'on pouvait les manger. Elles sont si jolies que c'est presque un sacrilège.

L'assiette est aussi délicieuse à la dégustation qu'au dressage. C'est léger, parfait pour ouvrir l'appétit et garder de la place pour le plat principal. Vu comme la barre a été placée haut, j'ai hâte de voir ce que le chef a préparé pour la suite.

Je dépose les couverts sur mon assiette. Voilà. Je n'ai plus rien pour me distraire et Hugo est toujours en train de parler avec Marc-Emmanuel. Je crois qu'ils discutent de football. Je ne savais pas que le père de Thibault était un fanatique de sport, mais ça ne fait pas mes affaires. Je tente de prendre la température avec une demande anodine :

– Hugo, tu pourrais me passer la carafe d'eau, s'il te plaît ?

Il ne m'adresse pas un coup d'œil, mais tend le bras pour l'attraper, puis me sert un verre. Je suis sûre que pour d'aucuns qui nous regardent, le geste paraît serviable et naturel. Moi, je sais que son corps s'est crispé quand il a entendu le son de ma voix. Je cache une grimace en buvant une gorgée d'eau. C'est mal barré.

Les serveurs sont en train de débarrasser les assiettes quand, à l'autre bout de la table, Sandrine et Victoire se lèvent et tentent d'obtenir le silence en tapotant leurs cuillères sur leurs verres.

– Nous, les demoiselles d'honneur… commence Victoire avec entrain.

– … vous proposons de porter un toast aux mariés ! termine Sandrine d'une voix stridente.

Je bougonne intérieurement. Si c'était pour me mettre de côté à chaque fois, j'aurais pu m'épargner cette horrible robe. Je me lève dans un mouvement machinal, en suivant tout le monde autour de moi.

– Vive les mariés ! s'écrient en chœur les deux amies.

Leur cri est scandé à trois reprises par la salle tout entière et tous les regards sont tournés vers notre table. Je me sens mal à l'aise d'être épiée ainsi et suis soulagée de pouvoir me rasseoir.

– Merci pour ce toast très enthousiaste, reprend Victoire qui est restée debout. Mais nous n'avons pas encore fini, c'est maintenant l'heure des discours ! Je cède la parole à Sandrine qui va vous lire un petit texte que nous avons préparé.

– Clémence, Thibault, mais que vous êtes beaux ! (Rires dans la salle.) Pour ceux qui ne seraient pas au courant, votre rencontre a été assez spéciale. Rien ne vous prédestinait à vous mettre en couple. On peut même dire que c'était mal parti puisque Thibault, qui n'avait pas encore conscience des charmes de Clémence, est d'abord sorti avec sa sœur !

Tous les regards se tournent vers moi d'un coup et je suis tellement mortifiée que j'ai envie de me cacher sous la table. Mon pire cauchemar est en train de se réaliser et, ça, je le dois à cette salope de Sandrine. Je la hais ! C'est pire que l'épisode du chewing-gum. Elle ne perd rien pour attendre ! Je ne sais pas encore comment je vais me venger, mais elle va le sentir passer !

– Heureusement, cet épisode s'est vite terminé. Mais ne jugeons pas trop sévèrement cet accident de parcours, sans lui, nos deux tourtereaux ne se seraient pas rencontrés. Rien que pour ça, on peut dire merci à Amanda.

Je reste figée sur ma chaise. Je dois me concentrer de toutes mes forces pour que mon visage ne se torde pas en une grimace hideuse. Je suis certaine que j'ai l'air mécontente, mais je n'arriverai pas à faire mieux.

À mon grand soulagement, la suite du discours de la charogne ne me mentionne plus. Elle passe en revue différentes anecdotes sur Thibault, Clémence et leur couple. Je ne les connaissais pas toutes, mais la curiosité ne parvient pas à masquer le sentiment d'humiliation que je ressens. Je me mords l'intérieur des joues. J'ai à la fois envie de hurler de colère et de pleurer de honte. C'était exactement pour cette raison que je ne voulais pas venir seule au mariage. Je savais pertinemment que quelque chose du genre allait se produire. Et même mes peurs ne rivalisaient pas avec ce qu'il vient de se passer. Je me sens sale et humiliée. Et le pire, c'est que mon plan de faux petit ami n'a pas fonctionné. Je suis encore plus mal d'être accompagnée d'Hugo, qui reste sans réaction à mes côtés, que je ne l'aurais été si j'avais dû affronter seule cette ignominie. C'est ce qui arrive quand on s'assoit sur ses principes et qu'on recourt au chantage… *Tu aurais pu choisir n'importe qui pour venir avec toi*, me chuchote une voix perfide dans mon esprit. *Mais non, tu t'es entêtée à forcer quelqu'un pour emmerder Clémence. Récolte ce que tu as semé, maintenant.*

Je glisse mes mains sous mes cuisses pour les empêcher de trembler. Je suppose que c'est ma punition. Je l'ai bien méritée après tout. C'était horrible et je vais m'en souvenir longtemps, mais le moment est terminé à présent. Il faut que je me concentre sur l'avenir. Et l'avenir, c'est Thibault comme beau-frère et Hugo hors de ma vie. Ça ne vend pas du rêve, mais je vais bien devoir l'accepter.

La salle applaudit et je croise le regard de Sandrine qui m'adresse un sourire narquois. Un frisson me parcourt le corps tout entier. Elle a l'impression d'avoir gagné et ça, ça m'est insupportable. Il faut que j'agisse. Ça ne sert à rien de continuer à m'apitoyer sur mon sort. Je peux décider d'aller de l'avant et faire contre mauvaise fortune bon cœur. La situation est ce qu'elle est, mais ma vision, elle, peut évoluer. Je peux me changer, moi.

Mue par une soudaine inspiration, je me lève et ferme les yeux une fraction de seconde pour me donner du courage. Quand je les rouvre, j'adresse un sourire à la foule. S'il est tremblant et à deux doigts de se transformer en grimace, j'espère qu'on ne m'en tient pas rigueur. Je respire profondément avant d'ouvrir la bouche :

– Merci Sandrine pour ce discours… éclairant. Comme troisième demoiselle d'honneur, je pense que c'est à mon tour de prendre la parole. Clémence, Thibault, quelle aventure. Je ne vais pas mentir et dire que tout a été rose, même si c'est le thème que vous avez choisi pour votre mariage. La vérité, c'est qu'il y a eu des hauts, des bas. Des rancœurs, des engueulades. Des accidents, des actes manqués. Des moments de rire, aussi, heureusement. Je vous ai vus vous rapprocher.

Je fais une pause d'une seconde avant de reprendre :

– D'un mauvais œil au début, je ne vais pas mentir. Mais tout ce que vous avez traversé a rendu votre couple plus fort. Et je continuais de vous regarder, en me demandant sans cesse comment c'était possible. À me remémorer l'enchaînement des événements qui nous ont menés à cette journée. À me dire que c'était bizarre. Que ce n'était pas rationnel. Mais vous savez quoi ? Il m'a fallu longtemps, mais j'ai compris. Compris que l'amour, ce n'est pas rationnel et que, quand on aime profondément quelqu'un, on est prêt à faire n'importe quoi pour lui.

Je jette un bref regard à Hugo, mais détourne vite les yeux. Je ne veux pas le laisser me déconcentrer et me faire perdre mon élan.

– Thibault, Clémence, comme Sandrine l'a dit : « Mais que vous êtes beaux ! » Vous êtes beaux chacun séparément, mais quand vous êtes ensemble, vous l'êtes encore plus. Je souhaite que votre amour continue de vous illuminer. Vous, et toutes les personnes autour de vous. Bienvenue dans la famille, Thibault. Je vous aime très fort.

Continuer le discours et s'adresser à Hugo en public
→ vers **CHAPITRE 65** (p. 363)
OU
Se rasseoir et essayer de parler en privé avec Hugo
→ vers **CHAPITRE 66** (p. 369)

CHAPITRE 65

Je prends une profonde inspiration et ne me laisse pas le temps de douter.

– Hugo, l'interpellé-je, l'amour fait faire des choses irrationnelles. La peur et la colère aussi. Mais cette fois, c'est bel et bien l'amour qui guide mes pas.

Le cœur battant à tout rompre, je me retourne pour attraper mon sac et en sors l'enveloppe. Sans dire un mot de plus, je la lui donne avant de me rasseoir.

Malgré mes mains tremblantes, je prends le temps d'avaler un peu d'eau. Ma gorge est plus sèche que le désert après ce discours et toutes ces émotions. Je suis tendue comme un arc. Va-t-il ouvrir l'enveloppe ? Je le souhaite de tout mon cœur.

Je me tourne vers lui et lui chuchote :

– Sois discret. Ce sont les originaux et je n'ai aucune copie. Je te le jure.

Pour la première fois depuis des heures, il soutient mon regard et je vois bien qu'il hésite. Il jette un coup d'œil à la foule et s'aperçoit que tout le monde l'observe. La pression le fait plier et il commence enfin à décacheter l'enveloppe.

J'ai l'impression de vibrer sur mon siège tant mon anxiété est forte. Va-t-il comprendre l'étendue de mon geste ?

Il regarde à l'intérieur avant de se tourner vers moi et de m'adresser un bref sourire. Devinant que le moment est terminé, Clémence se lève, suivie par Thibault. Ils nous remercient pour les beaux discours et j'ai même le droit à de nouveaux sourires de leur part. Je croise aussi le regard enchanté de mes parents : ma mère hoche la tête de contentement et mon père m'adresse un clin d'œil. Malgré ma joie d'avoir la reconnaissance de ma famille, le manque de réaction d'Hugo m'inquiète. Il a mis l'enveloppe dans sa poche et a repris sa conversation avec Marc-Emmanuel. Je retiens un soupir de déception. Je ne savais pas à quoi je m'attendais, mais sûrement pas à ça.

À d'autres. Tu espérais qu'il se jetterait dans tes bras et t'embrasserait pour te remercier. On n'est pas dans un conte de fées, ma vieille.

J'ai les yeux qui picotent, mais je fais bonne figure. Je ne veux pas donner raison à Isa et avoir besoin de mon mascara. Je dois me réjouir d'avoir clôturé cette sordide affaire de chantage et profiter du mariage. C'est ce qu'il y a de mieux à faire. Et pourtant, j'ai envie de me réfugier dans les toilettes pour pleurer un bon coup.

Je mange sans savourer la côte de veau à la normande que l'on nous sert comme plat principal. Je suis comme anesthésiée. Comme si mes cinq sens s'étaient envolés avec le reste de mes émotions. Je me sens presque comme un robot qui observe le monde autour de lui, mais qui n'en fait pas partie.

J'ai à peine le temps de cligner des paupières que c'est déjà l'ouverture du bal : Thibault et Clémence tourbillonnent dans la pièce dans un slow lent et tendre. Ils ne se lâchent pas des yeux une seule seconde. Les voir si beaux ensemble réussit tout de même à m'arracher un vague sourire.

Je suis tellement déconnectée que je sursaute quand Hugo s'adresse à moi.

– Tu viens danser ? répète-t-il.

Je suis si estomaquée que l'information met du temps à être digérée par mon cerveau.

– Je… Oui. Oui, avec plaisir !

Mon cœur bat si fort que j'ai l'impression qu'il va s'échapper de ma poitrine. Je ne sais pas quoi penser de cette invitation. Pourquoi veut-il danser avec moi maintenant après m'avoir ignorée quand je lui ai donné l'enveloppe ?

Ses mains se posent sur mes hanches et il rapproche mon corps du sien. Nous commençons à tourner doucement au rythme du deuxième slow de la soirée.

– On fait des choses folles par amour, c'est ça ? raille-t-il à mon oreille. À quoi tu joues, Amanda ?

Je comprends soudain pourquoi il m'a emmenée sur la piste de danse. Ça nous permet d'échanger à l'abri des oreilles indiscrètes !

– Je ne joue pas, lui réponds-je, la voix nouée par l'émotion. Je répare mes conneries.

Il me regarde fixement pendant un moment et je n'ose pas cligner des yeux.

– Tu sais que je pourrais aller chez les flics avec ça et t'attirer de gros ennuis ?

Je déglutis péniblement.

– Si c'est ce que tu as envie de faire, alors je ne te retiens pas. Tu serais dans ton droit. J'ai été beaucoup trop loin. Je… J'ai déconné. Je suis vraiment désolée.

Je ne lui laisse pas le temps de réagir et ajoute précipitamment :

– Mais je ne t'aurais jamais causé du tort. Même si tu avais refusé, je n'aurais jamais rien dit à la presse. C'était du bluff.

– Un bluff très convaincant.

Je hausse les épaules.

– J'étais… euh… très motivée. Et là, ce n'était pas l'amour qui me rendait folle.

– Un cours de gestion de tes émotions te ferait le plus grand bien, assène-t-il. Il y avait d'autres solutions que de me faire chanter !

Je grimace. Il n'a peut-être pas tout à fait tort.

– Peut-être que je devrais m'inscrire à la boxe, plaisanté-je à moitié.

Un silence s'installe entre nous. Hugo me scrute et je soutiens son regard.

– La robe, c'était vraiment un accident ? me questionne-t-il.

Je ravale l'agacement qui monte aussitôt en moi et répond d'un ton placide.

– J'ai été vexée que tu penses le contraire. Je suppose que ça paraissait louche avec ce que j'ai dit à Thibault et Clémence, mais vraiment, j'ai juste été maladroite.

Les dernières notes de la musique retentissent et Hugo s'arrête. Si je le suis, je ne peux pas m'empêcher d'être déçue. Le moment est terminé et ça y est, il va s'éloigner. Pourtant, j'ai encore un milliard de choses à lui dire.

– Tu es vraiment un sacré phénomène, hein ? commente Hugo en secouant la tête. Complètement cinglée.

– Je préfère folle à lier, répliqué-je du tac au tac. C'est l'expression de Clémence. Et c'est elle qui me connaît le mieux.

Ses traits s'adoucissent et mon cœur recommence à palpiter. Peut-être le moment n'est-il pas tout à fait terminé ?

– Je ne suis pas certain que je te pardonne à 100 %, mais tu me plais trop pour avoir envie d'en rester là.

Je n'ose pas en croire mes oreilles. Est-ce que je comprends bien ce qu'il vient de dire ?

– Mais je te préviens, continue-t-il, je préfère ton côté jusqu'au-boutiste quand il est appliqué à essayer de suivre mon rythme lors de nos courses à pied. Pas pour des histoires de chantage.

Je prends la remontrance avec grâce. Il a raison. Tous les défauts peuvent être transformés en qualités quand on y met du sien. Je suis déterminée à m'astreindre à faire de mon mieux de ce côté-là.

– Je te promets de ne plus jamais recommencer. Crois-moi, je suis bien vaccinée. Ça a été horrible.

– Pas autant que pour moi, me rappelle-t-il.

Contrite, je lui murmure de nouvelles excuses. Hugo pose la main sur ma joue avant de se pencher sur moi pour m'embrasser. J'ai à peine le temps de me rendre compte de ce qu'il se passe qu'il s'est déjà redressé.

– Excuses acceptées.

Je chancelle de soulagement. Dans mon cœur, un véritable feu d'artifice s'embrase. Cette fois, c'est moi qui me jette à son cou. Ce second baiser est beaucoup moins chaste que le précédent, et j'ai la tête qui tourne de bonheur. Je n'y croyais pas et, pourtant, c'est arrivé. Je suis la personne la plus heureuse de la pièce. Enfin. Après les mariés. Je leur laisse bien ça.

Alors qu'Hugo et moi entamons une nouvelle danse, je croise dans la foule le regard de mon père. Il m'envoie deux pouces levés et je glousse. Hugo arque un sourcil.

– Mon père est content que nous nous soyons réconciliés, je crois. (J'ajoute après coup :) Moi aussi, d'ailleurs.

Nous continuons de danser pendant des heures. Mes chaussures me font terriblement souffrir, mais je suis sur un petit nuage, alors j'en oublie la douleur pour me concentrer sur le moment présent. Nous ne nous arrêtons de tournoyer que le temps de nous servir une part de la magnifique pièce montée aux profiteroles et macarons à la rose. Hugo me tend le dernier chou de son assiette et je le mange avec gourmandise à ses doigts avant de les embrasser, ce qui lui tire un éclat de rire.

Des cris d'excitation attirent mon attention. Ma sœur est au milieu de la pièce et s'apprête à lancer son bouquet. Autour d'elle, toutes les femmes de l'assemblée se pressent pour l'attraper.

Hugo me donne un gentil coup de coude.

– Alors ? Tu y vas ?

Répondre par l'affirmative et rejoindre le cercle
→ vers **CHAPITRE 67** (p. 375)

OU

Refuser et regarder avec amusement les invitées se battre pour le bouquet → vers **CHAPITRE 68** (p. 378)

CHAPITRE 66

Et sur ces mots, je me laisse tomber sur ma chaise. Tout mon corps est secoué de tremblements, mais je me sens légère. Voilà. C'est fait. J'ai dit ce que j'avais sur le cœur et je crois que personne ne peut me le reprocher.

Je jette un coup d'œil à Hugo pour savoir ce qu'il en a pensé, mais il me tourne toujours le dos et je sens une vague de déception me traverser.

– Merci, Victoire, Sandrine et Amanda pour ces beaux discours, s'enthousiasme Clémence. Je suis très émue.

– Et moi aussi, intervient Thibault.

Ils me lancent tous les deux des sourires resplendissants tandis que tout le monde nous applaudit. Je croise également le regard enchanté de mes parents. Ma mère hoche la tête de contentement et mon père me fait un clin d'œil. Malgré ma joie d'avoir la reconnaissance de ma famille, je ne parviens pas à me réjouir totalement. Le manque de réaction d'Hugo me blesse.

Tu ne le faisais pas pour lui, tu t'en souviens ? chuchote la voix perfide de mon cerveau. *Tu ne peux pas lui reprocher. On va voir ce qu'il va dire quand il aura vu le contenu de l'enveloppe.*

Cette pensée me redonne un peu de baume au cœur. Rien n'est encore joué. Il reste une chance que les choses se passent bien.

J'attends que le plat principal soit servi avant de me décider à agir. Tout le monde est concentré sur son assiette, c'est le bon moment pour donner l'enveloppe à Hugo. Personne ne nous prête la moindre attention.

Après avoir mangé la moitié de mon assiette, je dépose mes couverts et me retourne pour attraper mon sac.

Si j'ai les mains qui tremblent quand je l'ouvre, j'essaie de ne pas y prêter attention. Je sors l'enveloppe et la pose sur mes genoux avant de tendre l'oreille pour écouter la conversation entre Marc-Emmanuel et Hugo. Dès qu'il y aura un silence, j'en profiterai pour la lui glisser.

Les secondes s'écoulent avec une lenteur désespérante. Après avoir échangé sur le football, ils discutent maintenant des règles du tennis de table. Ils parlent avec énergie, sans aucune pause. Au bout d'un moment, je finis par me résigner à terminer mon assiette. Ma côte de veau est en train de refroidir. Pas que ça change grand-chose, en fait : je suis tellement stressée que je ne savoure rien de ce que j'avale. Ça pourrait être cramé que je ne le sentirais même pas.

Je parviens malgré tout à finir mon assiette. Ça aurait été du gâchis autrement. Les serveurs sont en train de nous débarrasser quand l'occasion que j'attendais se présente enfin.

– Hugo, chuchoté-je pour attirer son attention.

Il se retourne vers moi. Mais je n'ai pas l'opportunité de me réjouir de cette micro-victoire. Il pose sur moi un regard froid qui me fait frissonner. Je me racle la gorge en lui tendant l'enveloppe.

– C'est pour toi, bafouillé-je. Je… euh. C'est *tu-sais-quoi.*

Hugo attrape l'enveloppe, mais, à ma grande déception, il la glisse directement dans la poche de son veston sans l'ouvrir. Je l'observe, consternée. Peut-être que je dois être plus claire pour qu'il y jette un œil ?

– Ce sont les accords comme promis, chuchoté-je. Enfin, pas tout à fait. Tu devrais regarder.

– Qu'est-ce que c'est que ces messes basses ? s'amuse Marc-Emmanuel. Quels accords ?

Les yeux d'Hugo me lancent des éclairs. Merde. Je pensais avoir été discrète et ne m'attendais pas à ce que Marc-Emmanuel nous ait écoutés. Il ne peut pas se mêler de ses affaires ?

– Ce sont les accords de mon patron et de son entraîneur, commencé-je à baratiner. Nous aurions souhaité partir quelques jours en voyage en congé sans solde. Je viens de réserver les billets.

– Vous avez dû être convaincants. Moi, mes employés prennent leurs vacances sur leur quota de jours.

– Oh, ça a été compliqué, lui assure Hugo qui tente de rendre le mensonge crédible. Pas autant pour Amanda que pour moi. Mon entraîneur était déjà furieux que je prenne cette semaine pour venir au mariage.

– Il est encore plus coriace que moi, rit Marc-Emmanuel.

Je force un rire à passer la barrière de mes lèvres et Hugo m'imite. Il parvient ensuite à relancer Marc-Emmanuel sur le sujet du sport et ils reprennent leur conversation comme si cet intermède n'avait pas existé. Je me retrouve une nouvelle fois sans personne à qui parler, mais surtout, malheureuse comme les pierres qu'Hugo n'ait pas ouvert l'enveloppe ! J'essaie de me rassurer en me disant qu'il va bien finir par le faire. Mais quand ?

Mon attention est attirée par les mariés qui rejoignent la piste de danse. Tous les regards convergent vers eux. Thibault et Clémence commencent à tourbillonner au rythme lent et tendre d'un slow. Ils ne se lâchent pas une seule seconde des yeux de toute la chanson. Quand elle se termine, ils échangent un baiser sous les applaudissements nourris de l'assemblée. Machinalement, je tape également dans mes mains. Plusieurs autres couples les rejoignent pour la deuxième danse. Je soupire. J'aimerais tellement être à leur place avec Hugo. Mais je peux toujours rêver.

Je me tourne vers lui pour l'inciter à ouvrir l'enveloppe lorsque je prends conscience avec horreur qu'il n'est plus à mes côtés. Je le cherche frénétiquement des yeux et finis par le trouver : il est à l'autre bout de la pièce, penché vers Lucile, un sourire charmant dessiné sur les lèvres. Je ne suis pas surprise quand il l'entraîne sur la piste de danse, mais ça ne m'empêche pas d'être dévastée.

Dans un état second, je les regarde danser un slow. Je suis si focalisée sur eux que je ne me rends même pas compte quand mon père s'assoit à côté de moi.

– Il y a de l'eau dans le gaz ?

Je manque de sursauter. Je me retourne vers lui et je n'aime pas du tout la mine sympathique qu'il arbore. Quand elle apparaît, c'est en général que je suis le dindon de la farce.

– C'est… compliqué, soupiré-je.

– Un de perdu, dix de retrouvés ? tente-t-il pour m'arracher un sourire.

Je reste renfrognée.

– Il paraît. Mais il me plaisait beaucoup, celui que j'ai perdu.

– Alors, tu devrais peut-être encore essayer de le lui dire une dernière fois. Et si ça ne fonctionne pas… Tu sauras qu'il est temps d'aller voir ailleurs.

– Tu as raison, dis-je en me redressant sur la chaise. Qui ne tente rien n'a rien…

– Je crois en toi ! me lance-t-il en croisant tous les doigts qu'il peut.

Son geste m'arrache un sourire.

– Merci. Je crois que je vais en avoir besoin.

Sur ces mots, je me lève et marche d'un pas déterminé vers la piste de danse. J'attends que la musique soit terminée avant de me planter devant Lucile et Hugo en me raclant la gorge.

– J'aimerais vraiment qu'on discute de ce qu'il y a dans l'enveloppe, lui annoncé-je.

Il me lance un regard agacé.

– Plus tard. Tu ne vois pas que je suis occupé ?

Je n'ose pas insister plus.

– D'accord. Plus tard. Tu peux venir me trouver quand tu veux.

Je tourne les talons et m'éloigne. Une larme coule le long de ma joue, mais je la fais disparaître rageusement. Je n'ai pas envie de donner raison à Isa en ayant à utiliser mon mascara.

J'essaie de me consoler en me servant une énorme part de la pièce montée. Composée de profiteroles et de macarons à la rose, elle atteint la hauteur impressionnante d'un mètre cinquante et est décorée d'une multitude de fleurs colorées. C'est absolument sublime. Comme tout le reste. Clémence a vraiment organisé son mariage d'une main de maître. Elle devrait se reconvertir comme *wedding planner*. Elle serait sans doute plus épanouie que dans son rôle d'institutrice.

Pendant le reste de la soirée, je tente plusieurs fois d'entrer en contact avec Hugo, mais c'est peine perdue. Lucile est collée à lui comme une ventouse à un évier bouché et, dès que je les approche à moins de trois mètres, Hugo me foudroie du regard. Je finis par comprendre le message et les laisser tranquilles. J'aurai l'occasion de discuter avec lui dans la voiture pendant le trajet du retour.

Enfin, c'est ce que je pensais. Quand je me lève le lendemain après une nuit très courte passée en solitaire, je croise Isa dans les couloirs en me rendant au petit déjeuner.

– Je suis désolée que ça se finisse comme ça entre toi et Hugo, m'avoue-t-elle avec tristesse. Vous formiez un beau couple.

Je la questionne pour savoir si elle sait où il est passé parce que je souhaite lui parler.

– Malheureusement, il est déjà parti. Je viens de le conduire à la gare à sa demande.

J'accuse le coup. Avec indélicatesse au vu du profond désespoir que je ressens, Isa continue :

– D'ailleurs, tu tombes bien, nous n'avons pas encore eu l'occasion de parler de cette histoire de facture pour le nettoyage de la robe. Ça te dérange de passer dans mon bureau maintenant ?

Assommée, je la suis et manque de m'étrangler quand je vois le montant à payer. Entre un compte en banqueroute et un futur procès à l'horizon, l'avenir me semble bien sombre.

HAPPY NEVER AFTER.

CHAPITRE 67

– Je reviens tout de suite ! lui promets-je avant de me faufiler à travers le groupe de femmes.

J'essaie de me positionner juste dans l'axe de Clémence : il faut être stratégique. Ça m'étonnerait qu'elle jette le bouquet de travers. J'augmente mes chances de l'attraper en étant dans sa ligne de tir. Une fois placée à l'endroit optimal, je retiens mon souffle comme toutes les participantes. Clémence s'amuse à faire monter le suspense en effectuant deux faux lancés.

Prise par le jeu, je grogne de déception comme les autres, mais je passe un bon moment.

Clémence prend un nouvel élan et, cette fois, c'est la bonne. Le bouquet, suivi par de nombreuses paires d'yeux, s'élève dans les airs en arc de cercle. Il entame sa descente et je remarque vite que j'ai choisi la meilleure place. Les personnes autour de moi commencent à essayer de me pousser, mais je reste ancrée sur mes deux pieds. Comment Hugo l'a appelé, déjà ? Ah oui, mon jusqu'au-boutisme.

Je plie les genoux et saute dans un bond puissant. Ah, papa, t'as vu ? J'ai des restes du saut en hauteur !

Je tends les deux bras et laisse échapper un petit cri triomphal quand je parviens à coincer le bouquet entre mes deux mains.

J'atterris sur le pied de quelqu'un et je baragouine une excuse tout en me disant que si cette personne m'a poussée, c'est un juste retour de karma. Je serre le précieux sésame contre ma poitrine, au cas où quelqu'un serait assez désespéré pour essayer de me le voler.

– Amanda, ce n'est pas vrai ! s'écrie ma sœur quand elle voit que j'ai attrapé le bouquet.

Pour une fois, son ton n'est pas courroucé, mais bien excité. Elle court vers moi aussi vite que sa robe et ses talons lui permettent – c'est-à-dire plutôt lentement –, ce qui me laisse le temps de me préparer mentalement à l'embrassade qui va suivre.

Clémence arrive sur moi et me prend dans ses bras. Nous nous embrassons et rions, complètement surexcitées. J'ai l'impression que nous avons à nouveau sept ans et que nous sommes intenables parce qu'on vient de nous annoncer un voyage à Disneyland Paris. Après tout ce que nous avons vécu ces derniers temps, cette complicité avec ma sœur achève de cicatriser une blessure qui s'était formée dans mon cœur.

– Tu crois qu'Hugo va bientôt te faire une demande ? s'enquiert-elle avec enthousiaste.

Euh, ce serait aller un peu vite en besogne. Nous venons à peine de nous réconcilier. Nul ne sait où notre relation va nous mener. Je préfère voir en ce bouquet le signe que tout va bien se passer.

– C'est encore un peu tôt, tempéré-je. Mais qui sait…

– Oh, j'ai tellement hâte ! Je te préviens, tu verras ce que je ferai à ta robe. Tu as intérêt à en prévoir une de rechange.

– Hé ! protesté-je. C'était un accident. Si tu touches à ma robe volontairement, ce sera du sabotage.

– Exactement, approuve ma sœur d'un air canaille. Tu le mérites bien.

Pour toute réponse, je lui tire la langue. Il n'y a que comme ça que je peux riposter sérieusement à ses enfantillages.

– Si c'est comme ça, je ne t'enverrai pas d'invitation, la menacé-je d'un ton amusé.

– Je soudoierai maman pour connaître la date. Tu sais qu'elle ne me refuse rien.

Je tends le doigt vers elle et l'agite d'un air faussement intimidateur.

– Retourne près de ton mari avant que je ne me décide à vraiment ruiner ton mariage !

Clémence fait semblant de s'enfuir, mais je peux entendre son rire jusqu'ici.

Je m'apprête à rejoindre Hugo avec mon trophée quand mon chemin croise celui des deux autres demoiselles d'honneur.

– Félicitations, s'enthousiasme Victoire. Je suis heureuse que ce soit toi qui l'aies eu, la boucle est bouclée comme ça.

J'adresse un sourire triomphant à Sandrine qui a du mal à cacher son mécontentement. Elle finit par me congratuler également, mais seulement après que son amie lui a mis un coup dans les côtes. Je les remercie, puis je reprends mon chemin jusqu'à Hugo.

Ses yeux pétillent quand j'arrive à sa hauteur.

– C'était finement joué, commente-t-il.

– Merci, réponds-je sans modestie aucune.

Une lueur amusée traverse ses prunelles.

– Tu es sûre que tu ne devrais pas reprendre le saut en haut…

– Ah, tu ne vas pas t'y mettre, toi aussi ! Je me contenterai de nos courses à des heures indécentes !

Nous éclatons de rire tous les deux. Je lui montre le bouquet de plus près.

– Je ne mériterais pas un baiser pour mon exploit, par hasard ?

Hugo ne se fait pas prier pour s'exécuter.

→ vers **CHAPITRE 69** (p. 380)

CHAPITRE 68

– Non, très peu pour moi, lui réponds-je en rigolant. On devrait plutôt en profiter pour se resservir en profiteroles maintenant que l'attention de tout le monde est détournée.

Je le prends par la main et nous nous dirigeons en pouffant vers la pièce montée. Enfin, ce qu'il en reste. Il n'y a pas que nous qui avons bien apprécié le dessert !

Une fois nos assiettes remplies, nous observons en plaisantant les prétendantes au bouquet se bousculer pour trouver la meilleure place. Si Clémence ne se décide pas à lancer les fleurs dans les prochaines secondes, ça va se transformer en pugilat. Comme si elle m'avait entendue, ma sœur s'exécute. Plusieurs personnes sautent pour essayer d'attraper les fleurs, mais c'est Lucile qui parvient à le réceptionner.

Hugo et moi lui crions nos félicitations de concert. Son sourire est si grand que ça doit lui faire mal aux joues. Tant mieux si elle est heureuse ! Je n'ai pas l'impression de l'avoir vue accompagnée, mais c'est peut-être le signe qu'elle va trouver quelqu'un prochainement. Je le lui souhaite en tout cas.

– Je ne sais pas toi, me lance Hugo en observant toutes les déçues présenter leurs félicitations à Lucile, mais moi, j'ai mon quota de mariages pour un moment.

Nous échangeons un regard et sommes pris d'un fou rire.

– Les confettis de feuilles mortes, je ne m'en remets toujours pas, réussis-je à lâcher entre deux éclats de rire.

– Moi, c'est la robe ! Maintenant que je sais que c'était un accident et que la robe n'a rien… C'était absolument hilarant !

Je prends une moue boudeuse.

– Ne dis pas ça, on a failli ne jamais se réconcilier à cause de ça !

– Avoue que c'était drôle ! Tu t'es vautrée de façon magistrale. C'était presque un sketch.

– J'aurais pu me casser une jambe !

Il continue de se marrer et je lui donne un coup de coude avant de le rejoindre dans son hilarité. Après tout, il a raison. Je préfère en rire qu'en pleurer !

Une fois nos assiettes finies, Hugo m'entraîne à nouveau sur la piste de danse où nous tourbillonnons à notre rythme sans nous préoccuper de la musique. Les yeux plongés dans les yeux, plus rien n'existe autour de nous.

→ vers **CHAPITRE 70** (p. 382)

CHAPITRE 69
ÉPILOGUE

Amanda Beaulieu et Hugo Lepotier
ont la joie de vous inviter à leur union qui sera célébrée
le samedi 15 juillet 2028 à 11 heures au stade d'athlétisme Hélitas.
La cérémonie sera suivie d'une réception.
P.-S. : N'oubliez pas de prendre une paire de baskets.

Je caresse du doigt le faire-part que l'imprimeur vient de sortir de la machine. Le graphiste a eu l'idée de le mettre en page sous le format d'un ticket pour assister à un événement sportif. Je n'étais pas convaincue, mais Hugo a insisté. Maintenant que je vois le résultat, je me dis qu'il a eu raison. J'aime beaucoup.

Je me retourne vers mon fiancé et lui montre le faire-part.

– T'en penses quoi ?

– Que je n'ai jamais été aussi impatient de participer à une compétition !

Je secoue la tête, amusée.

– Tu dis ça à chaque compétition !

– Oui, mais cette fois, elle sera vraiment spéciale parce que nous serons tous les deux.

– J'ai hâte de gagner la belle bague en trophée, plaisanté-je.

– Et moi, la mariée.

Je lui donne un coup de coude tout en pouffant avec lui sous l'œil impatient de l'imprimeur qui attend notre feu vert pour lancer l'impression.

Moi aussi, il me tarde d'y être.

FIN

CHAPITRE 70

ÉPILOGUE

TROIS ANS PLUS TARD

Je souris avec bienveillance aux blagues qu'échangent Marc-Emmanuel et Hugo. Si on m'avait dit que ces deux-là s'entendraient comme des larrons en foire le jour où ils se sont rencontrés, je n'y aurais pas cru une seule seconde. Et pourtant !

Ça a été très dur à avaler pour Thibault au début, mais il a fini par s'apaiser en comprenant que son père ne lui préfère pas Hugo et il n'y prête plus attention. Je ne suis pas mécontente de ce fait : il était pathétique à se forcer à suivre le sport alors qu'il déteste ça, juste pour pouvoir rivaliser avec Hugo. L'influence de Clémence y est sans doute pour quelque chose. Elle le fait marcher à la baguette, c'est toujours amusant à observer.

Pour la troisième fois cette année, nous sommes tous réunis au manoir, et cette fois-ci, c'est pour célébrer les fêtes de fin d'année. Comme toujours, nous sommes reçus comme des rois par Isa et Thérésa, dont la cuisine ne cesse de m'impressionner. Me décevra-t-elle un jour ? J'en doute. Elle sort toujours le grand jeu quand nous venons.

Isa, elle, s'est lancée avec succès dans le business des mariages et elle a même passé une certification pour être maîtresse de cérémonie. Étonnamment, ma sœur a fini par lâcher son job d'institutrice pour s'associer avec elle. Il paraît que les futures mariées l'adorent parce qu'elle parvient à obtenir tout ce qu'elle veut des fournisseurs, même les demandes les plus saugrenues. Je ne suis pas étonnée. Moi qui pensais qu'elle agissait comme un dragon car c'était son propre mariage, il paraît qu'elle devient de pire en pire à mesure qu'elle prend de l'expérience. Je suis bien contente de ne pas travailler pour elle !

Comme chaque année, quand ces deux-là se mettent à parler business, il y en a toujours une des deux pour se tourner vers Hugo et moi et demander :

– Et vous, c'est pour quand ? On a hâte de l'organiser !

J'échange un regard avec Hugo. C'est moi qui ai répondu l'année dernière, chacun son tour.

– Jamais, je le crains. On vous les laisse, les mariages. Nous sommes heureux comme ça !

Comme à chaque fois, ma mère se désespère tandis que mon père rigole. Je pense qu'une alliance est en train de se former pour tenter de nous convaincre. Pas de chance pour eux, Hugo et moi sommes bien décidés à ne pas leur faciliter la tâche.

FIN

ENVIE DE DÉCOUVRIR D'AUTRES TITRES DE LA COLLECTION *It's up to you* ? RENDEZ-VOUS EN LIBRAIRIE !

DÉJÀ DISPONIBLE EN LIBRAIRIE